U0115756

唐詩選注評鑒 九

十卷本

刘学锴 撰

中州古籍出版社
·郑州·

目 录

李　绅

　　李绅（772—846），字公垂，行二十，祖籍长安，寓居常州无锡（今属江苏）。元和元年（806）登进士第。南归润州，浙西观察使李锜辟为掌书记。翌年锜谋叛，绅屡谏，且拒为锜作疏，被囚。锜败获释。后历任校书郎、太学助教、山南西道节度判官、右拾遗。穆宗即位，擢翰林学士、中书舍人、御史中丞、户部侍郎。为李逢吉等构陷，贬端州司马。宝历元年（825）量移江州长史。迁滁州、寿州刺史。大和七年（833）为浙东观察使。开成元年（836）任河南尹，转宣武军节度使。武宗立，任淮南节度使。会昌二年（842）拜相，四年罢为淮南节度使。六年七月卒。其《新题乐府二十首》对中唐新乐府创作影响较大。《新唐书·艺文志》著录其《追昔游诗》三卷，今存。《全唐诗》编其诗四卷。

古风二首①

其　一

春种一粒粟，秋成万颗子②。四海无闲田，农夫犹饿死。

其　二

锄禾日当午③，汗滴禾下土。谁知盘中餐④，粒粒皆辛苦。

[校注]

　　①《全唐诗》校："一作《悯农二首》。"第二首《北梦琐言》卷二谓是聂夷中诗。按：唐范摅《云溪友议》卷上《江都事》载："初，李公（绅）赴荐，常以古风求知，吕光化温谓齐员外煦及弟恭曰：

'吾观李二十秀才之文,斯人必为卿相。'果如其言。诗曰（略）。"
《唐文粹》卷十六,《唐诗纪事》卷三十九亦题李绅作。古风,即古诗、古体诗。二诗皆押仄韵之古绝。唐人每将效法前代之诗而作的诗歌为"古风"。卞孝萱《李绅年谱》系此二首于贞元七、八年。②秋成,秋季谷物成熟。成,《全唐诗》校:"一作收。"③锄禾,给禾苗松土并锄去杂草。当午,正值午时。④餐,食物。餐,一作飧,熟食。

[笺评]

何光远曰:李绅、郑云叟《伤农诗》,意亦皆同。李诗曰:"锄禾日当午,汗滴禾下土。谁知盘中餐,粒粒皆辛苦。"郑诗曰:"一粒红稻饭,几滴牛额血。珊瑚枝下人,衔杯吐不歇。"(《诗话总龟前集·评论门一》引《鉴戒录》)

吴山民曰:由仁爱中写出,精透可怜,安得与风月语同看!知稼穑之艰难,必不忍以荒淫尽民膏脂矣。今之高卧水殿风亭,犹苦炎燠者,设身"日午""汗滴",当何如?(《删补唐诗选脉笺释会通评林》引)

吴乔曰:诗苦于无意,有意矣,又苦于无辞。如聂夷中之"锄禾日当午,汗滴禾下土。谁知盘中餐,粒粒皆辛苦"。诗之所以难得也。(《围炉诗话》卷一)

徐增曰:种禾在偏极热之天,赤日杲杲,当正午之际,锄者在田里做活,真要热杀人。即此已极苦矣。更不必说到水旱之年,借公本,积逋欠,到涤场时,田中所收,偿人不足,至于分散夫妻,卖鬻男女之处矣。田中宁有遮蔽。酷烈烈火日晒身,即有簑笠,济得甚事?自头顶至面,至胸,至脐,后自颈至背,至腰,乃至股,至足,何处不是如雨之汗,连连滴着禾下之土!岂不痛心。幸得无病,却又谢天谢神,尚未知收获若何也。由此观之,最苦者是农人,受用者是田主。收租时,尚要嫌湿道秕,大斛淋尖,脚米需索,少升缺斗,限日追逼。

及至转成四糙，煮饭堆盘，白如象齿，尽意大嚼，那知所餐之米，一粒一粒，皆农人肋骨上汗雨中锄出来者也。公垂作此诗，宜乎克昌其后。此题"悯"字自必点出。苦说得透彻，则"悯"字在其中矣。（《而庵说唐诗》卷九）

马鲁曰：李绅《悯农诗》，无一句用"青畴""紫陌""杏雨""蓼风"等语，然言锄禾苦矣，日当午又苦矣，汗滴更苦矣。骈手胝足尚不保其岁和年丰，获此盘中之粒而苗而秀而实，成此一粒也已难矣，则观此盘中之餐，想见锄禾之苦，粒粒皆自盛暑烈日汗流满面中得来，有谁知之乎！享之者得毋视之同秕糠，弃之如泥沙哉！此所以为伤也，不过眼前景致家常饭耳，写出无限深味，观诗者不可以其平易忽之。（《南苑一知集·论诗》）

贺裳曰："诗有别趣，非关理也。"然理原不足碍诗之妙，如元次山《舂陵行》、孟东野《游子吟》、韩退之《拘幽操》、李公垂《悯农》诗，真六经鼓吹。（《载酒园诗话》）

马位曰：平生最爱随笔纳忠触景垂戒之作，如"昨日到城郭，归来泪满巾。遍身绮罗者，不是养蚕人""锄禾日当午，汗滴禾下土。谁知盘中餐，粒粒皆辛苦"之类，不论唐、宋、元、明，中华、异域，男子、妇人所作，凡似此等，见必手录，信口吟哦，未尝忘之。（《秋窗随笔》）

吴瑞荣曰：至情处莫非天理。暴弃天物者不怕霹雳，却当感动斯语。（《唐诗笺要》）

李锳曰：此种诗纯以意胜，不在言语之工，《豳》之变风也。（《诗法易简录》）

刘永济曰：此二诗说尽农民遭剥削之苦，与剥削阶级不知稼穑艰难之事。而王士禛乃不入选。但以肤廓为空灵，以缥缈为神韵，宜人多有不满之论。（《唐人绝句精华》）

富寿荪曰：两诗不特命意甚高，而笔力之简动，论述之警策，亦自绝伦，宜其深入人心，为千载传诵也。（《千首唐人绝句》）

[鉴赏]

在历代的悯农诗中，李绅的《古风二首》无疑是最负盛名的杰作。它之所以流传广远，妇孺皆知，不仅由于其语言朴素通俗，揭露尖锐深刻，感情深沉愤激，而且具有高度的艺术概括力和典型性。因而它不仅在思想上给人以深刻的启示，而且在艺术上也具有强烈的震撼力。

第一首主要从宏观着眼，笼盖全局。首二句"春种一粒粟，秋成万颗子"，完全撇开悯农的内容与感情，就春种秋成的农事活动着笔，热情赞颂广大农民的伟大创造力。从"一粒"变成"万颗"，夸张的形容中正蕴含着诗人对这种创造力的惊奇感和钦佩感。从来的悯农诗多从俯视角度对农民的生活境遇表示怜悯，像李绅这样开宗明义就以仰视角度热情洋溢地赞颂和表现农民伟大创造力的，还是破天荒第一遭。正是这种对农民劳动生产伟力的认识和态度，不但奠定了诗所独具的思想高度，而且使下面的揭露更加深刻，感情更加强烈，艺术震撼力也更巨大。

"四海无闲田，农夫犹饿死。"第三句从"春种""秋成"的时间过程所展示的农民生产创造力转向空间，从"四海"的广大范围进一步展示广大农民无地不辟、有田皆种的勤劳所创造的伟大业绩。这里出现的农民形象是群体形象，在他们的辛勤开辟、耕耘下，不但有大片肥沃的良田，而且有高入云霄的梯田乃至有在石漠荒瘠土地上见缝插针种上庄稼的一小片零零星星的田块，从而进一步展示出作为一个广大的群体，全国农民的辛勤劳作所创造的令人惊叹的劳动业绩。与一、二两句春种秋收的丰硕果实联系起来，这"四海无闲田"所创造的劳动果实便得到了淋漓尽致的表现。

单看前三句，似乎这首诗是对广大农民伟大创造力和劳动业绩的热情礼赞，但末句却突作转折，揭示出令人怵目惊心的残酷现实：

"农夫犹饿死。"如此丰硕的劳动果实，劳动者本身却无权享有，甚至出现了"犹饿死"的悲惨结局。由于前三句对农民伟大创造力和劳动业绩的充分描绘和赞美，这一笔转折所显示的残酷现实便特别具有震撼力和启示性。不管诗人自己主观上是否有明确的意识，但通过前三句和末句的鲜明对照，读者自然会强烈感受到整个社会的不公，引起对现存制度的合理性的怀疑甚至否定。从这一点说，这首仅二十字的小诗足以称为对封建社会剥削本质的强烈控诉和深刻揭露，字字力重千钧。

第一首是从宏观上对广大农民的伟大创造力及其悲惨命运作整体的艺术概括。第二首则集中笔墨对农民劳动之艰辛作生动的描绘。春种夏耘秋收冬藏，一年到头，辛苦终岁，周而复始，代代皆然。用绝句来表现农事之艰辛，势不能展开铺述，而只能对它进行典型化，抓住最能体现其繁重劳苦的情事作高度集中的描写。诗人选取的是夏耘的典型场景：时值盛夏，酷暑炎蒸，正是庄稼抽穗拔节生长的关键时节。从"锄禾"及"汗滴禾下土"看，诗所写的是旱地里松土锄禾的劳动。这时的庄稼已经长得相当高，地里密不透风，在当午炎炎赤日的高照下，庄稼地里犹如炽热的火炉，锄禾时须一直弯腰曲背，匍匐前行，忍受直射的骄阳和上蒸的暑气的烘烤，忍受饥渴的煎熬，一任汗水流淌直滴到冒着热气的土地上，不能停顿，甚至顾不上用手拭汗。这种辛劳难熬的滋味，非亲历此境者难以体味。诗人正是以一个亲历者的口吻，通过对三伏天正午时分锄禾劳动的集中描绘，极具震撼力地写出了农民劳动的无比艰辛，从"汗滴禾下土"的描绘中，甚至可以听到汗水大滴大滴地落在热土中冒出的吱吱声。白居易的《观刈麦》中也有"足蒸暑土气，背灼炎天光"这样的描写，但比起李诗来，旁观者的同情意味比较明显，缺乏的正是那种感同身受的痛切心情。

"谁知盘中餐，粒粒皆辛苦。"三、四两句，表面上看，似乎是作者的议论，实际上这正是从事繁重辛苦劳动的农民心声的自然流露。

只有亲历过农事劳动艰辛的人才能真正感受和认识每一颗粮食的珍贵和它们所包含的辛勤汗水，认识到劳动果实中所包含的沉重付出和它们的真正价值。"谁知"二字，作诗人的训诫之词理解，不免力度稍逊；作农民的口吻来理解，则意味倍感深长。不但对那些不劳而获、暴殄劳动果实的达官显宦、富商大贾是一种愤怒的斥责，对一切不知稼穑艰难的人也是一种严肃的告诫。诗之所以超越时代、常读常新的原因也正在于此。

诗题或作"悯农"，其中所蕴含的对农民生活及命运的深挚厚重的感情是显然的。但这两首诗不同于一般悯农诗之处，却是在同情农民辛苦生活和悲惨命运的同时显示出农民的伟大创造力和劳动果实的可贵可珍。这就使诗不流于一般的悲悯，而是在悲剧美中显出崇高感，给人的感受不是低回喟叹，而是对劳动者的创造怀有一份深深的敬意。古典诗歌中的悯农诗，达到这种思想艺术境界的，恐怕也只有这两首了。

李　涉

李涉（约768—?），洛阳人，自号清溪子。早岁客居梁园。贞元中避兵乱与弟李渤偕隐于庐山白鹿洞，后徙居终南。贞元末，陈许节度使刘昌裔辟为从事，后入朝为太子通事舍人。元和六年（811），因投甀为吐突承璀论功，为知甀使孔戣所恶，言其与中官结交，贬为峡州司仓参军，兼夷陵令。元和末自峡州遇赦还京，任太学博士。宝历元年（825）十月，坐武昭事流康州。后行迹无考。工七绝。《新唐书·艺文志》著录《李涉诗集》一卷。《全唐诗》编其诗为一卷。

润州听暮角①

江城吹角水茫茫②，曲引边声怨思长③。惊起暮天沙上雁，海门斜去两三行④。

[校注]

①《全唐诗》校：一作《晚泊润州闻角》。润州，唐浙西观察使治所，今江苏镇江市。角，军中乐器。状如竹筒，本细末大，以铜管或皮革等制成，因表面有彩绘，故又称画角。发声哀厉高亢，古时军中多用以警昏晓、振士气、肃军容，故又有晓角、暮角之称。②江，《全唐诗》校："一作孤。"润州北滨长江，故称江城。③曲引边声，《全唐诗》校："一作风引胡笳。"边声，边塞的悲凉之声。传为李陵《答苏武书》："凉秋九月，塞外草衰。夜不能寝，侧耳远听。胡笳互动，牧马悲鸣，吟啸成群，边声四起。"此指暮角声。角原出于西北游牧民族，故称"边声"。④海门，指长江入海口一带。润州以东江面，唐时宽十八里，长江至此东流入海，故称。唐时扬州以东除海陵

县（今泰州市）外，大片陆地尚未淤积成。后世所设之海门县，唐时尚为海域，非此诗所指。

[笺评]

宋顾乐曰：在《博士集》中，此作可称高调。（《唐人万首绝句选》评）

刘永济曰：诗不言人惊而曰雁惊，所谓"不犯正位"写法也。然有第二句"怨思长"，则人惊可知。（《唐人绝句精华》）

刘拜山曰："惊起"二句，与李益《夜上西城听梁州曲》"鸿雁新从北地来，闻声一半却飞回"造意相似，皆极状曲声之哀厉。雁犹如此，则人之不堪闻自在言外。（《千首唐人绝句》）

[鉴赏]

李涉是中晚唐之交一位并不十分出名的诗人，但他的一些七绝却写得很有韵味。这首《润州听暮角》就曾被何其芳誉为"不仅形象性很强，不仅写得很精炼……还能创造出一种情调，一种气氛"。

首句"江城吹角水茫茫"，正点题面，展现出一幅江天茫茫的广阔背景：滨江的城市（即题内润州），茫茫的江水，城头上响起画角的悲凉的声音。阵阵角声传遍整个寥廓江天，悠悠余音正融入茫茫江水和悠悠暮色之中。这个寥廓空旷的背景，不但赋予角声以辽阔悲壮的境界，而且赋予它以黯淡苍茫的色调。因此，这一句虽未直接描摹角声，却能唤起读者对角声意境情调的联想。

接下来一句，"曲引边声怨思长"，方直接写到角声。角所奏多为悲壮苍凉的边地之声，曲中似乎寓藏着深长的怨思，故云。润州在江南，地理上与边塞相去甚远，而听者却感到曲中传出的是充满深长怨思的边声，这正突出了角声的特点和它所给予人的独特感受，以致虽身在江南，却恍如置身塞外了。这一句的"引"字、"长"字，不仅强调了角声的悠长和它所蕴含的边思的深永，而且和眼前的水天茫茫的广远之境融合无间，声、情、境三方面有机地统一起来了。

"惊起暮天沙上雁，海门斜去两三行。"三、四两句写角声惊雁。角声嘹亮悲壮，破空透远。停歇在薄暮平沙上的雁群，似乎不胜角声所流露的深长怨思，纷纷惊起，排列成两三行，在苍茫暮色中斜斜地向海门方向飞去了。海门，即海口，唐时润州离长江入海处很近，扬州以东还是大片海域，尚未淤积成陆。或以海门指今江苏海门市，当非，今海门唐时还是一片茫茫的大海。钱起《归雁》："二十五弦弹夜月，不胜清怨却飞来。"写瑟的音乐魅力使雁不胜清怨而飞来。这首诗则是写画角声的艺术力量使雁不胜怨思惊飞而去。雁之惊飞，正透露出角声传出的悲壮苍凉意境。这里特意点出"暮天"，使苍凉悲怨的角声在苍茫暮色和寥廓远天的背景映衬下，情致更为黯淡悲凉，意境更为悠远虚旷了。

题为"听暮角"，而三、四两句并没有直接表现"听"字。但写平沙惊雁，实际上是侧面虚写人的感受。诚如刘永济先生所说："诗不言人惊而曰雁惊，所谓'不犯正位'写法也。然有第二句'怨思长'，则人惊可知。"

诗中直接写角声的只有第二句，其他各句都是借助景物渲染烘托。诗人精心选择了最能表现"听暮角"的典型感受的物景：江城城头、茫茫江水、苍茫暮天，以及在苍茫江天中惊飞的两三雁行，组成一幅色调黯淡、境界悠远虚廓的图景，将诗人的主观感受与客观景物融为一片，使全诗充满了乐感、画意和浓郁的抒情气氛，体现了诗、画、乐的和谐结合。

再宿武关①

远别秦城万里游②，乱山高下出商州③。关门不锁寒溪水，一夜潺湲送客愁④。

①《全唐诗》校：题"一作从秦城归再题武关"。武关，战国时秦之南关，在今陕西商南县西北。楚怀王三十年，秦昭襄王遗书诱楚怀王于此约会，执之入秦。公元前 207 年，刘邦由此入秦。唐时武关为由长安至南阳、赴襄阳和江陵必经之道。诗人此前曾旅宿武关，作《题武关》诗，此次离长安作远游，再宿于此，故题云。②秦城，指长安。秦都咸阳，地近长安，故借指。③商州，唐山南东道商州上洛郡，治所在今陕西商洛市商州区。《新唐书·地理志》："贞元七年，刺史李西华自蓝田至内乡开新道七百馀里，回山取涂，人不病涉，谓之偏路，行旅便之。""乱山高下"指商山路高高低低。④潺湲，《全唐诗》校："一作潺潺。"

[笺评]

周弼曰：实接体。（《删补唐诗选脉笺释会通评林·中七绝》引）

何仲德曰：推敲体。（同上引）

唐汝询曰：调响气雄，中唐中之超者。（同上引）又曰：闻溪声而不寐，客愁所由生也。（《唐诗解》卷二十九）

周珽曰：前二句述从秦城回之景，后二句咏宿武关之情，好句调，好语意。（《删补唐诗选脉笺释会通评林·中七绝》）

沈德潜曰：一夜不寐意，写来偏曲。（《重订唐诗别裁集》卷二十）

俞陛云曰：凡临水寄怀者，或借水以写离情，或借水以书客愁，而用笔各殊。戴叔伦诗言湖水东流，不为愁人少住，此诗言武关之水，但送客愁，皆因一片乱愁，更无着处，但能怨流水无情耳。若严维诗："日晚江南望江北，寒鸦飞尽水悠悠。"亦临水寄怀，而不落边际，自有渺渺余怀之感也。武关在蜀道峻险处，水从万山中夺路而出，故第

三句以"不锁"二字状之。客子孤眠，竟夕听溪声喧枕，故第四句以"潺湲一夜"状之，情、景俱到。(《诗境浅说》续编)

刘拜山曰：可与元稹《西归》"两纸京书临水读，小桃花树满商山"对看。一写入京之喜，一写出关之愁，笔意相敌。(《千首唐人绝句》)

[鉴赏]

武关是一座古老的关隘，战国时这里是秦的南关，历来为军事、交通要道。唐代由长安赴襄、荆、岭南，这里是必经之地。关在商州之东南。李涉这首诗，是再宿武关时抒写客愁之作。

起句概叙行踪，说自己远别长安（即所谓"秦城"），正从事万里之游。李涉宝历元年（825）十月，因与裴度门吏武昭"气使相许"，而武昭曾扬言刺杀李逢吉，被下狱处死，李涉受牵连而流贬康州（州治在今广东德庆），经武关时正当寒冬。诗中提到"万里游"与"客愁"，不知是否与这次流放有关。但诗里表现的情绪比较萧索，则是事实。这句"远别""万里"起末句"客愁"。

次句叙写"万里游"中今日的行程，落到"宿"字。商州一带，道路随山势高下曲折，溪谷之水回绕，旧有"七盘十二绛（音争，萦绕之意）"之称。这句入本题，说自己在乱山中攀登跋涉，山势忽高忽低，道路时上时下，历尽艰辛崎岖后方出商州。"乱山高下"四字，朴质而生动地写出山路的崎岖起伏，也透露出道路的艰险难行，是很简练的笔墨。下面紧接"出商州"三字，更造成一种在劳顿困苦后又匆遽启程的印象。道途的险阻和行程的劳顿，为下面抒写悠长的客愁作好铺垫。这里的"出商州"，指走出商州一带地面，武关在商州东南，从商州到武关还有一段路程。

"关门不锁寒溪水，一夜潺湲送客愁。"三、四两句集中抒写夜宿武关，卧听溪水的感受。武关附近，有一条小溪，自北向南，流出关外，汇入丹水。时值寒冷的冬季，又是在暗夜中闻流水潺湲作响，更添清冷凄寒的感受，故说"寒溪水"。万里客游，羁愁深重，一出武关，便向天涯。夜宿此地，彻夜无眠，卧听潺湲之声不绝，恍惚中感到那终夜流淌的寒溪水中，似乎声声充满客愁。因此反怪关门未能锁断溪水，致使它一夜潺湲，萦绕耳畔，向自己不断输送愁绪了。本是自己怀愁，却怨溪水送愁；又因溪水送愁，反怨关门不锁溪水。辗转相引，理舛而情真。溪水、关门，原是无情之物；诗人因自己满怀愁绪，遂觉得它仿佛是故意要给自己送愁添恨。这正是一方面以无情者为有情，另一方面又反怪无情者偏有意逗恨。语似直而意则深曲。

同样一条溪水，同样是羁旅之身，由于以不同的感情去感受，产生的联想会很不一样。温庭筠的《过分水岭》说："溪水无情似有情，入山三日得同行。岭头便是分头处，惜别潺湲一夜声。"温庭筠因为入山以来与溪水相依相伴，对它产生了特殊的亲切感，因而从"潺湲一夜声"中似乎听出了溪水的惜别之意；而怀着深长客愁的李涉却从"一夜潺湲"中听出了它所送来的是无尽无穷的羁旅之愁。而移情于物，使物带上诗人的主观色彩，则又是两首诗的共同特点。

井栏砂宿遇夜客①

暮雨潇潇江上村②，绿林豪客夜知闻③。他时不用逃名姓④，世上如今半是君。

[校注]

①井栏砂，在唐淮南道舒州怀宁县（今安徽潜山县），当皖水入江处皖口附近。《全唐诗》题下有注云："涉尝过九江，至皖口，遇盗，问：'何人？'从者曰：'李博士也。'其豪酋曰：'若是李涉博士，不用剽夺。久闻诗名，愿题一篇足矣。'涉遂赠诗云云。"按：此事初见范摅《云溪友议》卷下《江客仁》，略云："李博士涉，谏议渤海之兄，尝适九江看牧弟。临袂，凡有囊装，悉分匡庐隐士，唯书籍薪米

存焉。至浣口之西，忽逢大风，鼓其征帆，数十人皆驰兵仗，而问是何人。从者曰：'是李博士船也。'其间豪酋曰：'若是李涉博士，吾辈不须剽他金帛。自闻诗名日久，但希一篇，金帛非贵也。'李乃赠一绝句。豪酋饯略且厚，李亦不敢却。"题内夜客，即指绿林豪客。诗作于长庆二年（822）春。②暮，《云溪友议》引作"春"。潇潇，象雨声。江上村，即指题内"井栏砂"。③西汉末年，新市人王匡、王凤等组织饥民起义，以绿林山（在今湖北当阳市东北）为根据地，史称"绿林军"。后因称啸聚山林的豪杰为"绿林豪客"。绿，《云溪友议》引作"五"。知闻，知悉、知道。姚合《送宋慎言》："童稚便知闻，如今只有君。"即"闻诗名日久"之谓。④《云溪友议》引此句作"他时不用相回避"。逃名姓，隐姓埋名。

[笺评]

杨慎曰：唐李涉赠盗诗曰："相逢不用相回避，世上如今半是君。"可谓婉切。刘伯温《咏梁山泊分赃台》诗云："突兀高台累土成，人言暴客此分赢。饮泉清节今寥落，何但梁山独擅名？"元末贪吏亦唐末之比乎！《汉书》云："吏皆虎而冠。"《史记》云："此皆劫盗而不操戈矛者也。"二诗之意皆祖此。（《丹铅总录》卷十二）

胡震亨曰：李涉井栏砂赠诗一事，或有之。至此盗归而改行。八十岁后遇李汇征，自署姓名为韦思明，备诵涉他诗，沥酒酹涉，则《云溪友议》所添蛇足也。唐人好为小说，或空造其事而全无影响，或影借其事而更加缘饰。即黄巢尚予一禅师号，为伪造一诗以实之，况此小小夜劫乎！（《唐音癸签·谈丛五》）

周珽曰：晦庵曰："为文必如酷吏案狱，直是勘问到底，不恕他情。"请以评此诗。（《删补唐诗选脉笺释会通评林·中七绝》引）

王闿运曰：怕人语，是受惊后情景。（《手批唐诗选》）

富寿荪曰："他时"二句，是同情语，亦愤世语，写来淋漓痛快，

不嫌直致。(《千首唐人绝句》)

[鉴赏]

关于这首诗,《云溪友议》卷下《江客仁》有一段饶有趣味的记载（见注①所引）。这件趣闻不但生动反映出唐代诗人在社会上的广泛影响和所受到的普遍尊重,而且从中可以看出诗歌在唐代社会生活中应用之广泛——甚至可以用来应酬"绿林豪客"。不过,这首诗的流传,倒不单纯由于"本事"之奇,还由于它在即兴式的诙谐幽默中寓有颇为严肃的社会内容和现实感慨。

"暮雨潇潇江上村,绿林豪客夜知闻。"前两句用轻松抒情的笔调叙事。"江上村"即诗人夜宿的皖口小村井栏砂;"知闻"即"闻诗名日久"。风高放火,月黑杀人,这似乎是遇盗的典型环境。此处却不经意地点染出潇潇暮雨笼罩下一片静谧的江村。环境气氛既富诗意,人物面貌也不狰狞可怖,这从称对方为"绿林豪客"自可看出。看来,诗人是带着安然的诗意感受来吟咏这场饶有兴味的奇遇的。"夜知闻",既流露出对自己诗名闻于绿林的自喜,也蕴含有对爱好风雅、尊重诗人的"绿林豪客"的欣赏。环境气氛与"绿林豪客"的不协调,他们的"职业"与"爱好"的不统一本身就构成一种耐人寻味的幽默。由于它直接来自眼前的生活,所以信口道出,自含清新的诗味。

"他时不用逃名姓,世上如今半是君。""逃名姓"即隐姓埋名,亦即逃名,避声名而不居之意（白居易《香炉峰下新卜山居》有"匡庐便是逃名地"之句）。诗人早年与弟李渤曾偕隐于庐山,后又曾隐于终南山,诗中颇多"转知名宦是悠悠"（《偶怀》）、"一自无名身事闲"（《寄河阳从事杨潜》）、"一从身世两相遗,往往关门到午时"（《山居》）一类句子,其中不免有与世相违、逃名于世的牢骚感慨。但这里所谓"不用逃名姓"云云,则是紧承次句"夜知闻",对它的一种反拨，是诙谐幽默之词，意思是说，我本来打算隐居避世，逃名姓于天地之间，看来也不必了，因为连你们这些绿林豪客都知道我的姓名，更何况"世上如今半是君"呢。

表面上看，这里不过是用诙谐的口吻对绿林豪客久闻其诗名这件事表露了由衷的欣喜与赞赏（你们弄得我连逃名姓也逃不成了），但脱口而出的"世上如今半是君"这句诗，却无意中表达了他对现实的感受与认识。诗人生活的年代，农民起义尚在酝酿之中，乱象并不显著。所谓"世上如今半是君"，显然别有所指，它所指的应该是那些不蒙"盗贼"之名而所作所为却比"盗贼"更甚的人们，是诗人刘叉在《雪车》中所痛斥的"相群相党，上下为蟊贼"之辈。相比之下，这些眼前的"绿林豪客"如此敬重诗人，又富于人情，倒显得有些亲切可爱了。

三、四两句不妨有另一种理解：将来再遇上你们，也大可不必隐姓埋名，讳言自己曾经做过绿林豪客，要知道"世上如今半是君"，诸君的所作所为比那些人还高出一截呢。

这首诗的写作，颇有些"无心插柳柳成阴"的意味。诗人原未必有意讽世骂世，表达严肃的主题。只是在特定情境的触发下，向读者开启了思想库藏中珍贵的一角。因此，它寓庄于谐，别具一种天然的风趣和耐人寻味的幽默。据说豪客们听了诗人的即兴吟成之作后，饷以牛酒，看来其中是有知音者在的。

李德裕

　　李德裕（787—850），字文饶，赵郡赞皇（今属河北）人。元和时宰相李吉甫之子。元和八年（813）以荫补秘书省校书郎。约于十二年受河东节度使张弘靖辟为掌书记，十四年入朝任监察御史。穆宗立，擢翰林学士，迁中书舍人。长庆二年（822）九月出为浙西观察使。大和三年（829）召为兵部侍郎，裴度荐以为相，李宗闵得宦官之助，先拜相，出德裕为郑滑节度使。四年十月改西川节度使。七年二月召为兵部尚书、同平章事。八年十一月复出为浙西观察使。九年四月贬袁州长史。武宗朝复拜相，以平刘稹功，进太尉，封卫国公。宣宗立，罢相，先后贬潮州司马、崖州司户参军。大中三年十二月（850）卒于贬所。德裕为中晚唐时期著名的政治家。《新唐书·艺文志》著录其《会昌一品集》二十卷。《全唐诗》编其诗为一卷。今人傅璇琮有《李德裕年谱》，又与周建国合撰《李德裕文集校笺》。

登崖州城作①

　　独上高楼望帝京②，鸟飞犹是半年程。青山似欲留人住③，百匝千遭绕郡城④。

[校注]

　　①崖州，州治在今海南省海口市琼山区东南。大中元年（847）十二月，李德裕由太子少保分司东都贬为潮州司马。二年九月，再贬为崖州司户参军。三年正月抵崖州贬所，此诗当作于大中三年春。②高楼，指崖州城北楼。帝京，指长安。③似欲留人住，《全唐诗》校："一作也恐人归去。"④百匝千遭，犹百层千层。匝、遭，均有周围环绕之义。

钱易曰：李太尉之在崖州也，郡有北亭子，谓之望阙亭。太尉每登临，未尝不北睇悲咽。有诗曰："独上江亭望帝京，鸟飞犹是半年程。青山也恐人归去，百匝千遭绕郡城。"今传太尉崖州之诗，皆仇家所作，只此一首亲作也。昔崖州，今琼州是也。（《南部新书》己）按：此事又载王谠《唐语林》卷七，"青"作"碧"。

瞿佑曰：柳子厚诗："海畔尖山似剑铓，秋来处处割愁肠。若为化作身千亿，散上峰头望故乡。"或谓子厚南迁，不得为无罪，盖虽未死而身已上刀山矣。此语虽过，然造作险诨，读之令人惨然不乐，未若李文饶云："独上高楼望帝京，鸟飞犹是半年程。青山似欲留人住，千匝百遭绕郡城。"虽怨而不迫，且有恋阙之意。（《归田诗话》卷上）

周珽曰：恋阙虽殷，而对景聊能自慰。逐臣渊然丹悃，何如帷灯匣剑？（《删补唐诗选脉笺释会通评林·晚七绝》）

王闿运曰：无可奈何，却不切崖州。（《手批唐诗选》）

刘拜山曰：写贬地僻远归期无日之情，郁结既深，拟喻弥切。沉挚处可与子厚柳州诸诗相颉颃。（《千首唐人绝句》）

[鉴赏]

李德裕一生，两度拜相，无论是在地方长官任上还是在为相期间，政治上都卓有建树，是中晚唐时期杰出的政治家。武宗朝六年时间中，他在抗击回鹘侵扰、平定刘稹叛乱、打击佛教僧侣势力、裁减冗官冗吏等方面都作出过重要贡献和成绩，达到了一生政治事业的巅峰。宣宗立，务反会昌之政，白敏中、令狐绹等迎合意旨，对李德裕及其亲密助手实施精心策划的打击陷害，先后远贬潮州司马、崖州司户。其境遇与会昌朝相比，可以说是冰火两重天的世界。这首《登崖州城作》是他大中三年（849）春抵达贬所后不久所作，诗中所表现的感情，虽具有贬谪诗的一些共同特点，又具有作为政治家的诗人的独特个性。

"独上高楼望帝京"，起句写自己登上崖州城北楼，遥望帝京长安。一"独"字写出自己独处茫茫大海包围中的孤岛上，政治上、精神上十分孤独的状况。他在《与姚谏议劭书》中说："天地穷人，物情所弃，虽有骨肉，亦无音书，平生旧知，无复吊问……大海之中，无人拯恤，资储荡尽，家事一空，百口嗷然，往往绝食，块独穷悴，终日告饥。"可见当时他所处的孤独穷困的绝境。在这种境遇下，登楼北望帝京，就成了他日常生活中的一种自然的行动要求和精神向往。点出"帝京"，倒并不是他对在位的宣宗抱有什么希望，也并不是抽象的恋阙之情。作为一个历仕六朝，极富政治经验的政治家，从贬崖之日起便深知自己已经没有生还的可能（令狐绹所撰《李德裕崖州司户制》称"握尔之发，数罪未穷……纵逢恩赦，不在量移之限"，可见他在当权者眼中已是十恶不赦的罪臣）。之所以"望帝京"，是因为那里曾是他深得武宗倚重，施展政治方略才干的地方，对这一切依然怀有深情的追忆，同时也透露出他对国家命运的关注与忧虑（政治权力竟掌握在白敏中、令狐绹这样一些人手里）。"望"中有忆念，也有忧思，不过含而未宣而已。

"鸟飞犹是半年程"，次句承"望"字，极言崖州贬所离京都长安路程之遥远。崖州至京师七千四百六十里（据《旧唐书·地理志》），说"鸟飞犹是半年程"当然是极度的夸张。但登城极目北望，"鸟飞"当是眼前实景，故虽夸张却并不失自然，鸟飞可以渡海而北，自己却枯守穷海，不能像鸟那样高飞远举；鸟飞犹须半年，无力奋飞远举的自己却只能望海兴叹，归期无日之意已暗寓其中。

"青山似欲留人住，百匝千遭绕郡城。"三、四两句，仍承"望"字，视线由北望（帝京）、仰望（飞鸟）而环顾郡城四周，但见重重叠叠的山岭，逶迤起伏，环绕包围。好像这重叠环绕的青山有意要留住自己这个流贬遐荒的人，不放自己北归中原。本来，这种青山重叠的景象很容易引起贬谪者被围困于遐荒绝城，老死而不得归的悲慨，像柳宗元诗中就有"岭树重遮千里目"这种感受，而诗人却把"青山"写得非常亲切而富人情味，感到它们似乎有意要挽留自己，因而"百匝千遭绕郡城"。在这里，逶迤重叠的青山不再是憎厌怨恨的对象，而成了贬谪遐荒者亲切的伴侣和精神的慰藉，一开头望帝京的渺不可即的愁绪在多情的青山面前仿佛得到了暂时的化解，诗人的心绪也变得平和了。一个真正经历过长期政治斗争风浪的政治家，当意识到自己面对的政治困境乃至绝境时，反而能够静下心来，比较理性地面对人生。诗的三、四两句，透露出的正是这种心境的反映。瞿佑拿这首诗与柳宗元的"海畔尖山似剑铓，秋来处处割愁肠"作对照，指出李诗"虽怨而不迫"，是有见地的。这正是一位政治家与普通的被贬谪的文人的区别。

朱庆馀

朱庆馀，名可久，以字行。行大，越州（今浙江绍兴）人。长庆年间入京应进士试，行卷于张籍，受其称赏。宝历二年（826）登进士第。大和初授秘书省校书郎。后归越。与贾岛、姚合、章孝标、顾非熊、僧无可等交游唱酬。约开成中卒。有《朱庆馀诗》一卷，《全唐诗》编其诗为二卷。

宫　词

寂寂花时闭院门①，美人相并立琼轩②。含情欲说宫中事，鹦鹉前头不敢言。

[校注]

①花时，春天花开的时节。②美人，《新唐书·后妃传》："唐制：皇后而下，有贵妃、淑妃、德妃、贤妃，是为夫人。昭仪、昭容、昭媛、修仪、修容、修媛、充仪、充容、充媛，是为九嫔。婕妤、美人、才人各九，合二十七，是代世妇；宝林、御女、采女各二十七，合八十一，是代御妻。"这里可能泛指一般的宫女。琼轩，华美的长廊。

[笺评]

范摅曰：王建校书为渭南尉，作宫词，元丞相亦有此句，河南、渭南合成二首矣。时长孙佐辅、朱庆馀各有一篇，苟为当矣。长孙词曰："一道甘泉接御沟，上皇行处不曾秋。谁言水是无情物，也到宫前咽不流。"朱君词曰："寂寂花时闭院门，美人相对泣琼轩。含情欲说宫中事，鹦鹉前头不敢言。"（《云溪友议·琅琊忏》）

唐汝询曰：美人相并，正宜私语，乃畏鹦鹉而不敢言。花开心事，

必有不可使外人知者。(《唐诗解》卷二十九)

钟惺曰：纤而深。(《唐诗归·晚唐一》)

顾璘曰：不老成。(《批点唐音》)

陆次云曰：宫词中最新妙者。(《五朝诗善鸣集》)

贺裳曰：朱庆馀《闺意》："妆罢低声问夫婿，画眉深浅入时无？"《宫词》："含情欲说宫中事，鹦鹉前头不敢言。"真妙于比拟。《宫词》深妙，更在《闺意》之上。(《载酒园诗话又编》)

徐增曰：好个"花时"，宫门紧闭，不得君王信息，无以消此岑寂。女伴相逢，两两并立于琼轩之下。"相并"，好说话些。胸中所含之情，定是长门买赋、昭阳娇妒之事，不可传诸人口者。正欲提起，而无奈见鹦鹉之在前，鹦鹉是能言之鸟，故亦避忌他。此不是言美人谨慎，是言真若无道处。庆馀之怜美人至矣。(《而庵说唐诗》卷十二)

王尧衢曰："寂寂花时闭院门"，花时何时，而乃寂寂闭门，美人之伤春苦甚矣。"美人相并立琼轩"，女伴相并而立，情绪彼此不堪，各欲说其心中事也。"含情欲说宫中事"，含情不敢吐露，欲说不便即说，宫中事如宠移爱夺，娇极妒生，种种恩怨之事，不可泄于人者。"鹦鹉前头不敢言"，正欲说时，抬头看见鹦鹉甚能言之鸟，便避忌而不敢说，是则美人之苦，到底无可说处。避鸟比避人情更苦。(《唐诗合解笺注》卷六)

沈德潜曰：诗有当时盛称而品不贵者……朱庆馀之"鹦鹉前头不敢言"，此纤小派也。(《说诗晬语》卷上)

黄叔灿曰：此诗可作白圭三复，而宫中忧谗畏讥，寂寂心事，言外味之自见。(《唐诗笺注》卷九)

范大士曰：鹦鹉能言，即欲防之，聪慧深心如见。(《历代诗发》)

《精选评注五朝诗学津梁》：意颇机警，寄怨特深。

俞陛云曰：此诗善写宫人心事，宜为世所称。凡写宫怨者，皆言独处含愁。此则幸逢采伴，正堪一诉衷情。奈鹦鹉当前，欲言又止。防饶舌之灵禽，效灰盘之画字，只学金人缄口，不闻玉女传言。对锁蛾眉，一腔幽怨。宜宫中事秘，世莫能详矣。（《诗境浅说》续编）

刘永济曰：玩诗意似有所讽，恐鹦鹉泄人言语。鹦鹉当有所指。（《唐人绝句精华》）

沈祖棻曰：花时而言"寂寂"，而言"闭院门"，可见宫门深锁，韶华虚度。境况凄清，情亦惆怅。故美人偶值，并立琼轩，彼此含情欲诉，而鹦鹉在前，复不敢言。极低回吞吐之能事，诵之使人抑郁难堪，而仍以含蓄之笔出之。此王龙标之遗响也。（《唐人七绝诗浅释》）

刘拜山曰：曰"相并"，曰"欲说"，曰"不敢言"，层层摹写，极含蓄吞吐之致。而宫人之幽怨，宫禁之森严，俱在言外。（《千首唐人绝句》）

[鉴赏]

唐人宫词，大体上有两种：一种是传统的宫怨诗，多抒写宫嫔失宠的哀怨，王昌龄、李益等人的宫词名作，即属此类。这一类数量较多，艺术成就也较高。另一种是描写宫廷的日常生活风习的诗，如王建的宫词百首即是。这一类作品具有细节的真实性和较浓的生活气息，但往往流于生活的实录，典型化程度和抒情气息都不强。朱庆馀的这首宫词，似乎介于以上两类作品之间，既写宫中日常生活，又有所寓讽，具有一定的典型性。而寓讽的内容又不同于一般的宫怨，在宫词中可谓别具一格。

"寂寂花时闭院门"，首句托出寂寥的环境。正当百花争艳的春天，宫中庭院里的花卉开得繁茂耀眼，但院门深闭，整个庭院中笼罩着一层寂寥的气氛。宫中本已与外界隔绝，如今院门又深闭，则重重闭锁，如同幽禁。言外见君主的"恩宠"从不及此。"花时"这一给人以繁艳、热闹感受的意象，与"寂寂""闲"正成强烈对照，结果反增强了"花时"的特殊寂寞感，院中人永日无聊、韶华虚度的境遇可想。

"美人相并立琼轩"，第二句正面写到处于这一环境中的两位宫女，画出她们悄然无语地并立于华美的长廊之上的情景。说"相并"，说"立"而不及其他，正是要暗示悄无声息的沉默。"美人"的艳丽，"琼轩"的华美，又适与这无声无息的沉默形成鲜明对照，使人感到这庭院琼轩之间，正流动着一层压抑幽禁的气氛。

"含情欲说宫中事，鹦鹉前头不敢言。"在形同幽禁的环境里，与别人交流感情的要求往往变得特别强烈。这两位相并而立的宫女在默默相对中都感到有"欲说宫中事"的要求。宫中事，所包含的内容可以很广，不独彼此在宫中的境遇、幽怨，而且兼包宫中的相互倾轧、争宠夺宠，乃至其他一系列宫闱秘事。"含情"一句，在电影画面上是人物面部细微表情的一个特写镜头，它将宫中的两位美人相对默默、含情欲吐、欲言又止的神情刻画得相当细腻。然而，就在她们启口欲说之际，忽然瞥见廊檐下的笼中鹦鹉，随即意识到：在这善于传人言语的学舌者面前，是无论如何不能谈论宫中事的。否则，言语一旦泄漏，就会给她们的已成幽禁之身带来更大的灾难。

末句是一个具有典型意义的细节。这首诗的成功，主要得力于这一警句。宫中种种黑暗丑恶的情事，总是掩盖在富丽庄严的外衣下，不为外界所知；最高封建统治者也对此讳莫如深，防范极严。久而久之，在宫廷中遂形成一种压抑沉闷、惊疑惕惧的气氛。在这种气氛笼罩下，宫女们不仅在人前不敢言及宫中事，即使在鹦鹉前头，也噤若寒蝉了。鹦鹉善传人言，并不解人意。它们传话出自本能，原非有意，而宫女们已自"不敢言"，则宫廷中那些专门窥伺过失、传人言语的宵小之徒对宫女们所造成的恐怖与压力就可想而知了。因此，这个细节不仅揭示了宫女们在长期压抑恐怖气氛下所形成的惊惧心理，而且从侧面透露了宫廷的黑暗、倾轧和缺乏最起码的人际交流自由。由于这个细节的典型性和独特性，才使这首宫词获得独特的艺术个性而为一般的宫词所不能替代。

近试上张籍水部①

洞房昨夜停红烛②，待晓堂前拜舅姑③。妆罢低声问夫婿，画眉深浅入时无④？

[校注]

①近试，临近科举进士考试。张籍，见本书小传。水部，此指水部郎中。按张籍于长庆二年四月至四年间任水部员外郎。宝历元年任水部郎中。范摅《云溪友议》卷下《闺妇歌》："朱庆馀校书，既遇水部郎中张籍知音，遍索庆馀新制篇什数通，吟改后，只留二十六章，水部置于怀抱而推赞焉。清列以张公重名，无不缮录而讽咏之，遂登科第。朱君尚为谦退，作《闺意》一篇，以献张公。张公明其进退，寻亦和焉。诗曰：'洞房昨夜停红烛，待晓堂前拜舅姑。妆罢低声问夫婿，画眉深浅入时无？'张籍郎中酬曰：'越女新妆出镜心，自知明艳更沉吟。齐纨未足人间贵，一曲菱歌敌万金。'朱公才学，因张公一诗，名流于海内矣。"《全唐诗》校：一作闺意献张水部。《唐五代文学编年史》系本篇于敬宗宝历元年（825）。朱庆馀于宝历二年登进士第。②停，停放。此有"点燃"义，系唐人口语。白居易《岁暮夜长病中灯下闻卢尹夜宴以诗戏之且为来日张本也》："当君秉烛衔杯夜，是我停灯服药时。"③舅姑，公婆。④深浅，浓淡。入时无，合乎时尚吗？

[笺评]

刘克庄曰：世称朱庆馀"妆罢低声问夫婿，画眉深浅入时无"之句，却不入选，岂嫌其自鬻耶！放翁云："谁言田家不入时，小姑画

得城中眉。"比庆馀尤工。(《后村诗话后集》卷二)

时天彝曰：朱庆馀，张籍门人，传其诗法，然独以《闺怨（意）》一篇知名于时，此集（按：指《百家诗选》）乃不录。(《吴礼部诗话》引)

杨慎曰：诗人多以美人自喻。薛能《吴姬》之诗，亦其一也。宋人诗话云："东坡如毛嫱、西子洗妆，与天下妇人斗巧。"亦此意。洪容斋曰："此诗不言美丽，而味其诗意，非绝色第一不足以当之。"其评良是。(《升庵诗话·朱庆馀〈闺意上张水部〉》)又曰：后二句，审时证己，敛德避妒，可谓善藏其用，与王仲初"三日入厨下，携手作羹汤，未谙姑食性，先遣小姑尝"，一不恃才妄作，一不敢轻试违时，俱有无限深意。(《删补唐诗选脉笺释会通评林》引)

史承豫曰：托喻既深，何嫌近亵？(《唐贤小三昧集》)

梁章钜曰：毛西河曰：古诗人之意，有故为儇语而意重，故为薄语而意实厚者……阎百诗尝曰：唐人朱庆馀作《闺情》一篇献水部郎中张籍云："洞房昨夜停红烛，待晓堂前拜舅姑。妆罢低声问夫婿，画眉深浅入时无？"向使无《献水部》一题，则儇儇数言，特闺阁语耳，有能解其以生平就正贤达之意乎！(《退庵随笔》卷二十)

刘永济曰：此托之新妇见舅姑，以比举子见考官。籍有酬朱庆馀诗曰："越女新妆出镜心，自知明艳更沉吟。齐纨未足人间贵，一曲菱歌敌万金。"其称许特甚，可见古人爱士之心。(《唐人绝句精华》)

刘拜山曰：纯用比体，妙造自然。于风神旖旎之中别具矜庄之致，正自占身份处。(《千首唐人绝句》)

[鉴赏]

我们暂且撇开题目，首先直接进入诗人所描绘的艺术境界。

像是一个戏剧小品。帷幕拉开，呈现在面前的是色彩缤纷，充满喜庆气氛的新婚洞房。天已破晓，案前的红烛还在燃烧，给本就华艳的洞房增添了融怡的春意。案旁，新娘对镜梳妆。新郎则在一旁端详着新婚的爱侣，间或给新娘递一样首饰，画一下眉毛。梳妆完毕之后，就要双双到堂前去拜见父母、公婆。新娘的脸上，既洋溢着新婚的幸福、欢乐，又微露忐忑不安：即将拜见的公婆，究竟是什么脾性，还不大摸得清楚。新娘于是带着娇羞的神情低声向身旁的新郎问道：我这眉毛的浓淡画得是否合乎时宜，能讨公婆的喜欢吗？

三、四两句确是传神写照之笔。不用作任何琐细的分析，谁都能直感到画面的鲜明，人物内心活动、声容笑貌的生动毕肖，特别是强烈地感受到充溢在诗中的极为浓郁的生活气息。这两句完全是白描，而且只写了新嫁娘"问夫婿"的一句话，但新娘此时沉醉于新婚幸福之中的心理状态，顾影自怜的神情，乃至"低声问夫婿"时亲昵娇羞的口吻，都跃然纸上，使人感到一股新婚闺房的气息正迎面扑来。绝句不是小说，它不可能也没有必要像小说那样细致地描写人物的形貌言行、心理性格，但不排斥它可以有极精彩的简洁传神的人物描写。三、四两句，作为人物描写的一个精彩片断，足以与小说中的类似描写比美。它在艺术上的成功，可以归结为一句话：完全符合"规定情景"，即符合"洞房昨夜停红烛，待晓堂前拜舅姑"这样一个特定的环境。

如果只看这四句诗，肯定会认为这是一首闺房即事诗或新婚杂咏，然而不能忘记"近试上张籍水部"这个诗题（又作"闺意献张水部"）。这说明诗虽明写闺房情事，暗中却另有寄寓，特别是"近试"二字将它要寄寓的内容点得更加明显。原来，唐代参加科举考试的士人，为了造成声誉，往往在考试前将自己平日所作诗文（包括传奇作品）呈献给当时有文名的著名人物，叫作"行卷"；如果得到对方的赏识、揄扬，在上层社会有了声名，就有可能登第。这首诗就是作者在临近考试之时，将诗文呈献给当时著名诗人张籍（时任水部郎中），请他加以评论的一篇以诗代书之作。诗中的新嫁娘是诗人自喻，"夫婿"喻张籍，"舅姑"则喻主司（考官）。着意寄托的其实只是末句，即以画眉深浅是否入时，比喻自己的诗文是否合乎时尚，能否中主考官的意。这层意思，无论是当事人张籍还是读者，联系诗中所描绘的形象，自能意会。

谜底一经揭穿，今天的读者也许感到兴味顿减，因为诗寄托的内容在今天已经没有多少积极意义。但作为一首成功的比兴寓言体作品，这首诗却仍然能给我们以有益的启示。以男女之情托寓政治人事、身世遭际，这一传统源远流长，其中有不少优秀之作。但魏晋以来，许多比兴寓言体作品往往离开生活来运用比兴。把"托美人以喻君子"变成袭用前人作品的形象、语言、表达方式，来图解某种一成不变的概念，陈陈相因，流于公式化、概念化，缺乏新颖的构思、生动的形象、典型的细节和浓郁的生活气息，因而也自然缺乏感人的艺术力量。朱庆馀的这首诗，它的别开生面之处，就是比兴从生活中来。诗中的比兴形象，既新颖别致，不落窠臼，巧于构思，妙于设喻，又具有生活本身那样的生动性、具体性和鲜活气息。即使撇开它所寄托的内容，仍然是一首极为生动的描绘闺房儿女情事的好诗，具有独特的艺术价值。为了说明这一点，不妨以欧阳修的《南歌子》词为例：

> 凤髻金泥带，龙纹玉掌梳。走来窗下笑相扶。爱道"画眉深浅入时无"。　　弄笔偎人久，描花试手初。等闲妨了绣工夫。笑问"双鸳鸯字怎生书"。

很明显，欧词不但用了朱诗成句，而且在人物形象的描绘上也从朱诗偷得了一点灵感。欧词别无寄托，但它对女性形象的生动描绘却至今仍为人所称道。这说明，从生活中来的比兴形象本身对它所要寄寓的内容来说，有它的独立性。生活之树常青，这对比兴体作品来说，也是一条规律。

许　浑

　　许浑（约795—约858），字用晦（一作仲晦），祖籍安陆（今属湖北），寓居润州丹阳（今属江苏）。唐高宗朝宰相许圉师六世孙。早年曾北游燕赵，南至天台。大和六年（832）登进士第。大和九年秋入浙西崔郸幕。开成三年（838）秋除宣州当涂县尉，翌年秋摄当涂令，五年移摄太平令。会昌初罢摄官返润州，入浙西卢简辞幕。五年府罢赴岭南卢钧幕。后擢监察御史。大中三年（849），自监察御史东归，任润州司马。后历任虞部员外郎，郢州刺史，约大中十二年卒。大中四年，在京口丁卯桥自编《乌丝栏诗》五百首。《新唐诗·艺文志》著录其《丁卯集》二卷。《全唐诗》编其诗为十一卷。今人罗时进有《丁卯集笺证》。浑长于七律，以登临怀古之作著称，工于对仗，声韵铿锵，然语多雷同。按：陈铁民《守选制与唐代文人的诗歌创作研究》对许浑入南海幕及任润州司马时间与罗说不同，见该书第272—274页。

秋日赴阙题潼关驿楼①

　　红叶晚萧萧②，长亭酒一瓢③。残云归太华④，疏雨过中条⑤。树色随关迥⑥，河声入海遥⑦。帝乡明日到⑧，犹自梦渔樵⑨。

[校注]

　　①《全唐诗》校："一作行次潼关逢魏扶东归。"按：《文苑英华》卷二百十八、二百九十八均录许浑《夜行次东关逢魏扶东归》（卷二百九十八题作《行次潼关驿逢魏扶东归》），诗云："南北断蓬飘，长亭酒一瓢。残云归太华，疏雨过中条。树色随关迥，河声入塞遥。劳歌此分首，风急马萧萧。"罗时进《丁卯集笺证》卷二并录二诗，以

《英华》所录为大和四年（830）前所作，"东关"指函谷关；本篇则据《乌丝栏诗真迹》所录题为"行次潼关驿"。并谓"两首有五句重出，且宋人梓行《丁卯集》时又将'东关'误为'潼关'，致将两首诗混为一首"。认为此诗"当作于大中元年许浑赴京复拜监察御史途中"。潼关，古称桃林塞，东汉时设关，故址在今陕西潼关县东南。②萧萧，落叶声。③长亭，驿路上供行人休息或饮饯之亭。《白孔六帖》卷九《馆驿》："十里一长亭，五里一短亭。"④太华，指华山，在陕西华阴市南。《元和郡县图志·关内道·华州》：郑县：少华山，在县东南十里；太华山，在县南八里。⑤中条，山名。在山西永济市东南。⑥关，《全唐诗》作"山"，据《乌丝栏诗真迹》改。迥，远。⑦河，指黄河。⑧帝乡，犹帝京，指长安。⑨渔樵，指归隐于家居丹阳的闲适生活。

[笺评]

胡应麟曰：初唐五言律，"独有宦游人"第一；盛唐，"昔闻洞庭水"第一；中唐，"巫峡见巴东"第一；晚唐，姚合《早期》、许浑《潼关》、李频《送裴侍御》，尚有全盛风貌，全篇多不称耳。（《诗薮·内编》卷四）又曰：许浑《潼关》五言、李频《乐游原》七言，中四句居然盛唐，而起、结晚唐面目尽露，余甚惜之。（同上卷五）

雷起剑曰："帝乡明日到，独自梦渔樵。"悠然。（《丁卯集》评）

陆时雍曰：语虽浅近，致各自成。（《唐诗镜》卷五十）

陆次云曰：仲晦如此诗，虽与刘文房分居"长城"可也。何拙鲁若陈后山者亦复疵之太过。（《晚唐诗善鸣集》卷上）

范大士曰：景近趣遥。（《历代诗发》）

周咏棠曰：（"残云"二句）亦阔大，亦高华，晚唐中之近开、宝名句也。（《唐贤小三昧集续集》）

李怀民曰：（"残云"二句）博大，得登眺意。与许文化又自不

同。(《重订中晚唐诗主客图》)

黄叔灿曰：中四句写潼关景色雄壮，盖以地势然也。诗却平。(《唐诗笺注》)

《精选评注五朝诗学津梁》：此诗神味秾郁，"条""遥"两韵，非后学所能几。

孙洙曰：格、意直追初、盛。(《唐诗三百首》)（一作《唐诗初选》)

王寿昌曰：唐人之诗，有清和纯粹，可诵而可法者，如许浑之"红叶晚萧萧……"。(《小清华园诗谈》卷下)

希斋曰：中两联是题潼关驿楼诗，不可刊置别处。声调亦峻爽。尾联见赴阙意。落句说到"梦渔樵"尤有远神，俗笔定不解如此住。(《唐诗惬当集》卷五引)

潘德舆曰：五律之"红叶晚萧萧"，全局俱动，为晚唐之翘秀也。(《养一斋诗话》)

吴闿生曰：高华雄浑，丁卯压卷之作。(《唐宋诗举要》卷三引)

俞陛云曰：凡作客途风景诗者，山川形势，最宜明了。笔气能包扫一切，而句法复雄宕高超，斯为上乘。许诗其佳选也。开篇从秋日说起，若仙人跨鹤，翩然自空而降。首句即押韵，神味尤隽。三、四皆潼关左右之名山；太华在关西，中条在关东，皆数百里而近。残云挟雨，自东而西，应过中条而归太华，地望固确，诗句弥工。五句以雍州为积高之壤，入关而后迤逦而登，故树色亦随关而迥。余曾在风陵渡河望潼关树色，高入云中，深叹"迥"字之妙。六句言大河横亘关前，浩浩黄流，遥通沧海。表里山河之险，涌现毫端。以上皆记客途风景。篇终始言赴阙。舻樯在望，而故乡回首，犹梦渔樵，知其荣利之淡也。(《诗境浅说》甲编)

[鉴赏]

唐代的潼关，是京城长安的门户，其依山滨河的险要雄峻形势使许多西行入关赴长安的诗人纷纷题咏。在许浑之前，盛唐诗人崔颢有《题潼关楼》五律云："客行逢雨霁，歇马上津楼。山势雄三辅，关门扼九州。川从陕路去，河绕华阴流。向晚登临处，风烟万里愁。"境界雄浑阔大，气势劲健沉雄，是题咏潼关的名作。许浑这首诗，题咏同一对象，又同用五律体裁，似有意与前贤争胜，就诗本身而论，确实如评家所说，雄浑高华，堪与崔诗匹敌。

"红叶晚萧萧，长亭酒一瓢。"首联写途经潼关驿楼，在驿亭饮酒赏景。时近傍晚，经霜的红叶纷纷凋落，发出萧萧的声响，诗人独坐长亭，手持一瓢清酒，正在观赏眼前的深秋景色。景象虽有几分萧瑟，但诗人的意绪并不低沉。境界清疏，色彩鲜明，音调轻快，读来自具一份从容潇洒的情致。

"残云归太华，疏雨过中条。"颔联写登上驿楼所见晚景。诗人到达潼关之前，下过一阵秋雨。登楼之际，天已晴霁，几缕残云正悠悠飘归西边的华山，稀疏的阵雨也飘过东面的中条山，眼前展现的正是一片寥阔明净的秋空。两句对仗工整，而意实互文。"归""过"二字，展现出正在进行中的云收雨散的动态过程，而诗人的心境亦随此高远阔大、晴朗明净之境的展开而变得更加开阔而舒展。

"树色随关迥，河声入海遥。"腹联续写登楼极目东望所见所闻。潼关之外，道路两旁遍植树木，温庭筠《过潼关》有"十里晓鸡关树暗"之句。由于天已傍晚，潼关外道路两旁的树色随着离关的道路越来越远而渐次变得模糊隐约，最后隐入沉沉暮霭之中，而由北向南滚滚而来的黄河到潼关附近转向东流，怒涛之声隐约可闻，可以想见它东流入海的气势。黄河东流入海的景象自然是无法望见的，诗人借"声"写势，用一"遥"字写出黄河的巨浪怒涛滚滚东流入海的声势。和朱斌的《登楼》"黄河入海流"一样，许诗此句也融入了想象的成分，但用"河声"来表现其"入海流"的声势，便仿佛可以听到黄河入海的迢递征程中一路喧腾而去的声响，诗人登楼极望，神驰天外的情景也得到生动的表现。

以上两联，紧扣潼关特有的地理形势（西有华山，东有中条山、关树、黄河）写登楼览眺之景，境界雄浑阔大，高远无际，极具气势。虽有"归""过""随""入""迥""遥"等字作渲染，但并不显得刻意用力，其自然浑成的风貌确实逼近盛唐的高华雄浑气象。

"帝乡明日到，犹自梦渔樵。"尾联就题内"赴阙"作收。作这首诗时，诗人已担任过多次地方官及幕府官职。此次赴京，既有对帝乡的向往，又有对渔樵隐逸生活的留恋。故尾联抒写这种矛盾的心情，反映出诗人对仕途的厌倦和淡然。上句前瞻，下句回顾，虽用抒情之笔，而气度高远，与前三联仍铢两相称。

此诗有五句与《夜行次东关逢魏扶东归》重复（仅第六句作"河声入塞遥"，与此诗有一字之异），故历来注家或解者多将《夜行次东关逢魏扶东归》与此诗相异处作为此诗之异文来处理。但此诗既载《乌丝栏诗》，自为许浑之作无疑。而细味《夜行次东关逢魏扶东归》之题与诗，二者亦密合无间，且题亦非后人任意杜撰。如将《夜行次东关逢魏扶东归》移作此诗之题，则题与诗显然脱节，扞格难通，故将其作为两首诗来处理，是完全符合实际情况的。其实，唐人在写作五七言律体时，往往有先得一联两联，然后根据诗题或特定情景凑足全诗的情形。有时偶得佳联，则往往移用于他诗，甚至一用再用。许浑这首诗的中间两联，是他的得意之作，不仅在前后相隔十来年的两首五律中重复使用，其中的"残云归太华，疏雨过中条"一联，又见于《秋霁潼关驿亭》一诗（此诗亦早期之作）。这样屡次应用，固可见其对这一佳联的重视程度，也从另一面透露出其诗思、诗才的相对贫乏。但从整体来说，这首《秋日赴阙题潼关驿楼》在艺术上是比较完整的，诗题与诗面也扣合得比较紧。从另一角度看，不妨将此前的二诗视为习作，而将这一首看作题潼关驿的定稿。

值得注意的是，《宝真斋法书赞》卷六《唐许浑乌丝栏诗真迹》此诗下岳珂注云："内'残云''疏雨'联，原作'远帆秋水阔，高寺夕阳条（疑作遥）'，内'阳'字，'易'字不成，上有补绢，已不存，其笔画犹隐然在纸上。"可见诗人自己也不想一再重复用此联，但最后斟酌的结果，还是为了全诗的艺术完整作出了这种有些无奈的选择。

金陵怀古①

玉树歌残王气终②，景阳兵合戍楼空③。松楸远近千官冢④，禾黍高低六代宫⑤。石燕拂云晴亦雨⑥，江豚吹浪夜还风⑦。英雄一去豪华尽，惟有青山似洛中⑧。

[校注]

①金陵，指东吴、东晋、宋、齐、梁、陈六朝的都城（吴称建业，东晋后称建康）。战国时楚威王灭越后于今南京市清凉山（石城山）设金陵邑，故称。《湘山野录》谓此诗系杜牧作，又曾见于薛能集。按：此诗见于《乌丝栏诗》，为许作无疑，作年未详。②玉树，即《玉树后庭花》，屡见前注。残，《乌丝栏诗》作"愁"，《湘山野录》作"沉"。王气，帝王所在的祥瑞之气，《元和郡县图志·江南道·润州上元县》："本金陵地。秦始皇时望气者云：'五百年后，金陵有都邑之气。'故始皇东游以厌之，改其地曰秣陵，堑北山以绝其势。及孙权之称号，自谓当之。孙盛以为始皇逮于孙氏四百三十七载，考其历数，犹为未及。晋之渡江，乃五百二十六年，遂定都焉。"此句"金陵王气"即指建都于金陵的六个王朝的国运、气数。③景阳，南朝都城建康宫名。据《陈书·后主纪》，祯明三年（589）春，隋军渡江，攻入建康，"后主闻兵至，从宫人十馀出后堂景阳殿，将自投于井"。后被俘。兵合，指隋将韩擒虎、贺若弼所率之军队从南北两面攻入宫中。戍，《乌丝栏诗》作"画"。④松，《乌丝栏诗》作"梧"。松楸，松树与楸树，多植于墓旁。⑤六代，即六朝。《诗·王风·黍离》小序云："《黍离》，闵宗周也。周大夫行役，至于宗周，过故宗庙宫室，尽为禾黍。闵周室之颠覆，彷徨不忍去而作是诗也。"

句意谓昔日六朝的宫殿废墟上如今已长满了高高低低的禾黍。隋文帝《平陈诏》："建康城邑宫室，并平荡耕垦。"⑥石燕，似燕之石。旧注引《水经注·湘水》："湘水东南流迳石燕山东，其山有石，绀而状燕，因以名山。其石或大或小，若母子焉。及其雷风相薄，则石燕群飞颉颃如真燕矣。"又《初学记》卷二引《湘州记》："零陵山上有石燕，遇风雨即飞，止还为石。"然此题为"金陵怀古"，与湘中之石燕无涉，当指金陵近地之石燕。贺裳谓当指燕子矶，极是。矶在今南京东北部观音山，突出之岩石屹立长江边，三面悬绝，宛如飞燕，故名。⑦江豚，俗称江猪。哺乳动物，形状像鱼，无背鳍，头短，眼小。郭璞《江赋》："鱼则江豚海狶。"李善注引沈怀远《南越志》："江豚似猪，居水中，每于浪间跳跃，风辄起。"⑧《方舆胜览》卷十四《建康府》："洛阳四山周，伊、洛、瀍、涧在中。建康亦四山围，秦淮、直渎在中，故云'风景不殊，举目有山河之异'。李白云'山似洛阳多'，许浑云'只有青山似洛中'，谓此也。"

[笺评]

方回曰："禾黍高低六代宫"，此一句好。上句所谓"松楸远近千官冢"，非也。大抵亡国之馀，乌有松楸蔽千官之冢者？五、六却切于江上之景。(《瀛奎律髓》卷三)

谢榛曰：许用晦《金陵怀古》，颔联简板对尔，颈联当赠远游者，似有戒慎意。若删其两联，则气象雄浑，不下太白绝句。(《四溟诗话》卷二)

顾璘曰：上篇前四句稍雄浑，而意象不合，次联粗硬，结语独急，如唱断头。然就其他作，又不足此矣。(《批点唐音》)

唐汝询曰：金陵本六朝建都之地，至陈主荒淫，王气由此而灭，故以《玉树》发端。遂言主就缚而戍楼空寂也。虽千官之冢犹存，而六代之阙庭已尽，唯余石燕、江豚作雨吹风而已。然英雄虽去，而青

山盘郁，足为帝都，徒使我对之而兴慨耳。(《唐诗解》卷四十四)

周珽曰：前四句总慨南朝自亡之后，消废殆尽也。五、六句喻六朝君臣，自恃翻云覆雨权谋，专逞威福，肆志妄行，以致败亡。或谓"石燕""江豚"且知时出处，何六朝君臣不知时去，亦通。末叹英雄一去，基业榛芜，不能如青山不改，徒增凭吊者一份慨也。金陵本六朝建都之地，至陈主荒淫，王气因此而灭，故以"玉树"发端。建康山水与洛阳形势盘踞，俱足为千都，故结云"似洛中"。太息王气消沉，无如青山之盘郁尔。"唯有"二字可玩。(《删补唐诗选脉笺释会通评林·晚七律》)

金圣叹曰：(前解) 此先生眼前一片楸梧禾黍，而悄然追叹其事也。一、二《玉树》歌残，景阳兵合，对写最妙。言后庭之拍板初擎，采石之隋兵已上；宫门之露刃如雪，学士之馀歌正清。分明大物改命，却作儿戏下场。又加"王气终""成楼空"，对写又妙。言天之既去，人皆不在，真为可骇可悯也。于是合殿千官，尽成瓦散，六宫台殿，咸委积莽。如此楸梧禾黍，皆是当时朝朝琼树，夜夜璧月之地之人也。(后解) 此又快语而痛说之也。言当时英雄有英雄之事，今日石燕有石燕之事，江豚亦有江豚之事。当时英雄有事，而极一代之豪华；今日石燕江豚有事，而成一日之风向。前者固不知后，后者亦不知前也。"青山似洛中"，掉笔又写王气未终，妙，妙！(《贯华堂选批唐才子诗》卷六)

冯舒曰：金陵，六朝建都之地，虽经变革，岂是朝朝伐树？可笑。(《瀛奎律髓汇评》引) 按：此针对方回评而发。下诸家同。

冯班曰：陈亡之后，诸臣皆仕隋富贵，方君不知也。大谬。(同上引)

陆贻典曰：陈亡后，诸臣都半事隋，居大官。至唐，其子孙亦盛，何至不能庇祖先之墓。方公此论，未尝论世也。又曰：丁卯诗着意多在中四句，此篇起、结皆有力。(同上引)

查慎行曰：(方) 此论太滞。且金陵多降王，则松楸无恙，亦常

理耳。（同上引）

何焯曰：从陈发端，一笔带过往事，势亦空阔。（同上引）又曰：一歌未阕，王气遂终，发端自警。起连从陈事，将古迹一笔提过，以下只就目击处感叹，势亦空阔。（《唐三体诗》评）

纪昀曰："松楸"句本意指林莽蔽翳而言，非指旧日所插，但松楸乃蔽冢之木，似乎旧植之犹存，语意不明，故为虚谷所摘。（《瀛奎律髓汇评》引）

陆次云曰：此诗三、四对得微板。五、六一联变出比意，遂非寻常格律。金陵怀古诗中，岂易见此杰作？（《五朝诗善鸣集》）

贺裳曰：《金陵怀古》诗曰："玉树歌残王气终，景阳兵合戍楼空。"咏金陵而但举陈事者，自此南北不分也。"松楸远近千官冢，禾黍高低六代宫"，即太白"吴宫花草埋幽径，晋代衣冠成古丘"意。"石燕拂云晴亦雨，江豚吹浪夜还风"，尝见宋僧圆至注周弼《三体诗》，引《湘中记》"零陵有石燕，遇雨则飞"解此句，大谬。金陵有燕子矶俯临江岸，此专咏其景，何暇远及零陵！"英雄一去豪华尽，惟有青山似洛中。"语稍未练，亦自结得住。此诗在晚唐亦为振拔，顾璘称其"前四句雄浑而意象不合"，正不知何者为意象？又云"次联粗硬"，粗者如是乎？顾贬李贬温，又贬许不遗力，至如邵谒，虽略涉东野藩篱，而话多平直，又称词意俱到。此犹见衣褐者尊之，衣组者訾之，不知相马以瘦，亦犹相马以肥耳。（《载酒园诗话》卷一）

《唐诗鼓吹笺注》：此感六朝兴废也。首言陈后主专事游宴至于国亡，而《玉树》之歌已残，王气亦已尽矣。隋之韩擒将兵入陈，而景阳戍楼已成空虚。但见松楸生于千官之冢，禾黍满于六代之宫，冢殿荒芜，伯图消灭，良可惜也。自古及今，唯石燕飞翔，江豚出没，景物常存耳。若英雄一去，豪华殆尽，不复再留，岂有能若青山之无恙哉！（卷一）

吴昌祺曰：言石能作雨，豚亦兴风，而英雄一死则无复豪华也。（《删订唐诗解》）

雷起剑曰：灵润之气，沸沸笔端，又曰："石燕拂云晴亦雨，江豚吹浪夜还风"，情景清切。（《丁卯集》评）

胡以梅曰：此诗以神致悠扬取胜，是凭吊之音也。（《唐诗贯珠串释》）

毛张健曰：并慨洛阳，寄兴深远。（《唐诗肤诠》）

张世炜曰：乐天见梦得诗而阁笔，而浑敢为之。此诗虽不及梦得之自然，然亦甚刻炼，不教梦得独步。（《唐七律隽》）

王尧衢曰：前解写金陵之废，后解深怀古之情。（《古唐诗合解》）

黄叔灿曰：此诗不及刘梦得《西塞山怀古》。盖刘从孙吴说起，虚带六朝，凭吊深情，自有上下千古之慨，气魄宏阔，诗亦深厚。此诗以陈后主为南朝之终，追溯六朝，立局亦妙。（《唐诗笺注》卷六）

范大士曰：音响遏云。（《历代诗发》）

沈德潜曰：六朝建都金陵，至陈后主始灭，故以此发端。（《重订唐诗别裁集》卷十六）

姚鼐曰：第三句不稳贴。（《五七言今体诗抄》）

于庆元曰：直追盛唐体格。（《唐诗三百首续选》）

王寿昌曰：诗之慷慨悲歌者，易见精神；其富贵颂扬及有所希冀者，往往委靡不振。少陵所以特出流辈，良由是耳。他如许郢州《金陵怀古》……何啻精神百倍！（《小清华园诗谈》卷上）

朱三锡曰：许公此篇，单论陈后主事，只一起"王气终"三字，已括尽六朝，尤为另出手眼。"玉树歌残"与"景阳兵合"作对，直将鼎革改命大事，视同儿戏，真可慨也！（《东岩草堂评订唐诗鼓吹》）

王文濡曰：金陵为六朝故都，兹独摘取陈后主事者，陈灭则王气终也。诗以"王气终"三字作骨，而怀古伤今，深情如揭。（《唐诗评注读本》）

《金陵怀古》是许浑怀古七律的代表作,也是怀古诗发展到烂熟阶段的范型。中晚唐诗人,普遍怀有一种"六朝情结",对六朝繁华的消逝怀有沉郁苍凉、惆怅伤感的情绪,曲折地反映出他们对唐王朝盛世的追恋和对其衰颓趋势的悲慨。而金陵作为六朝旧都,不仅是六朝政权的象征,也是六朝人物、文物的渊薮,用它来作六朝怀古诗的题目,自然是最合适不过的了。

"玉树歌残王气终,景阳兵合戍楼空。"首联从陈亡写起,以陈亡标志整个六朝的终结。金陵王气,始于吴而终于陈,"王气终"三字,一笔扫去三百七十年的六朝偏安江南的历史。而在它之前冠以"玉树歌残",既点明了陈朝这个六朝的末代政权的覆灭,又昭示了它覆灭的原因在于君臣荒淫豪奢,不恤国事,其实这也是整个六朝各个小朝廷之间更迭的原因。第二句写陈亡,撇开对战事情况的具体描写,只用"景阳兵合戍楼空"七字就概括了隋总管贺若弼、韩擒虎率军从北、南二道分别进攻,形成合围之势,"城内文武百司皆遁出",宫城失陷、后主及嫔妃被擒的整个过程。上句从时间方面着笔,从陈亡落笔而放眼六朝,下句从空间方面着笔,专写陈亡而见六朝"王气"之"终",立意高远,运笔如橼,极概括而富气势。两句中的"残"与"终"、"合"与"空"都是诗人着意经营、渲染的词语,但读来并不感到有斧凿的痕迹,这是因为贯串全联的雄浑气势将它们统摄成一个艺术整体的缘故。从中可以体味出,在诗人的意念中,六朝的覆灭乃是一种必然的历史趋势。

"松楸远近千官冢,禾黍高低六代宫。"颔联写览眺所见六朝遗迹:放眼望去,那远远近近,长满松楸的坟墓上埋葬的尽是六朝时期的高官显宦,而往日豪华壮丽的六朝宫殿旧址上,如今只见高高低低的禾黍而已。前者见当年声势烜赫、享尽富贵荣华的六朝权贵都已成为历史上匆匆的过客，后者见繁华富贵的宫廷生活早已成为一片空幻，眼前所见的景象唯使人徒增黍离苗秀的亡国悲慨而已。下句用典，与眼前景密切结合，故不见用典之迹；所表现的感情也由典故原来蕴含的宗臣伤悼故国之思变为对前朝兴亡盛衰的悲慨。

"石燕拂云晴亦雨，江豚吹浪夜还风。"如果说颔联是对六朝人事变化的感慨，那么腹联则是自然景物永恒的咏叹，它的作用正是为了衬托社会历史、政治人事的沧桑变化，颔联是主，腹联是宾。"石燕"句旧注及今人注解多引《湘中记》零陵山上有石燕之记载为解，可以肯定其中"晴亦雨"三字当与此典中"遇风雨则飞，止还为石"的记述有关，但此"石燕"在湘中零陵，与金陵毫无关涉，作为一首金陵怀古诗，绝不可能作这样的"诗不对题"的描写。清初贺裳指出此"石燕"当为金陵城东北濒江之燕子矶，极是，与下句"江豚"相对，正写金陵山川景物依旧，关合极紧。两句意谓长江边上的燕子矶高矗拂云，在漫长的岁月中经历了无数次日晒雨淋，如今依然屹立江边，长江中的江豚直到如今仍然翻腾跳跃，掀起夜间的风浪。两句的句眼在"亦"字、"还"字，见昔日如此，今日"亦"如此，异日"还"如此，而"亦"与"还"的反面，正是历史人事盛衰变化的无常。"燕子矶"之得名不知始于何代，但顾名思义，必与其形状似燕相关。

"英雄一去豪华尽，惟有青山似洛中。"尾联承上三联作总收。这里的"英雄"既包括像东吴的孙权、宋代的刘裕等各朝有雄图大略的开国皇帝，也包括周瑜、鲁肃、谢安、王导乃至檀道济一类名臣名将；"豪华"，既指六朝君臣豪奢华侈的生活和六朝繁华富丽的宫殿建筑，也可以兼包与六朝历史人事有关的值得追思怀想的美好旧事，如今这一切，都已随着历史的风雨而销歇净尽了，只有围绕金陵古城四周的青山依然如故，像当年的洛阳之四遭皆山一样。上句承首句、"千官冢"，下句承次句、"六代宫"及腹联。为什么要说"青山似洛中"呢？一般人可能都只注意到洛阳与建康都具有"四山围"的地理形势特点，却忽略了这个相似点中包含着一个更加寓意深远的典故：《世说新语·言语》："过江诸人，每至美日，辄相邀新亭，藉卉饮宴。周侯（颛）中坐而叹曰：'风景不殊，正自有山河之异！'"当年东晋初年南渡的士大夫曾因"风景不殊"而感慨"山河之异"，今日的士人面对晚唐衰颓的局势和不变的江山景物，凭吊六朝的兴亡盛衰，难道不同样怀有易代的隐忧和悲慨吗？画龙点睛，探骊得珠，诗人凭吊六朝兴衰的真正用意正在于此。有此一结，一切怀古之情尽化为慨今之意，诗的现实感也就因此而凸现出来了。

全诗不仅起势雄浑高远，结尾寓意深长，中间两联对仗工切，声韵铿锵，极富声情格调之美，而且在运用典故上显示出很高的技巧。如首句用《玉树后庭花》事，因诗中有"玉树后庭花，花开不复久"之句，被视为陈朝将亡的歌谶，因此"玉树歌残"下紧接"王气终"，便显得特别自然贴切。再如"禾黍"句用"黍离""麦秀"之典，既说六朝覆亡，更见亡国的荒凉颓败景象，而诗人的深沉怀古伤今之慨亦寓其中。末句则典中有典，不仅悲慨江山依旧，人事全非，而且兼寓今之视昔，亦犹后之视今的深意。而所用的典故都是常见的熟典，妙处全在发掘典故本身所包含的深意，赋予诗人自身的独特感受，遂使常典的运用显出新警的用意。

咸阳西门城楼晚眺①

一上高楼万里愁，蒹葭杨柳似汀洲②。溪云初起日沉阁③，山雨欲来风满楼。鸟下绿芜秦苑夕④，蝉鸣黄叶汉宫秋⑤。行人莫问前朝事⑥，渭水寒声昼夜流⑦。

[校注]

①《全唐诗》题原作"咸阳城东楼"，今据《乌丝栏诗》改正。据诗意及第三句自注，诗人所登者，系咸阳西门城楼而非"城东楼"。《雍录》："秦咸阳在京兆西微北四十里，本杜县地；至唐，咸阳县则

在秦都之西二十里，名虽袭秦，非其故处矣。"《元和郡县图志·关内道一·京兆府咸阳县》亦云："按秦咸阳在今县东二十二里。"②蒹葭，芦荻。汀洲，水中的沙洲。③此句下作者自注云："南近磻溪，西对慈福寺阁。"则句中"溪"当指磻溪，然磻溪远在今宝鸡市东南，流入渭水。在咸阳门城楼晚眺，无论如何看不到三百余里外的磻溪云起，恐作者所指实系咸阳城南三里之渭水，磻溪既为渭水支流，则称渭水为磻溪亦自无妨，犹吕望钓于磻溪而诗人每言"钓渭滨"也。"阁"则自指慈福寺阁。④秦苑，秦代的宫苑。此指上林苑。秦惠文王、秦昭王、秦始皇相继扩建。《三辅故事》："秦始皇上林苑中，作离宫别馆一百四十六所。"地在渭河之南至终南山一带。⑤汉宫，指汉上林苑。秦上林苑建筑，多毁于秦末战火，汉武帝建元三年（前138）在秦苑旧址上进行大规模扩建，东南至宜春、鼎湖、昆吾，南至御宿、终南山，西南至五柞、长杨，北跨渭河，绕黄山，周围三百四十里。⑥前朝，《全唐诗》原作"当年"，据《乌丝栏诗》改。⑦《全唐诗》此句原作"故国东来渭水流"，据《乌丝栏诗》改。

[笺评]

方回曰：（末联）一作"行人莫问前朝事，渭水寒光日夜流。"尾句合用此十四字为佳。又曰：中四句与前诗（指《骊山》）一同，皆装景而已。（《瀛奎律髓》卷三）

顾璘曰：此篇虽亦稍急，然下句均停，初学可入手。（《批点唐音》）

唐汝询曰：咸阳本人烟辐辏之所，今所见者唯蒹葭杨柳，俨然一汀洲也。况云雨凄其，遍于楼阁；蝉鸣鸟集，宫苑荒凉，岂复当年壮丽哉！独渭水东流，犹为旧物耳。（《唐诗解》卷四十二）

雷起剑曰："溪云初起日沉阁"，写景淡远。（《丁卯集》评）

王世贞曰：晚唐押二"楼"字，如"山雨欲来风满楼""长笛一

声人倚楼"，皆佳。(《艺苑卮言》卷四)

陆时雍曰：《凌歊台》《咸阳城东楼》，三、四俱作仄调以取轻俊，此其病，与盛唐人好雄浑同。雄浑则气易不清，轻俊则格多不正。诗家要道，雅归中正。(《唐诗镜》卷五十)

周珽曰：创识由眼锐，创局由腕活。可怪读唐诗者，多横据"晚唐"二字在胸，致使用晦辈此等诗便用卑调概视，吹毛索瘢，徒烦饶舌。又曰：高楼一上，万里之愁顿生，便有不胜吊古之思。蒹葭杨柳，唯汀洲最多，以人烟辐辏之所茂盛似之，见荒凉之极矣。中二联以晚眺之景，分远近言，喻国家无事俱有先兆。如日将沉，溪中必先起云；雨欲来，楼上必先多风。此唯知几者能辨之也。今观秦苑绿芜满目，唯为鸟棲；汉宫黄叶飘零，唯闻蝉声。要之，当年亦必有先兆可以预知者。故行人不必问前朝之事，即观渭水寒声，可以识后流犹前流矣。(《删补唐诗选脉笺释会通评林·晚七律》)

唐孟庄曰：次联下句胜上句。(同上引)

金圣叹曰：(前解)仲晦，东吴人。蒹葭杨柳，生性长习，醉中梦中，不忘失也。无端越在万里，久矣形神不亲。今日独上高楼，忽地惊心入眼，二句七字，神理写绝。不知是咸阳西门，真有此景？不知是高城晚眺，忽地游魂？三、四极写"独上"高楼"独"字之苦(按：原文为"一上")。言云起日沉，雨来风满，如此怕杀人之十四字中，却是万里外之一人，独立城头，可哭也。二句只是一景，有人乃言"山雨"句胜于"溪云"句，一何可笑！(后解)秦苑也，秦人其何在？吾徒见鸟下耳。然而日又夕矣。汉宫也，汉人其何在？吾徒闻蝉鸣耳，然而叶又黄矣。孔子曰："逝者如斯，不舍昼夜！"今人问前人，后人且将问今人，后人又复问后人，人生之暂如斯，而我犹羁万里耶？(《贯华堂选批唐才子诗》卷六)

冯班曰：许用晦诗工细，与"江西"诗格正相反，宜虚谷之不喜也。又曰：清妙。(《瀛奎律髓汇评》引)

查慎行曰：吾于《丁卯集》中只取"溪云初起日沉阁，山雨欲来

风满楼"，二语工于写景而无板重之嫌。（同上引）

何焯曰：无此注（按：指第三句自注）则"阁"字何着！又曰：五、六言秦亡于赵高，汉衰于石显，今何乃兼之也。惨淡满目，晚唐所处之会然也。（《唐三体诗》评）又曰：何仲言诗："江暗雨欲来，浪白风初起。"第四偷其语缩作一句……作"前朝"得之，言今日亦复季世，与之同彼耳。（《唐诗鼓吹评注》眉批）

黄周星曰：如此凭吊，亦何可少。（《唐诗快》）

陆次云曰：此等诗是最上乘。（《晚唐诗善鸣集》）

王士禛曰：唐人拗体律诗……其一出句拗第几字，则偶句亦拗第几字，抑扬抗坠，读之如一片宫商。如许浑"溪云初起日沉阁，山雨欲来风满楼"是也。（《分甘馀话》）

黄生曰：尾联见意。首尾全是思乡，却插入五、六、七三句纵横出入，全不碍手，唯老杜有此笔力。许，润州人，润州水乡，故有"似汀洲"语，犹言"无端登水阁，有处似家山"是也。此时愁思正在万里，况云起雨来，是增一倍凄切也。五、六则尽其晚眺所至而极言之。指秦苑，唯有鸟下绿芜；问汉宫，唯有蝉鸣黄叶。然而己方系怀故国眼看渭水东流，只人不能东归，又何暇与行人攀今吊古，细话当年之事乎？（《唐诗摘抄》卷三）

叶矫然曰：许浑"溪云初起日沉阁，山雨欲来风满楼"，刘沧"半夜秋风江色动，满山寒叶雨声来"，语意工妙相似，亦相敌。（《龙性堂诗话续集》）

吴烶曰：全首俱形容"愁"状处。（《唐诗选胜直解》）

吴昌祺曰：拗句最为有致，然当时长安何至如此？诗人语多太过也。（《删订唐诗解》）

毛奇龄曰：只七字（按：指第四句）写得到，惜上句景次不堪嘹亮，且"楼""阁"杂出不妥。（《唐七律选》卷四）

《唐诗鼓吹评注》：此诗览物怀古，首言上高城而望，兼葭杨柳似乎汀洲。日沉阁而溪云起，风满楼而山雨来，复见秦苑汉宫蝉下鸟鸣

而已。今行路者，莫问前朝盛事，惟闻渭水之声昼夜长流耳，其事业复安在哉！（卷一）

朱三锡曰：许公，吴人也。蒹葭杨柳，习见有素，怀想已深。无端于千里之外，独上高楼，忽地惊心入眼，大可愁也。（按：此数语袭金氏之评）三、四皆晚眺时景色，亦皆晚眺时愁思。云初起、月沉阁，雨欲来、风满楼，如此光景，高城晚眺，见之者大可怕人也。"秦苑""汉宫"，俱切"咸阳"……下一"夕"字又"秋"字，景况倍觉凄凉。感时怀古之意，岂能已乎！（《东岩草堂评订唐诗鼓吹》）

王尧衢曰：（首句）从上楼写起，以"愁"字为根。（二句）此地人烟辐辏，非比汀洲，而今所见蒹葭杨柳，俨然却似汀洲，荒凉可叹。（三句）云自溪中而起，时已薄暮，而不觉日之西沉。（四句）雨未及来，风先吹动，山楼景色宛然。（五句）秦上林苑，当年何等巨丽，今但见鸟之夕宿而已。（六句）昔日之汉宫，秋色甚丽，今只蝉声夕唱而已。（七句）秦苑、汉宫，同为消歇，当年盛事，无有复存者，故莫须问也。（末句）陇西郡，渭水所出，东流长安，唯此是秦汉旧物而已。又云：前解写上咸阳城楼，后解怀古情深矣。（《古唐诗合解》卷十一）

纪昀曰：若专摘此二句（指三、四二句），原自不恶。（《瀛奎律髓汇评》引）

屈复曰：次联名句，"阁""楼"相犯，又重"楼"字，唐人往往有之，终是一病，在今日则不可。（《唐诗成法》）

沈德潜曰："一上高城万里愁，蒹葭杨柳似汀洲"，咸阳何地，而竟如汀洲耶？又曰：恐落吊古套语。少陵怀古诗，每章各有结束。（《重订唐诗别裁集》卷十六）

宋长白曰：许浑"溪云初散（起）日沉阁，山雨欲来风满楼"，韩偓"静中楼阁深春雨，远处帘栊半夜灯"，不独上下融化，风致嫣然，尤妙在不斤斤作二五句法，举一脔以该全鼎，无亦为含英咀华之一助乎！（《柳亭诗话》卷十五）

宋宗元曰：（"溪云"二句）荒凉如绘。即其写景运笔，足使人爱不忍释。（《网师园唐诗笺》）

焦袁熹曰：希斋云：三、四可匹赵（嘏）"残星""长笛"一联。（《此木轩唐五言律七言律读本》）

周咏棠曰：三、四绘景生动，自是名句，但"楼""阁"二字作对，殊觉草草。（《唐贤小三昧集续集》）

姚鼐曰："溪云"一联固警句，然必当是咸阳景色耶？大抵用晦诗，似先得句，而后加题附合者然，此其病也。（《五七言今体诗抄》）

薛雪曰：悠扬细腻之至。（《一瓢诗话》）

范大士曰：三、四机神凑合。（《历代诗发》）

梅成栋曰：一片铿锵，如金铃千万齐鸣。（《精选五七言律耐吟集》）

俞陛云曰：（颔联）上句因云起而日沉，为诗心所易到；下句善状骤雨欲来，风先雨至之景，可谓绝妙好词。（《诗境浅说》）

罗宗强曰：许浑的有些怀古咏史诗，从具体史实上升为对历史的纵览，在更为广阔的时间背景上，回顾历史，往往带有哲理意味……咸阳为秦汉故都，秦汉是两个强盛的朝代，如今秦苑汉宫，也只有鸟下绿芜、蝉鸣黄叶而已。"莫问"者，不问自明也……盖有盛必有衰，盛去衰来，朝朝如此，代代如此。感悟此人世盛衰的道理，也就明白曾经如此强盛的唐王朝同样摆脱不了盛极而衰的命运，衰败已经不可挽回的到来。"莫问"一句，不但感慨甚深，哲理意味亦明显。全诗纵览历史，思索现实，体察哲理，达到了很高的水平。（《唐诗小史》）

[鉴赏]

诗题为"咸阳西门城楼晚眺"，表明这是一首登临览眺之作。登高远眺，触景生情，这情既可以是思乡怀远之情，也可以是怀古伤今之情，甚至也可以是对览眺所见景物的审美感受。这首诗中虽有登临怀古的内容，但就全诗而言，并不是一首典型的怀古诗。如果对诗的性质有所误判，则很有可能导致对诗意的误解。

"一上高楼万里愁，蒹葭杨柳似汀洲。"首句突兀而起，说自己一登上高峻的咸阳西门城楼，便顿生"万里"之"愁"。这"万里愁"的具体内涵，就体现在第二句当中。登高眺望，但见远处芦荻丛生，杨柳遍地，风景正像万里之外的润州故乡一带江中的沙洲。蒹葭杨柳和江中沙洲，正是江南水乡的景物特点和标志。许浑诗中，像"吴门烟月昔同游，枫叶芦花并客舟"（《京口闲居寄两都亲友》）、"潮生水国蒹葭响，雨过山村橘柚流"（《赠萧兵曹先辈》）、"十里蒹葭入薜萝"（《春日郊园戏赠杨假评事》）、"日照蒹葭明楚塞，烟分杨柳见隋堤"（《送上元王明府之任》）等一系列诗句，正可证所谓"蒹葭杨柳似汀洲"，实即风景依稀似故乡之意，然则所谓"万里愁"者，即思念远隔万里的故乡的愁绪。"似"字所透露的正是眼前景与家乡景的相似。两句起势峻拔，境界阔远，景色明丽，系初登时览眺所见所感。

"溪云初起日沉阁，山雨欲来风满楼。"颔联续写登楼之后过了一段时间所见到的景象：时近傍晚，南边的渭水生起了层层云雾，夕阳也隐没到慈福寺阁的后面；天色阴暗，山雨即将来临，身处高峻的城楼之上，只感到满楼都充满了呼啸的风声。云起而日沉，风骤而雨至，本是平常的自然景象，当诗人将"溪云初起"与"日沉阁"，"山雨欲来"与"风满楼"组合在一起时，却顿现一个风起云涌、动荡变幻、气势雄浑、惊心动魄的境界。而"溪云初起"与"日沉阁"之间，"山雨欲来"与"风满楼"之间，又存在着因果联系。在关中平原上，夕阳落到西边的地平线下时，已是暮霭沉沉之际，这里说"日沉阁"，显然是因为溪云初起，天色阴霾，夕阳自然隐没于寺后的缘故，并非真正到了日落西山之时。而云起日隐，又正是下句风骤雨来的前奏，故上下句之间实际上也存在因果关系和一定的时间距离。而当身处高楼的诗人感到疾风满楼，呼啸作响时，就敏感地意识到一场骤雨即将降临，"风满楼"正是"山雨欲来"的先兆，而"山雨欲来"也正是"风满楼"的原因。诗人用一"欲"字，传神地表现出自然景象间的紧密关联，以及诗人对这种关联的美感体验和带有神奇警动意味的感受。这种体验感受及极富动荡变幻感的意境，前人还从未在诗歌中成功地表现过，遂成千古名句。由于它的意境的典型性，今之读者往往从它联想到一个动荡的巨大变革时代的来临。尽管诗人落笔时未必有此想，但形象的生动和意境的典型却使它在客观上给读者以类似的启示和联想。

"鸟下绿芜秦苑夕，蝉鸣黄叶汉宫秋。"腹联所写，是风停雨霁，夕阳斜照下的景象。咸阳为秦代旧都，秦、汉两代，都在这一带建造了规模巨大的上林苑。时移代改，往日盛极一时的秦汉王朝，连同豪华的上林苑均已消逝在历史的长河之中，如今在秦苑汉宫的旧址上，唯见飞鸟翔落在绿色的平芜之上，秋蝉啼鸣在黄叶凋衰的高树之上而已。诗人面对的是览眺中的眼前景，而思绪则遥接千载，联想到遥远的秦汉时代和繁华的宫苑，以及这一切繁荣昌盛景象在历史风雨的淘洗后荡然无存的情景。颔、腹两联之间，由自然界的风雨而暗渡到历史风雨的淘洗，正可谓有神无迹。由于在览眺中将现实的时空与历史的时空融合，这首登临诗便包含了怀古的内涵而不再是一首单纯的览眺之作。

"行人莫问当年事，渭水寒声昼夜流。"尾联紧承"秦苑""汉宫"，就怀古之意顺势收束。"行人"泛指，既可包括诗人自己，也可包括所有经行此前朝旧地的人，曰"莫问"者，不必问亦不堪问也，其中自含无限怀古伤今、凭吊悲慨之情，而"莫问"的答案正在末句暗透出来。历史人事代代更迭，盛衰荣悴转瞬即逝，唯有这眼前的渭水，不舍昼夜，千古长流，发出带有寒意的波声。"寒"字应上"秋"字，而"声"字、"夜"字正承上"夕"字而进一步言之。透露出诗人在咸阳西门城楼上登眺时间之久，不知不觉间，已由"夕"而入"夜"，以致渭水已经沉入暮霭之中，不复见其形，而只能听其"声"了。而这昼夜流淌不息的渭水又使人自然联想到历史的长河，联想到诗人身处的唐王朝也将随着历史长河的流淌而最终消逝，诗人因怀古而引发的伤今意绪在"渭水寒声昼夜流"中集中体现出来了。

谢亭送客①

劳歌一曲解行舟②，红树青山水急流③。日暮酒醒人已远，满天风雨下西楼④。

[校注]

①谢亭，即谢公亭，在安徽宣城市宣州区北。相传为南齐诗人谢朓任宣城太守时送别友人范云之处。客，《全唐诗》原作"别"，据《乌丝栏诗》改。本篇当作于开成四年（839）至会昌元年（841）任职宣州当涂或太平期间。②劳歌，忧伤之歌，此指抒发离别的忧伤之歌。《诗·邶风·燕燕》："瞻望弗及，实劳我心。"劳即忧伤、愁苦之意。李白有《劳劳亭》五绝云："天下伤心处，劳劳送客亭。"此"劳劳"亦忧愁伤感之意。或谓"劳歌"指劳劳亭送客所唱之歌，为送别之歌的代称，亦通（见《事文类聚》）。③树，《全唐诗》原作"叶"，据《乌丝栏诗》改。④西楼，此当指谢亭送客时诗人所登之楼。

[笺评]

谢枋得曰：水急流则舟行速，醉中见红叶青山，景象可爱，必不瞻望涕泣矣。日暮酒醒，行人已远，岂能无惜别之怀。满天风雨，离愁当增几倍也。（《唐诗绝句》卷四）

吴逸一曰：《阳关》诸作，多为行客兴慨，此独申己之凄况，故独妙于诸作。（《唐诗正声》评）

敖英曰：后二句可与《阳关》竞美。盖"西出阳关"写行者不堪之情，"酒醒""人远"写送者不堪之情。大抵送别诗妙在写情。(《类编唐诗七言绝句》)

唐汝询曰：唐人长于送别，而《阳关》称最。他若"雪晴云散""蓟庭萧飒"，转相步骤，几成套语，此独舍却行子，写居人之思，立意既新，调复清逸，堪与盛唐争雄。(《汇编唐诗十集》) 又曰：歌以送舟，行者乘流而逝。居人于酒醒之后，对风雨下西楼，情之难堪。必有甚于别时者。(《唐诗解》卷三十)

胡次焱曰：第三句言"酒醒"，则曲罢解舟，隐然见在醉中。"水急流"则人易远，三句意脉相串。第四句不言别愁，而但言其景象，缱绻之意见于言外。至今读之，犹使人凄然。此诗家之妙。(《删补唐诗选脉笺释会通评林·晚七绝》引)

周珽曰：曲罢舟行，酒醒人远，红叶秋山，忽为"满天风雨"，皆含思无穷。盖舟因水急，有不可暂挽之行；去当人醉，有不忍醒时之别。至于酒醒之后，对"风雨下西楼"，情之难堪，必有甚于别时者。(同上)

黄生曰：此诗全写别后之景。首二句正从倚楼目送见出，却倒找"下西楼"三字，情景笔意俱绝。(《唐诗摘抄》卷四)

范大士曰：中晚唐人送别截句最多，无不尽态极妍。而不事尖巧，浑成一气，应推此为巨擘。(《历代诗发》)

沈德潜曰：黯然销魂。(《重订唐诗别裁集》卷二十)

许培荣曰：此写别后而致远思也。声情绵渺。(《丁卯集笺注》卷八)

宋宗元曰：(末二句)凄凉欲绝。(《网师园唐诗笺》)

宋顾乐曰：写出分手之易，怅望之切。(《唐人万首绝句选》评)

《精选评注五朝诗学津梁》："满天"句妙造自然，非浅学所能窥见。

希斋曰：犹是送别之情与景耳，却写得异常警动。(《唐诗惬当

集》卷三）

俞陛云曰：唐人送别诗，每情文兼至，凄音动人，如"君向潇湘我向秦""明朝相忆路漫漫""西出阳关无故人""不及汪伦送我情"及此诗皆是也。曲终人远，江上峰青，倘令柳枝娘凤鞋点拍，曼声歌之，当怨人落花深处矣。（《诗境浅说》续编）

刘永济曰：通首不叙别情，而末句七字中别后之情，殊觉难堪。此以景结情之说也。（《唐人绝句精华》）

沈祖棻曰：这首诗和李白的送孟（浩然）之作，题材、主题、结构、意境都非常相似，但风格情调不同。李诗开阔爽朗，许诗凄恻缠绵，因而给人们的感受也不一样。（《唐人七绝诗浅释》）

罗宗强曰：把一种送别的怅惘情怀写得幽微而又浓烈，不仅写出了情谊的深厚，离别的艰难，而且写出了别后凄凉寂寞的心绪和伴随着这心绪的凄迷冷落的氛围。（《唐诗小史》）

刘拜山曰：下一句以"日暮酒醒""满天风雨"着意烘染，不必更作伤感之诗，而离情自见。（《千首唐人绝句》）

[鉴赏]

这是许浑在宣州属县任职期间送别友人后写的一首诗。谢亭，又称谢公亭，在宣州城北，南齐诗人谢朓任宣城太守时所建，他曾在这里送别朋友范云，后来谢亭就成为宣城著名的送别之地。李白《谢公亭》诗说："谢亭离别处，风景每生愁。客散青天月，山空碧水流。"反复不断的离别，使优美的谢亭风景也染上了一层离愁。

第一句"劳歌一曲解行舟"，写友人乘舟离去。古代有唱歌送行的习俗。"劳歌"指忧伤的离别之歌。《诗·邶风·燕燕》是一首送别之歌，其中有"之子于归，远送于南。瞻望弗及，实劳我心"之句，"劳"即忧伤之意，"劳歌"指忧伤的离别之歌，或当本此。也有说"劳歌"指劳劳亭（旧址在今南京市南面，也是一个著名的送别之地）

送客时唱的歌，后来成为送别歌的代称。劳歌一曲，缆解舟行，从送别者眼中写出一种匆遽而无奈的气氛。

第二句"红树青山水急流"，写友人乘舟出发后所见江上景色。时值深秋，两岸青山，霜林尽染。满目红叶丹枫，映衬着一江碧绿的秋水，显得色彩格外鲜艳。这明丽之景乍看似与别离之情不大协调，实际上前者恰恰是后者的有力反衬。景色越美，越显出欢聚的可恋，别离的难堪。大好秋光反倒成为增愁添恨的因素了。江淹《别赋》说："春草碧色，春水绿波。送君南浦，伤如之何！"借美好的春色反衬别离之悲，与此同一机杼。这也正是王夫之所揭示的"以乐景写哀，以哀景写乐，一倍增其哀乐"（《姜斋诗话》）的艺术辩证法。

这一句直接写到友人的行舟，但通过"水急流"的刻画，舟行的迅疾自可想见。诗人目送行舟穿行于夹岸红树青山的江面上的情景也宛然在目。"急"字暗透出送行者"流水何太急"的心理状态，也使整个诗句所表现的意境带有一点逼仄忧伤、骚屑不宁的意味。这和诗人当时那种并不和谐安闲的心境是相一致的。

诗的前后幅之间有一个较长的时间间隔。朋友乘舟走远后，诗人并没有离开送别的谢亭，而是在原地小憩了一会儿。别前喝了点酒，微有醉意，朋友走后，心绪不佳，竟不胜酒力睡着了。一觉醒来，已是薄暮时分。天色变了，下起了雨，回望一片迷蒙。眼前的江面，两岸的青山红树，都已经笼罩在蒙蒙雨雾和沉沉暮色之中。朋友的船呢，此刻更不知道随着急流驶到云山雾罩之外的什么地方去了。暮色的苍茫黯淡，风雨的迷蒙凄清，酒醒后在蒙眬仿佛中追忆别时情景所感到的怅惘空虚，使诗人此刻的情怀特别凄黯孤寂，感到无法承受这种环境气氛的包围，于是默默地独自从风雨笼罩的西楼上走了下来（"西楼"即指送别的谢亭，古代诗词中"南浦""西楼"系指送别之地）。

第三句极写酒醒后舟远人杳的怅惘空寂，第四句却并不接着直抒离愁，而是宕开写景，但由于这景物所特具的凄黯迷茫色彩与诗人当时的心境正相契合，因此读者完全可以从中感受到诗人的萧瑟凄清情怀。这样借景寓情，比起直抒别情的难堪来，不但更富含蕴，更有感染力，而且使结尾别具一种不言而神伤的情韵。

这首诗的前后两幅分别由两个不同时间和色调的场景组成。前幅以青山红树的明丽景色反衬别离，后幅以风雨凄其的黯淡景色正衬离情，笔法富于变化。而一、三两句分别点出舟发与人远，二、四两句纯用景物烘托渲染，则又异中有同，使全篇在变化中显出统一。

张 祜

张祜（792？—854？），字承吉，郡望清河，生于苏州。元和十五年（820），令狐楚自草表荐，以祜诗三百首献于朝，时元稹在内廷，与楚有隙，谓祜雕虫小巧，遂失意归。屡举进士不第，以处士终身，有《张承吉文集》十卷。《全唐诗》编其诗为六卷。

宫词二首（其一）①

故国三千里，深宫二十年。一声何满子②，双泪落君前。

[校注]

①原作二首，其二云："自倚能歌日，先皇掌上怜。新声何处唱，肠断李延年。"用汉武帝李夫人事以咏曾事先皇宫人的凄怨。第一首尤为流传。陆龟蒙《和过张祜处士丹杨故居序》云："张祜字承吉，元和中作宫体小诗，辞曲艳发，当时轻薄之流能其才，合噪得誉。"《宫词二首》及下选《集灵台》均属元和中所作"宫体小诗"。②白居易《听歌六绝句·何满子》："世传满子是人名，临就刑时曲始成。一曲四词歌八叠，从头便是断肠声。"自注："开元中，沧州有歌者何满子。临刑进此曲以赎死，上竟不免。"崔令钦《教坊记》记教坊曲调名中有《何满子》。元稹《何满子歌》则谓："何满能歌声宛转，天宝年中世称罕。婴刑受在囹圄间，下调哀音歌愤懑。梨园弟子奏玄宗，一唱承恩羁网缓。便将何满为曲名，御府亲题乐府纂。"所载情事与白氏自注大同小异。唐代善歌《何满子》者，尚有玄宗时的胡二姐、骆供奉，宪宗时的唐有态，文宗时的沈阿翘，武宗时的孟才人等。张祜的《孟才人叹并序》记孟才人临死前歌《何满子》事甚详，可参

看。苏鹗《杜阳杂编》卷中："（文宗）时宫人沈阿翘为上舞《何满子》，调声风态，率皆婉畅。"说明《何满子》不但可歌，且可作为舞曲。

[笺评]

杜牧曰：七子论诗谁似公，曹刘须在指挥中。荐衡昔日知文举，令狐相公曾表荐处士。乞火无人作蒯通。北极楼台长挂梦，西江波浪远吞空。可怜故国三千里，虚唱歌词满六宫。处士诗曰：故国三千里，深宫二十年。一声何满子，双泪落君前。（《酬张祜处士见寄长句四韵》）

范摅曰：白公（居易）又以《宫词》四句，中皆数对，何足奇乎？……张君诗……歌宫娥讽念思乡，而起长门之思也。（《云溪友议·钱塘论》）

郑谷曰：张生故国三千里，知音唯应杜紫薇。君有君恩秋后叶，可能更羡谢玄晖。（《高蟾先辈以诗笔相示抒成寄酬》）

桂天祥曰：衷情苦韵。（《批点唐诗正声》）

贺裳曰：宫体诸诗，实皆浅淡。即"故国三千里，深宫二十年"，亦甚平常，不知何以合誉至此！（《载酒园诗话又编·张祜》）

范大士曰：一气奔注。（《历代诗发》）

黄叔灿曰：此诗非有取于《何满子》。盖以断肠人而闻断肠声，故感一声而泪落也。（《唐诗笺注》卷七）

马位曰：最喜王摩诘"看花满眼泪，不共楚王言"，李太白"但见泪痕湿，不知心恨谁"，及张祜"一声何满子，双泪落君前"，又李峤"山河满目泪沾衣"，得言外之旨，诸人用"泪"字莫及也。（《秋窗随笔》）

翁方纲曰：张祜绝句，每如鲜葩飐滟，熖水泊浮，不特"故国三千里"一章见称于小杜也。（《石洲诗话》卷二）

章燮曰："故国三千里"，离乡远也；"深宫二十年"，侍君久也；

末二句言不能保其身。居于深宫者且然，而况在于宫外者乎？（《唐诗三百首注疏·五言绝句》）

宋顾乐曰：《何满子》其声最悲。乐天诗云："一曲四词歌八叠，从头便是断肠声。"此诗更悲在上二句。如此而唱悲歌，那禁泪落。（《唐人万首绝句选》评）

[鉴赏]

五言绝句，起源于汉魏六朝古代乐府，多以古淡清远、含蕴春容为尚。张祜的这首《宫词》却以它特有的直率强烈、深沉激切，震撼着读者的心灵。和多数宫怨诗往往借环境景物的描绘渲染来抒写怨情不同，这首诗以叙事为主，借事抒情。

"故国三千里，深宫二十年。"前两句以"故国""深宫"对起。故国，指宫女的家乡。"三千里"，极言其远。孤身一人，离家入宫，本已可伤，更何况故乡又远在数千里之外。不要说和家人骨肉永无重见的机会，就是魂梦归去，也是路远归梦难成。上句极写空间距离之遥远，而独处深宫，时时引颈遥望的情景自寓言外。下句更进一层，极写困处深宫时间之久远。"深宫"二字，写尽宫女生活的孤孑凄凉和心情的阴暗抑郁。这种形同幽囚的生活，度日尚且如年，何况一入深宫二十年！两句对文，实际上重点落在对句。空间的悠远加强了时间久远带给抒情主人公的内心痛苦。这一联高度概括，笔力劲健，感情深沉而凝重。"三千里""二十年"，仿佛很着实，但实中寓虚，读来只感到它蕴蓄着无限的凄凉痛苦。

但诗人的目的并不是要写"深宫二十年"的痛苦生涯，他要着意表现的是宫女生活的一个片断，一个强烈的瞬间——"一声何满子，双泪落君前"，前两句所概括的二十年深宫生活只是为这个强烈的瞬间提供有力的铺垫。《何满子》是唐代教坊曲名。据白居易《听歌六绝句·何满子》"一曲四词歌八叠，从头便是断肠声"之句，可以想见，这曲调的声情是非常悲怆的，而且是一开头便令人肠断，故而有"一声"而"双泪落"这样强烈的艺术效果。不过，这位宫女是在"君前"演唱这支歌曲，在一般情况下，那是必须善于控制自己的感情，尽量不让自己内心的怨愤泄露的。否则，就会因"君前"失态而招致不测之祸。我们试看晏几道的《采桑子》词写贵家歌妓"泪粉偷匀，歌罢还颦"的情景，便可揣知在君主面前演唱更当如何小心谨慎了。然而，这位宫女不但未能控制住自己的感情，而且是刚一启齿，"一声"《何满子》，便禁不住"双泪"横流。这当然不是她在君前无所顾忌，而是由于"深宫二十年"这形同幽囚的生活，使她内心的怨愤积郁得过于深重，乃至一遇上某种外在条件的触发——在这里便是令人肠断的《何满子》，感情的潮水便无论如何压抑不住，冲破闸门奔迸倾泻出来。歌曲艺术本身的感染可能也是催人泪下的因素，但这里更根本的却是宫人内心蕴积已久的悲愤抑郁。"蓄之既久，其发必速"，这里所表现的正是连当事人自己也不自知其然的感情强烈迸发。在电影上，"一声何满子，双泪落君前"，只是一刹那之间的情事，是一个表现强烈的近景镜头。但这个镜头的艺术震撼力量却主要不取决于它本身，而是"故国三千里，深宫二十年"所概括的深广生活内容与感情内容。如果要将这两句话所概括的内容展示出来，那就必须拍摄一部主人公的宫廷生活传记。在电影上要花费很多镜头来表现的"深宫二十年"生活，在诗歌中借助高度概括造成的丰富含蕴，却可以用短短十个字来表达。而这十个字所提供的丰富含蕴，就使作者着意表现的瞬间具有极其强烈的艺术感染力。不妨说，成功地运用铺垫手法，将它与高度的概括结合起来，以"二十年"突出短暂的瞬间，乃是这首小诗艺术构思的根本特点，也是它强烈艺术力量的主要奥秘。至于女主人公内心的怨愤究竟包含什么样的内容，读者根据"深宫二十年"的概括自可想象。"三千宫女胭脂面，几个春来无泪痕？"这辛酸怨愤之泪，决不可能单为一端（例如失宠）而发，"得宠忧移失宠愁"自然也可包括在内。

人们对这首诗的连用数字（三千、二十、一、双），印象很深刻，其实数字的叠用可以流于堆砌乃至油滑，也可以极富表现力。这首诗数字运用的成功，首先是由于它们在表现深远背景和强烈瞬间上，都是带有明显强调作用而又不失分寸感的关键性字眼，而不是可有可无的点缀。同时，"三千"与"二十"的叠用，因时空的广远而具有加倍进层的作用；"一声""双泪"的叠用，则又构成强烈的对比。因此，数字在这里便成为抒情的有力凭借。

诗写得直率而激切，但并不给人一览无余之感。这是由于在时空背景的概括和瞬间情景的描写中都极富含蕴的缘故。这说明直率激切并不与含蓄（不是作为一种风格，而是作为艺术品的一种普遍品格）矛盾。

这首诗由于高度概括而又强有力地表现了宫人的悲剧境遇与命运，在当时的宫廷内外曾产生过广泛的社会影响。杜牧在《酬张祜处士见寄长句四韵》中说："可怜故国三千里，虚唱歌词满六宫。"正可证明这一点。

集灵台二首 (其二)①

虢国夫人承主恩②，平明骑马入宫门③。却嫌脂粉污颜色④，淡扫蛾眉朝至尊⑤。

[校注]

①集灵台，本汉武帝宫观名，在华阴县界。唐代也有集灵台，在长生殿侧，系祀神之处。《元和郡县图志·关内道·京兆府昭应县》："华清宫，在骊山上。开元十一年，初置温泉宫。天宝六年改为华清宫。又造长生殿，名为集灵台，以祀神也。"本篇所指，系华清宫长生殿之集灵台。杨贵妃在正式册封前，曾入宫为女道士。《集灵台》（其一）云："日光斜照集灵台，红树花迎晓露开。昨夜上皇新授箓，太真含笑入帘来。"即咏度杨太真为女道士事。《集灵台》（其二）则

咏杨妃之姊虢国夫人"承主恩"事。此诗一作杜甫诗，非。按：宋乐史《杨太真外传》谓此诗为杜甫作，系小说家言，不足信。宋蜀刻本《张承吉文集》卷五载《集灵台二首》，题下注："又云杜甫，非也。"《万首唐人绝句》卷四十三作张祜诗。②《旧唐书·杨贵妃传》："太真有姊三人，皆有才貌，并封国夫人。大姨封韩国，三姨封虢国，八姨封秦国，并承恩泽，出入宫掖，势倾天下。"承主恩，受到玄宗的恩宠。③《明皇杂录》卷下："杨贵妃姊虢国夫人，恩宠一时……虢国每入禁中，常乘骢马，使小黄门御。紫骢之俊健，黄门之端秀，皆冠绝一时。"题曰"集灵台"，句中"宫门"当指华清宫。④却，反。污，损。⑤扫，画（眉）。《杨太真外传》卷上："虢国不施妆粉，自炫美丽，常素面朝天。"至尊，天子，指玄宗。

[笺评]

王曰：词寓感慨，更有箴规。（郭濬《增定评注唐诗正声》引）

郭濬曰：就事起兴，妙。（同上）

唐汝询曰：此直赋实事，讽刺自见。（《唐诗解》卷二十九）又曰：刺时还以蕴藉为尚。（《唐诗训解》，题袁宏道校，训解实为唐作）

毛先舒曰："虢国夫人"一首，张承吉之作，又见杜集。然调既不类杜绝句，且拾遗诗发语忠爱，即使讽时，必不作此佻语，应属祜作无疑。（《诗辩坻》卷三）

徐增曰：贵妃姊妹有三，俱封夫人，韩国、秦国、虢国是也。而虢国尤艳。虢国既为贵妃之妹，玄宗贵之可也。何至"平明骑马入金门"以承主恩？大是丑事。后即云："却嫌脂粉污颜色，淡扫蛾眉朝至尊。"则承恩竟以貌矣。不事脂粉，天然妙丽，若说"却嫌"，虢国隐然要胜过其姊矣。此诗载少陵集中，余辄疑之。盖少陵忠厚，定做不到此讥刺太甚。因诗佳绝，殊不为觉。《品汇》以为祜作，从之。（《而庵说唐诗》卷十一）

王尧衢曰："虢国夫人承主恩"，贵妃三姊：韩国、秦国、虢国三夫人，而虢国尤艳，故独称其"承主恩"。"平明骑马入宫门"，平明何时？金门何地？而骑马以入者，为承主恩也。内作色荒，明皇其有之乎？"却嫌脂粉污颜色"，《外传》载虢国不施脂粉，自有美艳色，素面朝天，嫌脂粉为污，则自恃素面之洁矣，隐然有胜过其姊之意。"淡扫蛾眉朝至尊"，此正平明时也。淡扫蛾眉，不但为写其娟洁，亦有急欲朝天之态。此诗讥刺太甚，然却极佳。（《唐诗合解笺注》卷六）

王谦曰：具文见意，中遘不可道矣。（《碛砂唐诗纂释》）

黄生曰：具文见意。只言虢国以美自衿，而所蛊惑人上者，自在言外。"承主恩"三字，乃《春秋》之笔也。此题二首，"集灵台"三字，在前首见。真正美人，自不烦脂粉；真正才士，自不买声名；真正文章，自不假枝叶。以此律之，世间之"淡扫蛾眉"者寡矣！此诗入杜集，然不似少陵语。（《唐诗摘抄》卷四）

史承豫曰：如见其人。（《唐贤小三昧集续集》）

沈德潜曰：诗有当时盛称而品不贵者……张祜之"淡扫蛾眉朝至尊"，李商隐之"薛王沉醉寿王醒"，此轻薄派也。（《说诗晬语》卷上）

潘德舆曰：前谓讽刺诗贵含蓄，论异代诗犹当如此。臣子于其本朝，直可绝口不作诗耳。张祜虢国夫人诗："却嫌脂粉污颜色，淡扫蛾眉朝至尊。"李商隐《骊山》诗："平明每幸长生殿，不从金舆唯寿王。"唐人多犯此恶习。商隐爱学杜诗，杜诗中岂有此等猖獗处？或以祜此诗编入杜集中，亦不识黑白者。（《养一斋诗话》卷三）

俞陛云曰：宫禁森严之地，虢国夫人纵骑而入，言其宠之渥也；脂粉转嫌污面，蛾眉不费黛螺，言其色之丽也。（《诗境浅说》续编）

刘拜山曰：明写虢国之市宠，暗喻玄宗之荒淫。两面俱到，可当一篇《丽人行》读。（《千首唐人绝句》）

[鉴赏]

诗以"集灵台"为题，系借咏玄宗宠幸杨贵妃及其姊虢国夫人之事。虢国夫人是一个美艳而风骚的女性，《新唐书·杨贵妃传》谓"虢国素与国忠乱，颇为人知，不耻也。每入谒，并驱道中……靓妆盈里，不施帏障，时人谓之雄狐"。堂兄妹之间尚且如此，传说其与玄宗之间有暧昧关系，恐非无根之谈。这首诗的首句便开宗明义，揭出一篇主意。"承主恩"三字，似美似讽，已将虢国夫人置于准宠妃的地位。以下即具体叙写"承主恩"的虢国夫人如何恃宠献媚的情况。但作者不去罗列铺叙他们之间的种种暧昧情事，而是集中笔墨专写虢国夫人朝见玄宗的情景，通过一点反映全面。

第二句"平明骑马入宫门"，表面上好像是一般地叙事，实际上却是生动的细节描写。平明时分，华清宫还沉浸在玄宗贵妃沉酣享乐的醉梦中。虢国夫人却无视于此，急匆匆地要入宫朝见，而且是"骑马"直入。这正显示出虢国夫人享有自由出入宫禁的特权，而且像这样如入无人之境地进入宫禁在她已是常家便饭。宫禁的森严，朝廷的礼仪于她是没有任何约束力的。这个细节，生动地展示了虢国夫人的恃宠骄纵之态，也从侧面透露了玄宗的特殊宠幸和他们之间不同寻常的关系。

"却嫌脂粉污颜色，淡扫蛾眉朝至尊。"三、四两句，又进一步集中笔墨，专写虢国夫人朝见玄宗时的妆饰。宋乐史《杨太真外传》说："虢国不施妆粉，自炫美丽，常素面朝天。"这记载可能本自张祜这首诗，但"自炫美丽"四个字倒是十分准确地道出了虢国夫人"素面朝天"的真实意图和心理状态。表面上看，虢国此举似乎表明她与那些浓妆艳抹、献媚邀宠的嫔妃、宫眷不同，不屑于与这些庸俗者为伍，实际上她之所以"淡扫蛾眉"，却是因为怕脂粉污损掩盖了自己本来的天姿国色，以致出众的容貌达不到出众的效果，反而不被"至尊"所特别垂青。对她来说，不施脂粉、淡扫蛾眉乃是一种不妆饰的妆饰，一种比浓妆艳抹更加着意的献媚邀宠的举动。这个典型细节，生动而深刻地表现了虢国夫人自恃美貌、刻意邀宠，但又极力加以掩饰的心理，揭示了这位贵妇人工于心计的性格和内在的轻佻，写得相当有个性。作者对这个人物，并没有明显的贬斥和讽刺，他只是选取意味深长的细节，不动声色地加以叙写，态度似乎非常客观，但内里却包含着入骨的讽刺。这种婉而多讽的写法，艺术效果往往比直露的冷嘲热讽更好。

诗的深层，隐含着对唐玄宗这位"好色"的"至尊"更加微婉的讽刺。虢国夫人的"承主恩"，不光是由于她的外戚身份，而且更由于她的"颜色"对至尊的吸引力。这本身就是一种讽刺。虢国的骑马入宫，不仅显示了她所受到的殊宠，而且暗透出她入宫的频繁和不受约束。"淡扫蛾眉"而"朝至尊"，更把这位"占了情场，误了朝纲"的"至尊"所喜爱关注的东西和盘托出了。

张祜这首诗，实际上是咏史诗和宫词的结合。王建的宫词，多写宫廷日常生活情事，本篇的题材范围及细节描写方面类似这种宫词。但所咏的却是天宝年间的史事，而且带有讽刺意味，在这点上又接近咏史诗。这一类的诗，在张祜诗集中有相当的数量，在诗歌体制上是一种创造。它们不仅描写细节，而且大多具有一定情节性，所歌咏的又多为宫廷生活的一些遗闻轶事。这几方面的因素，构成了这类作品很浓的小说气。这很可能是唐代传奇小说繁荣以后对诗歌创作产生的影响之一。

题金陵渡①

金陵津渡小山楼，一宿行人自可愁②。潮落夜江斜月里，两三星火是瓜洲③。

①金陵渡，指唐润州（今江苏镇江市）京口渡，隔江与瓜洲相对。李绅《宿瓜洲》诗：“烟昏水郭津亭晚，回望金陵若动摇。”杜牧《杜秋娘诗序》：“杜秋，金陵女也。”冯集梧校注：“唐人谓京口亦曰金陵。”赵璘《因话录》卷二：“君（指李勉）初至金陵，于府主庶人锜坐，屡赞招隐寺标致。”此府主锜即指浙西节度使李锜，李勉曾为使府从事，招隐寺系润州名刹。②行人，行役之人，可以包括诗人自己，但不必专指自己。③瓜洲，《舆地纪胜》卷三十七：“瓜洲，在江都县南四十里江滨，相传即祖逖击楫之所也。昔为瓜洲村，盖扬子江中之沙碛也。沙渐涨出，其状如瓜，接连扬子渡口。民居其上，唐立为镇。今有石城三面。”洲，《全唐诗》原误作“州”，据蜀刻本《张承吉文集》改。

[笺评]

宋顾乐曰：情景悠然。（《唐人万首绝句选》评）

《精选评注五朝诗学津梁》：江中夜景如画。

潘德舆曰：吾独惜以承吉之才，能为“晴空一鸟度，万里秋江碧”，“河流出郭静，山色对楼寒”，“海明先见日，江白迥闻风”，“地盘山入海，河绕国连天”，“仰砌池光动，登楼海气来”，“风帆彭蠡疾，云水洞庭宽”，“人行中路月生海，鹤语上方星满天”，“潮落夜江斜月里，两三星火是瓜洲”诸句，可以直跨元、白之上，而竟为微之所短，又为乐天所遗也。（《养一斋诗话》）

富寿荪曰：前半谓暂宿津渡小楼，自生旅愁。后半状深宵江上景色，正喻孤寂不寐，通首写景清迥，含情言外。（《千首唐人绝句》）

[鉴赏]

一位旅人，晚上住宿在润州长江渡口的一座小楼上，心里萦绕着作客他乡的愁绪。夜深人静，月斜潮落，越过宽阔的江面，影影绰绰地看见对岸的几点星火，猜想那大概就是瓜洲吧。

这就是《题金陵渡》描绘的意境。景色原极平常，住在金陵渡口的人们对此大概早就司空见惯。一经诗人点染，却显得景色如画，诗味盎然。今天读来，还宛见当年金陵津渡夜景，鲜明地感触到旅人的情思。

前两句写夜宿金陵渡。小山楼是诗人住宿的地方。因为住在一座小山的楼上，隔江的景物便看得比较清楚。第二句点出夜宿时的愁绪，但这愁绪究竟因为什么而引起，它的具体内容、强烈程度、表现形态等等，诗人都不加任何描写。可能他认为在这里无须这样，读者根据自己的羁旅行役生活体验，自可体会，"自可愁"三字下得也很特别，仿佛是说，一个旅人到这金陵渡口小山楼上住一宿，便自然而然地会触动羁愁乡思。但他却不说出何以"自可愁"，这就引得读者对金陵渡口的特殊情景怀着浓厚的兴趣。不知不觉当中以旅人的目光和心情注视着金陵渡前景物的出现。这两句写得比较虚，但它对三、四两句的精彩描写，却有着不可忽视的引渡、衬托作用。这实际上是一种聪明的写法。

第二句写到"一宿行人自可愁"，可以想见诗人这一夜几乎一直沉浸在羁愁当中。在小山楼上，漫无目的地眺望江景，心里则时时翻动着羁旅的愁思。从潮起到潮落，从月上到月斜，经历了很长的一段时间。这中间的情景都没有加以抒写，却特意选择"潮落""月斜"时的景色来描绘，这是因为此时的景色不但有一种特殊的美感，而且触动了羁旅者的另一种感情。在月上、潮涨时，旅人刚到一个陌生的地方住宿下来，面对异乡风物，江潮夜月，心情往往很不平静，乡愁也最强烈。在这种情况下，外界景物是供愁献恨的凭借，而不是欣赏的对象，江对岸的点点星火是不易被发现和注意的，只有当夜深人静，潮水已经落下去，江面恢复平静，斜月半照着江面时，视线才会变得特别清晰，注意力也就自然集中到原来模糊一片的对岸，看到这里那里，有几点星火在闪烁。于是诗人猜想，那星火闪烁处，大约就是长江北岸著名的瓜洲渡吧。这里所描写的，是羁旅者经历了长时间的羁愁之后，心境逐渐趋于平静之后偶尔发现的一种美的境界，它虽然是羁旅者眼中所见，但其中所蕴含的，已经主要是一位旅人对自己不经意中发现的美的境界的喜悦，是对旅途景物的新鲜感和诗意遐想。江对岸点点星火闪烁处，就是明天要经过的瓜洲渡，那里究竟是一幅怎样的景象呢？在朦胧斜月与闪烁星光中，瓜洲似乎显得特别神秘、新奇，对渐渐恢复了心情平静的羁旅者充满着吸引力。而这种羁旅者对旅宿风物的新鲜感和喜悦感，并不直接说出，就寓含在所描绘的景色中，因此读来倍加耐人寻味。

生活中常有这样的情况：某些原极平常的，人们习而不察的事物，一经诗人的涉笔，往往诗味盎然，极富情韵和意境。人们在领略诗人所创造的优美艺术意境的同时，还往往从中得到如何发现平凡事物中所蕴含的诗意美的启示。《题金陵渡》之所以为人欣赏，后者大概是一个重要的原因。

温庭筠

温庭筠（801—866），一作庭云，字飞卿，郡望太原，家居苏州。元和三年（808），初谒李绅于无锡。约大和初有出塞之游，后曾入蜀。约大和末旅游淮上。开成初从太子永游。四年（839）秋，参加京兆府试，荐名居第二，因遭毁罢举，未能参加五年春之礼部进士试。会昌元年（841）春，自长安赴吴中旧乡，转赴越中，约于三年返长安。大中元年（847）春游湖湘，拜谒湖南观察使裴休。自二年至九年，四试于礼部均未第。约大中十年，以"搅扰科场罪，为执政黜贬"，贬隋县尉，旋居山南东道节度使徐商幕。约咸通元年岁末赴江陵，于翌年居荆南节度使萧邺幕。后归长安闲居。咸通六年（865）六月后，因宰相徐商之荐任太学助教，七年冬贬方城尉，旋卒。庭筠以词著称，亦工诗。《新唐书·艺文志》著录其诗集五卷。《全唐诗》编其诗为九卷。有曾益、顾予咸、顾嗣立之《温飞卿诗集笺注》。今人刘学锴有《温庭筠全集校注》。

塞寒行①

燕弓弦劲霜封瓦②，朴簌寒雕睇平野③。一点黄尘起雁喧④，白龙堆下千蹄马⑤。河源怒浊风如刀⑥，剪断朔云天更高⑦。晚出榆关逐征北⑧，惊沙飞进冲貂袍⑨。心许凌烟名不灭⑩，年年锦字伤离别⑪。彩毫一画竟何荣⑫，空使青楼泪成血⑬。

[校注]

①《才调集》卷二、《乐府诗集》卷一百新乐府辞乐府倚曲载此首。乐府有《塞上曲》《苦寒行》，写边塞征戍及苦寒，此仿乐府旧题

自拟之新题。作年不详。②燕弓，燕地所产的良弓。《文选·左思〈魏都赋〉》："燕弧盈库而委劲，冀马填厩而驵骏。"李周翰注："燕弧，角弓，出幽燕地。"③朴樕，形容寒雕飞翔时拍击翅膀的声响。雕，鸷鸟，一种大型猛禽，嘴呈钩状，视力很强，腿部羽毛直达趾间。睨（dì），斜视。④一点黄尘，指远处马群奔驰时所掀起之尘土，雁群即因此而惊喧高飞。⑤白龙堆，西域中沙漠名，在今新疆天山南路，简称龙堆。《法言·孝至》："龙堆以西，大漠以北，鸟夷兽夷，郡劳王师，汉家不为也。"李轨注："白龙堆也。"按：白龙堆即今新疆南部库姆塔格沙漠，沙冈起伏，形似卧龙，故称。⑥河源，黄河之源，古代误以为河出昆仑。此"河源"指上游源头一带的黄河水。怒浊，怒涛浊浪。浊，《全唐诗》校："一作触，一作激。"⑦朔云，北方边地的寒云。⑧晚，晚年。榆关，即今之山海关。古称渝关、临喻关、临榆关，县与关均以水而得名。唐人多称此关为榆关。高适《燕歌行》："汉家烟尘在东北，汉将辞家破残贼……拟金伐鼓下榆关，旌旆逶迤碣石间。"于志宁《中书令昭公崔敦礼碑》："奉敕往幽州……建节榆关。"旧注引《汉书·地理志》谓此榆关指汉中之临间关，非。征北，汉代有征西、征南等将军名号，此泛指征讨北方边塞的将军。⑨貂，《全唐诗》校："一作征。"⑩许，期望。凌烟，即凌烟阁。封建王朝为表彰功臣而建筑的绘有功臣图像的高阁，以唐太宗贞观十七年画功臣像于凌烟阁事最为著称。刘肃《大唐新语·褒锡》："贞观十七年，太宗图画太原倡义及秦府功臣赵公长孙无忌……胡公秦叔宝等人十四人于凌烟阁，太宗亲为之赞，褚遂良题阁，阎立本画。"⑪锦字，借指征戍将士的妻子抒写离别相思之情的书信或诗篇。《晋书·窦滔妻苏氏传》："窦滔妻苏氏，始平人也。名蕙，字若兰。善属文。滔，苻坚时为秦州刺史，被徙流沙，苏氏思之。织锦为回文旋图诗以赠滔。宛转循环以读之。词甚凄惋，凡八百四十字。"武则天《织锦回文记》亦载苏氏织锦为回文璇玑图之事，情节与《晋书》有异。⑫彩毫，指画笔。⑬青楼，青绿涂饰之豪华精美楼房，指显贵人家女子所居之楼

温庭筠 | 67

阁。此指征戍将士之妻子。泪成血，王嘉《拾遗记·魏》："文帝所爱美人，姓薛名灵芸，常山人也……灵芸闻别父母，歔欷累日，泪下沾衣。至升车就路之时，以玉唾壶承泪，壶则红色。既发常山，及至京师，壶中泪凝如血。"泪成血，极状其悲伤。

[笺评]

贺裳曰：《塞寒行》后曰："心许凌烟名不灭，年年锦字伤离别。彩毫一画竟何荣，空使青楼泪成血！"《照影曲》结云："桃花百媚如欲语，曾为无双今两身。"《莲蒲谣》末曰："荷心有露似骊珠，不是真圆亦摇荡。"《织锦诗》末云："象尺熏炉未觉秋，碧池已有新莲子。"皆意浅体轻，然实秀色可餐。此真所谓应对之才，不必督之斡理；蛾眉之质，无俟绳之井臼也。（《载酒园诗话又编》）

周咏棠曰：健如生猊。较浓丽诸作，进得一格。（《唐贤小三昧集续集》）

[鉴赏]

温庭筠用新题乐府写的边塞诗，内容多为虚拟想象中的边地征戍生活，并非对当时边事实际情况的反映。像这首诗所写的地域，西北至白龙堆，西至河源，东北至榆关，涉及整个北边广大地区。在当时这一带并没有发生诗中所描绘的征戍之事，显然是泛咏边塞征戍苦寒，借以抒写自己对战争的厌倦。

诗共十二句，每四句一换韵，构成内容上的一个段落。前四句所写的是西北边陲的情景。屋顶的浓霜已经堆满了屋瓦，天寒干燥，将士身上佩带的燕地良弓，弦绷得更加强劲了。平旷的原野上空，寒雕正扇动着翅膀，发出朴簌的声响，用锐敏的眼睛斜视着旷野，准备捕捉猎物。远处，一点黄尘卷起，惊起了平沙上的雁群，从白龙堆的沙漠深处，一群战马自远而近，飞驰而来。四句所写，是西北边塞富于秋冬季候特征的景象，燕弓弦劲，寒霜封瓦，寒雕展翅，睨视平野，黄尘起处，雁群惊喧，白龙堆下，马蹄杂遝，风驰而至。这一幅活动中的图画，显示出西北边塞的寒冷和肃杀，也显示出它的广阔和壮伟。三、四两句，画面富于动感，仿佛电影镜头，自远而近，逐渐放大，从"一点黄尘"惊起雁群，到千蹄铁马，蜂拥而至，是一个动态展现的过程，其中有悬念、有期待、有惊喜，观察主体（征戍将士）的心态变化也随景物的展现而次第显露。

"河源怒浊风如刀，剪断朔云天更高。晚出榆关逐征北，惊沙飞迸冲貂袍。"中间四句，分写在河源地区和榆关之外的征战生活。前两句说黄河源头，怒涛浊浪滚滚，尖利的寒风像刀一样割向征戍将士的脸，怒吼的北风劲吹，像锐利的剪刀一样剪断了天上的寒云，使天空显得更加寥廓高远。两句写出西部边塞的严寒和荒凉，也写出境界的高远和明净。后两句写晚岁随着征北的主帅开赴榆关之外征战，一路上迎着扑面的黄沙艰难前行，令人心惊的狂沙直冲貂皮的战袍。前言"河源"，后曰"榆关"，中间点出"晚"字，说明这是主人公在不同时间参加的不同地区的征战生活，并透露出主人公已经从青年变成了老年。四句虽分写不同地域，但均极力渲染边塞的苦寒，而中心的意象则是"风"。无论是黄河的怒涛浊浪，还是剪断朔云的寥廓高天，或是惊沙扑面，冲击战袍，边塞劲厉如刀的寒风始终扮演了主要的角色。这是因为，北方的严寒往往因风力之猛烈而愈显其凛冽的威力。以上两段所写北方不同地域所经历的征戍生活的苦寒，借用柳中庸的《征人怨》来概括，那就是"岁岁金河复玉关，朝朝马策与刀环。三春白雪归青冢，万里黄河绕黑山"。

"心许凌烟名不灭，年年锦字伤离别。彩毫一画竟何荣，空使青楼泪成血。"从西北的白龙堆，到西边的河源，再到东北的榆关，从青到老年，岁岁征戍，经受边塞的严寒和艰苦，经受流血和牺牲，究竟是为了什么呢？"心许凌烟名不灭"一句道出了主人公这一切行动后面的动机——建立殊勋，图像凌阁，成就不朽的功名。但主人公的艰苦经历并没有换来期许的结果，而只是导致夫妇长期分离，妻子岁岁独守空房，青春虚度，怨离伤别。理想抱负和现实之间的巨大反差，使主人公对自己一贯的追求和整个人生观、价值观产生了根本性的怀疑乃至否定：即使彩毫图像，留名凌烟，又究竟有什么值得引以为荣的呢？只不过使妻子苦守华美的青楼，悲伤哭泣，血泪空流罢了。这是全诗的结穴和主旨，也是主人公在经历长期艰苦征戍生活后得出的结论。与初盛唐时边塞诗中所表现的立功边塞、青史题名的普遍积极进取心态相比，竟有天壤之别。"雪暗凋旗画，风多杂鼓声。宁为百夫长，胜作一书生"（杨炯《从军行》），"孰知不向边庭苦，纵死犹闻侠骨香"（王维《少年行》），"万里奉王事，一身无所求。也知塞垣苦，岂为妻子谋"（岑参《初过陇山途中呈宇文判官》）。而温诗中"彩毫"二句，不仅极写边塞征戍给妻室带来的离别相思之苦，且连凌烟图像之荣也彻底否定，体现出一种与初盛唐时期完全不同的轻视功名事业、重视个人家庭幸福的人生价值观与幸福观。这是典型的衰颓时代的社会心理。它透露出的时代讯息同样值得重视。说明这一时期统治者所进行的边塞征战，往往以失败告终，既不能给将士带来荣宠，又使他们饱尝家室分离之苦。唐代后期与南诏的战争，就是典型的实例。尽管诗中所虚拟的征戍之事发生在北方，但它所表现的厌战心理却极富真实的时代感。

达摩支曲①

捣麝成尘香不灭②，拗莲作寸丝难绝③。红泪文姬洛水春④，白头苏武天山雪⑤。君不见无愁高纬花漫漫⑥，漳浦宴馀清露寒⑦。一旦臣僚共囚虏⑧，欲吹羌管先汍澜⑨。旧臣头鬓霜华早⑩，可惜雄心醉中老。万古春归梦不归，邺城风雨连天草⑪。

[校注]

①《全唐诗》题下有"杂言"二字。《才调集》卷二、《乐府诗集》卷八十近代曲辞载此首。《乐府诗集》题作《达磨支》。《乐府解题》曰："《唐会要》曰：'天宝十三载，改《达摩支》为《泛兰丛》。'《乐苑》曰：'《泛兰丛》，羽调曲，又有《急泛兰丛》。'《乐府杂录》曰：'《达摩支》，健舞曲也。'"按：唐崔令钦《教坊记》谓《垂手罗》《回波乐》《兰陵王》《春莺啭》《半社渠》《借席》《乌夜啼》之属，谓之"软舞"；《阿辽》《柘枝》《黄獐》《拂林》《大渭州》《达摩》之属，谓之"健舞"。任中敏曰："《达摩支》乃外语译音，一说出自突厥语，为扈从官；一说出自梵文，意为法轮。"（见《唐声诗》下编第 599 页）"《羯鼓录》中有《大达磨支》，属太簇角……曲既有大、小、缓、急之分，可知是大曲。"（《隋唐燕乐杂言歌辞研究》第 153 页）王克芬曰："从名称看，健舞《达摩支》与印度僧人达摩可能有所联系，僧人以锻炼身体为目的，传习武术，由武术发展成一种舞姿豪雄的'健舞'是可能的……唐人温庭筠作《达摩支》，可能是健舞《达摩支》的舞曲新辞，更可能是据《达摩支》乐曲填写的词。"（《唐代文化·乐舞编》上册第 368 页）②麝，指麝香，系雄麝脐部香腺中之分泌物，干燥后呈粒状或块状，故虽捣之成尘（粉末）而香气不灭。③拗，折。拗莲作寸，将莲藕拗折成寸。丝难绝，藕丝不断。丝，谐"思"。④红泪，用薛灵芸事，详《塞寒行》"空使青楼泪成血"句注引《拾遗记》。《后汉书·列女传·董祀妻》："陈留董祀妻者，同郡蔡邕之女也。名琰，字文姬。博学有才辩，又妙于音律，适河东卫仲道，夫亡无子，归宁于家。兴（按：当作"初"）平中，天下丧乱，文姬为胡骑所获，没于南匈奴左贤王。在胡中十二年，生二子。曹操素与邕善，痛其无嗣，乃遣使者以金璧赎之，而重嫁于祀……后感伤乱离，追怀悲愤，作诗二章（按：即《悲

愤诗》及骚体《胡笳十八拍》）。"洛水，在今河南境，句意谓文姬被掳，身陷匈奴，但无时不怀念中原故国的洛水春色，为之泣血神伤。⑤据《汉书·苏武传》，汉武帝天汉元年，苏武以中郎将使持节出使匈奴，单于留不遣归，欲其降，武坚贞不屈，持节牧羊于北海（今俄罗斯贝加尔湖）畔十九年，始元六年始得归，须发尽白。唐时称伊州（今新疆哈密市）、西州（今吐鲁番盆地一带）以北一带山脉为天山，亦称白山（参见《元和郡县图志·伊州》），而苏武牧羊之北海既为今贝加尔湖，则此句"天山"或非西域之白山，疑指燕然山。即今蒙古境内之杭爱山脉。北魏太延四年，拓跋焘击柔然，从浚稽山北向天山，或即此。但作为比兴象征，用"天山雪"象征苏武长期困居艰苦卓绝之环境，坚贞不屈，守节不移，直至白头，则自不必拘泥"天山"具体所指。⑥《北齐书·后主纪》载，后主高纬骄纵，盛为无愁之曲，帝自弹胡琵琶而唱之，侍和之者以百数，人间谓之无愁天子。宫掖婢皆封郡君，宫女宝衣玉食者五百余人。增益宫苑，其嫔嫱诸宫中起镜殿、宝殿、玳瑁殿，丹青雕刻，妙极当时。又于晋阳起十二院，壮丽逾于邺下。花漫漫，即繁花似锦之意，喻其在位时种种奢华淫秽的情事。⑦漳浦，漳水边。北齐都城邺城临漳水，故称。宴馀清露寒，谓其作长夜之歌宴，宴罢已是清露泛寒的清晨，以极状其"无愁"。《水经注》：漳水源出上党长子县发鸠山，东过邺县西，又东北过阜城县，与（黄）河会。⑧《北周书·武帝纪下》："六年春……甲午，帝入邺城。齐任城王湝先在冀州，齐主至河，遣其侍中斛律教孝卿送传国玺禅位于湝。孝卿未达，被执送邺……尉迟勤擒齐王及其太子恒于青州……夏四月乙巳，至自东伐。列齐王于前，其王公等并从……献俘于太庙。"又《北史·齐本纪下》："黄门侍郎颜之推、中书侍郎薛道衡、侍中陈德信等劝太上皇帝（指后主高纬，时已禅位皇太子，即齐幼主恒）住河外募兵，更为经略，若不济，南投陈国，从之……太上皇既至青州，即为入陈之计，而高阿那肱召周军，约生致齐主。而屡使人告，言贼军在远，已令人烧断桥路。太子所以停缓。周军奄至青州，太上窘急，将逊于陈，置金囊于鞍后，马长鸾、淑妃等十数骑至青州南邓村，为周将尉迟纲所获，送邺。周武帝与抗宾主礼，并太后、幼主、诸王，俱送长安。"此即所谓"臣僚共囚虏"。⑨羌管，即羌笛，原出古羌族，故称。汍澜，流泪迅疾貌。"先汍澜"与上"无愁"相映。⑩旧臣，指后主高纬祖、父两代所遗留的老臣。华，《全唐诗》校："一作雪。"⑪邺城，北齐都城，故城在今河北临漳县西。《北齐书·后主幼主纪》："至建德七年，诬与宜州刺史穆提婆谋反，及延宗数十人无少长皆赐死，神武（指北齐高祖高欢）子孙所存者一二而已。"末二句形容北齐亡国后故都邺城一片荒凉景象。

[笺评]

黄周星曰：读至末二语，不知几许销魂。（《唐诗快》）

杜诏曰：首四句，兴也。高纬无愁，终为囚虏；求如文姬、苏武之及身归汉不可得也。此诗盖深著淫佚之戒。（《中晚唐诗叩弹集》）

王闿运曰：以高纬比文、苏，未知其意，大约言有节能久，高不能久耳，用意甚拙。（《手批唐诗选》卷十）

[鉴赏]

晚唐国势衰颓，吟咏前朝荒淫亡国旧事以寓历史鉴戒之意，成为诗歌取材、立意的风尚。温庭筠青年时代所历的穆、敬二宗，均为荒淫之主，其后所历武宗虽以武功著称，但也有宠王才人一类情事。温诗中如《鸡鸣埭曲》《春江花月夜词》等，多以南朝君主荒淫佚游之事为题材，而这首《达摩支曲》则以北朝齐后主荒淫奢侈之事为题材。同时稍后的李商隐，在《北齐二首》《无愁果有愁曲北齐歌》乃至《陈后宫》一类并非咏北齐亡国之事的作品中也常涉及这位骄奢淫逸的无愁天子。可见这一题材在当时诗坛上所受到的关注程度和它的典型意义。

这首诗在内容和构思上有两个显著的特点，一是它虽以咏北齐后主高纬荒淫奢华亡国事为主体，但内容上不止于以荒淫亡国为鉴戒，而且延伸到为囚虏后不思复国而深致悲慨。二是援引历史上两位坚贞不移、终回故国的正面人物作为反衬，以突出对"无愁高纬"的批判和悲慨。

诗的开头四句，用两个形象化的比喻兴起对蔡琰、苏武的礼赞。把麝香捣成细细的粉末，它的香气依然扑鼻，把莲藕掰折成寸，藕丝依然不断，以此来比喻身陷匈奴、经历长期艰苦卓绝生活考验的蔡琰和苏武仍然一心向往祖国。两句中的"香"和"丝"谐"相思"，亦即对祖国的深情怀念。而"洛水春"和"天山雪"，一则表现蔡琰对中原故乡洛水春色的无限向往，一则象征苏武的高风亮节犹如巍巍天山的皑皑白雪。"红泪"与"白头"，"洛水春"与"天山雪"的工整对偶和鲜明色彩对照，使这两个以叙事为主的诗句带上了浓郁的抒情色彩、象征意味和强烈的视觉艺术效果。而一、二句喻体与三、四句本体之间在语言、意象上的跳跃性和内在意蕴上的密切关联，又使得这四句诗显示出若断若续，不即不离而又浑然一体的特征。像这样富于独创性的融比兴、象征、叙事、用典为一体的开篇，诗中少见。而对全篇来说，这四句又是一个起兴，起着兴起下文两段对高纬荒淫亡国情事的悲慨。

"君不见无愁高纬花漫漫，漳浦宴馀清露寒。一旦臣僚共囚虏，欲吹羌管先汍澜。"中间四句，转入对高纬亡国前后情事的抒写。"君不见"三字喝起，固是乐府套语，曲中衬字，但在这里，却明显含有警醒和感慨的意味。用"花漫漫"三字来形容无愁天子高纬的荒淫奢侈、肆意享乐生活，既可见其如繁花似锦般的繁华热闹，又透露出好景不长的意蕴，和下句"漳浦宴馀清露寒"联系起来体味，更可领略繁华热闹过后的凄清。这种笔墨，于叙事写实中微露象征意味，寓意在似无似有之间，最耐寻味。而接下来两句写高纬亡国后的情事，则讽慨悲悯之意兼而有之。写高纬与臣僚沦为囚虏之后，再也奏不出昔日之无忧之曲，而是欲吹羌笛而先涕泪横流了。这里有对其昔日肆意荒淫逸乐、不恤国事的讽慨，也有对其沦为囚虏后以泪洗面的悲悯。与开头四句对照，更寓含着对其不思故国、不图恢复的鄙夷，感情相当丰富复杂。这后一层意蕴，与下文联系起来体味，便更加明显。

"旧臣头鬓霜华早，可惜雄心醉中老。万古春归梦不归，邺城风雨连天草。"前面提到"臣僚共囚虏"，这里的"旧臣"当指与高纬一起被俘的前朝旧臣。诗人感叹不但高纬本人亡国后唯知涕泪汍澜，连那些旧臣们也都徒有复国的"雄心"而无任何实际行动，一个个在忧愁无奈中头鬓早白，在沉醉纵酒中送走余生。"头鬓霜华"与一开头的"白头苏武天山雪"形成意味深长的对照，就像上文的"先汍澜"与"红泪文君"形成对照一样，但苏武、蔡琰心怀故国而终归故土，高纬君臣则徒然"先汍澜""醉中老"而无所作为，终于遭到族灭的结局。悲悯之中显然含有对其软弱无能的讽慨。末二句渲染北齐亡国后都城邺城的荒凉景象。往昔繁华，均成旧梦。春天虽然年年归来，而邺都的繁华旧梦则一去不复返，值此春又归来之际，故都邺城正笼罩在一片凄迷的风雨之中，惟见芳草连天而已。这两句是全诗的结穴，也是全诗感情的凝聚。诗人对无愁天子高纬的荒淫奢侈亡国和亡国后软弱无能的讽慨和哀悯，对高齐旧臣无所作为的悲慨，对北齐亡国后凄凉景象的凭吊，都在这情景交融的境界中得到了集中而又含蓄的表现。

温诗多绮艳纤丽，这首诗虽亦用了一系列色彩浓艳的词语，但整体风格却显得雄健峻拔，悲慨苍凉，这和一开头用苏武、蔡琰之事兴起作有力的反衬，和结尾的悲慨及阔远意境有密切关联。说到底，则与诗人的构思立意密切相关。

在历史上，北齐后主高纬称得上是一个典型的昏暴荒淫君主。诗中对他虽有所讽慨，但悲悯惋惜之情多，而揭露批判之意则不明显，透露出诗人内心深处对所谓繁华旧梦亦有所留恋。这在咏前朝覆亡旧事的其他作品中也有所流露。

春江花月夜词①

　　玉树歌阑海云黑②，花庭忽作青芜国③。秦淮有水水无情④，还向金陵漾春色⑤。杨家二世安九重⑥，不御华芝嫌六龙⑦。百幅锦帆风力满⑧，连天展尽金芙蓉⑨。珠翠丁星复明灭⑩，龙头劈浪哀箫发⑪。千里涵空澄水魂⑫，万枝破鼻团香雪⑬。漏转霞高沧海西⑭，颓黎枕上闻天鸡⑮。蛮弦代雁曲如语⑯，一醉昏昏天下迷。四方倾动烟尘起⑰，犹在浓香梦魂里⑱。后主荒宫有晓莺，飞来只隔西江水⑲。

[校注]

　　①《才调集》卷二、《乐府诗集》卷四十七清商曲辞四吴声歌曲四载此首。《乐府诗集》题内无"词"字。《旧唐书·音乐志二》："《春江花月夜》《玉树后庭花》《堂堂》，并陈后主所作。叔宝常与宫中女学士及朝臣相和为诗，太乐令何胥又善于文咏，采其尤艳丽者以为此曲。"《乐府诗集》载隋炀帝《春江花月夜》二首，其一云："暮江平不动，春花满正开。流波将月去，潮水带星来。"又载诸葛颖及唐张子容、张若虚之作，均咏春江花月夜景。或融入离别相思之情。温氏此作，体制虽类似张若虚之作，用七言歌行体，平仄韵交押，内容则专咏隋炀帝奢淫佚游亡国情事，与乐府原题之意不相涉。盖取陈后主荒淫事加以发挥而讽慨隋炀帝之荒淫。②玉树，指《玉树后庭花》歌曲。《陈书·皇后传·后主张贵妃》："后主每引宾客对贵妃等游宴，则使诸贵人及女学士与狎客共赋新诗，互相赠答，采其尤艳丽者以为曲词，被以新声……其曲有《玉树后庭花》《临春乐》等。大指所归，皆美张贵妃、孔贵嫔之容色也。"《旧唐书·音乐志》："御史大夫杜淹对曰：'前代兴亡，实由于乐。陈将亡也，为《玉树后庭花》；齐将亡也，而为《伴侣曲》，行路闻之，莫不愁泣，所谓亡国之

音也.'"歌阑,歌残。海云黑,写景中暗寓国之将亡。许浑《金陵怀古》"玉树歌残王气终,景阳兵合戍楼空"与此意似。③花庭,即《玉树后庭花》之"后庭",指陈代宫苑。青芜国,青草丛生的平芜故国。句意指陈之繁华宫廷忽成平芜故国,谓其迅速覆亡。④秦淮,河名,在今江苏南京市。传秦始皇南巡至龙藏浦,发现有王气,于是凿方山,断长阜为渎入于江,以泄王气,故名秦淮。⑤金陵,今南京市的旧称。战国时楚威王埋金以镇王气,故曰金陵。⑥杨家二世,指隋炀帝,暗喻其如秦二世而覆亡之意。安九重,安居九重深宫,即皇帝位。⑦华芝,华盖,皇帝所乘车的车盖。扬雄《甘泉赋》:"登凤皇而翳华芝。"服虔曰:"华芝,华盖也。"六龙,古代天子车驾用六马,马八尺为龙,故以六龙为天子车驾的代称。句意谓炀帝出游,不乘六匹骏马驾的车,御华盖。⑧《隋书·炀帝纪》:"大业元年……(三月)辛亥,发河南诸郡男女百馀万,开通济渠,自西苑引谷、洛水达于河,自板渚引河通于淮。庚申,遣黄门侍郎王弘、上仪同於士澄往江南采木,造龙舟、凤艒、赤舰、楼船等数万艘……八月壬寅,上御龙舟,幸江都……舳舻相接二百馀里。"锦帆,即炀帝所乘龙舟所用锦缎制作的船帆。颜师古《大业拾遗记》:"炀帝幸江都,御龙舟,萧妃乘凤舸。锦帆彩缆,穷极侈靡。"⑨金芙蓉,金莲花。疑暗用南齐后主"凿金为莲花以匝地,令潘妃行其上,曰:'此步步生莲花也。'"之事,谓炀帝展尽豪奢。或以"金芙蓉"借指美好的嫔妃。⑩丁星,闪烁貌。系联绵词,形容船上的嫔妃们珠翠满头,闪烁明灭。或指龙舟上装饰的金玉闪烁明灭。宋无名氏《开河记》:"龙舟既成,泛江沿淮而下。至大梁,又别加修饰,砌以七宝金玉之类。"⑪龙头,指炀帝所乘龙舟的船头。哀筋,形容筋声的清亮动人。盖龙舟启动时筋声齐发,故云。⑫千里涵空,指自汴州至扬州的千里水路上碧水涵空。澄,静。《全唐诗》原作"照",据一作改。水魂,指水中精怪。盖谓龙舟过处,水怪宁静,不敢兴风作浪。⑬团,《全唐诗》原作"飘",据冯抄宋本及《全唐诗》校"一作团"改。团香雪,指琼花。

王禹偁《后土庙琼花诗序》云："扬州后土庙有花一株，洁白可爱，且其树大而花繁……俗谓之琼花。"琼花暮春开放，繁盛如雪，香气馥郁，故称"团香雪"，言芳香洁白的琼花开时成团如簇。或谓真正的琼花仅有一株，即生长于扬州后土庙者，后世所谓琼花者，多为嫁接聚八仙而成，或将聚八仙、玉蕊花误认为琼花。但温此诗已云"万枝破鼻团香雪"，则其误认自晚唐已然。又唐末吴融《隋堤》有"曾笑陈家歌玉树，却随后主看琼花"之句，可能其时已有炀帝至扬州看琼花的传说。或云琼花宋代始有，恐未必然。⑭漏转，更漏不停转换，由初更而五更。霞高，指东方日出时红霞高映。沧海西，指海西头的扬州。⑮颇黎，即玻璃，宝玉名，亦称水玉。或以为即水晶。天鸡，神话传说，"桃都山上有大树，名曰桃都。枝相去三千里。上有天鸡，日初出。照此木，天鸡则鸣，天下鸡皆随之鸣"。见任昉《述异记》卷下。⑯蛮弦，指南方少数民族的弦乐器。代雁，指北方的弦乐器，如秦筝。雁，指雁柱，筝柱斜列如雁行。"雁"，《全唐诗》原作"写"，校："一作雁。"冯抄宋本作"雁"，兼据改。⑰倾，《全唐诗》校："一作颒"。倾动，倾覆动荡。魏曹冏《六代论》："天下所以不能倾动，百姓所以不易心者，徒以诸侯强大，盘石胶固。"四方倾动，谓四方变乱迭起，国家倾覆动荡。烟，《全唐诗》校："一作风。"按："倾动"字并不误。因疑其为"颒动"之误而连带改"烟尘"为"风尘"，以实其用杜诗"风尘颒洞昏王室"之说，更属臆改。⑱香，《全唐诗》校："一作团。"以上二句谓四方倾覆动荡，烟尘弥漫，炀帝仍肆意享乐，沉醉于浓香好梦之中。参下句注。《隋遗录》："炀帝在江都，昏湎滋深，尝游吴公宅鸡台，恍惚间与陈后主相遇，尚唤帝为殿下。后主舞女数十，中一人迥美，帝屡目之。后主云，即丽华也。乃以绿文测海蠡（酒杯）酌红梁新酝劝帝。帝饮之甚欢，因请丽华舞《玉树后庭花》，丽华徐起，终一曲。后主问帝：'萧妃何如此人？'帝曰：'春兰秋菊，各一时之秀也。'后主问帝：'龙舟之游乐乎？始谓殿下致治在尧、舜之上，今复此逸游。大抵人生只图快乐，曩时何见罪之深耶?'帝忽寤，叱之，恍然不见。"⑲二句谓陈后主荒宫旧址如今唯有晓莺飞翔，彼晓莺飞过西江水（指长江流经南京附近的一段）至隋炀帝江都荒宫。又见隋之转瞬覆亡，繁华丘墟矣。建康在江都之西，故称这一段长江为西江。

[笺评]

许学夷曰：庭筠七言古声调婉媚，尽入诗馀……如"四方倾动烟尘起，犹在浓香梦魂里。后主荒宫有晓莺，飞来只隔西江水"，"为君裁破合欢被，星斗迢迢共千里。象尺薰炉未觉秋，碧池已有新莲子"，"回嗔笑语西窗客，星斗寥寥波脉脉。不逐秦王卷象床，满楼明月梨花白"，"玉墀暗接昆仑井，井上无人金索冷。画壁阴森九子堂，阶前细月铺花影"，"百舌问花花不语，低回似恨横塘雨。蜂争粉蕊蝶分香，不似垂杨惜金缕"等句，皆诗馀之调也。（《诗源辩体》卷三十）

贺裳曰：温不如李，亦时有彼此互胜者。如义山《隋宫》诗"玉玺不缘归日角，锦帆应是到天涯"，飞卿《春江花月夜》曰："十幅锦帆风力满，连天展尽金芙蓉。"虽极力描写豪奢，不及李语更能状其无涯之欲。至结句"地下若逢陈后主，岂宜重问后庭花"，较温"后主荒宫有晓莺，飞来只隔西江水"，则温语含蓄多矣。（《载酒园诗话又编》）

杜诏曰：观此诗，盖赋隋炀，《玉树后庭花》不过借此作比兴耳。又曰：（"不御华芝"句下）此下总言炀帝游幸江都，荒淫无度也。（《中晚唐诗叩弹集》卷八）

杜庭珠曰：起讫俱用后主事。金陵、广陵，隔江相望，与义山《隋宫》诗结语同意，所谓"后人哀之而不鉴之"也。（同上）

宋宗元曰：（首四句下评）借陈后主陪起，思新彩艳。（末二句下评）仍应起处作结，如连环钩带。（《网师园唐诗笺》）

[鉴赏]

这是一首讽慨隋炀帝荒淫奢侈而亡国的乐府诗。咏隋亡而以《春江花月夜词》为题可能是因为《春江花月夜》本是陈后主创制的艳词新曲，既是其荒淫生活的标志，又是靡靡亡国之音的代表；而继陈而建的隋朝，到炀帝时其荒淫奢侈的程度远超陈后主，终于导致隋朝的覆灭，且炀帝自己也写作过《春江花月夜》二首。因此，用"春江花月夜"这个题目，便可串连起陈、隋两代亡国败君相继的史实，且为全诗的艺术构思和主题表达提供重要的凭借。这正是温庭筠这首《春江花月夜》与一般的沿袭旧题的乐府诗不同之处。

诗一开头，撇开隋朝，先从陈亡写起。"玉树歌阑海云黑"，表面上说陈宫中《玉树后庭花》的艳曲歌舞将要停歇之时，阴沉弥漫的海云也变黑了，但叙事写景之中却寓含着象征意味。《隋书·五行志·诗妖》载："祯明初，后主作新歌，词甚哀怨，令后宫美人习而歌之。其辞曰：'玉树后庭花，花开不复久。'时人以为歌谶，此其不久兆也。""玉树歌阑"因此带有陈朝政权将要沦亡的象征意味。"海云黑"也同样透露出一种昏暗的时代气氛。此句用意与许浑《金陵怀古》"玉树歌残王气终"略同，许诗直接点明"王气终"，意思比较醒豁，而温诗则更隐晦不露。次句突然跳到陈亡，却不用叙事而出以写景之笔：往日繁华的陈宫后庭花团锦簇，忽然间变成了青草丛生的荒芜旧宫。"花庭"与"青芜"之间用一"忽"字连接，见陈朝覆亡之迅速，两相对照，令人感慨唏嘘。

"秦淮有水水无情，还向金陵漾春色。"三、四两句从陈亡过渡到隋朝。秦淮河的河水，终古长流，不管人间的兴亡，仍旧穿过古老的金陵城，荡漾着春水碧波，映照着岸边春色。"水无情"三字，正透露出历史的无情。二句意蕴类似刘禹锡《石头城》之"淮水东边旧时月，夜深还过女墙来"，而温诗用"水无情"直接点醒，鉴戒之意更加明显。

从"杨家二世安九重"到"犹在浓香梦魂里"均写隋炀帝之奢淫无度、肆意逸游，是全诗的主体部分。先写隋炀帝高居九重，登上皇位以后，出游不用华盖高车和六龙雄骏，而是要乘龙舟南游，百幅锦缎制成的船帆涨满了风力，运河上舳舻相接，船上妃嫔如云，像向世人尽情展示皇家的繁华气派。"金芙蓉"即金莲花，系暗用南齐后主潘妃步步生莲故事，曰"连天展尽"，正见妃嫔从游之盛。

"珠翠丁星复明灭，龙头劈浪哀筊发。""珠翠"承上妃嫔从游之盛，写她们头上的饰物，闪烁明灭。高大的龙舟，船头高竿，劈波斩浪前进，船上嘹亮的筊声齐发，响彻云霄，既写其豪奢，更写其气势。

"千里涵空澄水魂，万枝破鼻团香雪。"这两句由乘舟南行过渡到抵达江都。上句点出"千里"，为龙舟之游作一总束，并以"涵空澄水魂"五字进一步对南游的皇家气势作进一步渲染，见此游不仅沿途扰民，连水中的精怪亦为之隐避静匿；下句点出"万枝"，见此游的目的之一就是到扬州观赏花繁如雪、香气扑鼻的名花——琼花。"团"字精当，正是琼花盛开时如香雪之成团如簇。

"漏转霞高沧海西，颓黎枕上闻天鸡。"接下二句，写炀帝在沧海西头的扬州彻夜达旦地享乐的情景，在沉迷之中，不知更漏之转，东方红霞之高，刚酣卧于玻璃枕上，已闻天鸡报晓了。这两句的写法和意境，有些近似李白《乌栖曲》中"银箭金壶漏水多，起看秋月坠江波。东方渐高奈乐何！"但讽刺的意味不像李诗那样明显。

"蛮弦代雁曲如语，一醉昏昏天下迷。"蛮弦代雁，分别借指南方、北方的弦乐器，它们所奏出的乐曲如窃窃私语，令人沉醉，沉迷在酒色乐舞享受中的炀帝更是一醉昏昏，根本不顾天下的治乱兴衰。"一醉"句一笔勾转，直露讽慨本意，极有力度，也透露出前面的一系列铺叙渲染，都是为了逼出这个直揭本旨的主句。

"四方倾动烟尘起，犹在浓香梦魂里。"两句将当时全国的政治局势与炀帝的昏湎沉迷加以对照。据《隋书·炀帝纪》，大业九年

（613）以来，各地农民不断聚众起义，已成燎原之势，大业十三年，李密、翟让陷兴洛仓，密自号魏公，众至数十万，河南诸郡相继皆陷，李渊起义师于太原，十一月攻入长安，"区宇之内，盗贼蜂起……每出师徒，败亡相继……黎庶愤怒，天下土崩"。"四方倾动烟尘起"正是对当时天下危局的艺术概括，在这种情况下，炀帝仍然沉迷于享乐，甚至有吴公台梦见陈后主，犹请张丽华舞《玉树后庭花》那样的情事，真正称得上是"至于就擒而犹未之寤了。""犹"字着意，揭出炀帝至死而不悟的淫昏本性。

"后主荒宫有晓莺，飞来只隔西江水。"后主荒宫，也就是次句的"青芜国"。昔日繁华的建康陈代宫苑，已成青草遍地的荒野；而隋代江都的豪华宫苑，如今又成了荒宫旧苑。从陈代灭亡到隋朝覆灭（589—618），不过短短三十年；而从后主建康荒宫到炀帝江都行宫，更仅仅是一水之隔。诗人想象中，陈后主荒宫中的晓莺，飞过西江水到达炀帝的江都旧宫，不过转瞬之间罢了。历史的惊人重复，竟在这短促的时间和有限的空间中发生，它所昭示的历史教训难道还不令人深思吗？结尾两句，回抱篇首。正显示出全篇的构思，就是要用亡陈为亡隋作衬，以显示封建统治者不汲取近在咫尺的历史教训，终至重蹈亡国覆辙，亦即杜牧《阿房宫赋》篇末所谓"后人哀之而不鉴之，亦使后人而复哀后人也"。李商隐《齐宫词》"梁台歌管三更罢，犹自风摇九子铃"，用"九子铃"这一微物串连起齐、梁两代统治者歌管依旧、淫乐相继的历史，温庭筠则用"晓莺"串连起陈隋两代奢淫依旧、败亡相继、荒宫隔江相望的历史，在构思上可谓灵犀暗通，异曲同工。

此诗主题，盖讽隋炀帝不知汲取亡陈奢淫亡国的历史教训，反而变本加厉，肆意淫游，穷极奢侈，故重蹈覆辙，迅即灭亡。因而诗之开端、结尾均以亡陈与亡隋并提作衬，以深寓讽慨之意。诗写陈、隋之覆亡，一则出以概括精练之笔，一则出以铺张渲染之笔，正因以亡陈为陪衬之故。但在铺张渲染中仍寓讽慨，如"蛮弦代雁曲如语，一醉昏昏天下迷。四方倾动烟尘起，犹在浓香梦魂里"，即讽意明显，末二句于铺张渲染之余忽转用温婉含蓄之笔，以景语作结，尤觉讽慨弥深。

侠客行①

欲出鸿都门②，阴云蔽城阙。宝剑黯如水③，微红湿馀血。白马夜频惊④，三更霸陵雪⑤。

[校注]

①《才调集》卷二、《乐府诗集》卷六十七杂曲歌辞载此首。《才调集》题下注："齐梁体。"此篇一作张祜诗，非。《乐府诗集》晋张华《游侠篇》题解："《汉书·游侠传》曰：'战国时，列国公子，魏有信陵、赵有平原、齐有孟尝、楚有春申，皆藉王公之势，竞为游侠，以取重诸侯，显名天下。故后世称游侠者，以四豪为首焉。汉兴，有鲁人朱家及剧孟、郭解之徒，驰骛于闾里，皆以侠闻。其后长安炽盛，街闾各有豪侠。时萬章在城西柳市，号曰城西萬章；酒市有赵君都、贾子光，皆长安名豪，报仇怨，养刺客者也。'《魏志》曰：'杨阿若后名丰，字伯阳，少游侠，常以报仇解怨为事，故时人为之号曰：东市相斫杨阿若，西市相斫杨阿若。后世遂有《游侠曲》，魏陈琳、晋张华又有《博陵王宫侠曲》。'"②鸿都，东汉洛阳宫门名。《后汉书·崔寔传》："灵帝时，开鸿都门榜卖官爵。"③赵晔《吴越春秋》："越王允常聘欧冶子作名剑五枚，一曰纯钩。秦客薛烛善相剑，越王取示之，烛曰：'光乎如屈阳之华，沉沉乎如芙蓉始生于湖，观其文如列星之行，观其光如水溢于塘，此纯钩也。'"按：句意谓宝剑如黯夜反射出如水的寒光。④惊，《全唐诗》校："一作嘶。"⑤霸陵，汉文帝陵墓，在长安东。《长安志》："汉文帝庙在县（霸陵县）东本陵，北去县二十五里。"今陕西西安市东灞桥区毛西村即霸陵所在。

沈德潜曰：温诗风秀工整，俱在七言。此篇独见警绝。（《重订唐诗别裁集》卷四）

纪昀曰：纯于惨淡处取神，节短而意阔。（《删正二冯先生评阅才调集》）

翁方纲曰：温诗短篇则近雅，如五古"欲出鸿都门"一篇，实高作也。（《石洲诗话》卷二）

[鉴赏]

温庭筠的乐府学李贺，多辞采繁艳之作，表现亦时有繁冗晦涩之弊，五古尤多晦涩之作。这首《侠客行》却写得极为精练奇警而富于气势，且能创造出与人物行为及精神面貌浑然一体的气氛与意境。诗的内容系写侠客"杀人都市中"的情事，如正面直接描叙，虽也可以写得很生动，总不免落俗套。此诗却避开正面，从侧面着笔，虚处传神，取境纯在夜间。

"欲出鸿都门，阴云蔽城阙。"起二句写其杀人后欲出城门之际，阴云密布，笼罩整个洛阳宫阙的情景。次句似即景描写，却渲染出一种阴沉而危急的氛围，透露出城中如网罗密布，气氛森严，亦透露出侠客内心的阴郁沉重之感，虽不直接运用象征手法，却富于象征意味。

"宝剑黯如水，微红湿馀血。"三、四两句专写侠客身上佩带的宝剑，以暗示此前不久杀人都市中的情事（鸿都门是洛阳宫门，前面写他"欲出鸿都门"，则所杀者甚至有可能是宫城中的高官显宦）。在阴暗的夜色中，剑光森寒如水，映出剑刃上沾湿的馀血。二句极精练含蓄，杀人的情景全用虚写，只用宝剑上沾的殷红的馀血略作暗示，其他情景全由读者想象来补充。"湿"字尤为出色，暗示杀人之事只在顷刻之前发生，极富暗示性和现场感，仿佛能闻到剑上的血腥气息。

"白马夜频惊，三更霸陵雪。"五、六两句写出城之后驱马疾驰，飘然而去。胯下的白马因加鞭疾驰而频频惊嘶，反衬出侠客的剽悍勇武、身手敏捷。夫入夜刚出鸿都门，而三更已踏霸陵雪，可谓"千里不留行"了。神骏之姿，跃然纸上。末句以"三更霸陵雪"的静寂景物作衬并顺势收束，尤为明快直截而富于远神。

唐代任侠之风盛行，吟咏任侠精神的佳作亦多，但多作于初盛唐时期，且多写游侠之尚武精神与报国壮志，故游侠每与边塞相连。中晚唐少有此类作品，且内容亦由慷慨报国转为对社会的愤激不平。贾岛《剑客》云："十年磨一剑，霜刃未曾试。今日把示君，谁有不平事？"可见其时侠客的行动趣向。庭筠此诗，写其杀人都市，亦抒其愤激不平之气，具有时代特色。

唐诗佳作每新鲜如乍脱笔砚，此即一例。关键在对生活有深切的体验，而又能选取最富有典型意义的事物场景乃至细节加以表现。游侠诗得庭筠此篇，可称压轴。从中亦可见诗人风流浪漫个性之外的另一面。其七绝《赠少年》也有对少年游侠精神风貌的描写，可以参看。

利州南渡①

澹然空水带斜晖②，曲岛苍茫接翠微③。波上马嘶看棹去④，柳边人歇待船归⑤。数丛沙草群鸥散⑥，万顷江田一鹭飞⑦。谁解乘舟寻范蠡⑧，五湖烟水独忘机⑨。

[校注]

①利州，唐山南西道利州，治绵谷县，今四川广元市。《元和郡县图志》："本秦蜀郡地，汉分巴、蜀置广汉郡……大业三年改为义成郡，武德元年又改为利州，州城西临嘉陵江。"按：此云"南渡"，当非指州城西之嘉陵江渡口。利州之南，有益昌县之桔柏津，为自秦入

蜀途中自利州入剑州至成都之重要津渡，所谓"利州南渡"，殆指此。约大和四年（830）秋，温庭筠曾有入蜀之游，诗当作于赴蜀途中。②澹然，水波起伏貌。空水，指江面空阔，船只稀少。带，《全唐诗》原作"对"，校："一作带。"兹据冯钞、述钞宋本改。带，映带，映照。阴铿《渡青草湖》："带天澄迥碧，映日动浮光。"元稹《遣风二十韵》："暝色已笼秋竹树，夕阳犹带旧楼台。"③曲岛，指江中岸边曲折的洲渚。翠微，此指山光水色之青翠缥缈。《文选·左思〈蜀都赋〉》："郁菶菶以翠微，崛巍巍以峨峨。"刘逵注："翠微，山气之轻缥也。"韩愈《送区弘南归》："泂泂洞庭莽翠微。"④波上，犹江边，或谓此句"写渡船过江，人渡马也渡"。（文研所《唐诗选》）⑤文研所《唐诗选》："写待渡的人（包括作者自己）歇在柳边。"按：二句意一贯，谓岸上待渡的人（包括诗人自己）系马柳树之下，马在岸边嘶鸣，眼看着渡船南去，等待它的归来。⑥鸥，指江鸥。⑦江田，指江对岸的水田。鹭，白鹭。⑧解，懂得。寻，追寻。范蠡，春秋末年越国大夫，曾辅佐越王勾践复国灭吴。《史记·越王勾践世家》："范蠡事越王勾践，既苦身戮力，与勾践深谋二十馀年，竟灭吴，报会稽之耻……范蠡以为大名之下，难以久居，且勾践为人可与同患，难与处安，为书辞勾践……自与其私徒属乘舟浮海以行，终不反。"《史记·货殖列传》："范蠡既雪会稽之耻，乃喟然而叹曰：'计然之策七，越用其五而得意。既已施于国，吾欲用之家。'乃乘扁舟浮于江湖。"⑨五湖，古代吴越地区的湖泊，其说不一，或说即指太湖。《国语·越语下》："果兴师而伐吴，战于五湖。"韦昭注："五湖，今太湖。"《文选·郭璞〈江赋〉》"注五湖以漫漭"李善注引《吴录》："五湖者，太湖之别名也。"忘机，忘却机巧权诈之心。此指远离机诈纷争的政局，淡然处世。《列子·黄帝》："海上之人有好沤（鸥）鸟者，每旦之海上，从沤鸟游，沤鸟之至者百住而不止。其父曰：'吾闻沤鸟皆从汝游，汝取来，吾玩之。'明日之海上，沤鸟舞而不下也。"此联承上"鹭飞"联想到"鸥鹭忘机"之典，故有寻范蠡泛五湖之感。

[笺评]

金圣叹曰：（前解）水带斜晖加"淡然"字，妙！分明画出落日贴水之际，不知是水"淡然"，斜晖"淡然"也。再加"曲岛苍茫"字，妙！曲岛相去甚远，而其苍茫之色，遂与翠微不分，则一时之荒荒抵暮，真是不能顷刻也。三、四"波上人嘶""柳边人歇"，妙，妙！写尽渡头劳人，情意迫促。自古至今，无日无处，无风无雨，而不如是，固不独利州南渡为然矣。（后解）日愈淡，则岛愈微；渡愈急，则人愈哗。于是而鸥至鹭飞，自所必至。我则不晓其一一有何机事，纷纷直至此时，始复喧豗求归去耶？末以范蠡相讽，正如经云：如责蜣蜋成妙香佛，固必无是理矣。（《贯华堂选批唐才子诗》卷六）

朱三锡曰：一、二写是日晚渡景色，三、四写渡头劳人情意迫促。自古至今无日无处而不然者，不独一利州为然也。五、六即"鸥散""鹭飞"，以逼出八之"独忘机"三字耳。（《东岩草堂评订唐诗鼓吹》）

赵臣瑗曰："水带斜晖"以下十一字，只是写天色将暝，妙在水上加一"空"字，而"空"字上又加"淡然"二字，以反挑下文之"楫去""船归"，见得水本无机，一被有机之人纷纷扰乱，势必至于不能空，不能淡而后已，则甚矣机心之不可也。三、四写日虽已晡，人马不堪并渡。五、六写人方争渡，禽鸟为之不安。吾不知人生一世，有何机事，必不容已，碌碌皇皇，至于如此，真不足当范少伯之一哂也已。（《山满楼笺注唐诗七言律》）

王尧衢曰：（"波上"二句）此联野渡如画。（末二句）"独"字与"一"字相应，与"谁解"字相呼。言独有范蠡忘机，而世人不但不能学，且不能解也。前解写渡，后解因所渡之事而别以兴感也。（《古唐诗合解》卷十一）

《精选评注五朝诗学津梁》：高旷夷犹之致，落落不群。

[鉴赏]

这是一首色彩清丽明净、意境空阔淡远的行旅诗。诗中所描写的，是利州南渡头一带的景色以及由此触发的淡然忘机心境。景中寓情、情境相谐是这首诗的显著特征。但清代以来的评家对诗的颔、腹二联却多有误解，从而导致对诗境的错误把握。

"澹然空水带斜晖，曲岛苍茫接翠微。"首联写远望中的利州南渡阔远苍茫暮景。时近黄昏，夕阳的斜晖映照在水波荡漾的空阔江面上，江中的洲渚，岸边曲折回环，微茫不清，连接着青翠缥缈的山光水色。"斜晖""苍茫"二语，点染暮景。"翠微"通常指山色，但亦可用以形容水色，注引韩诗"淘淘洞庭莽翠微"可证。在苍茫暮色中，空阔的碧绿的嘉陵江水、江中的洲渚和远处的山色都混茫连接，呈现出一片阔远的青翠缥缈之色。"带"字、"接"字，正是表现这种阔远苍茫之境的传神写照之笔。而起句的"澹""空"二字，既状水波之荡漾与江面的空阔，也透露出诗人面对此阔远苍茫之境时心境的淡远与虚静。全篇的意趣已于此二字中初露端倪。

"波上马嘶看棹去，柳边人歇待船归。"颔联写待渡情景。"波上"即江上，亦即江边，与下句"柳边"相对，互文同指，"柳边"亦即江边的柳树下。待渡者有人有马，故上句云"马嘶"，下句云"人歇"；"看棹去"与"待船归"亦均从江边待渡者眼中着笔。二句意实一贯，写出岸边待渡的人（包括诗人自己）系马柳树之下，马在悠然嘶鸣，人在柳下歇息，眼看着渡船徐徐南去，等待着它的归来。这幅江边待渡图所表现的正是一种悠闲自在、从容不迫的情致。将一幅完整的图景分散在两句中，正是为了在吟诵之际感受到这份纡徐不迫的情味。因此这一联不但景色可以入画，而且表现出渡者悠闲容与的情态，"看"字、"待"字，尤为体现这种情致的字眼。

"数丛沙草群鸥散，万顷江田一鹭飞。"腹联转写过渡情景。渡船行至江中洲渚附近，曲岸边上，沙草数丛，看到渡船驶近，停歇在草丛上的鸥群纷纷飞散；江的对岸，是一片平展的万顷水田，一只白鹭，正在水面上高翔。此联写正渡时所见情景，却不直接点明，只于"群鸥散"中透出，令人浑然不觉，而渡船徐徐南去，移步换形之情景自含于所描绘的景色之中。此联之境，于阔远之中复饶明丽之致。对句"万顷江田"与"一鹭飞"对映，尤为突出，而鸥之散、鹭之飞，亦均自由自在、自然而然之景。

"谁解乘舟寻范蠡，五湖烟水独忘机。"尾联是由利州南渡所见之景触发的感慨。"忘机"之情，即由前三联所描绘的空阔苍茫、容与悠闲、自由自在的情境所触发。曰"谁解"者，正谓我今对此情境，油然而生"忘机"之情，是自得语，非所谓争渡之人不解也。而腹联明写"鸥""鹭"，暗写舟渡，又正触发鸥鹭忘机和范蠡乘舟泛五湖的联想。因此，诗的结联，无论是从总体呈现的境界或是具体的景物（鸥鹭和舟），都是水到渠成的自然收束。解诗忌带主观成见，先入为主，更忌求之过深，穿凿牵附，金圣叹等评家对此诗的诠解，犯的正是这个毛病。

过陈琳墓①

曾于青史见遗文②，今日飘蓬过古坟③。词客有灵应识我④，霸才无主始怜君⑤。石麟埋没藏春草⑥，铜雀荒凉对暮云⑦。莫怪临风倍惆怅，欲将书剑学从军⑧。

[校注]

①《又玄集》卷中、《文苑英华》卷三百六载此首。陈琳，建安七子之一。《三国志·魏书·王粲传》："始文帝（曹丕）为五官将，及平原侯植皆好文学。粲与北海徐幹字伟长、广陵陈琳字孔璋、陈留阮瑀字元瑜、汝南应玚字德琏、东平刘桢字公幹并见友善……琳前为

何进主簿，进欲诛宦官……乃召四方猛将，并便引兵向京城……琳谏进……进不纳其言，竟以取祸。琳避难冀州，袁绍使典文章。袁氏败，琳归太祖（曹操）。太祖谓曰：'卿昔为本初移书（按：指《为袁绍檄豫州》），但可罪状孤而已。恶恶止其身，何乃上及父祖耶？'琳谢罪，太祖爱其才而不咎……并以琳、瑀为司空军谋祭酒、管记室，军国书檄，多琳、瑀所作也。"《大清一统志》：江苏徐州府，魏陈琳墓在邳州界。武宗会昌元年（841）春，温庭筠自长安启程归吴中旧居。约暮春时，经泗州下邳县，作《过陈琳墓》。②青史，古代用竹简纪事，故称史籍为"青史"。江淹《诣建平王上书》："俱启丹册，并图青史。"陈琳《为袁绍檄豫州》，见《后汉书》及《三国志·魏书·袁绍传》，《谏何进召外兵》，见《后汉书·何进传》。此即所谓"青史见遗文"。③蓬，《全唐诗》校："一作零。"古，《全唐诗》校："一作此。"按：作者《蔡中郎坟》亦云："古坟零落野花春。"④词客，擅长文辞的人。王维《偶然作》之六："宿世谬词客，前身应画师。"此指陈琳。曹丕《典论·论文》："琳、瑀之章表书记，今之隽也。"⑤霸才，能辅佐明主成就霸业之才，亦可径解为"雄才"。"霸才无主"，诗人自指，应首句"飘蓬"。怜，羡。白居易《长恨歌》："姊妹兄弟皆列土，可怜光彩生门户。"可怜，即可羡意。历代注家解此句多误，详"笺评"所引方回、周珽、沈德潜、《唐诗鼓吹评注》之笺解。按：《太平御览》卷五百九十七引晋王沈《魏书》："陈琳作檄，草成，呈太祖。太祖先苦头风，是日疾发，卧读陈琳所作，翕然而起，曰：'此愈我疾病。'太祖平邺，谓陈琳曰：'君昔为本初所檄书，但罪孤而已，何乃上及父祖乎？'琳谢罪曰：'箭在弦上，不得不发。'太祖爱其才，不咎。"按：陈琳《为袁绍檄豫州》云："司空曹操，祖父中常侍腾，与左悺、徐璜并作妖孽，饕餮放横，伤化虐民。父嵩，乞匄携养，因赃假位，舆金辇璧，输货权门，窃盗鼎司，倾覆重器。操赘阉遗丑……"此即所谓"上及父祖"。作者意中，盖谓陈琳终遇曹操，操爱其才，不咎既往，委以军国文书之重任，使之得以施展才能，诚可谓"霸才有主"。己则才亦堪比陈琳，可称霸才，然遭遇不偶，飘蓬无托，故过其坟而方羡君之终遇明主矣。全句盖慨己与陈琳才虽同而遇则异。⑥石麟，石刻麒麟。古代帝王显宦墓前石刻群中常有石麟、石虎等。此类石刻非陈琳墓前所应有，系指遥想中曹操墓前之石麟，参下句意益显。春，《全唐诗》校："一作秋。"误。⑦铜雀，台名。《三国志·魏书·武帝纪》："（建安十五年）冬，作铜雀台。"晋陆翙《邺中记》："铜爵台高一十丈，有屋一百二十间。"《水经注·浊漳水》："邺西三台……中曰铜雀台，高十丈，有屋百一间。"⑧将，持。从军，指入戎幕。按：作者于作此诗稍后，途经扬州，有《感旧陈情五十韵献淮南李仆射》，系投献时任淮南节度使李绅之作，中云："有客将谁托，无媒空自怜……未展干时策，徒抛负郭田，转蓬犹邈尔，怀橘更潸然。"此与本篇"今日飘蓬""霸才无主"之语正合；又云："冉弱营中柳，披敷幕下莲。倘能容委质，非敢望差肩。"有希冀入李绅幕之意，与"欲将书剑学从军"之语亦正合。学从军，学陈琳之在曹操幕府，施展自己之文才。

[笺评]

方回曰：谓曹操有无君之志而后用此等人，甚妙。（《瀛奎律髓》卷二十八）

周弼曰：前虚后实体。（《删补唐诗选脉笺释会通评林·晚七律》引）

顾璘曰：此篇前四句浊俗。后语颇实，终不脱晚唐。（《批点唐音》）

李维桢曰：感怀寄意中，尽伤心语。（《唐诗隽》）

周珽曰：自古称才难，才非难，知之者难。知而宠遇维艰，犹弗知也；遇而明良乖配，犹弗遇也。如陈琳名列"邺中七子"，比之贾生之于汉文，终屈长沙稍殊，而飞卿犹以"霸才无主"为琳叹息，若祢衡不免杀戮之惨，怀才至此，时运之厄，不令人千载感吊乎！故读"汉文有道恩犹薄，湘水无情吊岂知"与"词客有灵应识我，霸才无主始怜君"之四语，既知君臣遇合之难；读"曹瞒尚不能容物，黄祖何曾解爱才"，益为万古英豪魂惊发竖矣。又曰：首谓曾于史传见君遗文，已知为一代词客，第生不同时，无由识面，今过其坟，不能不吊其才也。次联正吊之之词。言君若有灵，应识我为千载知己，但君有霸佐之才，而东臣西仕，遇非其主，虽有才无用，岂不足怜哉！既死之后，墓上石麟埋没，与邺都铜雀之胜同一消废，而魏王虽见为贤才，终非怜才之主可知也。然则人而有才，惟济（际?）遇何如耳。所以未尽如其愿者，故临风惆怅，莫怪因琳而倍增，欲将书剑学从军，恐知遇亦如琳也。（《删补唐诗选脉笺释会通评林·晚七律》）

金圣叹曰：（前解）一、二言昔读其文，今过其坟也。不知从何偷笔，忽于句中魆地插得"飘零"二字，于是顿将上句十四字，一齐收来尽写自己。犹言昔读君文之时，我是何等人物；今过君坟之时，竟成何等人物，则焉禁我之不失声一哭也。三、四词客有灵，霸才无主。"应识我""始怜君"，其辞参差屈曲，不计如何措口，妙，妙！犹言昔读君之文时，我亦自拟霸才，今过君坟之时，我亦竟成无主。然则我识君，君应识我；我怜我，故复怜君也。（轻细手下，又有如此屈曲）（后解）前解之二句，若依寻常笔墨，则止合云"今日荒凉过古坟"也，忽被"飘零"二字横挽过去，先自写其满胸怨愤，于是直至此五、六，始得补写古坟。然而七云"莫怪"，八云"欲将"，依旧横挽过去，仍写自己。盖自来笔墨，无此怨愤之甚矣。（《贯华堂选批唐才子诗》卷六）

吴乔曰：诗意之明显者，无可著论，惟意之隐僻者，词必迂回婉曲，必须发明。温飞卿《过陈琳墓》诗，意有望于君相也。飞卿于邂逅无聊中，语言开罪于宣宗，又为令狐绹所嫉，遂被远贬。陈琳为袁绍作檄，辱没曹操之祖先，可谓酷毒矣。操能赦而用之，视宣宗何如哉！又不可将曹操比宣宗，故托之陈琳，以便于措词，亦未必真过其墓也。起句"曾于青史见遗文，今日飘零过古坟"，言神交，叙题面，以引起下文也。"词客有灵应识我"，刺令狐绹之无目也；"霸才无主始怜君"，"怜"字诗中多作"羡"字解，因今日无霸才之君，大度容人之过如孟德者，是以深羡于君。"石麟埋没藏春草"，赋实境也；"铜雀荒凉对暮云"，忆孟德也。此句是诗之主意。"莫怪临风倍惆怅，欲将书剑学从军"，言将受辟于藩府，永为朝廷所弃绝，无复可望也。怨而不怒，深得风人之意。以李颀之"新加大邑绶仍黄，近与单车向洛阳。顾盼一过丞相府，风流三接令公香"，"知君官属大司农，诏幸骊山职事雄。岁发金钱供御府，昼看仙液注离宫"等视此，直是应酬死句。(《围炉诗话》卷一)

陆次云曰：凭吊古人诗，得恁般亲切，性情不远。(《五朝诗善鸣集》)

杨逢春曰：此诗吊陈琳，都用自己伴说，盖己之才与遇，有与琳相似者，伤琳即以自伤也。(《唐诗绎》)

胡以梅曰：五、六承"古坟"，是中二联分承一、二之法。结仍以三、四之意归于己，欲学古人，故"倍惆怅"耳。自有一种回环情致。(《唐诗贯珠串释》)

赵臣瑗曰：题是吊古，诗却是感遇。看他起手，一提一落，何尝不为陈琳而设。而特于其中间下得"飘零"二字，此便是通篇血脉也。(《山满楼笺注唐诗七言律》)

《唐诗鼓吹评注》：此言陈琳文章曾于青史中见之，我今飘零到此而过其墓焉。以余之寥落不偶，"词客有灵"，知当"识我"；而公之始事袁绍，绍非霸才，不堪佐辅，我亦"当怜君"也。兹者，古墓石麟长埋秋(《鼓吹》作"秋")草，而当时事曹公而游铜雀，今亦荒凉寂寞，台锁暮云。余也飘零，过此追慕遗风，亦将以书剑之术，学公之从事于军中也。能不临风惆怅哉？(卷七)

何焯曰：感愤抑物，不觉其词之过。(《唐三体诗评》)又曰：不与科第，直思作贼。愤东诸侯不足与有为，故曰"霸才无主"。只前三句

借陈发端,后五句都是思曹瞒耳。(《唐诗鼓吹评注》卷八何氏眉批)

朱三锡曰:一言昔读公之文,二言今过公之墓。无端于二句十四字中忽地插入"飘零"二字,顿将读史、过墓二句文字,一齐都收到自己身上来,妙,妙。言昔日读史时何等气概,今日过墓时何等胸襟,感怀及此,不觉失声一哭也。三、四"应识我""始怜君"即承此意来。五、六写墓。七、八仍写自己。通首只将"飘零"二字,写尽满腔怨愤,参差屈曲,绝妙文章。(《东岩草堂评订唐诗鼓吹》卷七)

冯舒曰:(方回解)误甚。(《瀛奎律髓汇评》卷二十八引)冯班曰:第四句自叹也。(同上引)

纪昀曰:"词客"指陈,"霸才"自谓。此一联有异代同心之感,实则彼此互文。"应"字极兀傲,"始"字极沉痛。通篇以此二语为骨。纯是自感,非吊陈琳也。虚谷以"霸才"为曹操,谬甚。(同上引)

沈德潜曰:前四句,插入自己凭吊。五、六句,魏武亦难保其荒台矣,对活。七、八句,己与琳踪迹相似,言袁绍非霸才,不堪为主也。有伤其生不逢时意。(《重订唐诗别裁集》卷十五)

毛张健曰:(首二句)自写飘零,已伏下意。(末二句)以琳自况,回顾"飘零"。(《唐体肤诠》)

张世炜曰:飞卿负才不遇,一尉终身。此诗借他人杯酒,浇自己块垒矣,读之堕千古才人之泪。(《唐七律隽》)

宋宗元曰:同调相惜,才不是泛然凭吊。(《网师园唐诗笺》)

吴瑞荣曰:飞卿此篇,不愧与义山对垒。(《唐诗笺要》)

薛雪曰:《过陈琳墓》一起,汉唐之远,知心之通,千古同怀,何曾可隔。三、四神魂互接,尔我无间。乃胡马向风而立,越燕对日而语,惺惺相惜,无可告语。(《一瓢诗话》)

屈复曰:抑扬顿挫,沉痛悲凉,结亦甚合。"飘零"一篇之主,三、四紧承二字。(《唐诗成法》)

许印芳曰:三、四语晓岚之说最当。虚谷之解固非。又沈归愚云:"言袁绍非霸才,不堪为主也。有伤其生不逢时意。"此解胜虚谷,然

亦未的。(《律髓辑要》)

这可能是温庭筠最负盛名的一首诗，也是唐代七律中最优秀的作品之一。吴瑞荣说"飞卿此篇，不愧与义山对垒"，确非过誉。但从南宋末方回以来，这首诗却一直遭受各种各样的误解。这种误解，既有对关键词语、诗句的错误诠解，也有对全篇章法结构的错误梳理，更有对全诗意旨的错误阐释，而它们之间又存在着密切联系。这种盛誉与误解并存的情形，成为古代诗歌阐释史上的一道奇观。而在这种种错误解读的背后，又隐藏着更深层次的原因——用后代人对某一历史人物的看法和评价来替代诗人对历史人物的看法和评价。这种情况，在诗歌本意的被误读方面，并非偶发的个案。因此，正确理解诗的本意，并揭示出误解的根源，不仅对还原诗的本旨具有正本清源的意义，而且可以引发对诗歌接受史上的一种具有相当普遍性的现象的思考。

不妨先撇开前人的一切旧说，先进入诗人创造的诗歌艺术境界进行解读和鉴赏。

"曾于青史见遗文，今日飘蓬过古坟。"开头两句用充满仰慕、感慨的笔调领起全篇，说过去曾经在史书上拜读过陈琳的文章，今天在漂流蓬转的人生旅途中又正好经过并拜访陈琳的古老坟墓。古代史书常引录一些有关军国大计的著名文章，这类大手笔，往往成为文家名垂青史的重要凭借。陈琳所处的建安时代，是一个文学的自觉时代的开始。曹丕在《典论·论文》中所宣称的"文章经国之大业，不朽之盛事。年寿有时而尽，荣乐止乎其身，二者必至之常期，未若文章之无穷"，正可视为文学自觉的宣言，也可移作"青史见遗文"的注脚。陈琳一生，虽有遇与不遇，但所从事的始终是文章之事，官位并不显达，但凭借其"青史"所载之"遗文"，"声名自传于后"。因而首句不仅点出陈琳以文章著名于当时与后世，而且寓含着歆慕与尊崇的感情。先着此一句，第二句正面点题，读者在感情上就有了酝酿和准备，感受到了诗人落笔之郑重。"今日飘蓬"四字，暗透出诗中所抒的感慨和诗人当时的际遇分不开，而这种感慨又是紧密联系着陈琳这位前贤的际遇来抒写的。不妨说，这是对全篇构思的一种提示。在写这首诗之前的文宗大和末年（835），诗人曾游江淮，拜谒地方长官，为其属下的小人所嫉妒、相倾，并受到"守土者"之"忘情积恶"与"当权者"之"承意中伤"，从而导致"绝飞驰之路，塞饮啄之涂"的严重后果。（见《上裴相公启》）开成元年（836）始从太子李永游，三年九月，文宗以皇太子"慢游败度，欲废之"，十月太子暴薨。四年秋，庭筠参加京兆府试，荐名居第二，然竟因遭人毁谤被黜落，取消了第二年春天应礼部进士试的资格和翌年秋参加京兆府试的资格。这一连串沉重的打击，对于一位自命"经济怀良画"的才人来说，无异于雪上加霜。从这里可以体味出"今日飘蓬"所蕴含的政治境遇之艰困和感情之沉痛。这也是后面几联所抒发的感情产生的根由，不妨说它又是全诗之根。

"词客有灵应识我，霸才无主始怜君。"颔联紧承首联，"君""我"对举夹写，是全篇托寓的重笔，对句更是全篇的主体。"词客"，承首句"青史见遗文"，指以文章名世的陈琳；"识"，这里含有真正了解、相知的意思。出句是说，陈琳灵魂有知，想必会真正了解我这个飘蓬不遇的异代才人吧。这里蕴含的感情颇为复杂。其中既有对自己才能的自负自信，又含有才人惺惺相惜、异代同心的意思。约昀评道："'应'字极兀傲。"这是很有见地的。但却忽略了另一更重要的方面，这就是诗句中所蕴含的极沉痛的感情，诗人在《书怀百韵》这首长诗中曾慨叹道："有气干牛斗，无人辩辘轳（即鹿卢，宝剑名）。"他觉得自己就像一柄气冲斗牛而被沉埋的宝剑，不为世人所知。一个杰出的才人，竟不得不把真正了解自己的希望寄托在早已作古的前贤身上，正反映出他见弃于当时的寂寞处境和"举世无相识"的沉重悲慨。因此，"应"字便不单是自负，而且含有世无知音的自伤与愤郁。

对句"霸才"，指辅佐明主成就霸业之才，亦即雄才，温庭筠在诗中一再表明自己"经济怀良画，行藏识远图"，"自笑漫怀经济策，不将心事许烟霞"，宣称"韬钤岂足为经济，岩壑何尝是隐沦"，他以"霸才"自指，正是这种抱负和自信的表现。在他看来，陈琳这位"词客"，始谏何进，不被采纳；继事袁绍，又不被重用；但终遇曹操这样一位惜才重才，不计前嫌，委以军国文书重任的明主，也算得上是"霸才有主"，得以施展才能抱负了。而自己连多年寓居的长安也待不住，不得不东归吴中旧乡，漂流蓬转。"霸才无主"四字，正是对自己困顿境遇的写照，其中也寓含着与陈琳境遇的对比。正因为自己"霸才无主"，对照陈琳的终遇重才的明主，因而不由得羡慕陈琳的际遇。纪昀说："'始'字极沉痛。"体味得也同样深切。在诗人心目中，自己的才能抱负即使不超越陈琳这位以文章名世的前贤，至少也可与其比肩匹敌，但境遇之偃蹇竟然如此，这就自然不能不羡慕陈琳了。"始"字中正含有才同遇异、事与愿违、生不逢时等种种悲愤与无奈的复杂感慨。如果说"今日飘蓬"四字是全篇之根，那么这一句就是全篇之主——既是主体，也是主旨。

　　"石麟埋没藏春草，铜雀荒凉对暮云。"腹联紧承第四句，由悲慨自己的"霸才无主"、羡慕陈琳的霸才有主转而缅怀陈琳当年所遇的明主曹操，从眼前陈琳的古墓遥想曹操的坟墓和所建的铜雀台。时空跨越，仿佛不可端倪，却自有其内在感情发展逻辑。在诗人的想象中，曹操的陵墓前的石麒麟，恐怕早已倾圮残败，埋藏在茂盛的春草之中，他在世时所建造的铜雀高台，如今也只剩下荒凉的遗址，空对着黯淡的暮云了。这一联的意蕴，与陈子昂的《蓟丘览古·燕昭王》"南登碣石馆，遥望黄金台。丘陵尽乔木，昭王安在哉"，以及李白的《行路难》之二"昭王白骨萦蔓草，谁人更扫黄金台"类似。这不仅是对曹操这样一位具有雄才大略而又重视人才的明主的追思，也是对那个重视人才的时代的追恋。"石麟埋没""铜雀荒凉"，正象征着一个重视人才时代的消逝，而诗人对当世这个弃才毁才的时代的不满，也就自在不言中了。

"莫怪临风倍惆怅，欲将书剑学从军。"尾联出句是对以上六句的总束，诗人之所以临风遥想，倍感惆怅，正缘自身"霸才无主"，飘零蓬转，生不逢时，与陈琳才同而遇异之故，句首用"莫怪"提起，正见这种惆怅之情出于必然。这句以感慨之笔重重一抑，对句却突作转折，遥承第四句"怜"字，向上一扬，由欣美陈琳之霸才有主而欲效其行——"欲将书剑学从军"。两句意谓，请不要责怪我临风遥思倍感惆怅，我并不因今日飘蓬而自甘沉沦，而是要效法前贤，持书剑而从军戎幕，以求一展才能抱负。这个结尾，和陈子昂《燕昭王》的结尾"霸图怅已矣，驱马复归来"有所不同，表现出虽遭重重挫折，仍思奋发进取、建功立业的精神。联系他在写这首诗后不久，即抵扬州谒见淮南节度使李绅，作《感旧陈情五十韵献淮南李仆射》诗，明确表示希企入幕意图（诗末有"冉弱营中柳，披敷幕下莲。倘能容委质，非敢望差肩"之句），"欲将书剑学从军"之语并非泛泛表态，而是对即将付诸行动的意图的明确宣示。

全诗贯串着诗人自己和陈琳之间不同的时世、不同的际遇的对比，即霸才无主和霸才有主的对比、青史垂名与飘流蓬转的对比。文采斐然，寄托遥深，不下李商隐咏史怀古佳作。就咏怀古迹一体看，不妨视为杜甫此类作品的嫡传。

诗人过陈琳墓，深有感于琳之终遇曹操，得展才能，青史遗文，名垂后世，而自己则霸才无主，飘零蓬转，因而欣美琳之得遇重才之明主，叹己之才同而遇异。"飘蓬"二字，固全篇感情之根由，"霸才无主始怜君"一语，尤为全篇之主意。"怜（美）君"之中，即包含对陈琳"霸才有主"的认定。因己之"霸才无主"，故对陈琳所遇之"主"曹操无限向往追慕，五、六一联即因此而生。西陵石麟早已深埋春草，铜雀高台今亦荒凉空对暮云。彼重才之明主已杳然不见，安得不临风而倍感惆怅也哉！因琳之"霸才有主"，已不但美之，且欲追踪前贤，"欲将书剑学从军"，此一篇之大意，亦全篇思想感情发展的脉络线索。但自方回以来，对这首诗的内容旨意实未领会。纪昀"霸才自谓"之说，吴乔"怜作美解"之说固为确解，但对全篇意旨仍未掌握。究其原因，主要由于自南宋尊蜀汉为正统以来，对曹操形成贬抑性乃至否定性的传统观念，影响到对此诗主旨的正确理解，如方回谓"曹操有无君之志而后用此等人"，周珽谓"遇非其主，虽有才无用"，何焯谓"不与科第，直思作贼"，均其例。实则魏武素以"唯才是举"著称，其重才识才之意，屡见于诗文，且付诸实践，其卒成霸业者，此为重要原因。唐人对魏武并无后世之贬抑性观念，如张说《邺都引》云："君不见魏武草创争天禄，群雄睚眦相驰逐。昼携壮士破坚阵，夜接词人赋华屋。"即表现出对其重用"壮士""词人"，成就武功文治之赞美。此诗对曹操之追慕缅怀，明显表现在五、六一联中，由于对曹操的事功及重视人才缺乏正确认识，故对陈琳之事曹操亦认为遇非其主，从而将"才同而遇异"的原意误解为"己之才与遇，有与琳相似者，伤琳即以自伤也"，而"怜"字这一关键词语亦被误解为"怜惜""同情"，而失其美慕的本意。影响所及，五、六一联亦无法正确感受理解其追缅曹操之原意，且与前后无法贯串，"学从军"亦与"伤琳即以自伤"之解相矛盾。错误的传统观念影响到对诗意的正确理解，这是一个典型例证。这也正是诗歌接受史上一场悬而未决的公案。庭筠《蔡中郎坟》云："古坟零落野花春，闻说中郎有后身。今日爱才非昔日，莫抛心力作词人。""今日爱才非昔日"一语，正可为《过陈琳墓》所表现的"才同而遇异"的悲慨作一注脚。

题崔公池亭旧游①

皎镜芳塘菡萏秋②，此来重见采莲舟③。谁能不逐当年乐④，还恐添成异日愁⑤。红艳影多风袅袅⑥，碧空云断水悠悠⑦。槛前依旧青山色，尽日无人独上楼。

[校注]

①《全唐诗》校："一作题怀贞亭旧游。"按：《文苑英华》卷三百十六题作《题怀贞亭旧游》，校："集作'崔公池亭'。"崔公，名未详。庭筠有《经故秘书崔监扬州南塘故居》七律，此"秘书崔监"为崔咸。《旧唐书·文苑传》："崔咸字重易……元和二年进士擢第，又登博学宏词科……及登朝，历践台阁，独行守正，时望甚重……累迁陕州大都督府长史、陕虢观察等使……入为右散骑常侍、秘书监。大和八年十月卒。"据白居易《祭崔常侍文》，咸曾为中书舍人。不知此诗题内之"崔公"是否即崔咸，姑录以备考。②皎镜，形容水清如镜的池塘。芳，《全唐诗》原作"方"，校："一作芳。"按：冯抄宋本作"芳"，《文苑英华》作"方"，兹据冯抄宋本改。芳塘，池塘内有荷花，故称。菡萏，荷花。③"此来重见"，明点"旧游"。联系下文，似是昔游有所遇。④逐，《全唐诗》校："一作遂。"句意谓当年荡舟采莲之游，谁能不追欢逐乐呢？盖谓昔游之尽兴。⑤成，《全唐诗》校："一作为。"异日，他日，将来。谓当年之乐，还恐添成异日之愁。⑥红艳，指荷花。影，《全唐诗》校："一作花。"按影多，谓荷花繁盛，水中倒影与水上之花枝一齐摇曳。⑦作者《梦江南》词："山月不知心里事，水风空落眼前花。摇曳碧云斜。""斜晖脉脉水悠悠。"可与此句互参。

[笺评]

金圣叹曰：（前解）欲写昔日莲舟，反写今日莲舟；欲写今日感慨，反写后日感慨。不知其未措笔先如何设想，又不知其既设想后如何措笔，真为空行绝迹之作也。（后解）"红艳"七字，写今日池亭也；"碧空"七字，写昔日池亭也。"红艳"七字，写不是昔日池亭也；"碧空"七字，写不是今日池亭也。"依旧青山色"，妙！犹言不

依旧者多矣。"无人独倚楼"，妙，犹言虽复喧喧若干游人，岂有一人是昔人哉！（《贯华堂选批唐才子诗》卷六）

朱三锡曰：重见采莲舟，池亭旧游也。三、四人多承写昔日景况，此偏反写后日感慨，设想灵幻，真空行绝迹之文。后半方写"池亭旧游"。"依旧青山色"，犹言不依旧者正多耳。"无人独倚楼"，岂竟无人同游耶？言昔日同游之人竟无人在伴，深为可感也。（《东岩草堂评订唐诗鼓吹》卷九）

毛张健曰：（"谁能"二句）承"重见"以伤旧游，笔意既曲，情味无限。（"红艳"二句）五句略松，六句急照本意。（《唐体肤诠》）

赵臣瑗曰：首句先将尔日池塘之景，一笔写开。次句亦不过是找足上文，妙在轻轻点得"重见"二字，而旧游之神理无不毕出。三、四承之，便全不费力矣。三一顿，四一宕，言日前已不如昔，后来安得如今？此盖从右军《兰亭记》中撮其筋节也（按：《兰亭集序》中有"当其欣于所遇，暂得于己，快然自足，不知老之将至。及其所之既倦，情随事迁，感慨系之矣。向之所欣，俯仰之间，已为陈迹，犹不能不以之兴怀。况修短随化，终期于尽？……后之视今，亦犹今之视昔，悲夫"等语）。五、六再写首句，红艳袅风，"菡萏秋"也；"碧空映水"，"方塘皎"也。一结无限感慨，"依旧青山色"，是青山而外，更无"依旧"者在矣。至"尽日无人"，则崔公亦且不在，此来之客独倚楼而已矣。当年之乐，岂可得而逐？而异日之愁，又岂待异日始添也耶！（《山满楼笺注唐诗七言律》）

屈复曰：情景兼到，照应有法。而三、四从已往、未来夹写"重来"，生新有致。此画家最忌之正面也。（《唐诗成法》）

[鉴赏]

庭筠七律，多风华秀美、清爽流利之作，这首《题崔公池亭旧游》却于风华秀美、清爽流利之中别具顿宕曲折、低回婉转之致和俯仰今昔之慨，且全篇避免正面具体叙事，只用空灵虚缈之笔隐约透露今昔情事，在他的七律中算得上别开生面的佳作。

"皎镜芳塘菡萏秋，此来重见采莲舟。"起句从眼前所见的崔公旧池写起：水清如镜的池塘里，开放着芳香红艳的荷花，时节已是初秋了。句末的"秋"字，不光是为了凑韵，也透露出满池的荷花不久行将凋落的前景。次句用"此来重见"点明"旧游"，紧承上句"芳塘菡萏"特意点出重见的主要对象——"采莲舟"，暗示这"采莲舟"在"旧游"中的突出位置，"旧游"中值得追忆兴感的情事都与它有密切关联。自汉乐府《江南》、梁武帝《江南弄·采莲曲》以来，梁、陈、隋、唐以女子荡舟采莲为题材的乐府诗均与爱情相关。这首诗写"旧游"而明点"采莲舟"，联系下文，似是昔游荡舟采莲而有所遇。但此处仅虚提一笔，使读者于"重见"二字中引动隐约朦胧的遐想。

"谁能不逐当年乐，还恐添成异日愁。"颔联"当年乐"即与"采莲舟"有关之"旧游"。但却避开对昔游之乐的具体描写，以顿宕摇漾的纯粹抒情之笔写今日的感慨。题曰"题崔公池亭旧游"，而诗曰"尽日无人独上楼"，明言此次重游故地，乃是独自一人，自始至终并无他人陪伴同游，因而第三句"谁能不逐当年乐"非谓此次重游，谁能不追效当年之乐。盖既为独自一人，又如何能追效当年之乐哉？其意盖谓：当年荡舟池上，面对红艳之荷花与采莲人，谁能不尽兴追欢逐乐呢？由于句法稍变（用散文句法表达，本为"当年谁能不逐乐"），遂易误解为今日重来效当年之乐，而下句之"异日"亦易泥解为今日之"异日"，即将来。实则自"当年"视之，今日即当年之"异日"也。故第四句"还恐添成异日愁"，实蕴含双重意涵。一是当年尽兴而游时已有"添成异日愁"的预忧。二是今日重来，果然应验了昔日的预忧。重游旧地，重见莲舟，而采莲人已不复见，昔日之"还恐添成异日愁"，果不幸而成为面对的事实了。盖此类游宴，主人盛情招待，宴游荡舟之际，偶有所遇，本属寻常。游罢人散，下次重游，本已难期，即使重游，能否再见采莲舟上之伊人，更属渺茫。故昔日尽兴而游时有此预忧，原是常情；今日重来，舟在人杳，亦属自然。但诗人却将这样一段生活中常有的情事，写得如此顿宕曲折，委婉缠绵，空灵虚缈，摇曳生姿，既富情致，又寓感慨与人生哲理，使人读后深感情之难已，不能不说是大家手笔。赵臣瑗说"此盖从右军《兰亭记》中撮其筋节"，可谓具眼。对照《兰亭集序》中"当其欣于所遇，暂得于已，快然自足，不知老之将至。及其所之既倦，情随事迁，感慨系之矣。向之所欣，俯仰之间，已为陈迹，犹不能不以之兴怀"一段，便不难感到此联中所寓的人生感慨与人生哲理。

"红艳影多风袅袅，碧空云断水悠悠。"腹联即承"异日愁"，抒写"重见采莲舟"而不见伊人的情景：红艳的荷花依然在袅袅秋风中摇曳，而明艳如花的采莲人已不复见，唯见碧空云断，池水悠悠而已。两句音调婉转，感情缠绵，写景中透出一种物是人非、空廓失落之感。境界颇似其《梦江南》词"斜晖脉脉水悠悠""水风空落眼前花，摇曳碧云斜"。从中不难窥见其诗境与词境相通的消息。

"檐前依旧青山色，尽日无人独上楼。"尾联紧扣题目，由"池"而"楼"，写徘徊流连尽日，薄暮独自登楼，虽檐前青山依旧，而人事全非矣。从"尽日无人"之语看，则不但所怀之伊人杳然不见，池亭的主人崔公当亦逝世。故物是人非感慨中当寓含更广泛的内容。怀人之情与怀旧之感相互交融，将全诗的境界进一步拓展了。

经李征君故居①

露浓烟重草萋萋②，树映阑干柳拂堤③。一院落花无客醉，五更残月有莺啼④。芳筵想象情难尽⑤，故榭荒凉路已迷⑥。惆怅羸骖往来惯⑦，每经门巷亦长嘶⑧。

[校注]

① 《才调集》卷二、《文苑英华》卷二百三十载此首。《唐诗鼓

吹》卷八王建名下载此首，文字与此有歧异，题作"李处士故居"。按：此诗显为温作。李征君即李羽，为温庭筠过从甚密之挚友，庭筠诗中又称其为李处士、李羽处士、李十四处士。除本篇外，尚有《题李处士幽居》《春日访李十四处士》《李羽处士故里》《宿城南亡友别墅》《经李处士杜城别业》《登李羽处士东楼》《李羽处士寄新醞走笔戏酬》等首，均为李羽生前、死后温庭筠酬赠过访及凭吊之作。征君，征士之尊称，指不受朝廷征聘的隐士。《后汉书·黄宪传》："友人劝其仕，宪亦不拒之。暂到京师而还，竟无所就。年四十八终，天下号曰征君。"李羽故居在长安城南杜城（又名下杜城、杜县），即今西安市西南十五里之下杜村。李羽在此有别业，与寓居鄠杜的温庭筠邻近，故常相过从。②烟重，指如烟的浓雾。萋萋，草繁茂貌。③映，遮蔽。《文选·颜延之〈应诏观北湖田收〉》："楼观眺丰颖，金驾映松山。"李善注："映，犹蔽也。"④五更，《鼓吹》作"半窗"。⑤想象，缅怀、追忆。《楚辞·远游》："思旧故以想象兮，长太息而掩涕。"李商隐《及第东归次灞上却寄同年》："下苑经过劳想象，东门送饯又差池。"⑥已，《鼓吹》作"欲"。迷，辨别不清。⑦《英华》《鼓吹》此句作"风景宛然人自改"，《英华》校："（温）集作'惆怅羸骖往来惯'。"羸骖，瘦马，指诗人自己的坐骑。⑧《英华》此句作"却经门巷马频嘶"，《鼓吹》作"却惊门外马频嘶"。

[笺评]

金圣叹曰：（前解）一解先写故居。细思天下好诗，只在眉毛咳唾之间。如此前解一、二，露自浓，烟自重，草自萋萋，树自映阑干，柳自拂堤，曾有何字带得悲凉之状？却无奈作者眉毛咳唾之间，早有存亡之感，于是读者读未终口，亦便于眉毛咳唾之间，先领尽其存亡之感也。三、四，逐字皆人手边笔底寻常惯用之字，而合来便成先生妙诗。若知果然学做不得，便须千遍烂熟读之也。（后解）一解次写

征君，看他避过自家眼泪，别写羸马长嘶，便令当时常常过从意尽出。（《贯华堂选批唐才子诗》卷六）

陆次云曰：心骨悄然。（《五朝诗善鸣集》）

贺裳曰：（温诗）写景如"一院落花无客醉，五更残月有莺啼"……真令人谡谡在耳，忽忽在目。（《载酒园诗话又编》）

赵臣瑗曰：此诗前半先写故居，后半乃是追悼征君也。勿谓起手十四字何曾有悲凉之状，予读之，早已觉其悲凉满目矣；三、四一承，乍见之，如不过是诗人口头语言，乃一连吟唱数十遍不厌者，何耶？以其情深而调稳耳。大凡好诗必从自然中来，此类是也。（《山满楼笺注唐诗七言律》）

《唐诗鼓吹评注》：此言旧居草树萋然，更无客至，唯有莺啼而已。是以芳筵不胜其想象，故榭唯见其荒凉。风景俨然而人无复在，经其门外，马亦为之长嘶也。（卷八王建诗）

宋宗元曰：（"一院"二句）的是故居。（《网师园唐诗笺》）

梅成栋曰：全从"故"字中想象得来。（《精选五七言律耐吟集》）

俞陛云曰："一院落花无客醉，五更残月有莺啼"此经李征君故宅而作。当日莺在庭院，列长筵招客，醉月飞觞，何等兴采！乃旧地重过，但有"一院落花""五更残月"，故其第七句有"风景宛然人事改"之叹。（《诗境浅说》）

[鉴赏]

温庭筠是一个感情丰富、笃于友谊的诗人。在寓居鄠杜期间，与居于下杜的处士李羽相知，不但于李羽生前频频过访唱酬，而且于其死后一再重访旧居伤悼凭吊。这首《经李征君故居》就是李羽卒后，重访其旧居而悼念伤感之作。从诗所描写的情况看，诗人在李羽故居当有夜宿之情事，故有"露浓"及"五更残月"之景。较长时间的居留，不但表现出诗人流连徘徊，情难已已，而且为其感情体验提供了足够的时间条件。

"露浓烟重草萋萋，树映阑干柳拂堤。"首联写眼前所见李羽故居清晨时分景物：如烟的迷雾笼罩着茂草丛生的地面，草上沾满了浓密晶莹的露水，茂密的树枝树叶遮蔽着桥上的栏杆，垂柳的枝条轻拂着池堤。故居的草树桥栏堤柳，这一切都依然如旧，似曾相识，但俯仰顾盼之间，杳然不见人的踪影，这一切熟悉的景物便顿然显示出一种空廓凄清的况味。上句俯视，着一"浓"字、一"重"字，让人感到那萋萋芳草似乎不胜冷露浓雾的重压；下句仰观，着一"映"字、一"拂"字，景象虽摇曳多姿，却反衬出寂然无人的凄清。

"一院落花无客醉，五更残月有莺啼。"李羽嗜酒，且常招集名士宾客高谈宴饮，庭筠《李羽处士寄新酝走笔戏酬》说："高谈有伴还成薮，沉醉无期即是乡。已恨流莺欺谢客，更将浮蚁与刘郎。"可以想见昔日春暖花开时节，庭院之中列宴聚宾，高谈细斟，欢乐竟夕的情景，如今则人亡客散，再无往昔对花欢宴、尽醉而休的热闹场景，唯见一院落花，狼藉满地而已。独步空庭，面对五更时分一弯清冷的下弦残月，耳畔不时传来晓莺的啼鸣声，更触发对往日情景的追忆，增添凄清的况味。庭筠有关李羽的诗中，屡次写到"流莺""莺啼""闻莺"，如《宿城南亡友别墅》之"还似昔年残梦里，透帘斜月独闻莺"，及上引《李羽处士寄新酝走笔戏酬》之"已恨流莺欺谢客"，可见他在宿李羽别业时，清晨闻莺啼曾给他留下深刻印象和美好感受，而今人亡月残，清晨之际，庭院空寂无人，唯有莺啼依旧而已。则莺啼不但唤不起欢欣愉悦的感受，反而增添院空人亡的怅恨了。这一联的物是人非之慨，因借"无客醉"与"有莺啼"的对照映衬以传，点眼处尤在句末的"醉"字、"啼"字。"醉"字不仅透露出昔日共醉花前的欢聚情景，且传达出眼前院空无人、落花满地、无言似醉的神韵，堪称神来之笔。"啼"字不仅写出诗人此时闻莺的凄清感慨，且传出莺啼如有泪的悼伤情绪。

"芳筵想象情难尽，故榭荒凉路已迷。"腹联上句承第三句，进一步抒写对往日满院繁花、芳筵相对、欢聚竟夕情景的不尽追忆，补足第三句中所蕴含的无限低回伤悼之意。下句承第四句，进一步写故居的荒凉情景。旧日的台榭，曾是与友人列筵欢宴之所，如今已荒凉颓败，萋萋荒草长满了路径，连通往台榭的路也辨识不清了。上句追昔，下句伤今，昔之芳筵欢宴只留存于追忆之中，眼前面对的则是一片空寂与荒凉，今昔相形，益感情之难堪。

"惆怅羸骖往来惯，每经门巷亦长嘶。"尾联紧承第六句"路已迷"，撇开自己，写熟悉故人居处的瘦马每经此门亦频频长嘶。以羸骖识途反托己之"路已迷"，以马犹怀旧，反托人之情何以堪。这一画龙点睛之笔，非有真切生活体验不能道。一经拈出，遂成妙语。虽避开正面写侧面，但无限感怆之意自见于言外。《英华》作"风景宛然人自改"，不仅直白道出，反乏余味，且近套语。晏几道《木兰花》词"紫骝认得旧游踪，嘶过画桥东畔路"，师其意而不袭其辞，可谓善学。庭筠七律，每擅长用清浅语言与白描手法抒写真切怀旧之情，本篇为其显例。由于屡相过从，对李之居处极为熟悉。故居中一切草树花月、门巷亭榭均易唤起对已往两人密切交往的记忆与物在人亡的感怆，信手写来，情感自深，然亦须颔联及尾联典型情景与生活细节之出色点染，方见精彩。

经旧游①

珠箔金钩对彩桥②，昔年于此见娇娆③。香灯怅望飞琼鬓④，凉月殷勤碧玉箫⑤。屏倚故窗山六扇⑥，柳垂寒砌露千条⑦。坏墙经雨苍苔遍，拾得当时旧翠翘⑧。

[校注]

①《才调集》卷二载此首，题作"怀真珠亭"。按：诗中虽有怀

旧游之句，但就全诗而言，系经旧游之地而有所怀想，仍以眼前景物为主。故题当作"经旧游"。作者另有《偶游》七律云："曲巷斜临一水间，小门终日不开关。红珠斗帐樱桃熟，金尾屏风孔雀闲。云髻几迷芳草蝶，额黄无限夕阳山。与君便是鸳鸯侣，休向人间觅往还。"所谓"旧游"，当属此类艳遇。②珠箔，珠帘。金，《才调》作"银"。对，《才调》作"近"。彩桥，装饰华丽的桥。③于，《才调》作"曾"。娇娆，美人。字亦作"娇饶"。《玉台新咏》载汉宋子侯《董娇饶》诗，后遂以"娇娆（饶）"代指美人。李商隐《碧瓦》："他时未知意，重叠赠娇饶。"④飞琼，神话传说中西王母侍女。《汉武帝内传》："王母乃命诸侍女……许飞琼鼓震灵之簧。"此借指所怀女子，其人身份或为乐妓及歌姬侍妾一类人物。⑤殷勤，情意深厚。碧玉箫，指侍姬吹箫。南朝乐府吴声歌曲《碧玉歌》："碧玉小家女，不敢攀贵德。感郎千金意，惭无千金色。"碧玉系东晋宗室汝南王之侍姬。此处又兼指箫以碧玉制成。⑥山，屏山，形容屏风之形状如山形之曲折。山六扇，指屏风六曲。⑦砌，台阶。露，指带露的柳枝。⑧翠翘，妇女首饰，状如翠鸟尾上毛羽。韦应物《长安道》："丽人绮阁情飘飘，头上鸳钗双翠翘。"

[鉴赏]

此重游旧地而怀所恋女子之作，其人身份，视领联"飞琼""碧玉"之称，当为歌姬侍妾一类人物。

"珠箔金钩对彩桥，昔年于此见娇娆。"起联谓昔年曾在珠帘金钩正对彩饰华美的画桥的居处遇见对方，点明题目。写其人居处，叠用"珠箔""金钩""彩桥"等色彩秾艳的字眼，以渲染所居之华美，其人之身影亦于珠帘金钩中隐现。

"香灯怅望飞琼鬓，凉月殷勤碧玉箫。"领联追忆昔年"见娇娆"的情景：时值凉秋月夜，于香灯之下，怅望对方的鬓影，在明月之下，听对方吹奏碧玉箫。"怅望""殷勤"二语，透露对方虽借吹奏玉箫，通殷勤之意，但自己终未能与之相通，惟"怅望"而已。二句写出在华美温馨的环境中一种可望而不可即的怅惘情思和虽感遗憾却又追恋的复杂意绪。虽"殷勤"而"怅望"，表现的正是有情人难成眷属的遗憾。

"屏倚故窗山六扇，柳垂寒砌露千条。"腹联从追忆昔年转写此番重游所见：室内屏风六曲，仍倚故窗；室外柳垂寒阶，千条带露。景物如昔，而室空人杳，一片寂寥凄清的气氛。出句"故"字，透出物是人非的今昔之感；对句"寒"字，透出目睹此情景时心绪的凄寒寂寥。

"坏墙经雨苍苔遍，拾得当时旧翠翘。"尾联由室外寒阶垂柳而绕墙徘徊，于寻寻觅觅、恍然若有所失之际，见坏墙经雨，苍苔遍生，忽于墙边拾得旧翠翘，睹物思人，益感惆怅。上句见旧居荒颓，其人离去已久；下句却通过"拾得当年旧翠翘"这一偶然的细节，将诗人的思绪又拉回到从前的珠帘金钩、鬓影箫声的氛围中，与眼前的坏墙苍苔相映，益感情之难堪。

这首诗的内容，类似李商隐的《春雨》，均写重访旧地不见所思女子的失落惆怅，其风格亦同具绮艳的特点。而李作于绮艳中渗透浓重的感伤意绪，变绮艳为凄美芳菲，缠绵悱恻。而温作虽亦寓含失落惆怅之情，遣词用语却一味绮艳。李作"红楼"一联所创造之情景浑融、意蕴深远的境界，尤为温诗所缺乏。

过五丈原①

铁马云雕久绝尘②，柳阴高压汉营春③。天晴杀气屯关右④，夜半妖星照渭滨⑤。下国卧龙空误主⑥，中原逐鹿不因人⑦。象床锦帐无言语⑧，从此谯周是老臣⑨。

［校注］

①《文苑英华》卷二百九十四载此首，题作"经五丈原"，校："集作过。"《三国志·蜀书·诸葛亮传》："（建兴）十二年春，亮悉大众由斜谷出，以流马运，据武功五丈原，与司马宣王（懿）对于渭南。亮每患粮不继，使己志不申，是以分兵屯田，为久驻之基。耕者杂于渭滨居民之间，而百姓安堵，军无私焉。相持百馀日，其年八月，亮疾病，卒于军，时年五十四。及军退，宣王案行其营垒处所，曰：'天下奇才也！'"按，五丈原在今陕西眉县西南渭水南岸。②铁马，配有战甲的战马。雕，《全唐诗》校："一作骓。"云雕，云中雕鸟，形容马奔驰之迅疾。久，《全唐诗》校："一作共。"绝尘，绝迹。《宋书·自序》："间者獯猃扈横，掠剥边鄙，邮贩绝尘，垌介靡达。"句意谓昔日蜀魏交兵时铁骑如云中雕鸟般迅疾奔驰的景象久已绝迹。因误解"绝尘"为飞速奔驰之意而改"雕"为"骓"，又改"久"为"共"。③柳营，西汉大将周亚夫驻军细柳（在长安附近），治军严整，后世称"柳营"。此代指诸葛亮当年驻军的营垒。事详《史记·绛侯周勃世家》。句意谓诸葛亮素以治军严整著称，如今唯见浓密的柳阴高高覆盖着往昔汉营的遗迹而已。"春"与"柳"相应。④晴，《英华》作"清"。关右，指函谷关或潼关以西地区。王粲《从军诗五首》之一"相公征关右，赫怒震天威"。句意谓遥想当年，虽天晴气朗之时，仍可见杀气屯聚在五丈原一带的关右地区。⑤妖星，古代指预兆灾祸的星。《左传·昭公十年》："居其维首，而有妖星焉。"此指预兆诸葛亮去世的星。《三国志·蜀书·诸葛亮传》裴注引《晋阳秋》曰："有星者而芒角，自东北西南流，三投再还，往大还小。俄而亮卒。"渭滨，渭水之滨。五丈原北滨渭水。⑥下国，小国，指偏处西南一隅的蜀汉，相对于中原大国曹魏而言。语含贬损之意。卧龙，指诸葛亮。《三国志·蜀书·诸葛亮传》："（徐庶）谓先主曰：'诸葛孔明者，卧

龙也,将军岂愿见之乎?'"误,《英华》作"瘝"。空误主,谓诸葛亮隆中对策,建言刘备先取荆、益,建立三分之霸业,进而出师伐魏,统一中国,是空自误导先主。与下句意一贯。⑦逐,《英华》作"得"。因,《英华》作"由"。《史记·淮阴侯列传》:"(蒯通曰)秦失其鹿,天下共逐之,于是高材疾足者先得焉。"鹿,喻政权。不因人,非人谋所能致。⑧锦,《全唐诗》校:"一作空。"象床锦帐,象牙装饰的床和锦制的帷帐。句意谓蜀汉后主刘禅庸愚,空居象床锦帐,对国事不能出一语。⑨老,《英华》校:"集作旧。"《三国志·蜀书·谯周传》:"谯周字允南,巴西西充国人也……后主立太子,以周为仆,转家令。时后主颇出游观,增广声乐,周上疏谏……徙为中散大夫,犹侍太子。时军旅数出,百姓凋瘁,周与尚书令陈祗论其利害。退而书之,谓之《仇国论》……后迁光禄大夫,位亚九列……景耀六年冬,魏大将军邓艾克江油,长驱而前……后主使群臣会议,计无所出……周曰:'……若陛下降魏,魏不裂土以封陛下者,周请身诣京都,以古义争之。'……于是遂从周。刘氏无虞,一邦蒙赖,周之谋也。"句意谓从此国之大事取决于谯周这样的老臣。

[笺评]

陆次云曰:成事在天,惟有鞠躬尽瘁而已。武侯知己。(《五朝诗善鸣集》)

杨逢春曰:七、八是题后托笔。言亮卒后,蜀汉无人,老臣唯一谯周,卒说后主降魏耳。(《唐诗绎》)

吴乔曰:结句结束上文者,正法也;宕开者,别法也。上官昭容之评沈、宋,贵有馀力也。"曲终人不见,江上数峰青",贵有远神也……温飞卿《五丈原》诗以"谯周"结武侯,《春日偶成》以"钓渚"结旅情……宕开者也。(《围炉诗话》卷一)

胡以梅曰:二、三可以言目今,亦可以言武侯当年,是活句。

（《唐诗贯珠串释》）

沈德潜曰：一至五句，《出师》二表是也。六句，天意不可知。七、八句，诮之比于痛骂。（《重订唐诗别裁集》卷十五）

黄叔灿曰：首言铁马云雕，当时争战，久已绝尘矣。（《唐诗笺注》）

姚鼐曰：第三句借用细柳营以比武侯之营。五丈原在武功，东望盩厔，有汉离宫。然终是凑句，不佳。（《五七言近体诗钞》）

梅成栋曰：收二句痛煞、愤煞之言，却含蓄无穷。（《精选五七言律耐吟集》）

余成教曰：《过陈琳墓》《经五丈原》《苏武庙》三诗，手笔不减于义山。温、李齐名，良有以也。（《石园诗话》）

[鉴赏]

这是一首以诸葛亮为吟咏对象的咏怀古迹七律。五丈原是诸葛亮六出祁山，最后一次兴师伐魏的驻军之地，也是他积劳成疾，鞠躬尽瘁，病死军中之所。蜀汉与曹魏，各方面的实力对比相差悬殊，诸葛亮晚年坚持伐魏，带有知其不可为而为之的性质，其悲剧的历史结局是必然的。温庭筠吟咏诸葛亮，对他的悲剧命运是有深切感受的。

"铁马云雕久绝尘，柳阴高压汉营春。"首联从眼前所见五丈原的春天景象兴起对往昔蜀魏交兵情景的追忆：在浓密的柳阴高高覆盖之下的原头上，该是诸葛亮当年驻屯陈兵的营垒吧，现在已是遗迹荡然了，当年两军交战时铁马如云中雕鸟飞翔一样奔驰的景象也久已绝迹了。两句由今及古，由当前的和平宁静景象遥想当年营垒密布、铁马驰突的战争景象，又由古而今，感慨蜀魏交兵历史遗迹的消逝，思绪回环往复，境界高远寥廓，气势雄浑壮阔。在感慨蜀魏交兵历史远去的同时，透露出来的是对当前和平而富于生机景象的欣喜。

"天晴杀气屯关右，夜半妖星照渭滨。"颔联分承一、二句，但所写的则是当年情事。上句说，遥想当年，即使在天晴气朗之时，由于铁马驰突，兵戈相击，整个五丈原地区都充满了杀气；下句说，经历多次交战，心力交瘁的诸葛亮终于病死军中，人们见到夜半时分预兆不祥的妖星高照着蜀军的营垒。两句分写战争之惨烈与诸葛亮的悲剧结局。"妖星"之事已暗示诸葛亮的悲剧乃是天意，而非人事。第三句如孤立地看，确如胡以梅所说"可以言目今，亦可以言武侯当年，是活句"，但与前后联系起来理解，就可发现，如此句是目前景象，一则与第二句所描绘的和平宁静景象冲突，二则与下句不相连贯，忽今忽古，跳跃过大而且突兀。

"下国卧龙空误主，中原逐鹿不因人。"腹联是诗人就诸葛亮的悲剧结局一事抒发感慨，发表议论，是全篇的主旨。诗人认为，诸葛亮虽号称卧龙，才能杰出，但他当年隆中对策时提出的先取荆益以成霸业，继而北伐中原统一中国的战略方针实在是空自误导了君主，要知道中原逐鹿，争夺天下，最后究竟由谁来统一中国并非取决于诸葛亮的个人才智。"空误主"三字，贬损之意明显；"不因人"，言外之意实由天命。这种历史观，带有浓厚的宿命色彩，但却是当时许多人的共识，李商隐的《武侯庙古柏》"玉垒经纶远，金刀历数终"，表达的正是同一观念。从客观实际情况看，当时的魏国，不但占据长江以北的大片国土，其财力、物力、人力资源条件也远胜于蜀汉，后者的覆灭只是时间迟早问题，而覆灭的命运则是必然的，从这方面看，蜀之覆亡确实不是诸葛亮的个人才智所能挽救的。

"象床锦帐无言语，从此谯周是老臣。"尾联承第六句，进一步补足题旨，说更何况继先主而立的后主刘禅庸愚无能，虽安居象床锦帐而对国事则不能置一词，而诸葛亮死后，他举荐的贤能蒋琬、费祎等也相继去世，从此朝中的老臣就只剩下谯周这种在国事危殆之际只能出降魏之谋的人了。诗人对谯周并无讥诮讽刺之意，实际上到邓艾伐蜀，攻克江油，兵临成都城下时，选择降魏确实是使"刘氏无虞，一邦蒙赖"的无奈决策。说诗人"诮之比于痛骂"，那是后世《三国演义》及其评点者的观念。

诗中所表现的杰出人物个人的才智无法挽救一个注定要覆亡的政权的观念，在晚唐有其普遍性，其中所透露的时代讯息值得注意。

蔡中郎坟^①

古坟零落野花春^②，闻说中郎有后身^③。今日爱才非昔日，莫抛心力作词人^④。

[校注]

①蔡中郎，蔡邕，字伯喈，陈留人。汉献帝初平元年（190）拜左中郎将，其卒在初平三年。事详《后汉书·蔡邕传》，参注④。曾益注引《吴地志》：（蔡邕）坟在毗陵（今江苏常州市）尚宜乡互村。据《后汉书·蔡邕传》，邕曾"亡命江海，遗迹吴、会"，其墓在毗陵或因此而附会。此诗可能作于会昌三年（843）春，由吴中旧乡返长安途经常州时。②"春"字用如形动词，温庭筠诗中"春"字多有此类用法，如"唯有漳河柳，还向旧营春"（《邯郸郭公祠》）、"浓阴似帐红薇晚，细雨如烟碧草春"（《题李处士幽居》）、"丝飘弱柳平桥晚，雪点寒梅小院春"（《和道溪君别业》）、"西州城外花千树，尽是羊昙醉后春"（《经故翰林袁学士居》）、"雀声花外暝，客思柳边春"（《江岸即事》）、"野梅江上晚，堤柳雨中春"（《和段少常柯古》）、"沃田桑景晚，平野菜花春"（《宿沣曲僧舍》）、"桑浓蚕卧晚，麦秀雉声春"（《送北阳袁明府》）等，均其例。此句"春"字系呈现春色之意。③《太平御览》卷三百六十引《裴子语林》："张衡之初死，蔡邕母始孕。此二人才貌相类，时人谓邕是衡之后身。"事又见《殷芸小说》卷三。佛教有"三世"之说，谓转世之身为后身。《文心雕龙·才略》："张衡通略，蔡邕精雅。文质彬彬，隔世相望。"以蔡邕与张衡并称，且言其"隔世相望"，此类论述殆即蔡为张之后身之传

说所本。此句则谓，听说如今蔡中郎又有后身。按：蔡邕有后身，载籍未见，殆诗人之推想或姑妄言之。从语气口吻看，当为不确定的泛指。而诗人意中，则隐然以蔡邕转世之身自许，观末句自知。④莫，《万首唐人绝句》作"枉"。词人，擅长文辞的人。《后汉书·蔡邕传》："少博学，师事太傅胡广。好辞章、数术、天文，妙操音律。……建宁三年，辟司徒桥玄府，玄甚敬待之……召拜郎中，校书东观……熹平四年……奏求正定六经文字，灵帝许之。邕乃自书册于碑，使工镌刻，立于太学门外。"后为宦官中伤，下狱，与家属髡钳徙朔方，居五原。邕在东观时，尝与卢植、韩说撰《后汉纪》未成，在五原奏其《十意》（即十志），"（桓）帝嘉其才富，会明年大赦，乃宥邕还本郡"。复为人所谮，亡命江海，远迹吴、会。"中平六年，灵帝崩，董卓闻邕名高，辟之，称疾不就。卓大怒……邕不得已，到，署祭酒，甚见敬重……三日之内，周历三台……献帝迁都长安，封高乡县侯……卓重邕才学，厚相遇待……及卓被诛，邕在司徒王允坐，殊不意言之而叹，有动于色，允……即收付廷尉治罪。邕陈辞谢，乞黥首刖足，继成汉史。士大夫多矜救之，不能得。太尉马日磾驰往谓允曰：'伯喈旷世逸才，多识汉事，当续成汉史，为一代大典。'"允不从，遂死狱中。以上记载，既见邕之博学多才，又见其才受到当时皇帝、大臣的重视。

[笺评]

陆次云曰：借古人发泄，立意遂远。（《五朝诗善鸣集》）

刘永济曰：此感己不为人知而作。以蔡邕曾识王粲，欲以藏书赠之，伤今日无爱才如蔡邕者，故有"莫抛心力"之句。（《唐人绝句精华》）

[鉴赏]

温庭筠的七律《过陈琳墓》是寄慨遥深、文采斐然的名作，他的这首《蔡中郎坟》则不大为人注意。其实，这两首诗虽然内容相近，艺术上却各有千秋，不妨参读并赏。

首句正面写蔡中郎坟。蔡邕卒于汉献帝初平三年（192），到温庭筠写这首诗时（会昌三年春，843），已经六百五十余年。历史的风雨，人世的变迁，使这座埋葬着一代名士的古坟已经荒凉颓败不堪，只有那星星点点不知名的野花点缀在它的周围。"野花春"的"春"字，形象地显示出逢春而发的野花开得热闹繁盛，春意盎然。由于这野花的衬托，更显出古坟的零落荒凉。这里隐隐透出一种今昔沧桑的感慨，这种感慨，又正是下文"今日爱才非昔日"的一条引线。

第二句暗含着一段故实。南朝梁代《殷芸小说》记载：张衡死的那一天，蔡邕的母亲刚好怀孕。张、蔡二人，才貌非常相似，因此人们都说蔡邕是张衡的转世后身。这原是人们对先后辉映的才人文士传统继承关系的一种带有迷信色彩的传说，诗人却巧妙地利用这个传说进行推想：既然张衡死后有蔡邕作为他的后身，那么蔡邕死后想必也会有后身了。这里用"闻说"这种活泛的字眼，正暗示"中郎有后身"乃是出之传闻或是推测。如果单纯咏古，这一句似乎应当写成"闻说中郎是后身"或"闻说张衡有后身"。现在这样写，既紧扣题内"坟"字，又巧妙地将诗意由吊古引向慨今。在全诗中，这一句是前后承接过渡的枢纽，诗人写来却似顺口道出，毫不费力，可见其艺术功力。

"今日爱才非昔日，莫抛心力作词人。"三、四两句，紧承"中郎有后身"抒发感慨，是全篇主意。蔡邕生当东汉末年政治黑暗腐朽的时代，曾因上书议论朝政阙失，遭到诬陷，被流放到朔方；遇赦后，又因宦官仇视，亡命江海，遁迹吴、会；董卓擅权，他被迫出来做官；卓被诛后，又因与卓的关系病死狱中。总其一生，遭遇还是相当悲惨的，可以说是一个身处衰颓末世的才人不能掌握自身命运的悲剧典型。但他毕竟还是被允许参与校写熹平石经这样的盛事，而且董卓迫他为官，也是因为欣赏其文才。一生中还受到过上至皇帝，下至大臣及众多士大夫的嘉许推重。而今天的文士，则连蔡邕当年那样的待遇也得不到，只能老死户牖，与时俱没。因此诗人十分感慨，对不爱惜人才的当权者来说，蔡邕的后身生活在今天，即使用尽心力写作，又有谁来欣赏和提拔呢？还是根本不要白白抛掷自己的才力吧。

这两句好像写得直率而刻露，但并不妨碍其内涵的丰富与深刻。这是一种由高度的概括、尖锐的揭发和绝望的愤慨所形成的耐人思索的艺术境界。熟悉蔡邕所处的时代和他的具体遭遇的人，都不难体味出"今日爱才非昔日"这句诗中所包含的深刻的悲哀。如果蔡邕的时代都算爱才，那么"今日"之糟蹋人才便不问可知了。换言之，"今日"之世，就"爱才"而论，尚不如"昔日"之东汉末世；推而论之，则"今日"之皇帝大臣，甚至不如"昔日"之桓、灵、董卓。愤惋之情，溢于言表，对"今日"之批判，可谓强烈尖锐之至。正因为这样，末句不是单纯地慨叹"枉抛心力作词人"，而是愤激决绝地说"莫抛心力作词人"。诗中讲到"中郎有后身"，看来诗人是隐然以此自命的，但又不明说。这样，末句的意思就显得比较活泛，既可理解为告诫自己，也可理解为告诫所有"抛心力作词人"的人们，内涵既广，艺术上亦复耐人寻味。这两句诗是对那个糟蹋人才的时代的有力抨击，也是广大文士不平心声的集中表露。

弹筝人①

天宝年中事玉皇②，曾将新曲教宁王③。钿蝉金雁今零落④，一曲伊州泪万行⑤。

[校注]

①《才调集》卷二、《文苑英华》卷二百十二载此首，题均作"赠弹筝人"。筝，拨弦乐器，形似瑟。应劭《风俗通·声音·筝》："筝，谨按《礼·乐记》'筝，五弦筑身也'。今并、凉二州筝形如瑟，

不知谁所改作也。或曰秦蒙恬所造。"《隋书·音乐志下》："四曰筝，十三弦。"②中，《全唐诗》校："一作间。"玉皇，道教称天帝为玉皇大帝，简称玉帝、玉皇。此借指唐玄宗（玄宗崇奉道教，故称。玄宗以前皇帝未见有称其为玉皇者）。无本《马嵬》亦云："一自玉皇惆怅后，至今来往马蹄腥。"③《旧唐书·睿宗诸子传·让皇帝宪》："让皇帝宪，本名成器，睿宗长子也。文明元年，立为皇太子……（开元）四年……改名宪，封为宁王……二十九年……十一月薨。"《新唐书·让皇帝宪传》："凉州献新曲，帝御便坐，召诸王观之。宪曰：'曲虽佳，然宫离而不属，商乱且暴，君卑逼下，臣僭犯上。发于忽微，形于音声，播之咏歌，见于人事，臣恐一日有播迁之祸。'帝默然。及安、史乱，世乃思宪审音云。"《开元天宝遗事》卷上："天宝初，宁王日待，好声乐，风流蕴藉，诸王弗如也。"按：宁王李宪薨于开元二十九年（741），此弹筝宫妓如曾将新曲教宁王，则开元时即已入宫，至开元末年龄已近二十岁，此诗如作于庭筠二十岁（820）左右，则其时弹筝人已届百岁，则"曾将新曲教宁王"之句不但与首句"天宝年中事玉皇"相矛盾（天宝时宁王已卒），其年龄亦不可信。天宝后期宫妓至元和末尚存世自有可能，但将新曲教宁王则姑妄言之，不必当真。④钿蝉，筝饰，蝉形金花。雁今，《英华》作"凤皆"。金雁，对筝柱的美称，筝柱斜列有如雁行，故云。李商隐《昨日》："十三弦柱雁行斜。"作"凤"者非。⑤伊州，唐陇右道伊州伊吾郡，治所在今新疆维吾尔自治区哈密市。此句"伊州"为大曲名。《新唐书·礼乐志十二》："天宝乐曲，皆以边地名，若《凉州》《伊州》《甘州》之类。"《伊州》系商调大曲。白居易《伊州》："老去将何散老愁，新教小玉唱《伊州》。"伊州一带隋末为西域杂胡所据，贞观四年（630）归化。

[笺评]

顾璘曰：庭筠独此绝可观。（《批点唐音》）

桂天祥曰：时移代换，极悲处正不在弹筝者。（《批点唐诗正声》）

邢昉曰：可与中山"何戡"（刘禹锡《与歌者何戡》）比肩。（《唐风定》）

《梦蕉诗话》卷下：此作感慨凄惋，得诗人之怨也。

沈德潜曰：与"白头宫女""说玄宗"（元稹《行宫》）同意。（《重订唐诗别裁集》卷二十）

《绝句类选评本》：与刘宾客《赠旧宫人》诗同一感怆。

俞陛云曰：唐天宝间，君臣遐逸，歌舞升平，由极盛而逢骤变，由离乱而复收京。残馀菊部，白头犹念先皇。老去词人，青琐重瞻禁苑，闻歌感旧，屡见于诗歌。如"白尽梨园弟子头""旧人唯有米嘉荣""一曲霖铃泪数行""村笛犹歌阿滥堆"，皆有"重闻天乐不胜情"之感，与玉谿（按：当为飞卿）之"金雁""钿蝉"齐声一叹也。（《诗境浅说》续编）

刘永济曰：弹筝人当系明皇宫妓，诗语系追忆昔时而生感叹，必弹筝人自述而诗人写以韵语也。（《唐人绝句精华》）

[鉴赏]

抒写时代盛衰之感，是中晚唐诗歌的重要主题，温庭筠的这首《弹筝人》便借抒写一位天宝年间曾经侍奉过玄宗的宫女乐妓弹筝的情景，抒发了强烈的时代沧桑之感。

"天宝年中事玉皇，曾将新曲教宁王。"诗的前幅是对弹筝人昔日身世经历的叙述。从叙述的语气口吻看，似乎是弹筝宫妓的自我介绍，而诗人择要加以转述的。弹筝人有值得追忆怀恋的荣宠过去，天宝年间曾经以"前头人"的身份侍奉过当时的玄宗皇帝，还曾将新制的曲调教过宁王。这里特意提到的两位人物，一个是前期励精图治，创造了开元盛世的皇帝；一个是当过皇太子，让位于弟的宁王李宪，其地位的崇高显赫可谓无以复加。而他们又都是酷爱精通音律的音乐家，前者是亲自教授梨园弟子的班头，"凡是丝管，必造其妙"，"虽古之夔旷，不能过也"（南卓《羯鼓录》）；后者也是"好声乐"以"审音之妙"闻名的宫廷音乐家。"事玉皇""教宁王"这样的荣宠经历，对于弹筝人而言，是值得自己永远追忆回味的，故言语口吻之间，自然流露出一种自我夸耀而又不胜追恋的意味。诗人在转述其昔日经历时，也于不经意中曲折流露出对开天盛世的向往追恋之情。

"钿蝉金雁今零落，一曲伊州泪万行。"三、四两句，时间上由昔而"今"，描写对象则由人而筝，由筝而曲，作大幅度的跳跃和转折，"钿蝉"是指筝上蝉形的金饰，"金雁"则是对筝柱的美称。往昔装饰华美的筝如今早已金饰零落、弦柱残破，但弹筝宫妓弹奏的却仍是开天国势极盛时期的商调大曲《伊州》。一曲奏罢，不但弹筝人悲泪纵横，连听筝的诗人自己也不禁触绪多端，泪沾衣襟。弹筝人曾在唐王朝极盛时代"事玉皇""教宁王"，所弹之曲《伊州》又使人自然联想起大唐帝国盛世的辽阔版图与壮盛声威。而今，时移世迁，唐王朝已是凋败衰颓，日薄西山。以一位经历盛衰两个时代的弹筝人，在衰世重弹盛世之"前朝曲"，不但弹者因感慨时世身世之沧桑巨变而"泪万行"，听者亦不胜今昔盛衰之感。音乐常是特定时代精神风貌的反映与象征。衰世而闻盛世之乐，既唤起对逝去不复返的盛世的怅然追忆，更触发对眼前所处衰世的无穷感慨。经历了盛衰两个时代的弹筝人和"钿蝉金雁今零落"的旧筝，正是大唐帝国今昔盛衰的见证和象征。自杜甫《江南逢李龟年》首开此调以来，中晚唐诗人，历有佳制，形成一借音乐抒盛衰的系列（包括时代盛衰和个人荣悴、朝局变化）。此类作品的艺术构思和魅力，值得深入研究。

瑶瑟怨①

冰簟银床梦不成②，碧天如水夜云轻③。雁声远过潇湘去④，十二楼中月自明⑤。

[校注]

①《才调集》卷二、《万首唐人绝句》卷四十四载此首。瑶瑟，用美玉装饰的瑟。②冰簟，竹席。银床，银饰的床。③轻，淡、薄。④远过，《绝句》作"还向"。潇湘，潇水与湘水的汇合处。潇水源出九疑山，至永州入湘水。传雁南飞不过衡阳，潇湘一带正是雁南飞止宿之地。杜牧《早雁》："莫厌潇湘少人处，水多菰米岸莓苔。"⑤十二楼，神话传说中的仙人居处。《史记·封禅书》："方士有言'黄帝时为五城十二楼，以候神人于执期，命曰迎年。'"《汉书·郊祀志下》"五城十二楼"颜注引应劭曰："昆仑玄圃五城十二楼，仙人之所常居。"唐人诗中"十二楼"既可借指帝王宫苑中楼阁，也可借指道观。如李商隐《碧城三首》之一"碧城十二曲栏干"即指女道观，《赠白道者》之"十二楼前再拜辞"则指男道观。此首之"十二楼"可能指女道观。全诗所表现的内容亦即李商隐《送从翁从东川弘农尚书幕》之"素女悲清瑟"情景。

[笺评]

谢枋得曰：此诗铺陈一时光景，略无悲怆怨恨之辞。枕冷衾寒，独寐寤叹之意在其中矣。(《注解章泉涧泉二先生选唐诗》卷四)

胡应麟曰：此等入盛唐亦难辨，惜他作殊不尔。温庭筠《瑶瑟怨》、陈陶《陇西行》、李洞《绣岭词》、卢弼《四时词》，皆乐府也。然音响自是唐人，与五言绝稍异。(《诗薮·内编》卷六)

周珽曰：展转反侧，所闻所见，无非悲思，含怨可知。(《删补唐诗选脉笺释会通评林·晚七绝》)

黄周星曰：不言瑟而瑟在其中，何必"二十五弦弹夜月"耶？(《唐诗快》)

黄生曰：因夜景清寂，梦不可成，却倒写景于后。瑶瑟用雁事，

亦如《归雁》用瑟事。轻，微也。（《唐诗摘抄》卷四）

宋宗元曰：深情遥寄。（《网师园唐诗笺》）

《精选评注五朝诗学津梁》：神韵独绝。

范大士曰："月自明"，不言怨，而怨已深。（《历代诗发》）

宋顾乐：此作清音渺思，直可追中、盛唐名家。（《唐人万首绝句选》评）

孙洙曰：通首布景，只"梦不成"三字露怨意。（《唐诗三百首》）

胡本渊曰：通篇布景，正以含浑不尽为妙。（《唐诗近体》）

俞陛云曰：通首纯写秋闺之景，不着迹象，而自有一种清怨……首句"梦不成"略露闺情，以下由云天而闻雁，而南及潇湘，渐推渐远，怀人者亦随之神往。四句仍归到秋闺，剩有亭亭孤月，留伴妆楼，不言愁而愁与秋宵俱永矣。此诗高深秀丽，作词境论，亦五代冯、韦之先河也。（《诗境浅说》续编）

刘永济曰：瑟有柱以定声之高下。瑟弦二十五，柱亦如之，斜列如雁行，故以"雁声"形容之。结言独处，所谓"怨"也。（《唐人绝句精华》）

富寿荪曰：刘禹锡《潇湘神》词："楚客欲听瑶瑟怨，潇湘深夜月明时。"殆为此诗所本。（《千首唐人绝句》）

刘拜山曰：用湘灵鼓瑟之事，写秋闺独处之情。空灵委婉，晚唐佳境。（同上）

[鉴赏]

诗的题目和内容都很含蓄。瑶瑟，是玉镶的华美的瑟。瑟声悲怨，相传"太帝使素女鼓五十弦瑟，悲，帝禁不止，故破其瑟为二十五弦"（《史记·封禅书》）。在古代诗歌中，它常和别离之悲联结在一起。题名"瑶瑟怨"，正暗示诗所写的是女子别离的悲怨。

头一句正面写女主人公。"冰簟银床"指冰凉的竹簟和银饰的床。

"梦不成"三字很可玩味。它不是一般地写因为伤离念远难以入眠，而是写她寻梦不成，会合渺茫难期，只能把希望寄托在本属虚幻的梦寐上；而现在，竟连梦中相见的微末愿望也落空了。这就更深一层地表现出别离之久远，思念之深挚，会合之难期和失望之强烈。一觉醒来，才发现连虚幻的梦境也未曾有过，伴着自己的只有散发着秋天凉意和寂寞气息的冰簟银床。这后一种意境，似乎比在冰簟银床上辗转反侧不能成眠更隽永而富情韵，仿佛可以听到女主人公轻轻的叹息。

"碧天如水夜云轻。"第二句不再续写女主人公的心情，而是宕开写景。展现在面前的是一幅清寥淡远的碧空夜月图：秋天的深夜，长空澄碧，月华似水，只偶尔有几缕轻薄飘浮的云絮在空中掠过，更显出夜空的澄洁与空阔。这是一个空镜头，境界清丽而略带寂寥。它既是女主人公活动的环境的背景，又是她眼中所见的景物，不仅衬托出人物皎洁轻柔的形象，而且暗透出人物清冷寂寞的心绪。孤居独处的人面对这清寥的景色，心中萦回着的也许正是"碧海青天夜夜心"一类的感触吧。

"雁声远过潇湘去。"这一句转从听觉角度写景，和上句"碧天"紧相承接。夜月朦胧，是不容易看到飞过碧天的大雁的。只是在听到雁声时才知道有雁飞过。在寂静的深夜，雁叫更增添了清冷孤寂的情调。"雁声远过"，写出了雁声自远而近，又由近而远，渐渐消失在长空中的过程，也从侧面暗透出女主人公凝神屏息、倾听雁声远去而若有所思的情状。古有湘灵鼓瑟和雁飞不过衡阳的传说，所以这里有雁去潇湘的联想。但同时恐怕和女主人公心之所系有关。雁足传书，听到雁声远去，女主人公的思绪也被牵引到南方。大约暗示女子思念的人正在遥远的潇湘那边。

"十二楼中月自明。"前面三句，分别从女主人公的所感、所见、所闻的角度写，末句却似撇开女主人公，只写沉浸在月光中的"十二楼"。诗中用神话传说中神仙所居的"十二楼"，或许借以暗示女主人公是女冠者流，或许借以指帝王宫苑中的华美楼阁，这里似指前者。

"月自明"的"自"字用得很有情味。孤居独处的离人面对明月，会勾起别离的情思、团圆的期望，但月本无情，仍自照临高楼。"玉户帘中卷不去，捣衣砧上拂还来。"诗人虽只写了沉浸在月光中的高楼，但女主人公的孤寂、怨思，却仿佛融化在这似水的月光中了。这样以景结情，更增添了悠然不尽的余韵。

回到诗题。"瑶瑟怨"是否仅仅暗示女子的别离之怨呢？仔细寻味，似乎同时暗示诗的内容与"瑟"有关。"中夜不能寐，起坐弹鸣琴"（阮籍《咏怀》），如果说温诗头一句是写"中夜不能寐"，那么后三句不妨说就是"起坐弹鸣瑟"了，不过写得极含蓄，几乎不露痕迹。刘永济说："瑟有柱以定声之高下。瑟弦二十五，柱亦如之，斜列如雁行，故以'雁声'形容之。"这是独具慧眼的发现。但我的理解，更倾向于第三句是将月夜闻雁声之实境与瑟上弦柱所发之乐声融为一体，不言弹瑟而瑟之音乐意境自见，不言弹瑟女子之清怨而怨思自见。它把弹奏时的环境气氛，音乐的意境和感染力，曲终时的情景，都融化在鲜明的画面中。弹瑟时正好有雁飞向南方，就像是因瑟声的动人而飞来，又因不胜曲中的清怨飞去一样。曲终之后，万籁俱寂，惟见月照高楼，流光徘徊。弹奏者则如梦初醒，怅然若失。这样理解，诗的抒情气氛似乎更浓一些，题面与诗的内容也更相称一些。

全篇除"梦不成"三字点出人物以外，全是景物描写。整首诗就像几个组接得很巧妙的写景镜头。诗人要着重表现的并不是女主人公的具体心理活动、思想感情，而是通过景物的描写和组合，渲染一种和主人公的相思离别之怨和谐统一的氛围、情调。冰簟、银床、秋夜、碧空、明月、轻云、南雁、潇湘，以及笼罩在月光下的玉楼，这一切，组成了清丽而含有寂寥哀伤情调的氛围。整个画面的色调和谐统一在轻柔朦胧的月色之中。读这样的诗，对诗中的人的思想感情也许只有一个朦胧的印象，但那具有浓郁诗意的情调、气氛却将长时间留在记忆中。诗构思精妙，表情含蓄，意境空灵莹澈，如笼罩在如水的月光中，其人其境其瑟其怨，都浑化为一体了。

过分水岭①

溪水无情似有情，入山三日得同行。岭头便是分头处②，惜别潺湲一夜声。

[校注]

① 《文苑英华》卷二百九十四、《万首唐人绝句》卷四十四载此首。《水经注·漾水》："嶓冢以东，水皆东流；嶓冢以西，水皆西流。即其地势源流所归，故俗以嶓冢为分水岭。"分水岭虽各地以山脉为界作为河流走向分界线者多有之，但著名而不必在分水岭前特别冠名提示者则为嶓冢山。此系汉水与嘉陵江之分水岭，在今陕西略阳南勉（沔）县西，为秦、蜀间交通要道。元稹有《分水岭》，李商隐有《自南山北归经分水岭》，均同指一地，吴融《分水岭》亦云："两派潺湲不暂停，岭头长泻别离情。南随去马通巴栈，北逐归人达渭城。"王士禛《蜀道驿程》曰："金牛驿西稍南入五丁峡，一名金牛峡，此峡为蜀道第一险。次宁羌州过百牢关，关下有分水关。岭东水皆北流至五丁峡，北合漾水至沔岭；西水皆南流，迳七盘关、龙洞，合嘉陵水为川江。"此诗约为大和四年秋庭筠由秦入蜀途中作。② 分头，《英华》作"分流"。按：分头，分别、离别，指与"入山三日得同行"之"溪水"分离。

[笺评]

富寿荪曰：通首以溪水"同行""惜别"，反衬客程寂寞及秋夜不寐，于无情处生情，最得用笔之妙。(《千首唐人绝句》)

[鉴赏]

化无情之物为有情，往往是使平凡事物富于诗意美的一种艺术手段。这首短诗，很能说明这一点。题称"过分水岭"，实际上写的是在过分水岭的行程中与路旁溪水的一段因缘，以及由此引起的诗意感受。

首句就从溪水写起。溪水本是没有感情的自然物，但眼前这条溪水，却又似乎有情。在这里，"无情"是用来引出"有情"，突出"有情"的。"有情"二字，是一篇眼目，下面三句，都是围绕着它来具体描写的。"似"字用得恰到好处，它暗透出这只是诗人在行旅中时或浮现的一种主观感受。换成"却"字，便觉过于强调、坐实；改成"亦"字，又不免掩盖主次，使"无情"与"有情"平分秋色。只有这个"似"字，语意灵动轻妙，且与全诗平淡中见深情的风格相统一。这一句在点出"溪水""似有情"的同时，也就设置了悬念，引导读者去注意下面的解答。

次句叙事，暗点感到"溪水似有情"的原因。嶓冢山是汉水与嘉陵江的分水岭，因为山深，所以"入山三日"方能到达岭头。山路蜿蜒曲折，绕溪而行，故而行旅感到这溪水一直在自己侧畔而行，其实，诗人入山是向上行，而水流总是向下，溪流的方向和诗人入山的方向并不相同。但溪水虽不断向相反方向流逝，而其潺湲声却一路伴随。因为深山空寂无人，旅途孤孑无伴，这一路和旅人相伴的溪水便变得特别亲切，仿佛有意不离左右，以它的清澈面影、流动身姿和清脆声韵来慰藉旅人的寂寞。我们从"得同行"的"得"字中，可以体味到诗人在寂寞旅途中邂逅良伴的欣喜，而感于溪水的"有情"，也从"得"字中见出。

"岭头便是分头处，惜别潺湲一夜声。"在"入山三日"，相伴相依的旅程中，"溪水有情"之感不免与日俱增，因此，当登上岭头，就要和这股溪水分头而行的时候，心中便不由自主地涌起依依惜别之情。但却不从自己方面来写，而是从溪水方面来写，以它的"惜别"进一步写它的"有情"。岭头处是旅途中的一个站头，诗人这一夜就在岭头住宿，在寂静的深山之夜，耳畔只听到岭头流水，潺湲作响，彻夜不停，仿佛是和自己这个"三日同行"的友伴殷勤话别。这"潺湲一夜声"五字，暗补"三日同行"时日夕所闻。溪声仍是此声，而当将别之际，却极其自然地感到这"潺湲一夜声"如同是它的深情惜别之声。在这里，诗人巧妙地利用了分水岭的自然特点，由"岭头"引出自己与溪水的"分头"，又由"分头"引出"惜别"，因己之"惜别"而移情于溪水，因而创造出"惜别潺湲一夜声"这样极富人情味的诗句，联想的丰富曲折和表达的平易自然，达到了和谐统一。写到这里，溪水的"有情"已经臻于极致，诗人对溪水的深情和彻夜无眠也自在不言中了。

分水岭下的流水，潺湲作响，千古如斯。看到过这条溪水的旅人，何止万千。但似乎还没有人从这种平凡现象中发现美，发现诗。由于温庭筠对羁旅行役生活深有体验，对朋友间的情谊分外珍重，他才能发现溪水这样的伴侣，并赋予它一种动人的人情美。这里与其说是客观事物的诗意美触发了诗人的感情，不如说是诗人将自己的美好感情移注到了客观事物身上。化无情为有情，前提是诗人自己有情。

碧涧驿晓思①

香灯伴残梦②，楚国在天涯③。月落子规歇④，满庭山杏花。

[校注]

①碧涧驿，所在不详，据诗中"楚国在天涯"句，应是离诗人旧乡较远的某处山驿。刘长卿有《碧涧别墅喜皇甫侍御相访》五律，储仲君《刘长卿诗编年笺注》谓碧涧在阳羡（今江苏宜兴）山中，然阳羡即在庭筠所称之"楚国"范围内，离其旧乡吴县很近。故此诗之"碧涧驿"当非阳羡山中之碧涧。②香灯，油脂中加入香料的灯。③楚国，指诗人的旧乡吴县。吴地在战国时为楚国所属，故庭筠诗中

每称其旧乡为楚国。④子规，即杜鹃鸟，常夜鸣，故诗中每言子规啼夜月。又其鸣声似"不如归去"，故每易触动旅人乡思。《蜀王本纪》："蜀望帝淫其臣鳖灵之妻，乃禅位而逃。时此鸟适鸣，故蜀人以杜鹃鸣为悲望帝，其鸣为不如归去云。"李白《宣城见杜鹃花》："蜀国曾闻子规鸟，宣城还见杜鹃花。一叫一回肠一断，三春三月忆三巴。"唐无名氏《杂诗》："早是有家归未得，杜鹃休向耳边啼。"

[笺评]

周咏棠曰：晓色在纸。（《唐贤小三昧集续集》）

宋顾乐曰：写得情景悠扬婉转，末句更含无限寂寥。（《唐人万首绝句选》评）

李慈铭曰：此等句诚清畅易于讨好，然非天趣淡泊，不能得言外之神。（《唐人万首绝句选》批）

胡本渊曰：别有风致。（《唐诗近体》）

俞陛云曰：诗言楚江客舍，残梦初醒，孤灯相伴，其幽寂可想。迨起步闲庭，子规啼罢，其时群嚣未动，唯见满庭山杏，浥晨露而争开。善写晓天清景。飞卿尚有咏春雪诗……不若《晓思》诗之格高味永也。（《诗境浅说》续编）

刘拜山曰：子规声罢，山杏花前，残梦初回，始觉身为远客。倒装写来，其味弥永。（《千首唐人绝句》）

[鉴赏]

在五、七言绝句中，五绝较为近古；前人论五绝，也每以"调古"为上乘。温庭筠这首五绝，却和崇尚真切、浑朴、古澹的"调古"之作迥然有别。它的意境和风格都更接近于词，甚至不妨说它就是一种词化的小诗。

碧涧驿所在不详，据次句可知，是和诗人怀想的"楚国"相隔遥远的一所山间驿舍。诗中所写的，全是清晨梦醒以后瞬间的情思和感受。

首句"香灯伴残梦"写旅宿者清晨刚醒时恍惚迷离的情景。乍醒时，思绪还停留在刚刚消逝的梦境中，仿佛还在继续着昨夜的残梦。在恍惚迷离中，看到孤灯荧荧，明灭不定，更增添了这种恍在梦中的感觉。"残梦"，正点题内"晓"字，并且透出一种迷惘的意绪。不用"孤灯"而用"香灯"这种绮丽的字面，固然和作者喜作绮语有关，但在这里，似有暗示梦境的内容性质的意味，且与全诗柔婉的格调取得统一。"香灯"与"残梦"之间，着一"伴"字，不仅透露出旅宿者的孤子无伴，而且将夜梦的时间无形中延长了，使读者从"伴残梦"的瞬间联想到整个梦魂萦绕、孤灯相伴的长夜。

次句忽然宕开，写到"楚国在天涯"，似乎跳跃很大。实际上这一句并非一般的叙述语，而是刚醒来的旅人此刻心中所想，而这种怀想又和夜来的梦境有密切关系。原来旅人夜间梦魂萦绕的地方就是远隔天涯的"楚国"；而一觉醒来，惟见空室残灯，顿悟此身犹在山驿，自己魂梦所系的"楚国"仍远在天涯，不觉怅然若失，这真是所谓山驿梦回楚国远了。温庭筠郡望太原，但出生在吴地苏州，青少年时代均在吴中度过，故以"楚国"（指吴地）为故乡。诗中每称己为"江南客""江南戍客"，又每称自己在吴中的旧乡为"楚乡"，称自己为"楚客"，称吴中旧乡一带的天为"楚天"，称吴地的寺为"楚寺"，盖因战国时吴地后尽入楚之故。因而这一句正点明诗人所怀想的地方是"楚国"（即吴地）的旧乡，诗就是抒写思乡之情的。解诗者因未考明庭筠旧乡在吴中，又不熟悉诗人的用语习惯，对这句诗每有误解（如云"楚江客舍，残梦初醒"，或云此句即"作客在楚"意，"在天涯"乃对其故乡太原而言）。

"月落子规歇，满庭山杏花。"三、四两句，又由心之所系、梦之所萦的"楚国"旧乡回到碧涧驿的眼前景物：月亮已经落下去，"啼夜月，愁空山"的子规鸟也停止了凄清的鸣叫声；在月色朦胧中，驿舍的庭院正开满了繁茂的山杏花。这两句情寓景中，写得非常含蓄。子规鸟又叫"思归""催归"，鸣声似"不如归去"。空山月夜，鸣声尤其显得凄清。这里说"月落子规歇"，正暗透出昨夜一夕，诗人独宿山驿，在子规的哀鸣声中翻动着羁愁归思的情景。这时，子规之声终于停歇，一直为它所牵引的归思也稍有收束，心境略趋于平静。就在这种情况下，诗人忽然瞥见满庭盛开的山杏花，心中若有所触。全诗也就在这但书即目所见与若有所感中悠然收住。对这景物所引起的感触、联想和记忆，则不着一字，任凭读者去寻味。这境界是美的，但似乎带有一点寂寞和忧伤。其中蕴含着一种愁思稍趋平静时目遇美好景物而引起的淡淡喜悦，又好像在欣喜中仍不免有身处异乡的陌生感与孤子感。碧涧驿此刻已是山杏盛开，远隔天涯的"楚国"旧乡，想必也是满目春色、繁花似锦了。诗人当日目接神遇之际，其感触与联想可能本来就是浑沦一片，不甚分明，因此笔之于纸，也就和盘托出，不加点醒，构成一种朦胧淡远的境界。这种表现手法，在温词中运用得非常普遍而且成功，如《菩萨蛮》词之"江上柳如烟，雁飞残月天"，"心事竟谁知？月明花满枝"，"花落子规啼，绿窗残梦迷"，"雨后却斜阳，杏花零落香"等句，都是显例，对照之下，可以发现"月落子规歇，满庭山杏花"两句，无论意境、情调、语言，都与词非常接近。

　　这首诗几乎通篇写景（第二句从抒情主人公心中所想的角度去理解，也是写景，而非叙事），没有直接抒情的句子，也没有多少叙事成分。图景与图景之间没有勾连过渡，似续似断，中间的空白比一般的诗要大得多；语言则比一般的诗柔婉绮丽。这些，都更接近词的作风。温庭筠的小诗近词，倒主要不是表明词对诗的影响，而是反映出诗向词演化的迹象（撇开音乐与词的特殊关系不论，仅就诗、词同为抒情诗的一种体制而言）。

商山早行①

晨起动征铎②，客行悲故乡。鸡声茅店月，人迹板桥霜③。
槲叶落山路④，枳花明驿墙⑤。因思杜陵梦⑥，凫雁满回塘⑦。

[校注]

①《文苑英华》卷二百九十四载此首。商山，在今陕西商洛市商
州区东。又名商岭、地肺山、楚山。地形险阻，景色幽胜。秦末汉初
四皓曾隐此山，诗为作者离长安鄠杜郊居经商山南行途中所作，时令
在春天。②征铎，车上的铃铛。动征铎，车行铃响，指启程。③板桥，
指山间道路上用木板搭成的桥。刘禹锡《途中早发》："中庭望启明，
促促事晨征。寒树鸟初动，霜桥人未行。水流白烟起，日上彩霞生。
隐士应高枕，无人问姓名。"前四句所写情景与温诗相近，"霜桥"句
尤为近似。可以参较。④槲（hú），木名，即柞栎，落叶乔木。庭筠
《送洛南李主簿》："想君秦塞外，因见楚山青。槲叶晓迷路，枳花春
满庭。"或谓"槲"当作"檞"（jiě），即松桧，檞叶冬天存留在枝上，
次年嫩芽发生时才脱落，春天正是檞叶脱落时。但元稹《痁卧闻幕中
诸公征东会饮因有戏呈三十韵》云："夜灯燃檞叶，冻雪堕砖墙。"可
证严寒时亦有檞树落叶。檞叶冬天落叶，堆满山路，春天行路时仍未
清除，正见山路荒寂。现存温诗各本均作"槲"，无作"檞"者。
⑤枳，木名，似橘树而小，茎上有刺，春开白花。至秋成实，果小，味
酸苦不堪食。《周礼·考工记序》："橘逾淮而北为枳。"庭院中常植枳
树作篱笆，称枳篱。枳花色白，故云"明驿墙"。⑥杜陵，汉宣帝陵
墓杜陵的陵邑。《三辅黄图·陵墓》："宣帝杜陵在长安城南五十里。
帝在民间时，好游鄠、杜间，故葬此。"庭筠寓居鄠杜间，时间从中
年直至晚年。此曰"因思杜陵梦"，当是昨晚在商山驿店住宿时曾梦
见杜陵家居，晨起征行时回想昨夜梦境，故云。⑦凫雁，水鸭和大雁。

回塘，曲折的池塘。此句所写即"杜陵梦"的内容。

[笺评]

梅尧臣曰：诗家虽率意，而造语亦难。若意新语工，得前人所未道者，斯为善也。必能状难写之景，如在目前；含不尽之意，见于言外，然后为至矣……温庭筠"鸡声茅店月，人迹板桥霜"，贾岛"怪禽啼旷野，落日恐行人"，则道路辛苦，羁旅愁思，岂不见于言外乎？（欧阳修《六一诗话》引梅氏语）

欧阳修曰：余尝爱唐人诗云"鸡声茅店月，人迹板桥霜"，则天寒岁暮，风凄木落，羁旅之愁，如身履之。（《温庭筠严维诗》）

王直方曰：欧阳文忠《送张至秘校归庄》诗云："鸟声梅店雨，柳色野桥春。"此"茅店月""板桥霜"之意。（《王直方诗话》）按：《苕溪渔隐丛话·前集·温庭筠》引《三山老人语录》亦以为欧此诗效温诗之体。

曾季貍曰：刘梦得"神林社日鼓，茅屋午时鸡"，温庭筠"鸡声茅店月，人迹板桥霜"，皆佳句，然不若韦苏州"绿阴生昼静，孤花表春馀"。（《艇斋诗话》）

方回曰：温喜赋，号为八叉手而八韵成。三、四极佳。（《瀛奎律髓》卷十四）

李东阳曰："鸡声茅店月，人迹板桥霜。"人但知其能道羁愁野况于言意之表，不知二句中不用一闲字，止提掇出紧关物色字样，而音韵铿锵，意象具足，始为难得。若强排硬叠，不论其字面之清浊，音韵之谐舛，而云我能写景用事，岂可哉！（《麓堂诗话》）

胡应麟曰：盛唐句如"海日生残夜，江春入旧年"，中唐句如"风兼残雪起，河带断冰流"，晚唐句如"鸡声茅店月，人迹板桥霜"，皆形容景物，妙绝千古，而盛、中、晚界限斩然。故知文章关气运，非人力。（《诗薮·内编》卷四）

李维桢曰：对语天然，结尤苍老。（《唐诗隽》）

陆时雍曰：三、四似太逼削。至《渚宫晚春》"凫雁野塘水，牛羊春草烟"，更为少味矣。（《唐诗镜》卷五十一）

周珽曰：此诗三、四二语……六一居士甚爱之，极力摹仿，有"鸟声茅店雨，野色柳桥春"之句，点缀虽善，终未免为效颦。国朝莆田李在称为善画，曾以此二语作图颇佳。又鸡在店门外，立在笼口之上而啼，似为失理。故唐人赋早行者不少，必情景融浑，妙极形容，无如此诗矣。即一起发行役劳苦之怀，一结含安居群聚之想，而五、六"落"字"明"字，诗眼秀拔，谁谓晚唐乏盛、中音调耶？（《删补唐诗选脉笺释会通评林·晚五律》）

黄周星曰：三、四遂成千古画稿。（《唐诗快》）

查慎行曰：颔联出句胜对句。（《初白庵诗评》）

盛传敏曰：（"鸡声"二句）非行路之人，不知此景之真也。论章法，承接自在；论句法，如同吮出。描画不得出，偏能写得。（"槲叶"二句）句句是早行，故妙。（《碛砂唐诗纂释》）

黄生曰：起联总冒格。三、四道尽旅客早行之景，使读者如其意之所欲言，所以为绝唱。七、八接次句说，随手将梦中之景写一笔，结遂有味。（《唐诗矩》四集）

何焯曰：中四句从"行"字，次第生动。次联东坡亦叹为绝唱。（《瀛奎律髓汇评》引）又曰："人迹"二字，亦从上句"月"字一气转下，所以更觉生动，死对者不解也。（《唐三体诗评》）

沈德潜曰：中、晚律诗，每于颈联振不起，往往索然兴尽。（《重订唐诗别裁集》卷十二）

纪昀曰：归愚讥五、六卑弱，良是。七、八复衍第二句，皆是微瑕，分别观之。（《瀛奎律髓刊误》）

冒春荣曰：三、四句法贵匀称，承上陡峭而来，宜缓脉赴之。五、六必耸然挺拔，别开一境，上既和平，至此必须振起也……温岐《商山早行》，于"鸡声茅店月，人迹板桥霜"下接"槲叶落山路，枳花

明驿墙"……便塌下去，少振拔之势。（《甚原诗说》）

屈复曰：此诗三、四名句，后半不称。（《唐诗成法》）

黄叔灿曰："鸡声"一联，传诵人口，写早行而旅人之情亦从此画出。诗有别肠，非俗子所能道也。（《唐诗笺注》）

周咏棠曰：三、四脍炙人口，虽气韵近甜，然浓香可爱，不失为名句也。（《唐贤小三昧集续集》）

薛雪曰：得句先要练去板腐。后人于高远处，则茫然不会；于浅近处，最易求疵。如温太原《早行》诗："鸡声茅店月，人迹板桥霜。"未尝不佳，而俗子偏指摘之，谓似村店门前对子。（《一瓢诗话》）

顾安曰：三、四写晨起光景极妙。若五、六自应说出"悲故乡"意来，又写闲景无谓。结句轻忽，亦与"悲故乡"不合。"因思"二字，接五、六耶？接三、四耶？总之依稀仿佛而已。（《唐律消夏录》）

赵翼曰：蔡天启与张潜论韩、柳五言，以韩诗"暖风抽宿麦，清风卷归旗"，柳诗"壁空残月曙，门掩候虫秋"为集中第一。欧阳公称周朴诗"风暖鸟声碎，日高花影重"，"晓来山鸟闹，雨过杏花稀"，梅圣俞以严维"柳塘春水漫，花坞夕阳迟"，皆以为佳句。然总不如温庭筠《晓行》诗"鸡声茅店月，人迹板桥霜"，不着一虚字，而晓行景色，都在目前，此真杰作也。贾岛有"怪禽啼旷野，落日恐行人"，亦写得孤客辛苦之状，然已欠自然矣。（《瓯北诗话》卷十一）

郭麐曰：温飞卿《晓行》诗"鸡声茅店月，人迹板桥霜"，世谓绝调。余谓不如刘梦得"寒树鸟初动，霜桥人未行"二语。近见瘦山诗"残月半花树，孤村尚有灯"，亦佳。（《灵芬馆诗话》卷三）

[鉴赏]

古代行旅诗，写早发情景的作品很多。这不单是为了赶站头住宿经常需要早起，还因为早行常能见到一些日间行旅不易见到的特殊景象，获得某些新鲜的美好的诗意感受和体验。因此早行诗就不单单反映了行旅的辛苦，而且往往给人以新鲜的审美愉悦。这首《商山早行》诗之所以出名，主要原因也正在于写出了早行所发现的典型诗境。

"晨起动征铎，客行悲故乡。"首联总起，上句叙事，点"早行"。用"动征铎"来表明车动启程，是因为在晓色朦胧中，对外界景物的感受往往首先诉之听觉。说明天刚蒙蒙亮，就已听到车上的铃铎叮咚作响，一天的旅程又已开始了。想到离长安鄠杜的家居越来越远，自己这个羁旅漂泊者不免思念起故乡而触动思绪。下句抒情，点客思。但写得很虚括，为下文留下足够的空间余地。

"鸡声茅店月，人迹板桥霜。"这一联承上"动""行"写启程后所闻所见。路旁的茅店中，传出了报晓的鸡鸣声，一弯下弦月，正悬在茅店的上空。用木板搭的小桥上，凝上了一层白霜，上面已经印着行人的足迹。两句所写之景，"鸡声"、晓"月"、"霜"，均切"早"字，而茅草盖顶的小店，木板搭成的小桥，正切"山"间特色，而又都紧扣题内"行"字，是在行进过程中所见所闻，而非在静止状态中观赏周围景物。清晓时分山间茅店中传出的鸡鸣，打破了深山清晨的寂静，也更衬托凸显出整个环境的寂静；而茅店上空孤悬的残月，则烘托出了清冷的氛围。整句诗具有鲜明的画面感，却又很难用画面来表现。像有人画"鸡在店门外，立在笼口之上而啼"，固然是拙劣的演绎，就是画得更高明一些，也很难传达这五个字中所蕴含的诗的氛围、情调和意境。似乎可画，却又画不出，这正是诗的特长。上句与下句之间，隔着一段时间和空间。"鸡声茅店月"所显示的是周遭环境仍较幽暗朦胧的时分，而行进一段路之后，来到一条木板小桥，见到桥上铺满的晨霜上印下的一行人的足迹，已是天色明亮，残月隐没之时。刘禹锡的《途中早发》诗有"霜桥人未行"之句，温庭筠的这句诗是否受到它的启发，不得而知。但温诗在艺术上后来居上则显而易见，关键就在"霜桥人未行"只能表现一个"早"字，而"人迹板桥霜"则蕴含着丰富得多的感情内涵和艺术意境，表现也更为精练含蓄。这一点，留到后面再作重点阐说。

"槲叶落山路，枳花明驿墙。"五、六两句，续写行进途中所见山间景物。上句写道路经由山林之间，但见槲树的黄叶落满了山路，时或还有残叶飘落，景象幽静荒寂；下句写穿越山林之后，又见路旁的驿店墙边，白色的枳花开得正繁，仿佛把驿墙也点缀得明亮了。景象明丽而富生意，与上句相映成趣。类似景象，在诗人的《送洛南李主簿》中也出现过（"槲叶晓迷路，枳花春满庭"），说明这是春天山行常见的景色。两句的景象色调虽有别，但诗人对它的感受则基本上是新鲜而愉悦的。

"因思杜陵梦，凫雁满回塘。"尾联由眼前旅途所遇之景触发对故居杜陵的思念。"因思"二字，正承颔、腹二联，而"杜陵梦"三字，则回抱"悲故乡"，但感情已由"悲"转"思"。昨夜宿于山驿，梦回鄠杜郊居，见到水鸭大雁正在曲折的池塘中游泳嬉戏的情景，不禁勾起对故居的亲切怀念。诗也就在追思杜陵情景的亲切温煦气氛中结束。

全篇自始至终，都紧紧围绕"行"字来抒情写景。从"晨起"到"动征铎"，到闻茅店鸡鸣，见残月孤悬，再到过木板霜桥，见霜上人迹，继而穿林而槲叶满路，过村而见枳花耀墙，最后转而思昨夜梦回鄠杜故居，仍是"行"中之"思"。随着行进的路程，景物不断变换，时间亦逐渐推移，情感也随之变化。忽略了"行"字，就容易产生一系列的误解。

这首诗从欧阳修《六一诗话》引梅尧臣语以来，历代评者甚多。但有真知灼见者，也只梅尧臣和李东阳二人。梅氏之评，虽以"状难写之景，如在目前"与"含不尽之意，见于言外"并提，实侧重于后一方面。而后世发挥梅氏之论者，多侧重于前者，不免轻重倒置。而所谓"含不尽之意，见于言外"，又实不止梅氏所揭示之"道路辛苦，羁旅愁思"一端。此诗虽以"客行悲故乡"始，以"因思杜陵梦"

结，但全诗所表现的思想感情，并不单纯是"悲故乡"（即因思念故乡而悲），诗人的思想感情，随着早行行程的推进，所见所闻景物的变化，本身就呈现为动态的发展过程。当其晨起启程，征铎初动之时，虽曾浮现过"悲故乡"的羁旅情思，但当他耳闻目接"鸡声茅店月，人迹板桥霜"的景象时，心中不仅有对此山野早行图景的新鲜感、愉悦感，且有一种对这种特殊的诗意美的美好体验与感受，一种对诗意美的新发现的审美愉悦。上述感受，对"悲故乡"之情乃是一种缓解、冲淡和替代。这同样是"含不尽之意，见于言外"的重要一端。李东阳所指出的"不用一闲字，止提掇出紧关物色字样，而音韵铿锵，意象具足"，相当于今之所谓"意象叠加"，且全为名词性意象的叠加组合。这种写法，在传统诗词曲创作中虽不乏例，但真正成功且千古流传者，除温氏此联外，亦仅陆游之"楼船夜雪瓜洲渡，铁马秋风大散关"（《书愤》）及马致远《天净沙》小令之"枯藤老树昏鸦，小桥流水人家，古道西风瘦马"数例而已。温氏此联之成功，一在体验真切，全从羁旅生活的实际见闻感受中来，无丝毫造作之痕。二在表现自然，虽意象密集，内容浓缩而无刻意锤炼之迹，宛如天然的画图。三是意象集中，两句所写景象虽有时间上的先后，但都集中出现在"早行"之时。无论是茅店中传出的报晓鸡声、茅店上空悬挂的残月，或是木板小桥上的一层清霜与霜上留下的一行人行足迹，都极具"早行"的羁旅生活典型特征，故非强排硬叠、堆砌杂凑者可比，能形成浑融统一的意境，给人留下深刻印象。四是实而能虚，能于密集的意象组合中创造出特定的情景气氛，给人以丰富的联想。至于全诗各联不大相称，五、六较为平衍，七、八与一、二意复，自是微瑕。但像顾安那样，认定"悲故乡"三字，以此责五、六"闲景无谓"，则出于对诗中所蕴含的感情过于简单化的理解。实则"槲叶"一联已是"悲故乡"之情缓解淡化后对途中景物心情较为平和的欣赏，"明"字尤透出一种喜悦之情。

此诗作年，向无考证。颇疑系大中十年春贬隋县尉南行途中作。

《渚宫晚春寄秦地友人》有"凫雁野塘水，牛羊春草烟"一联，结亦有"思归"语。"凫雁"句即类此之"凫雁满回塘"，均系对鄠杜故居的想象思念。《渚宫晚春寄秦地友人》作年虽在咸通二年，但均为此次南行后之作，从二诗造语及所抒思乡感情之近似，可以看出它们的联系。

送人东游①

荒戍落黄叶②，浩然离故关③。高风汉阳渡④，初日郢门山⑤。江上几人在，天涯孤棹还⑥。何当重相见？尊酒慰离颜。

[校注]

①《才调集》卷二、《文苑英华》卷二百七十九载此首。题内"游"字，《全唐诗》校："一作归。"②荒戍，荒废的旧关戍，即下句的"故关"。③《孟子·公孙丑下》："予然后浩然有归志。"注："浩然，心浩浩有远志也。"朱熹集注："浩然，如水之流不可止也。"此句"浩然"系形容友人浩然而离去的情状。④高风，长风、秋风。汉阳，唐沔州汉阳郡，今湖北武汉汉阳区。⑤初日，朝阳。郢门山，即荆门山。《三楚记》：荆门山在大江之南，与虎牙相对，即郢门山。《水经注·江水二》："江水又东，历荆门、虎牙之间。荆门在南，上合下开，暗彻山南；有门像虎牙，在北，石壁色红，间有白文，类牙形，并以物像受石。此二山，楚之西塞也。"荆门在今湖北宜都市西北，长江南岸。⑥孤棹，指友人所乘的孤舟。

[笺评]

王士禛曰：律诗贵工于发端，承接二句尤贵得势……如"万壑树参天，千山响杜鹃"，下即云"山中一夜雨，树杪百重泉"……"古戍落黄叶，浩然离故关"，下云"高风汉阳渡，初日郢门山"……此皆转石万仞手也。（《带经堂诗话》）

沈德潜曰：贾长江："秋风吹渭水，落叶满长安。"温飞卿："古戍落黄叶，浩然离故关。"卑靡时乃有此格。后唯马戴亦间有之。（《说诗晬语》卷上）又曰：起调最高。（《重订唐诗别裁集》卷十二）

黄叔灿曰：首联领起，通篇有势。中四语结撰亦称。如此写离情，直觉有浩然之气。（《唐诗笺注》）

宋宗元曰：中晚罕此起笔，竟体亦极浑脱。（《网师园唐诗笺》）

周咏棠曰：高朗明健，居然盛唐格调。晚唐五言似此者，亿不得一。（《唐贤小三昧集续集》）

纪昀曰：苍苍莽莽，高调入云。温、李有此笔力，故能熔铸一切浓艳之词，无堆排之迹。（《删正二冯先生评阅才调集》）

管世铭曰：温庭筠"古戍落黄叶"，刘绮庄"桂楫木兰舟"，韦庄"清瑟怨遥夜"，便觉开、宝去人不远。可见文章虽限于时代，豪杰之士终不为风气所囿也。（《读雪山房唐诗序例》）

[鉴赏]

此诗题曰"送人东游"，而诗有"汉阳渡""郢门山""江上""孤棹"等语，似是诗人晚年寓江陵幕时送友人乘舟东游之作，时间或在咸通二年（861）秋。题末"游"字一作"归"，视"天涯孤棹还"句，似作"归"近是。但现存温集旧本及《才调》《英华》所载均作"游"，颇疑作"归"者是后人因"孤棹还"之语而改。

"荒戍落黄叶，浩然离故关。"首联写送别时地景物和友人离去。时值深秋，在荒废的关戍边，萧瑟的秋风吹落着一片片凋枯的黄叶，于荒凉萧飒中透露出一种旷远的情致，令人从眼前的荒戍联想到遥远的历史时空。而友人就在这种环境氛围中怀着一种浩然之气离开故关，乘舟东下。"浩然"二字用《孟子·公孙丑下》"予然后浩然有归志"之语，似乎暗示友人是因为不遇于时而离去的；尽管不遇，却仍挟带着一股浩然的远大志向而毅然离去，这荒戍故关、秋风黄叶与浩然之气的对照，使友人的离去显示出一种苍凉壮阔的情调，而无低回伤感、流连徘徊之态。评家均极赞此诗起调之高，洵为有识。

"高风汉阳渡，初日郢门山。"颔联承"离故关"概写江上景色。"初日""高风"互文。郢门山在江陵之西，汉阳渡在江陵之东，两地相隔千里。友人乘舟去，这一联展示的正是万里长江阔远图景中的两个镜头。初升的朝阳正映照在号称楚之西塞的郢门山上，而千里之外的汉阳渡口，强劲的秋风也正在掀起江中的波涛。"初日""高风"是友人离去时的眼前景，而"郢门山"与"汉阳渡"却是想象中的地点。这样虚实结合，便展示出一幅极其阔远的江山图景，为友人"浩然"离去提供了广阔的背景，也为这"浩然"之气增添了壮彩。

"江上几人在，天涯孤棹还。"腹联续写友人乘孤舟东去的情景。在空阔浩渺的江面上，不见其他的帆影，唯有友人所乘的一叶孤舟渐行渐远，驶向遥远的天涯。这一联写出诗人目送友人孤舟远去的情景，透露出依依惜别的情感和友人离去后的孤孑感，但空阔浩渺的江上图景却使这种孤孑感并不显得低沉。"孤棹还"的"还"字似乎透露出诗人在目送友人乘舟远去时浮起的一种潜意识，希望有朝一日，友人又能乘舟归来，这就自然引出了末联。

"何当重相见？尊酒慰离颜。"今日江上一别，不知何时才能重新相会，共持尊酒，以慰离别想念的愁颜呢？方别而憧憬将来的欢聚，益见别情之殷，也使诗的结尾增添了温煦亲切的色彩。

诗的前四句一气直下，气象阔大，境界高远，故虽写清秋萧瑟景象而无衰飒之气，抒离情而无凄恻之音，近于盛唐高浑和平格调。

苏武庙①

苏武魂销汉使前②，古祠高树两茫然③。云边雁断胡天月④，陇上羊归塞草烟⑤。回日楼台非甲帐⑥，去时冠剑是丁年⑦。茂陵不见封侯印⑧，空向秋波哭逝川⑨。

[校注]

①《文苑英华》卷三百三十、《唐诗纪事》卷五十四载此首。苏武，字子卿。汉武帝天汉元年（前100）以中郎将出使匈奴，为匈奴所扣留，被遣北海（今俄罗斯贝加尔湖）牧羊凡十九年。昭帝立，匈奴与汉和亲，遣使求武，方得归汉。事详见《汉书·苏武传》及本篇各句注。苏武庙，所在未详。陈尚君《温庭筠早年事迹考辨》谓"据诗意，庙址似在边塞"。按：诗中颔联所写，并非眼前所见实景（参注④、注⑤），不能作为祠在边塞之证。武系杜陵（今西安市东南）人，其地或有苏武之祠庙，而温庭筠长期寓居鄠杜郊居，苏武庙为其近地，故往访谒而有此作。②《汉书·苏武传》："昭帝即位数年，匈奴与汉和亲。汉求武等，匈奴诡言武死。后汉使复至匈奴……使者谓单于，言天子射上林中，得雁，足有系帛书，言武等在某泽中……单于视左右而惊，谢汉使曰：'武等实在。'"此句形容苏武囚禁匈奴十九年后初见汉使时悲喜交集，黯然销魂的情景。颇疑庙内有根据苏武出使匈奴及归汉之经历绘成之连环壁画，诗人入庙而见一幅幅图景时而有此描写，非凭空想象。下数联同。③茫然，年代久远之状。李白《蜀道难》："蚕丛及鱼凫，开国何茫然。尔来四万八千岁，不与秦塞通人烟。"祠古树老，年代久远，故云"两茫然"。④断，《全唐诗》校："一作落。"⑤陇上，丘垄之上。此联描绘当年苏武困居匈奴期间的生活情景。上句是望雁思归图，下句是荒塞归牧图。此亦苏武庙内壁画上有此图景，故如画描写，既非眼前实景，亦非凭空想象。据《汉书·苏武传》：匈奴单于欲使苏武降，武不从，"单于愈益欲降之，乃幽武，置大窖中，绝不饮食。天雨雪，武卧啮雪，与旃毛并咽之，数日不死，匈奴以为神，乃徙武北海上无人处，使牧羝，羝乳乃得归……武既之海上，廪食不至，掘野鼠、去草实而食之。杖汉节牧羊，卧起操持，节旄尽落"。⑥回日，归汉之日。《汉书·苏武传》："武以

始元（汉昭帝年号）六年（前81）春至京师。诏武奉一太牢谒武帝园庙，拜为典属国。"甲帐，汉武帝所造的帐幕。《北堂书钞》卷一百三十二引《汉武帝故事》："上以琉璃珠玉，明月夜光杂错天下珍宝为甲帐，次为乙帐。甲以居神，乙以自居。"此言出使匈奴归来之日，武帝已逝，宫观楼台依然，而武帝所造的甲帐已经不存。⑦去时，奉使匈奴之时，即武帝天汉元年。冠剑，戴冠佩剑，指出使的冠服。丁年，男子成丁之年，即青壮之年。《汉书·苏武传》："始以强壮出，及还，须发尽白。"《文选·李陵〈答苏武书〉》："且足下以单车之使，适万乘之虏，遭时不遇，至于伏剑不顾，流离辛苦，几死朔北之野。丁年奉使，皓首而归。老母终堂，生妻去帷。"二句用逆挽法，先叙"回日"再溯"去时"，倍增感慨。所写当亦壁画上所画"去时""回日"情景。⑧茂陵，汉武帝陵墓。在今陕西兴平市东北。此借指已经去世之汉武帝。《汉书·苏武传》："昭帝崩，武以故二千石（官秩名）与计谋立宣帝，赐爵关内侯。""封侯"指此。⑨句意为武帝已逝，苏武归国谒拜武帝园庙时只有空对秋波逝水哭吊而已。亦画中情景。"逝川"用《论语》"子在川上曰：逝者如斯夫"，指人之逝世。

[笺评]

朱弁曰："回日楼台非甲帐，去时冠剑是丁年。"尝见前辈论诗云，用事属对如此者罕见。（《风月堂诗话》）

刘克庄曰："甲帐"是武帝事，"丁年"用李陵书"丁年奉使，皓首而归"之语，颇有思致。（《后村诗话续集》卷二）

方回曰：此见别集。"甲帐""丁年"甚工，亦近义山体。（《瀛奎律髓》卷二十八）

杨逢春曰：首点苏武，提"魂销汉使前"五字，最为篇主。（《唐诗绎》）

毛奇龄、王锡曰："丁年"亦是俊语，然使高手作此，则"回日"

"去时"，不如是板煞矣。（《唐七律选》）

查慎行曰：三、四即用子卿事点缀景物，与他手不同。（《瀛奎律髓汇评》引）

何焯曰：五、六不但工致，正逼出落句。落句自伤。（同上引）

纪昀曰：五、六生动，馀亦无甚佳处。结少意致。（同上引）

方世举曰：温之《苏武庙》结句"空向秋波哭逝川"，"波"字误，既"川"复"波"，涉于侵复，且"波"字言"秋"，亦觉不稳，上有何来路乎？（《兰丛诗话》）

范大士曰：子卿一生大节，八句中包括无遗。（《历代诗发》）

沈德潜曰：五、六句与"此日六军同驻马"一联，俱属逆挽法。律诗得此，化板滞为跳脱矣。（《重订唐诗别裁集》卷十五）又曰：温、李擅长，固在属对精工，然或工而无意，譬之剪彩为花，全无生韵，弗尚也……飞卿"回日楼台非甲帐，去时冠剑是丁年"，对句用逆挽法，诗中得引一联，便化板滞为跳脱。（《说诗晬语》卷上）

梅成栋曰：全以议论行之，何尝有意属对？近人学之，便如优孟衣冠矣。（《精选五七言律耐吟集》）

王寿昌曰：吊古之诗，须褒贬森严，具有《春秋》之义，使善者足以动后人之景仰，恶者足以垂千秋之炯戒。如……温飞卿之"苏武魂销汉使前（下略）"。如此诸作，其凄恻既足以动人，其抑扬复足以惩劝，犹有诗人之遗意也。（《小清华园诗谈》卷下）

朱庭珍曰：玉溪生"此日六军同驻马，当时七夕笑牵牛"，飞卿"回日楼台非甲帐，去时冠剑是丁年"，此二联用逆挽句法，倍觉生动，故为名句。所谓逆挽者，倒扑本题，先入正位，叙现在事，写当下景，而后转溯从前，追叙已往，以反衬相形。因不用平笔顺拖，而用逆笔倒挽，故名。且施于五、六一联，此系律诗筋节关键处，中晚以后之诗，此联多随笔敷衍，平平顺下。二诗能于此一联提笔振起，逆而不顺，遂倍精采有力，通篇为之添色，是以传诵人口，亦非以马、牛、丁、甲见长，故求工对仗也。然使二联出工部手，则必更神化无迹，并不屑于"此日""当时""回日""去时"字面明点，必更出于浑成，使人言外得之。盖工部以我运法，其用法入化；温、李就法用法，其驭法有痕，此大家所由出名家上也；后人学其句，而不得其所以然之妙，仅以字面对仗求工……学者勿为所惑，从而效颦。(《筱园诗话》)

[鉴赏]

苏武是历史上著名的坚持民族气节的英雄人物。汉武帝天汉元年（前100）出使匈奴，被扣留。匈奴多次逼降，坚贞不屈，后被流放到北海牧羊，直至汉昭帝始元六年（前81）才返归汉朝，前后长达十九年。这首诗就是作者瞻仰苏武庙后追思凭吊之作。

首联两句分点"苏武"和"庙"。汉昭帝时，匈奴与汉和亲。汉使到匈奴后，得知苏武尚在，乃诈称汉朝皇帝射雁上林苑，得到苏武系在雁足上的帛书，知武在某泽中，匈奴方才承认，并遣送回国。首句是写苏武初次会见汉使时的情景。苏武身陷异域十九年，历尽常人难以想象的艰辛，骤然见到来自汉朝的使者，表现出极为强烈、激动、复杂的感情。这里有辛酸的追忆，有意外的惊喜，悲喜交集，感慨万端，种种情绪，一时奔集，难以言状，难以禁受。诗人以"魂销"二字概括，笔墨精练，真切传神。第二句由人到庙，由古及今，描绘眼前苏武庙景物。"古祠高树"，写出苏武庙苍古肃穆气象，渲染出浓郁的历史气氛，透露出诗人的崇敬追思之情。"茫然"即渺然久远之意。"古祠高树两茫然"，是说祠和树都年代久远。这就为三、四两句转入对苏武身陷异域生活的描绘渲染创造了条件。

"云边雁断胡天月，陇上羊归塞草烟。"这是两幅图画，上一幅是望雁思归图。在寂静的夜晚，天空中高悬着一轮带有异域情调的明月，望着大雁从遥远的北方飞来，又向南方飞去，一直到它们的身影消失在南天的云彩中。这幅图画，形象地表现了苏武在音讯隔绝的漫长岁月中对故国的深长思念和欲归不得的深刻痛苦。下一幅是荒塞归牧图。在昏暗的傍晚，放眼远望，只见笼罩在一片荒烟中的连天塞草和丘垅上归来的羊群。这幅图画，形象地展示了苏武牧羊绝塞的单调、孤寂生活，概括了幽禁匈奴十九年的日日夜夜。环境、经历、心情，相互交融，浑然一体。

"回日楼台非甲帐，去时冠剑是丁年。"颈联分别描绘历尽艰辛归来和奉命出使匈奴的图景。上句写苏武十九年后归国时，往日的楼台殿阁依旧，但武帝早已逝去，往日的"甲帐"也不复存在，其中寓含着一种物是人非、恍如隔世的感慨和对于故君的追思。下句写当年戴冠佩剑，奉命出使之时，正当意气风发的壮盛之年。"甲帐""丁年"巧对，向为诗评家所称。此联先写"回日"，再溯"去时"，诗评家称之为"逆挽法"，由"回日"忆及"去时"，以"去时"反衬"回日"，倍增感慨。一个历尽艰辛、头白归来的爱国志士，目睹物在人亡的情景，想到当年出使时的情况，能不感慨唏嘘吗！

"茂陵不见封侯印，空向秋波哭逝川。"尾联描绘苏武归朝奉命谒拜武帝园陵的图景，表现苏武对故君的追悼。武帝已经长眠茂陵，再也见不到完节归来的苏武后来受爵封侯的情景了，苏武只能空自面对秋天的流水逝波哭吊已经逝去的先皇。史载李陵劝苏武降匈奴时，苏武曾说："武父子之功德，皆为陛下所成就……兄弟亲近，常愿肝胆涂地。今得杀身自效，虽蒙斧钺汤镬，诚甘乐之。"这种故君之思，是融忠君与爱国为一体的感情。最后一笔，把一个带有特定历史时代特征的爱国志士形象，更真实感人地展现在我们面前。

晚唐国势衰颓，民族矛盾尖锐。表彰民族气节，歌颂忠贞不屈，心向故国，是时代的需要。杜牧《河湟》诗云："牧羊驱马虽戎服，白发丹心尽汉臣。"温庭筠这首诗，正塑造了一位"白发丹心"的汉臣形象。

这首诗题为《苏武庙》，而全篇正面写庙者仅"古祠高树两茫然"一句，其他各句，均为描绘苏武幽禁匈奴的十九年生活及与汉使相见、归汉、出使、谒庙等情事，直似一篇压缩之苏武传。而上述情事，又均采取图景式的显现方式，且不按时间先后顺序描写，起句尤显突兀。因悟诗中所写苏武种种情事，均非凭空想象，而系谒庙时见庙中所绘苏武出使匈奴始末之壁画，而有此一系列描写，如此方与题内"庙"字相合。庙内之壁画，当按时间顺序次第描绘其奉命出使、异域思归、持节牧羊、初见汉使、完节归汉、奉命谒陵、哭吊武帝等图景。为了加强艺术效果，诗人特意错易时间顺序，先将"魂销汉使前"这一最为激动人心的一幕图景置于篇首，以凸显苏武的强烈爱国感情和崇高民族气节；然后再回过头去描绘其滞留异域十九年的生活，以望雁思归、持节牧羊两幅图景分别表现其故国之思与民族气节；继又用逆挽法先写"回日"，再溯"去时"，以增其感慨；最后则以拜谒园陵、哭吊武帝以突出其忠君爱国之志。可见其在构思上的精心设计与安排。

晚唐诗人杜牧、温庭筠等均有歌咏赞颂苏武之作。温作表彰苏武的民族气节，可能与其对自己远祖温彦博的景仰有关。据《新唐书·温彦博传》："突厥入寇，彦博以并州道行军长史战太谷，王师败绩，被执。突厥知近臣，数问唐兵多少及国虚实，彦博不肯对，囚阴山苦寒地。太宗立，突厥归款，得还。"庭筠为彦博裔孙，其先祖坚守国家机密被囚禁阴山苦寒之地的民族气节与苏武之事颇为相似。作者咏苏武庙，笔端富于感情，当与此有密切关联。

雍 陶

　　雍陶（约805—?），字国钧，成都（今属四川）人。大和三年（829），
南诏侵蜀，陷成都，掳子女工匠数万人以去，陶有诗纪其事。大和八年
（834）登进士第。后曾以侍御衔佐兖海幕。大中六年（852）授国子毛诗博
士。大中八年任简州刺史。后辞官归隐雅州卢山。《新唐书·艺文志》著录
《雍陶诗集》十卷，已佚。《全唐诗》编其诗为一卷。

题君山①

　　风波不动影沉沉②，碧色全无翠色深③。应是水仙梳洗
处④，一螺青黛镜中心⑤。

　　[校注]

　　①君山，在洞庭湖口附近。《水经注·湘水》："湖（洞庭湖）中
有君山……湘君之所游处，故曰君山矣。"《元和郡县图志·江南道
三·岳州》："君山，在县西三十里青草湖中。昔始皇欲入湖观衡山，
遇风浪，至此山止泊，因号焉。又云湘君所游止，故名之也。"作者
《望月怀江上旧游》云："往岁曾随江客船，秋风明月洞庭边。为看今
夜天如水，忆得当时水如天。"可见其游洞庭不止一次。《唐才子传校
笺》据此诗及《送契玄上人南游》疑其登第后或曾应辟岳州。②影，
指君山在水中的倒影。因系夜间，倒影的颜色深暗，故曰"沉沉"。
③碧色全无翠，《全唐诗》原作"翠色全微碧"，此据其校语改。碧
色，指洞庭湖的碧波。翠色，指君山的翠色。④水仙，当指传说中的
娥皇、女英，死后为湘水之神。⑤一螺青黛，一丛螺形的发髻，因其
颜色深青，故云。镜，镜面。指洞庭湖。李白《陪族叔刑部侍郎晔及

中书贾舍人至游洞庭五首》之五："帝子潇湘去不还，空馀青草洞庭间。淡扫明湖开玉镜，丹青画出是君山。"

[笺评]

何光远曰：刘禹锡尚书有《望洞庭》之句，雍使君（陶）有《咏君山》之诗。其如作者之才，往往暗合。刘《望洞庭》诗曰："湖光秋月两相和，潭面无风镜未磨。遥望洞庭山水翠，白银盘里一青螺。"雍《咏君山》诗曰："烟波不动影沉沉，碧色全无翠色深。疑是水仙梳洗处，一螺青黛镜中心。"（《鉴诫录》）

富寿荪曰："应是"二句，色彩明丽，设想奇绝。以洞庭之湖光山色与湘君的故事相结合，倍觉空灵缥缈。

[鉴赏]

唐代咏洞庭的名篇佳句层见叠出，写日间景象者，多以境界阔远浩渺，气势雄浑壮盛取胜，间亦有写湖面无波之静美景色，巧于取譬者，如刘禹锡的《望洞庭》即是。雍陶这首诗，从巧于设譬，特别是所用喻象（青螺）看，很可能受到刘诗的启发，但将所咏的对象由整个洞庭湖集中到君山这个重点上，时间也由白天变成了夜间，而作为主要喻象的"青螺"则由实物变成了"螺髻"。这几方面的改变，使得两诗的诗境显出了不同的特色，雍诗也就在借鉴前人的基础上有了新的创造。

君山在洞庭湖口，故咏君山必兼咏洞庭湖。诗的首句"风波不动影沉沉"，即湖与山并写。这是一个风平浪静的暗夜。往日波涛汹涌的景象不见了，眼前的湖面，沉静无风，波平浪歇。君山的倒影映入平静的湖水中，显现出幽暗的身影。"沉沉"二字，既状其色调的幽暗，也写出倒影的纹丝不动。

"碧色全无翠色深"，次句仍湖、山并写。"碧色"，指洞庭的碧水绿波。由于是在暗夜，白天能放眼览眺的万顷碧波此刻已经全然不见。"翠色"，指君山的苍翠之色，白天苍翠在目的君山，在暗夜中也只显现出一个黑黝黝的轮廓，因此说"碧色全无翠色深"。这句与上句的句式相同，都是上四下三，水、山并写，而以水托山。上句以水波不兴衬托山影之沉定不动，下句以碧波之不见衬托山形山色之模糊，都显示出无风的暗夜洞庭湖水及君山的特征。这种景象，虽不像晴日白昼所见之壮阔浩渺，但由于很少有人写过，读来自具一种新鲜感。或有将下句理解为碧绿色的湖水不及青翠的山影深重，不但句式与上句不协，而且误解了"碧色全无"的含义（指湖面一片黑暗，全然不见碧波万顷）。诗人虽写暗夜的湖水和君山，但意中仍有晴昼的景象作为参照，故有"全无"及"深"之语，从中仍可想象出晴昼碧波万顷，山色苍翠的明丽浩阔景象。

"应是水仙梳洗处，一螺青黛镜中心。"三、四两句，因洞庭君山系湘君所游止之处的神话传说而生奇想。"水仙"即湘水之神娥皇、女英。"一螺青黛"指女仙的青黛色螺形发髻，"镜"指洞庭湖面，因"风波不动"，故水平如镜。在诗人的想象中，眼前这如镜的湖面和翠色深深的君山朦胧身影仿佛幻化成了仙境，大约这就是湘水女神的梳洗之处吧，那洞庭湖面正像她梳妆用的镜子，而那君山不正像镜中映出的青黛色螺形发髻吗？由于是在暗夜，君山的身影隐约朦胧，更容易产生这种似耶非耶的美好遐想。或有将"一螺青黛"理解为女子用以画眉的螺形黛墨者，但美人临镜，映现于"镜中心"的当非用来画眉的一锭黛墨，而应是她所绾结的螺形发髻。黄庭坚的《雨中登岳阳楼望君山》之二："满川风雨独凭栏，绾结湘娥十二鬟。"是说风雨迷蒙中的君山十二峰，如同湘娥之螺鬟，而雍诗是将隐约朦胧的君山想象成水仙的青黛色螺髻发鬟，黄诗当从雍诗脱化。由于这一想象和比喻，使全诗平添了空灵缥缈的情致和柔美的风韵。人间的自然景象被仙化了。洞庭君山以这种面貌出现在诗里，这还是第一次，李白的《陪族叔刑部侍郎晔及中书贾舍人至游洞庭五首》之一、之五都写到

"吊湘君"和"帝子潇湘去不还",将湘水女神的神话传说融入洞庭景色,在构思上或对雍陶有所启发,但李诗写的是阔远明丽之景（"日落长沙秋色远,不知何处吊湘君""淡扫明湖开玉镜,丹青画出是君山"）,而雍诗写的是暗夜中的洞庭君山,故有"应是水仙梳洗处,一螺青黛镜中心"的空灵缥缈之境。而刘禹锡的"白银盘里一青螺",设喻虽亦新奇巧妙,但"青螺"实写,与"一螺青黛镜中心"之想象之虚幻缥缈,风格又自有别。

城西访友人别墅①

沣水桥西小路斜②,日高犹未到君家。村园门巷多相似,处处春风枳壳花③。

[校注]

①据"沣水"句,城西当指长安城西郊。②沣水,《全唐诗》原作"澧水",误,据《唐诗品汇》改。沣水,原出秦岭山中,北流至长安西北汇入渭水,为关中八水之一。《史记·封禅书》:"霸、产、长水、沣、涝、泾、渭皆非大川。"司马贞索隐引《十三州记》:"沣水,出鄠县南。"③枳壳花,即枳树的花。枳树似橘树而小,茎上有刺,春天开白花,花细而香。秋天结果,味酸苦不能食。"枳壳"本指枳树已干的果实,此处"枳壳花"即枳花。

[笺评]

释圆至曰:遍地枳棘,谁可结交?所以不辞远访也。然极蕴藉。（《笺注唐贤三体诗法》）

焦竑曰:如画。（《删补唐诗选脉笺释会通评林·晚七绝》引）

陆时雍曰:风味自足。（同上引）

周珽曰:末二句见友人村居不求异,所以访求者未易一问即到其

家也。王右丞《访吕逸》云："门外青山如屋里，东家流水入西邻。"与此后联俱尽别墅之景，妙，妙！（同上）

俞陛云曰：咏乡村风物者，宜以闲淡之笔，写天然之景。山花野草，皆可入诗。渔洋自赏其"开遍空山白茇花"，颇似此作第四句之意。（《诗境浅说》续编）

刘拜山曰：写郊居景物逼真，闲处传神，特见韵致。（《千首唐人绝句》）

[鉴赏]

从极平常的景物中感受到新鲜的诗意，发现诗美，并创造出富于情致韵味的诗境，是唐人的看家本领。他们好像随时随地都在用敏感的诗心感受周围的世界。

这是一首写寻访友人城西别墅的小诗，完全按照寻访的时间顺序来写行程和所见所感。首句"沣水桥西小路斜"，点出友人别墅所在的大致方位——越过长安城西的沣水上的桥梁，沿着一条斜斜的小路继续向西前行。从下几句所写的情况看，诗人是初次造访友人的别墅，这"沣水桥西小路斜"就是按照友人事先的指点所见到的景物，因而在见到它们的同时，除了为眼前村野的朴素风光所吸引外，也自然会浮现一种与友人所指点完全符合的喜悦感、亲切感。

次句"日高犹未到君家"却突作转折，说自己走了很久，日头已经当空高照，却依然没有到达友人的家。"犹未"二字，透露出些许焦急和不解。友人的指点原说过了沣水桥沿斜斜的小路西行不远便可到达自己的别墅，但诗人却感到这路仿佛很远很长。同样一条道路，对于熟悉而经常行走的人来说，会觉得它很短，而对一个从未行走过的陌生者来说，却会感到它很长。"犹未到君家"的感觉正是由于不熟悉而造成的。由陌生感而产生的焦急和不解（该不会是友人故意把路程说得很短吧）造成了诗的顿宕曲折，为三、四两句精彩传神之笔的出现作了铺垫。

"村园门巷多相似，处处春风枳壳花。"终于到了友人所居的村庄，可是诗人却被眼前的景象所迷惑了：整个村子里，人家的门户、巷子、家中的园子竟然一例地相似，人家院落、篱笆，处处生长着枳树，编成枳篱，春风起处，白色的枳花或迎风颤动，或缤纷下坠，散发出特有的芬芳，竟根本弄不清哪所房舍院落是友人的别墅了。友人也许提起过自家的别墅院落有枳篱卫护的事，却忽略了这村庄的"门巷多相似"，于是使诗人虽到了友人所居的村庄却一时找不到友人的别墅。这真有点像是"春来遍是桃花水，不辨仙源何处寻"了。

诗写到这里，戛然而止。单从题目"城西访友人别墅"和单纯叙事的角度看，这结尾似乎有些令人失望和惆怅。但诗的情致韵味，却正在这虽到而不辨的感受上。诗人面对这"村园门巷多相似，处处春风枳壳花"的景象，似乎在刹那间忘记了此行的目的，而对这充满了乡居朴野气息的景象产生了浓厚的兴趣，陶醉流连于春风传送的枳花的芬芳，也陶醉于整个村居环境的闲逸幽野而又充满生机的气息。这种不期而遇的诗意和美感，正是诗人此"访"的最大收获，相比之下，原先的目的地——友人别墅似乎不那么重要了，因为它已经融入了这个整体环境之中。

虽没有具体写"友人别墅"（因为不必要），但友人的风神却正在这"门巷多相似"中隐约透露出来，这位友人，也正跟他的别墅一样，融入了这朴野自然的环境中，成为地地道道的"此中人"了。

宣宗宫人

某氏，宣宗时宫女。因题诗红叶为应举士人卢渥所得，后嫁于卢渥（820—905），生平事迹见司空图《故太子太师致仕卢公神道碑》。

题红叶①

流水何太急②，深宫尽日闲。殷勤谢红叶③，好去到人间④。

[校注]

①范摅《云溪友议》卷下《题红怨》：明皇代，以杨妃、虢国宠盛，宫娥皆颇衰悴，不备掖庭。常书落叶，随御沟水而流云："旧宠悲秋扇，新恩寄早春。聊题一片叶，将寄接流人。"顾况著作，闻而和之。既达宸聪，遣出禁内者不少。或有五使之号焉。和曰："愁见莺啼柳絮飞，上阳宫女断肠时。君恩不禁东流水，叶上题诗寄与谁？"卢渥舍人应举之岁，偶临御沟，见一红叶，命仆搴来。叶上乃有一绝句，置于巾箱，或呈于同志。及宣宗既省宫人，初下诏，许从百官司吏，独不许贡举人。渥后亦一任范阳，获其退宫人，睹红叶而吁怨久之，曰："当时偶题随流，不谓郎君收藏巾箧。"验其书，无不讶焉。诗曰："水流何太急，深宫尽日闲。殷勤谢红叶，好去到人间。"《云溪友议》未载此宫人姓氏，《全唐诗》署为韩氏，系误据《名媛诗归》卷九。②流水，指御沟水。《云溪友议》作"水流"。《太平广记》卷一百九十八引《云溪友议》作"流水"，卷三百五十四引《北梦琐言》同，而谓进士李茵见红叶。③殷勤，情意深厚，恳切叮咛。谢，告知，寄语。④好去，送别之词，犹言好走，一路平安。张相《诗词曲语辞

汇释》："好去，居者安慰行者之辞。"

[笺评]

唐汝询曰：情态不露，与缝衣结缘者自别。（按：开元宫人尝作诗置赐边军纩衣中，云："沙场征戍客，寒苦若为眠？战袍经手作，知落阿谁边？蓄意多添线，含情更着绵。今生已过也，结取来生缘。"）（《唐诗解》卷二十四）

周珽曰：斩断六朝浮靡妖艳蹊径，是真性情之诗。"谢"字、"好去"字，涵无限情绪，无限风趣。（《删补唐诗选脉笺释会通评林·晚五绝》）

题钟惺撰《名媛诗归》："殷勤""好去"，有无限叮咛意。只此四字，波波折折，深情委曲，微而澹，宕而远，非细心女子写不出如此幽怀，做不出如此幽事。（卷九）

黄生曰：（"殷勤"二句）丁宁见意。又曰："好去"二字，略断，盖嘱咐之词，杜工部"好去张公子"，陈矞"殷勤好去武陵客"。绝不言情，无限幽忧之意，自在言外。女人作宫词，便有许多无聊怨望之语，岂知自历其地者，转觉难言耳。（《唐诗摘抄》卷二）

朱之荆曰：只"尽日闲"三字，含蓄无限情事。三、四与李建勋"却羡落花春不管，御沟流得到人间"同意，而一藏一露，一直一婉，相去天渊矣。（《增订唐诗摘抄》）

冒春荣曰：五言绝有两种，有意尽而言止者，有言止而意不尽者。言止意不尽者，深得味外之味，此从五言律而来，故为正格……"流水何太急，深宫尽日闲。殷勤谢红叶，好去到人间。"此五绝之正格也。正格最难，唐人亦不多得。（《葚原诗说》）

黄叔灿曰：首句是兴，"何"字妙，言流水如人，似亦有不耐深宫之意。而已不能偕行，特寄情红叶，流到人间，思致极缠绵。（《唐诗笺注》）

刘拜山曰："殷勤"二句，语挚而情深，有求出牢笼之意。若玄宗时宫女诗"自嗟不及波中叶，荡漾乘春取次行"，虽凄婉多讽，然几乎绝望矣。比较论之，此诗为佳。(《千首唐人绝句》)

[鉴赏]

唐代诗人写了大量宫怨诗，其中颇多流传广远的佳作。但文人的宫怨诗每多抒写宫女嫔妃失宠的哀怨和幽居的寂寞，在潜意识中与文人希图得到君主的赏识知遇有密切关联，即使是"珊瑚枕上千行泪，不是思君是恨君"(刘皂《长门怨》)这种怨极而恨的宫怨诗，也还是因为失宠而致。但宫人自己写的宫怨诗，却完全突破了文人宫怨诗局限于"得宠忧移失宠愁"的狭窄范围，她们从亲身经历出发，抒写出对人间世界正常自由生活的热烈向往和对深宫幽闭生活的厌倦。

在这首著名的红叶题材的五绝之前，孟棨《本事诗》曾载有两则类似的纤袍寄诗与梧叶题诗的事，后者不但有宫女寄诗、顾况和诗，且有宫女再题诗的复杂情节。这类记载虽出自传闻，但说明幽闭深宫的宫女借御沟流水浮叶传递自己的情感和希望，是当时常发生的富于诗意的事情。从诗艺的角度来考量，这首宣宗时不知名的宫人写的《题红叶》无疑是后来居上，极富含蕴而隽永耐味的。

"流水何太急"，首句就眼前的御沟流水发兴，"何太急"是宫女对沟水匆匆流逝的直观感受，好像是埋怨水流得太急，不为驻足观赏的自己稍留片刻；又好像是联想起自己的华年似水，匆匆即逝；更像是感慨连流水也不耐深宫的寂寞无聊，急欲流出宫外。而这一切可能引起的感受与联想，又都和下一句"深宫尽日闲"形成鲜明的对照，使前者成为后者的有力反衬。这五个字是全篇的主句，"深"字、"尽"字、"闲"字都是着意渲染的词语，"深"字见宫中之幽闭深邃、森严阴暗，"尽"字见永日无聊、度日如年。而"深"字、"尽"字又都落实到全句的句眼"闲"字上。这是一种终日孤寂无绪，没有欢乐，没有爱情，没有自由，没有沟通对象，形同幽囚，如同死寂般的"闲"。正是由于这个"闲"字，引发出三、四两句题诗红叶的情节和深情致意。

"殷勤谢红叶，好去到人间。"正在这时，御沟流水漂来了几片红叶，想到红叶将随着水流漂出宫城，流向宫外的人间世界，不由得触发对红叶的欣美和对"深宫"之外的"人间"的强烈向往，于是情不自禁地题诗于红叶之上，深情地嘱咐叮咛红叶，希望它带着自己的全部希望和向往，流向宫外的世界。"人间"在这里是和"尽日闲"的"深宫"相对立的世界，它的内涵极其丰富，举凡青春的欢乐，爱情的美好，家人团聚的天伦之乐，大自然的美丽景色，自由自在不受拘束的生活乐趣，以及一切正常的美好的生活统统可以涵盖在这无所不包的"人间"二字当中，实际上它已经由于高度的概括而带有象征的色彩。尽管抒情主人公身处幽闭阴暗的深宫，但她的心却随着这一片红叶飞向人间的自由、幸福、欢乐的天地。"殷勤""谢""好去"等词语的连用，更把她的柔婉、深挚、缠绵的感情表现得极为生动传神。全诗的情调也正因此而显得虽哀婉而不低沉，表现出对生活的希望和追求。

杜 牧

杜牧（803—853），字牧之，京兆万年人，行十三。宰相杜佑之孙。少即博览群籍，关注“治乱兴亡之迹，财赋兵甲之事”，以才略自负。大和二年（828）登进士第，又举贤良方正直言极谏科。释褐弘文馆校书郎，试左武卫兵曹参军。旋佐江西观察使、宣歙观察使沈传师幕。大和七年，入淮南节度使牛僧孺幕，为推官、掌书记。九年入为监察御史，移疾分司东都。开成二年（837），复入宣歙观察使崔郸幕为团练判官。三年迁左补阙、史馆修撰，转膳部、比部员外郎。会昌二年（842）出为黄州刺史。四年九月，转池州刺史。六年秋，徙睦州刺史。大中二年（848），入为司勋员外郎、史馆修撰。四年秋，出为湖州刺史。五年入为考功郎中、知制诰。六年迁中书舍人，十二月卒。杜牧诗、赋、古文兼擅，诗与李商隐并称小李杜。诗风豪迈俊爽，清丽秀逸，长于五古、七律、七绝。《新唐书·艺文志》著录《樊川集》二十卷，《全唐诗》编其诗为八卷，其中混入不少他人之作，清人冯集梧有《樊川诗集注》及《樊川诗补遗》。今人吴在庆有《杜牧集系年校注》。

感怀诗一首①

高文会隋季②，提剑徇天意③。扶持万代人，步骤三皇地④。圣云继之神，神仍用文治⑤。德泽酌生灵⑥，沉酣薰骨髓⑦。旄头骑箕尾⑧，风尘蓟门起⑨。胡兵杀汉兵⑩，尸满咸阳市⑪。宣皇走豪杰⑫，谈笑开中否⑬。蟠联两河间⑭，烬萌终不弭⑮。号为精兵处，齐蔡燕赵魏⑯。合环千里疆，争为一家事⑰。逆子嫁虏孙，西邻聘东里⑱。急热同手足，唱和如宫徵⑲。法制自作为，礼文争僭拟⑳。压阶螭斗角㉑，画屋龙交尾㉒。署纸日替名㉓，分财赏称赐㉔。刳隍献万寻㉕，缭垣叠千

雉㉖。誓将付孱孙㉗，血绝然方已㉘。九庙仗神灵㉙，四海为输委㉚。如何七十年，汗赩含羞耻㉛！韩彭不再生，英卫皆为鬼㉜。凶门爪牙辈㉝，穰穰如儿戏㉞。累圣但日吁㉟，阃外将谁寄㊱。屯田数十万，堤防常慑惴㊲。急征赴军须㊳，厚赋资凶器㊴。因隳画一法㊵，且逐随时利。流品极蒙尨㊶，网罗渐离弛㊷。夷狄日开张㊸，黎元愈憔悴㊹。邈矣远太平，萧然尽烦费㊺。至于贞元末，风流恣绮靡㊻。艰极泰循来㊼，元和圣天子㊽。元和圣天子，英明汤武上㊾。茅茨覆宫殿㊿，封章绽帷帐(51)。伍旅拔雄儿(52)，梦卜庸真相(53)。勃云走轰霆(54)，河南一平荡(55)。继于长庆初，燕赵终舁襁(56)。携妻负子来，北阙争顿颡(57)。故老抚儿孙，尔生今有望。茹鲠喉尚隘(58)，负重力未壮(59)。坐幄无奇兵(60)，吞舟漏疏网(61)。骨添蓟垣沙，血涨滹沱浪(62)。只云徒有征，安能问无状(63)。一日五诸侯，奔亡如鸟往(64)。取之难梯天，失之易反掌。苍然太行路，翦翦还榛莽(65)。关西贱男子(66)，誓肉虏杯羹(67)。请数系虏事(68)，谁其为我听。荡荡乾坤大，曈曈日月明(69)。叱起文武业(70)，可以豁洪溟。安得封域内，长有扈苗征(71)。七十里百里(72)，彼亦何尝争(73)。往往念所至，得醉愁苏醒(74)。韬舌辱壮心(75)，叫阍无助声(76)。聊书感怀韵，焚之遗贾生(77)。

［校注］

①题下自注："时沧州用兵。"沧州，唐河北道州名。沧州用兵，指朝廷对擅据沧、景（沧州属县景城）一带地区的横海叛镇李同捷征讨。《通鉴·宝历二年》：三月，"横海节度使李全略薨，其子副大使同捷擅领留后，重赂邻道，以求承继。"又《大和元年》："二月，李同捷擅据沧景，朝廷经岁不问。同捷冀易世之后，或加恩贷。"五月，

"以前横海节度副使李同捷为兖海节度使"，七月"李同捷托为将士所留，不受诏"，"八月庚子，命乌重胤、王智兴、康志睦、史宪诚、李载义，与义成节度使李听，义武节度使张璠，各帅本军讨之。"《大和二年》：十一月，"时河南北诸军讨同捷，久未成功。每有小胜，则虚张首虏以邀厚赏，朝廷竭力奉之，江淮为之耗弊"。至大和三年四月，沧景方平，"沧州承丧乱之馀，骸骨蔽地，城空野旷，户口存者，什无三四"。缪钺《杜牧年谱》谓："《感怀诗》中杜牧自称'贼男子'，杜牧于大和二年春进士及第，制策登科，授官，此后即不应自称'贼男子'矣，故知此诗应作于大和元年。"②高，指唐高祖李渊。文，指唐太宗李世民，其初谥号为文皇帝，故称。会，适遇。隋季，隋朝末年（的动乱年代）。③《史记·高祖本纪》："吾以布衣提三尺剑取天下，此非天命乎？""提剑"用此，指其太原举义兵讨隋，终定天下之事。徇，顺从。④步骤，犹追随、效法。三皇，传说中的伏羲氏、神农氏、燧人氏，犹古圣先王。《后汉书·曹襃传》注引《孝经钩命决》："三皇步，五帝骤，三王驰。"地，指境地、境界。⑤圣，指唐太宗，其谥号全称为"文武大圣广孝皇帝"。神，指唐高祖，其谥号全称为"神尧大圣光孝皇帝"，此处各取其谥号中的"圣""神"一字。此谓太宗继承高祖开创的事业。⑥谓太宗仍以文德治天下。《旧唐书·音乐志一》："贞观元年，宴群臣，始奏《秦王破阵》之曲……太宗曰：'朕虽以武功定天下，终当以文德绥海内。'"酌，饮。生灵，指百姓。⑦谓德泽广被百姓，使百姓如饮醇酒，沉酣薰入骨髓。⑧旄头，即昴宿，二十八宿之一。《汉书·天文志》："昴曰旄头，胡星也。"《晋书·天文志》："昴七星……皆黄，兵大起……大而数尽动若跳跃者，胡兵大起。"此即以"旄头"指安禄山所率的胡兵。箕、尾，均二十八宿之一，箕、尾之分野在燕地。"旄头骑箕尾"即象征安禄山所率胡兵从燕地（幽州）发动叛乱。《晋书·天文志》："箕四星……主客蛮夷胡貉。故蛮胡将动，先表箕焉。"⑨蓟门，即蓟丘，在今北京德胜门外西北隅。这里代指安禄山盘踞的幽燕地区。风尘，指战尘。⑩安禄山所部多奚、契丹、同罗等少数民族，故称"胡兵"。汉兵，指唐王朝的军队。⑪咸阳市，借指长安街市。杜甫《悲陈陶》："孟冬十郡良家子，血作陈陶泽中水。野旷天清无战声，四万义军同日死。群胡归来血洗箭，仍唱胡歌饮都市。"可参证。⑫宣皇，指唐肃宗，其谥号为"文明武德大圣大宣孝皇帝"。又，此处亦取周宣王中兴周室之意。杜甫《北征》："周汉获再兴，宣光果明哲。"走豪杰，使英雄豪杰之士奔走效命。⑬《易·否》："否（pǐ）之匪人。"陆德明释文："否，闭也，塞也。"中否，中道衰落的局面。开中否，指打开了中衰的局面而使唐朝复兴。⑭蟠联，盘踞联结。两河，指河北、河南两道。⑮烬，火的余烬。句意谓反叛藩镇未彻底消灭，如大火余烬再度萌发，难以消弭。⑯齐蔡燕赵魏，此以战国时之列强借指唐中叶的强藩淄青镇、彰义镇、卢龙镇、成德镇、魏博镇。这些强藩集合了天下的精兵强将。⑰二句谓上述强藩环绕合围起来，占据着广大的疆土，有时彼此争斗，各为自己的私利。⑱二句谓他们彼此结为婚姻，联合对抗朝廷。⑲急热，形容关系紧密亲热。《新唐书·李宝臣传》："与薛嵩、田承嗣、李正己、梁崇义相姻嫁，急热为表里。"宫徵，古代音乐五音中之两音。强藩之间，彼此唱和，如五音中之宫、徵相应。⑳二句谓强藩自立法制，不遵守朝廷的制度，礼仪制度也就妄自僭越，自行拟定。㉑螭，无角龙。皇宫殿阶上刻画螭龙。㉒龙交尾，两龙蟠结的图案，亦皇宫殿中文饰。㉓署纸，在公文上署名。替，废弃。句意谓仿效皇帝批阅奏章的方式，不再在上面署名。㉔句意谓分赏财物给下属时仿效皇帝的口吻称"赐"。㉕刓，挖掘。隍，城壕。歆，贪。寻，八尺曰寻。㉖雉，城墙高一丈长三丈为一雉。句意谓绕城的城墙重叠高达千雉。古代礼制，"天子千雉"。以上六句，均强藩自立法制，争相僭越的具体表现。㉗孱，弱。句意谓强藩誓欲将割据世袭的领地付于自己的子孙。㉘血绝，血嗣断绝。《通鉴·汉顺帝汉安元年》："身首横分，血嗣俱绝。"胡三省注："或曰：父子气血相传，故曰血嗣。"㉙九庙，皇帝的宗庙。古时帝王立庙祭祖先，有太祖庙及三昭庙、三穆庙共七庙。王莽增为祖庙五、亲庙四，共九庙，为其后历代沿用。谓唐王朝倚仗祖先神灵的护佑，幸未遭受毁灭之祸。㉚谓四海各地，尚输送捐献财物给朝廷。㉛七十年，自安史乱起之年（755）至作者写这首诗（827），首尾七十三年。此举成数。汗赧，犹汗颜。赧，指脸红。㉜韩彭，汉初名将韩信、彭越。英卫，指唐初开国元勋名将英国公李勣、卫国公李靖。㉝凶门，古代将军出征时，凿一向北的门，由此出发，像办丧事一样，以示必死之决心，称"凶门"。《淮南子·兵略训》："将已受斧钺……凿凶门以出。"爪牙，喻武将。《诗·小雅·祈父》："祈父，予王之爪牙。"㉞穰穰，众多貌。儿戏，《史记·绛侯周勃世家》："文帝之后六年，匈奴大入边，乃以宗正刘礼为将军，军霸上；祝兹侯徐厉为将军，军棘门；以河内守亚夫为将军，军细柳，以备胡。上自劳军，至霸上及棘门军，直驰入，将以下骑送迎。已而至细柳……天子先驰至，不得入……居无何，上至，又不得入……文帝曰：'嗟乎，此真将军矣！曩者霸上、棘门军，若儿戏耳！'"此言武将军纪不严，如同儿戏。㉟累圣，历代皇帝，指肃、代、德、顺各朝。吁，叹息。㊱阃外，郭门以外。《史记·张释之冯唐列传》："臣闻上古王者之遣将也，跪而推毂，曰：'阃以内者，寡人制之，阃以外者，将军制之。'"裴骃集解引韦昭曰："此郭门之阃也。"寄，托付。㊲屯田，此指以戍卒在边境地区垦荒以取得粮饷并戍边。汉武帝通西域时已置校尉屯田渠犁。唐代仍沿此制。杜甫《兵车行》："或从十五北防河，便至四十西营田。"堤防，犹提防。慄惴，惊恐不安。此言为防吐蕃等边境民族入侵，常屯田戍卒数十万以防备，但内心仍惊惧不安。㊳句意谓为了应付军队需要，常对百姓急征粮食税收。㊴《六韬·兵略》："圣人号兵为凶器，不得已而用之。""兵"原指兵器，此指战争。资，供给。㊵隳，毁坏。画一法，统一严格的规章制度。《史记·曹相国世家》："参代（萧）何为相国，举事无所变更，一遵萧何约束……百姓歌之曰：'萧何为相，颙若画一，曹参代之，守而勿失。载其清净，民以守一。'"㊶流品，指官吏的流品，即品类、等级。蒙龙，杂乱。㊷网罗，指法度纲纪。离弛，离析松弛。㊸开张，势力扩展。㊹黎元，百姓。憔悴，困苦。㊺萧然，犹骚然。《史记·酷吏列传》："及孝文帝欲事匈奴，北边萧然苦兵矣。"烦费，大量耗费。《史记·平准书》："自是之后，严助、朱买臣等招来东瓯，事两越，江淮之间萧然烦费矣。"诗语本此。㊻风流，风尚习俗。《汉书·刑法志》："吏安其官，民乐其业……风流笃厚，禁罔疏阔。"恣，恣意，放纵。绮靡，奢侈浮华。㊼《易·杂卦》："否泰，反其类也。"《吴越春秋·勾践入臣外传》："否终则泰。"此化用其语，谓国运艰难到了极点就会转循安泰的轨道前进。㊽元和，唐宪宗年号。李商隐《韩碑》："元和天子神武姿，彼何人哉轩与羲。"杜牧此句意相类。㊾汤武，商汤和周武王。㊿茅茨，茅草盖的屋顶。《墨子·三辩》："昔日尧之有茅茨者，且以为礼，且以为乐。"《韩非子·五蠹》："尧之王天下也，茅茨不剪，采椽不斫。"此言其去奢从俭。下句同。(51)封章，言机密之事的奏章用皂（黑）囊重封以进。《汉书·东方朔传》："朔对曰：'……孝文皇帝之时……贵为天子，富有四海……集上书囊以为殿帷。'"绽，缝缀。(52)伍旅，犹军旅。拔雄儿，提拔雄骏的猛将。尚镕《聚星札记》谓此句用《三国志》："邓艾曰：'姜维自一时雄儿也。'"(53)梦卜，用殷高宗、周文王重用傅说、吕望事。据《史记·殷本纪》，殷高宗武丁梦遇圣人，访于郊野，果得傅说。又《齐太公世家》载，周文王将出猎，占卜，卜得贵相之兆，后果于渭滨遇吕望，立为师。此指其任用贤相。李商隐《韩碑》："帝得圣相相曰度。"庸，用，登用。尚镕《聚星札记》谓此句用《汉书》："匈奴望见王商曰：'真汉相矣。'"(54)此为倒装句，意为震疾的雷霆驱走了勃然兴起的云雾（喻反叛的方镇）。(55)句意谓地处黄河以南的淮西叛镇吴元济被扫除荡平。(56)长庆初，指穆宗登基之初年［宪宗卒于元和十五年（820）正月］，即元和十五年及长庆元年（821）。《新唐书·穆宗纪》：元和十五年十月，"王承宗卒，辛巳，成德军观察支使王承元以镇、赵、深、冀四州归于有司"。长庆元年二月，"刘总以卢龙军八州归于有司"。成德军系旧赵地，卢龙军系旧燕地。舁，抬；褓，背负婴儿的包被背带。舁褓，指百姓抬着老人、背着婴儿前来归附唐朝廷。此二事系承宪宗平藩之余威。不久，河北三镇即叛。㊄北阙，朝廷。顿颡，叩头。二句意谓当地百姓携妻背子，争相向朝廷所在的方向叩首表达自己的欢欣。㊅茹鲠，吞食鱼骨。句意谓像吞食鱼骨被卡住咽喉一样，朝廷的政令常阻塞不通。㊏谓如马之负重而上，力量尚未壮盛，喻朝廷的力量不够壮大。⑥坐幄，坐在帷帐中运筹划策的当权者。无奇兵，没有制敌必胜的奇谋。《史记·高祖本纪》："夫运筹帷幄之中，决胜千里之外，吾不如子房。"意为其时宰相中无张良那样的人物。㊑吞舟，吞舟之鱼，喻指罪恶大的藩镇。《汉书·酷吏传》："网漏于吞舟之鱼。"谓朝廷的法网疏漏，使本应消灭的藩镇逍遥法外。㊒蓟垣，指卢龙军所在的蓟门一带地区。《旧唐书·穆宗纪》：长庆元年七月"甲辰，幽州监军使奏：'今月十日军乱，囚节度使张弘靖别馆，害判官韦雍、张宗元、崔仲卿、郑埙。'"《新唐书·穆宗纪》：长庆元年七月"甲辰，幽州卢龙军都知兵马使朱克融囚其节度使张弘靖以反"。滹沱，河名，流经成德军节度使治所镇州（今河北正定）。《新唐书·穆宗纪》：长庆元年七月"壬戌，成德军大将王廷凑杀其节度使田弘正以反"。二句所叙即上述二镇反叛之事。㊓徒，指军队。二句谓朝廷虽派军队进讨，却不能将其生擒问罪。㊔《新唐书·穆宗纪》：长庆元年八月，"丁丑，魏博、横海、昭义、河东、义武兵讨王廷凑"。"五诸侯"指此。鸟往，像鸟飞一样迅疾。㊕翦翦，狭窄貌。榛莽，草木杂乱丛生，阻塞道路。㊖作者家居京兆万年，在潼关之西，时尚未登第，故称自"关西贱男子"。㊗虏，指叛乱的藩镇。誓肉虏杯羹，誓食反叛者的肉，并分其杯羹。"杯羹"语本《史记·项羽本纪》。㊘谓请听我历陈如何缚送叛虏的策略。㊙瞳瞳，明亮貌。㊚句意为已呵斥之间便能开创文王武王的事业。㊛禹苗征，夏禹曾征讨有苗，夏后启曾征讨有扈，分见《墨子》与《吕氏春秋》。此借指讨伐藩镇的战争。㊜《孟子·公孙丑上》："以德行仁者王，王不待大，汤以七十里，文王以百里。"谓汤与文王以七十里、百里之地即能统一天下。⑦彼，指汤与文王。"何尝争"谓不争地盘之大小，唯行仁德而已。⑦句意谓但得一醉而愁苏醒，盖不忍面对当前纷乱的割据局面。⑦韬舌，闭口不言。谓闭口不言世事则使自己的壮志受到折辱。⑦叫阍，到皇帝官门外大声诉说冤愤。无助声，无人出声相助。⑦感怀韵，即《感怀诗》。贾生，指贾谊，贾谊曾上《陈政事疏》，谓天下事"可为痛哭者一，可为流涕者二，可为长太息者六"。因自感忧国的感情与主张无人理解采纳，故欲"焚之"而赠给与自己遭际相似的同调贾谊。

[笺评]

翁方纲曰：小杜《感怀诗》，为沧州用兵作，宜与《罪言》同读。《郡斋独酌》诗，意亦在此。王荆公云："末世篇章有逸才"，其所见者深矣。(《石洲诗话》卷二)

王闿运曰：牧好言兵，故为此长篇，殊可不必，不若流连风月之愈。(《手批唐诗选》卷二)

[鉴赏]

《感怀诗》是杜牧早期所作的一首著名的政治抒情诗。在写这首诗的前两年，他因敬宗"大起宫室，广声色"，写下了流传千古的《阿房宫赋》，对最高封建统治者的奢侈淫佚进行了愤怒的揭露抨击；大和元年，他又因李同捷的叛乱而追本溯源，对唐王朝长期以来藩镇割据叛乱局面的形成和发展作了深刻的反映，表现了对国家命运的强烈忧愤。一赋一诗，显出青年时期的杜牧高涨的政治热情和对国家命运的深沉思考，可以看作杜牧早期最具代表性的作品。

诗虽因朝廷对窃据沧景地区叛乱的李同捷用兵而引发，但诗人并没有将目光局限在一时一地，而是由此联想到藩镇割据叛乱的整个历史发展过程，借以深刻揭露这一严重政治问题长期存在并不断发展深化的原因。诗的开头一段八句，首先追溯了唐王朝开国的历史和文治武功之盛。用笔简括郑重，对高祖、太宗"提剑徇天意"的壮举和"文治"、"德泽"之广被生灵作了热情赞颂。"沉酣薰骨髓"一语，生动形象地显出贞观盛世的德泽深入人心，使百姓如饮醇醪，沉酣陶醉，深入骨髓。这是议论赞颂，更是纯诗的语言。这一段高置篇首，不但与下面写长期的衰乱形成鲜明对照，以突出诗人对衰乱局面的忧愤之情，且标举"文治""德泽"作为为政的根本，以显示长期衰乱局面形成的原因，用意深刻，不能忽略。

从"旄头骑箕尾"到"翦翦还榛莽"，共八十句，描叙自安史之乱到沧景之乱长达七十余年的藩镇割据叛乱局面的形成发展、起伏变化，是全诗的主体部分。其中又因其过程的曲折起伏形成三个回旋形的段落。第一段从"旄头骑箕尾"到"血绝然方已"二十六句，写安史乱起、肃宗平叛、藩镇割据叛乱势力复萌及其互相勾结，形成割据世袭的独立王国等情事。叙安史之乱，只用短短四句，两句点明地点，两句以"胡兵杀汉兵，尸满咸阳市"写长安沦陷、兵民惨遭杀戮的情景，中间越过自范阳发动叛乱到京城失陷这一长过程中的种种具体战事，以一点概全面，用笔极为简括而不失形象之鲜明，令人怵目惊心。述及肃宗平叛，笔墨更为省净，"走豪杰"与"谈笑开中否"之形容赞颂，可称史笔而兼诗笔，但如与"蟠联两河间，烬萌终不殚"联系起来体味，则对肃、代未彻底根除藩镇割据叛乱的遗憾与批评反愈益凸显。以下"号为精兵处"四句，概写大河南北的广大范围内，幽州、魏博、成德、淄青、淮西诸强藩拥有精兵，千里环伺，各利其私的局面。"合环千里疆"，见割据范围之广，形成对唐王朝的极大威胁；"争为一家事"，见割据叛乱势力利己贪婪的本质与好斗的特性。"逆子"四句，揭露其互为婚姻，相互勾结，彼此唱和，关系亲密，前者是勾结的手段，后者是勾结的表征。"法制"十句，揭露其自立法制，不遵守朝廷法令制度的约束，在礼仪上更擅自僭越，采用皇帝的仪制，大搞独立王国。前两句总说，中间六句分述（分别从宫殿的服饰、签署的方式、分财的称呼，以及挖城隍、筑城墙等方面加以揭露），末二句收束，进一步揭露他们要将自己盘踞的独立王国传之子孙万代的野心。"血绝然方已"正是对这种野心的痛斥和诅咒。

从"九庙仗神灵"到"萧然尽烦费"二十二句，是对藩镇长期割据叛乱局面及唐王朝各方面危机进一步深化的描叙和议论。先用二句总说：皇帝的宗庙社稷虽有赖于神灵的护佑未至倾覆，但四海之内广大地区的百姓都为支撑长期的战争输尽了人力财力物力。上句扬中含抑，下句则直抒痛愤。然后用"如何七十年，汗骓含羞耻"的诘问语沉痛喝起，下启对形成这种局面的原因的揭露："韩彭"六句，是对将帅庸劣无能的斥责，也是对人才危机的揭露；其实，在这几十年中，也出现过李晟、浑瑊、马燧这样的名将，但由于德宗的猜忌以及整个政治环境的影响，他们终于未能建树像李勣、李靖那样的业绩，且诗人标榜历史上的韩信、彭越，唐初的李勣、李靖，其矛头所指，乃是当时现实中那些军纪腐败、不愿为朝廷效力的方镇，像讨李同捷的战争所出现的"虚张首虏以邀厚赏"的腐败现象就是将朝廷的严肃命令视同儿戏。这种情况，自然要使历朝皇帝叹息阃外无可托付重任的将帅了。"屯田"六句，转写唐朝廷的财政经济危机。数十万的屯田戍边将士，小心翼翼、惊恐不安地防守着边疆，浩大的军费开支，加重了税赋负担，急征暴敛骥坏了画一的法令，官吏们纷纷追逐眼前的利益而不顾百姓的死活。"流品"六句，又转而揭露官吏流品的杂乱和法律的松弛，说明吏治的腐败是引起藩镇长期割据叛乱的政治根源。正因为这样，才导致周边的少数民族屡屡入侵，势力扩张，而百姓的生活日益困苦艰难。诗人深沉地叹息，贞观年间的太平盛世已经远去，眼前所看到的尽是一片骚然，不胜苛重的税费负担的景象。这是财政危机，更是社会政治危机的酝酿。"至于"四句，揭露贞元末期上层社会风尚的奢侈浮华已达极点，从而引出"艰极泰来"的议论，过渡到下一层元和、长庆间藩镇割据叛乱势力消长情况的叙写。

从"元和圣天子"到"翦翦还榛莽"二十八句，先用十四句写元和至长庆初平定叛镇、河北归附朝廷的情况。诗人热情地赞颂宪宗的英明、节俭，任用具有军事、政治才能的良将贤相，终于像雷霆扫荡浮云那样平定淮西、淄青叛镇，长庆初年更进而使长期割据叛乱的河北强藩归附中央。文势至此，陡然振起，似乎唐室中兴有望，诗人也借"故老"之口表达了对天下从此太平的期盼。"茹鲠"以下十四句，忽又跌落，落到幽州、成德二镇的叛乱和李同捷据沧景以叛的乱局上来。诗人认为这种局面的再次反复，是由于"坐幄无奇兵"即谋划军国大事的宰臣缺乏政治、军事才能之故。《旧唐书·萧俛传》载，穆宗承宪宗恢复之余，即位之始，两河廓定，四鄙无虞。俛与段文昌以为时已治矣，不宜黩武，请密诏天下军镇有兵处，每年百人之中，限八人逃死，谓之销兵。帝诏天下如其策而行之。而藩镇之兵，合而为盗，伏于山林。明年朱克融、王廷凑复乱河朔，一呼而遗卒皆至。朝廷征兵诸藩，籍既不充，寻行招募，乌合之众，动为贼败，由是复失河朔。这虽不是河朔再失的全部原因，但宰辅的失策的确是重要原因。诗人对此痛心疾首，悲愤交集。"取之难梯天，失之易反掌"两句，不但形象概括了元和至长庆这十多年间，平叛统一事业所历的种种艰难曲折和来之不易的统一局面顷刻消失的沉痛心情，而且对朝廷的当权者表现了极度的失望。"苍然太行路，翦翦还榛莽"，"还"字情感沉痛苍凉，黯然神伤。

第三大段从"关西贱男子"到篇末，共十八句，是诗人面对藩镇长期割据叛乱的历史与现实所激发的壮怀和忧愤。诗人夙怀壮志，喜谈兵论政，认为自己呵叱而可建树文武盛世之业，开拓出浩瀚的局面，但自己的系房平藩之策，却没有当权者加以倾听，从而使自己誓灭叛房的愿望无法实现。如何使封域之内，时有平叛统一的征伐之事呢？在作者看来，商汤、周文，虽起初封域不过七十里、百里，最终都能成就统一中国的大业，关键就在施行良好的政治，以"德泽"惠民，而不在以武力相争，藩镇长期割据叛乱局面的反复和延续，根本原因还在于此。想到这一切，诗人不禁痛心疾首，但愿一醉之后便不复苏醒。欲闭口不言政事，又有辱于自己的壮志；想亲赴宫门诉说对国事的忧愤，又无同心相助之人。只能聊书此诗，焚之以赠异代同心的贾生而已。其实，当时有志之士忧虑国家命运的并不乏其人。大和二年应贤良方正能直言极谏科的刘蕡便是一位杰出的代表。尽管他的对策深为朝野正直之士所推赏，但却因得罪宦官而被斥不取。这一事例正可为诗的末四句作证。

全篇五十三韵，从唐初之盛到安史之乱，到肃、代、德诸朝的藩镇割据叛乱局面，再到元和至长庆初的平叛和短暂的统一，最后到河北复叛，失之反掌的现状，在广远的历史现实背景下对唐王朝因藩镇割据叛乱而演成的由盛而乱而衰的政局作了集中的描叙议论，最后归结到对唐王朝命运的忧愤。洋洋洒洒，在唐诗中可称得上是掣鲸碧海的大篇。诗人笔力雄健，挥洒自如，但中含多次曲折顿宕，既真实地反映出历史进程的曲折反复，又体现出诗人的心潮起伏和文势的宕折有致。这些都表现出杜牧诗歌鲜明的艺术个性。

值得注意的是，这首诗对李商隐的长篇政治诗《行次西郊作一百韵》的直接影响。义山诗作于甘露之变以后的开成二年末，其时唐王朝的衰落趋势更加明显，危机也愈加全面深重，故李诗无论在规模格局的宏大和内容的深广上较之小杜诗都有明显发展。但小杜此诗感怀唐王朝由盛而乱而衰的基本格局却明显对义山诗有所启发，末段抒发感慨，尤为神似。从中既可看出小李杜关注国运、忧愤国事的共同政治感情，也可见因时势的变化发展而引起的诗歌内容的变化以及诗人不同的艺术风貌。李诗局势稍显平衍，而小杜此诗则豪健峻拔，从诗艺层面看，自胜一筹。

念昔游三首 (其一)①

十载飘然绳检外②，樽前自献自为酬③。秋山春雨闲吟处，倚遍江南寺寺楼。

①念昔游，怀念昔日（在江南）的游历。王西平、张田《杜牧诗文考辨》谓："杜牧入仕后的十年，大部分时间是在江南作幕吏，而以宣州时间最长，故三首之二、之三均为思念宣州游览之事。"并据诗中"十载飘然绳检外"之句，谓"杜牧于大和二年（828）入仕，后推十年，恰好是开成三年，此年杜牧正在宣州，诗应为杜牧此年在宣州所作"。按：此诗其三提及"李白题诗水西寺"，水西寺在宣州泾县，其二则提及"云门寺外逢猛雨"，云门寺在越州。则诗虽作于开成三年（838）在宣州幕时，而"昔游"所指则兼包江西、宣歙乃至淮南、浙东各地（扬州虽在江北，但地理人文环境一似江南）。②十载，指大和二年（828）十月应江西观察使沈传师之辟赴洪州，至开成三年（838）写这组诗的十来年。飘然，高远超脱貌。绳检，指礼法约束。绳，绳墨；检，法式。③献酬，指宴席上主客双方互相敬酒。《诗·小雅·楚茨》"献酬交错"郑笺："始主人酌宾为献，宾既酌主人，主人又自饮酌宾曰酬。"自献自为酬，犹自斟自饮。

［笺评］

黄叔灿曰："飘然绳检外"，言不自检束，随身飘泊；自献自酬，叹无知己也。"倚遍江南寺寺楼"，真不堪回首矣。"绳检外"，有自悔意。（《唐诗笺注》）

宋顾乐曰：含情言外，悠然神远。（《唐人万首绝句选》评）

刘永济曰：此诗可作《遣怀》诗之自注。（《唐人绝句精华》）

刘拜山曰：此诗回忆早年在江南宣州等地为幕僚时之放浪情景，所谓"十载青春不负公"（《题禅院》）也。然当时之落拓无聊，亦从言外见之。（《千首唐人绝句》）

[鉴赏]

这是一首怀念昔日在江南一带的游历，抒写人生感慨，富于风调之美的小诗。

起句"十载飘然绳检外"，是对自己十年来生活经历的形象概括。从大和二年（828）到开成三年（838）写这组诗的十年中，杜牧除短期入朝任监察御史（旋即分司东都）外，都辗转于江西、宣歙、淮南幕府作幕僚。诗人青年时代登第，又举贤良方正直言极谏科，并任弘文馆校书郎，在唐代（尤其是晚唐）士人中已是早年登第入仕者。但对于一位出身高门，"自负经纬才略"的志士来说，这十年依人作幕的经历无异于虚度了可以大有作为的宝贵岁月。诗人用"飘然绳检外"来形容这段岁月，既形象地显示出诗人那种高迈超脱，不受礼法拘束，放逸潇洒的精神风貌，又暗透出空怀壮心、无从施展才略的苦闷与无奈。外表的"飘然"与内心的"怅然"在这里是有机地统一在一起的。

"樽前自献自为酬"，次句紧承"飘然绳检外"，写自己闲来无事，醉酒自遣的生活状态。"自献自为酬"的饮酒方式，显示出一种自在而从容、随意而潇洒的风流自赏情态，也透露出世无知音的寂寞与无聊。会昌二年（842）作的《郡斋独酌》诗中说："寻僧解忧梦，乞酒缓愁肠。岂为妻子计，未去山林藏。平生五色线，愿补舜衣裳。弦歌教燕赵，兰芷浴河湟。腥膻一扫洒，凶狠皆披攘。生人但眠食，寿域富农桑。孤吟志在此，自亦笑荒唐。"其中抒写的独酌孤吟之志不被理解的寂寞感，正可为这句诗作注脚。

"秋山春雨闲吟处，倚遍江南寺寺楼。"江南一带，名寺众多，所谓"南朝四百八十寺，多少楼台烟雨中"，正是江南名胜风景的一个重要方面。杜牧生性喜爱游赏，江南各地的佛寺正是他游赏的佳胜之处，而"江南多以佛寺停客"（《北史·李公绪传》）的习俗更使他吟赏流连于佛寺的烟雨楼台之中，写出了一系列以游寺为题材的诗篇。而春秋佳日，更是游赏寺观的大好季节，同年所作的《题宣州开元寺》即有"阅景无旦夕，凭栏有今古。留我酒一樽，前山看春雨"的诗句，这组诗之三也说："李白题诗水西寺，古木回岩楼阁风。半醒半醉游三日，红白花开山雨中。"可见他对"秋山春雨"之际游赏江南佛寺兴趣之浓、印象之深。十年之中，诗人的足迹遍及江西、宣歙、越州、扬州，所到之地，必游名寺，必有题咏，故说"秋山春雨闲吟处，倚遍江南寺寺楼"。这既是对十年游遍江南名寺，吟赏江南美丽风光的诗意经历与美好感受的概括，又是对这十年辗转漂泊、无所作为人生经历的轻微感喟。点眼处正在"闲吟""倚遍"四字上。壮志蹉跎，只能在游赏闲吟中度过壮岁的宝贵时光，"闲"字中正透露出虚度年华的感慨；而"倚遍"二字中，也同样透露出一种"无人会，登临意"的寂寞。

整首诗的格调非常爽利流畅，潇洒自然，乍读之下，似乎只是对十年江南游赏吟诗生活和美好感受的诗意概括，但吟味讽咏之时，又使人感到在潇洒自得的外表下蕴含着一种无所作为的忧伤寂寞和无聊无奈。正是这种外在的高迈超脱、潇洒自得与内在的忧伤寂寞、无聊无奈构成了这首诗的特色，形成了它的特有的在潇洒风神中寓含无所用于世的感慨的艺术风貌。由于全篇的格调清爽流利，语言流美婉转，又使这种人生感慨并不显得沉重。在"念昔游"之中，虽有忧伤与无奈，但仍可感受到江南风物的美好与诗人的流连怀念，从而使外在与内在感情相反相成，既矛盾又统一，读来倍感情味悠长，令人神远。

过华清宫绝句三首 (其一)①

长安回望绣成堆②，山顶千门次第开③。一骑红尘妃子笑，无人知是荔枝来④。

①华清宫，在今陕西西安临潼区南骊山西北麓。其地有温泉。唐贞观十八年（644）于此建汤泉宫，咸亨二年（671）改名温泉宫。天宝六载（747），再加以扩建，改名华清宫。唐玄宗每年冬携嫔妃来此避寒游宴，第二年春暖后方回长安宫中。天宝十五载安史之乱时毁于兵火。②绣，锦绣。绣成堆，指骊山的东、西绣岭，兼状华清宫及骊山如花团锦簇般的华美。《雍土记》："东绣岭在骊山右，西绣岭在骊山左。唐玄宗时，植林木花卉如锦绣，故以为名。"③千门，指骊山上宫殿的千门万户。《长安志》卷十五："华清宫北向正门曰津阳门，东面曰开阳门，西面曰望京门，南面曰昭阳门。津阳之东曰瑶光楼，其南曰飞霜殿，御汤九龙殿亦名莲花汤、玉女殿、七圣殿、宜春亭、重明阁、四圣殿、长生殿、集灵台、朝元阁、老君殿、钟楼、明楼殿、笋殿、观风楼、斗鸡殿、按歌台、球场、连理木、饮鹿槽、丹霞、羯鼓楼。禄山乱后天子罕复游幸，唐末遂皆圮废。"可见骊山上宫殿楼台之众多。次第，一个接一个地（非指时间顺序的前后相续，而指视觉上的连续展现）。④李肇《唐国史补》卷上："杨贵妃生于蜀，好食荔枝。南海所生，尤胜蜀者，故每岁飞驰以进。然方暑而热，经宿则败，后人皆不知之。"《新唐书·杨贵妃传》记载："妃嗜荔枝，必欲生致之，乃置骑传送，走数千里，味未变，已至京师。"二句所写即驰驿传送荔枝情景。

[笺评]

王观国曰：杜牧之《华清宫》诗曰："一骑红尘妃子笑，无人知是荔枝来。"按明皇每年十月幸华清宫，至明年三月始还京师。荔枝以夏秋之间熟，及其驿至，则妃子不在华清宫矣。牧之此诗颇为当时所称赏，而题为《华清宫》诗，则意不合也。（《学林》卷八）

《遁斋闲览》云：杜牧《华清宫》诗云："长安回望绣成堆，山顶千门次第开。一骑红尘妃子笑，无人知是荔枝来。"尤脍炙人口。据《唐纪》，明皇以十月幸骊山，至春即还宫，是未尝六月在骊山也。荔枝盛夏方熟，词意虽美，而失事实。（《苕溪渔隐丛话·前集》卷二十三引）

程大昌曰："长安回望绣成堆，山顶千门次第开。一骑红尘妃子笑，无人知是荔枝来。"说者非之，谓明皇从十月幸华清宫，涉春辄回。是荔枝熟时，未尝在骊山。然咸通中，有袁郊者，作《甘泽谣》，载："许云封所得《荔枝香》笛曲曰：'天宝十四年六月一日，贵妃诞辰，驾幸骊山，命小部音声奏乐长生殿，进新曲，未有名。会南海献荔枝，因名《荔枝香》。'"《开元遗事》："帝与妃每至七月七日夜在华清宫游宴。"而白乐天《长恨歌》亦言："七月七日长生殿，夜半无人私语时。"则知杜牧之诗，乃当时传信语也。世人但见唐史所载，遽以传闻而疑传信，最不可也。（《考古编》卷八）

罗大经曰：又如荔枝，明皇时所谓"一骑红尘妃子笑，无人知是荔枝来"者，谓泸、戎产也，故杜子美有"忆向泸戎摘荔枝"之句。是时闽品绝未有闻，至今则闽品奇妙香味皆可仆视泸、戎。（《鹤林玉露》卷四）

谢枋得曰：明皇天宝间，涪州贡荔枝到长安，色香不变，贵妃乃喜。州县以邮传疾走称上意，人马僵毙，相属于道。"一骑红尘妃子笑，无人知是荔枝来"形容走传之神速如飞，人不见其为何物也。又见明皇致远物以悦妇人，穷人之力，绝人之命，有所不顾，如之何不亡！（《叠山先生注解章泉涧泉二先生选唐诗》卷三）

释圆至曰：《华清宫》（酒幔高楼一百家）盖讥明皇违时取物，求口体奇巧之举，以悦妇人。杜牧《华清宫》"一骑红尘妃子笑，无人知是荔枝来"亦讥以口腹劳人也。（《唐三体诗》卷三）

谢榛曰：鲍防《杂感》诗曰："五月荔枝初破颜，朝离象郡夕函关。"此作托讽不露。杜牧之《华清宫》诗曰："一骑红尘妃子笑，无

人知是荔枝来。"二绝皆指一事，浅深自见。(《四溟诗话》卷二)

钟惺曰：可见可想。(《唐诗归》卷三十三)

陆时雍曰：似记事语。(《唐诗镜》卷五十)

郭濬曰："无人知"，写得忽然，又讽得婉。(首句)俗。(末句)妙。(《增选评注唐诗正声》)

敖英曰：此赋当时女宠之盛，而今日凄凉之意于言外见之，太白"吴王美人"篇同意。(《唐诗绝句类选》)

周珽曰：为嗜味动驰千里以供妃子一笑，乃旷古人主所无之事。后二句妙，"无人知"三字更妙，意言人见骑尘如飞，将谓国事有何报急，不道为宠妃劳役至此也。旧解作传走神速，人不见为何物，欠妥。(《删补唐诗选脉笺释会通评林·晚七绝上》)

胡济鼎曰：见得如此做作，出于所不料，天下不以此望其君也。得其旨矣。此诗妙于形容。或云：按明皇每十月幸骊山，至春即还。荔枝夏熟，词意虽美而失实。不知诗人援事寓讽，笔随兴至。如王建《华清宫》有曰："二月中旬已破瓜。"亦不过讥明皇违时，求口腹之奇奉耳，何必穷瓜之果二月熟否也。(同上引)

焦竑曰：世读杜牧诗"一骑红尘妃子笑，无人知是荔枝来"，谓以果实劳递送，独明皇耳，不知汉已有之。武帝元鼎六年，破南越，起扶荔宫，植所得奇草异木，荔枝自交趾移植百株，无一生者，连年犹移植不息……其实则岁贡焉，邮传者疲毙于道，极为民患。至后汉安帝时，交趾郡守极陈其弊，乃罢贡。(《焦氏笔乘》卷二)

贺裳曰：按陈鸿《长恨传》叙玉妃授方士说曰："昔天宝十载，侍辇避暑骊山宫，秋七月，牵牛织女相见之夕……因仰天感牛女事，密相誓心，愿世世为之夫妇，言毕，忽执手呜咽。"白诗曰："七月七日长生殿，半夜无人私语时。"正咏其事，长生殿在骊山顶，则暑月未尝不至华清，牧语未为无据也。然细推诗意，亦止形容杨氏之专宠，固不沾沾求核。(《载酒园诗话》卷一考证)

吴乔曰：诗乃一念所得，于一念中，唐、宋体有相参处，何况初、盛、中、晚而能必无相似耶？如杜牧之《华清宫》诗"霓裳一曲千峰上，舞破中原始下来"，语无含蓄，即同宋诗。又云："一骑红尘妃子笑，无人知是荔枝来。"语有含蓄，却是唐诗。宋人乃曰："明皇帝以十月幸骊山，至春还宫，未曾过夏。"此以讥薛王、寿王同席者，一等村夫子。（《围炉诗话》卷三）

洪亮吉曰：《后汉书·和帝纪》云：临武长汝南唐羌上书云："旧南海献龙眼荔枝，十里一置，五里一候，奔腾阻险，死者继路"云云，帝遂下诏敕大官勿复受献，由是遂省焉。谢承《后汉书》所载亦同上。是荔枝之贡，东汉初已然，不自唐始，亦不自贵妃始也。（《北江诗话》卷二）

宋顾乐曰：此因过华清宫追思往事而作。末二句谓红尘劳攘，专奉内宠，感慨殊深。（《唐人万首绝句选》评）

俞陛云曰：首二句赋本题，宫在骊山之上，楼台花木，布满一山，亦称绣岭，故首句言"绣成堆"也。后二句言回想当年滚尘一骑而来，但见贵妃欢笑相迎，初不料为驰送荔枝，历数千里险道蚕丛，供美人之一粲也。唐人之过华清宫者，辄生感喟，不过写盛衰之感，此诗以华清为题，而有褒姬烽火一笑倾国之慨。（《诗境浅说》续编）

刘拜山曰："笑"字背后，有多少人间血泪。末句"无人知"三字，尤语意蕴藉，而讽刺深刻。（《千首唐人绝句》）

[鉴赏]

前人对这首诗的评论，大都集中在荔枝成熟时唐玄宗和杨贵妃是否在骊山华清宫上。其实这个问题本不复杂。每年十月至次年春暖帝妃在骊山避寒固属常例，但并不排斥其他时间也可以前往游幸，包括暑天避暑。《长恨歌传》《甘泽谣》都分别提到七夕和六月初一帝妃在骊山之事，虽非信史，恐亦非任意虚构。再说杨妃在骊山顶上看到驿马送荔枝与在兴庆宫的楼上见到，事情的实质并没有什么不同。诗人之所以要把场景安排在骊山华清宫，并以此为题写成连章组诗，却有其艺术构思上的考虑。这是因为，华清宫的宴安享乐，是唐玄宗后期政治上逐渐腐败、危机日益深化的一种表征，也是唐王朝由极盛转衰的前兆和典型标志。抓住这个题目，便可揭示出这两方面的内容。晚唐前期，杜牧有《华清宫三十韵》，温庭筠有《过华清宫二十二韵》，张祜有《华清宫和杜舍人》，均为五言排律长篇，内容即主要围绕华清宫之兴废抒写盛衰之慨及揭示由盛而衰的原因。杜牧这三首诗，均用七言绝句体裁，内容主要写对当年玄宗、贵妃在华清宫中恣意享乐、无视危机的历史场景的想象，而兆乱之因、盛衰之慨即寓其中。第一首专就唐玄宗因杨妃嗜食新鲜荔枝，命人数千里驰驿传送的情事抒慨。首句"长安回望绣成堆"，是对华清宫所在的骊山的全景描写。说从去长安的方向回望骊山，但见其上林木葱郁，花卉繁艳，宫殿楼台辉煌壮丽，掩映其间，如同花团锦簇，锦绣重叠。"绣成堆"既巧妙地关合了骊山的东西绣岭，又写出了华清宫和骊山的富丽繁华和皇家气派。这里的"回望"系泛写，并无确定的主体。或谓"回望"正点题内"过"字，其实诗题"过华清宫"只表明诗人经华清宫旧址而有所思有所感，并不一定表明诗人经行时"回望"所见。如果第一句写诗人回望所见，那么第二句也顺理成章应为诗人望中所见，但经安史之乱破坏的华清宫恐怕早已无"山顶千门次第开"的气象了。其实，三首诗所写的，全是诗人对昔时情景的想象，与诗人的具体行踪及当下见闻无涉。

次句的"千门"本就是对皇家宫殿千门万户的一个习惯性用语（语本《史记·孝武本纪》："于是作建章宫，度为千门万户。"），我们从《长安志》的记载中也可知华清宫中殿阁楼台之众多。"山顶千门次第开"正展现出华清宫当年极盛时山顶宫殿巍峨，楼阁重叠，万户千门，一一洞开的恢宏气象。以上两句，由骊山的全景到山顶的宫殿，均为诗人对天宝年间华清宫豪华富丽的皇家宫苑气象的想象，目的是为了渲染环境气氛，为下两句写玄宗、贵妃的穷奢极欲造势。次句点出"山顶"，正逗引下句贵妃望见"一骑红尘"，过渡自然。

"一骑红尘妃子笑，无人知是荔枝来。"三、四两句，想象当年杨妃在山顶宫殿上望见红尘起处，一骑飞驰而来。杨妃心知这正是为自己千里驰驿传送的荔枝，不禁莞尔而笑，心中却窃喜这一秘密只有自己知道，这样的待遇也只有自己方能享受。两句是对贵妃望见"一骑红尘"时的表情与内心活动的描写。点眼处在上句的"笑"和下句的"无人知"。妃子之"笑"，自是因为能受到玄宗如此的恩宠而得意；而"无人知"紧承"笑"字，更揭示出其内心那种独自享有如此恩宠，以及享有独知千里传驿驰送荔枝秘密的窃喜。这当然是对杨妃这样一位宠妃的心理的传神描写。但诗人的言外之意，却远比这要丰富深刻得多。在"妃子笑"的后面，是数千里驰驿传递过程中人力、物力、财力的巨大耗费，是"人马僵毙，相属于道"的悲惨场景。"妃子"之"笑"，正透露出生民百姓之苦与哭。而唐玄宗这种宠幸贵妃的方式，更使人自然联想起周幽王为博褒姒一笑，举烽火以戏诸侯的历史闹剧（实际上"妃子笑"即暗用这一典实）。然则，今日的妃子之"笑"，不正预兆着异日的"渔阳鼙鼓动地来""宛转蛾眉马前死"和"回看血泪相和流"吗？诗人将这一切荒淫奢侈、宴安荒政造成的苦果（对玄宗和杨妃自身）和恶果（对国家和人民）都含蕴在貌似客观描写的历史场景中，而读者通过典故和字面的暗示，自能想象到这一切。这正是唐诗特有的蕴藉。对照苏轼的《荔枝叹》"十里一置飞尘灰，五里一候兵火催。颠坑仆谷相枕藉，知是荔枝龙眼来。飞车跨山鹘横海，风枝露叶如新采。宫中美人一破颜，惊尘溅血流千载"等诗句，倒正像是对杜牧此诗含蕴的形象化阐释。从中正可见绝句与七古的区别，也可见唐诗与宋诗的不同。

沈下贤[①]

斯人清唱何人和[②]，草径苔芜不可寻[③]。一夕小敷山下梦[④]，水如环佩月如襟[⑤]。

[校注]

①沈下贤，即沈亚之（？—约832）。亚之字下贤，吴兴（今浙江湖州）人。元和十年（815）登进士第，泾原节度使李汇辟为掌书记。入朝任秘书省正字。长庆元年（821）登贤良方正能直言极谏科，补栎阳令。四年，为福建都团练副使。大和三年（829），以殿中侍御史充沧德宣慰使柏耆判官。五年，柏耆获罪贬官，亚之亦贬虔州南康尉。五年，量移郢州司户参军，卒于任所。《新唐书·艺文志》著录《沈亚之集》九卷。《全唐诗》编其诗为一卷，《全唐文》编其文为五卷。这首诗根据缪钺《杜牧年谱》，当作于大中五年（851），时诗人任湖州刺史。②斯人，指沈亚之。清唱，指其诗作。按：沈亚之与殷尧藩、张祜、徐凝等诗人均有唱和。这里说"何人和"，是对其诗歌艺术成就的赞誉。③草径苔芜，形容沈亚之的故居长满青草的小路上青苔芜没，荒凉不堪。据《吴兴掌故》，沈亚之宅在府治北，唐中和二年（882）舍为寺。但此诗所说的"不可寻"的旧居，当指在小敷山者，参下注。④小敷山，在湖州西南二十里，沈亚之曾居于此。（参下笺评引王士禛《池北偶谈》）⑤水如环佩，形容其声如环佩之叮咚作响。月如襟，形容其衣襟之洁白。

[笺评]

范晞文曰：唐人绝句有意相袭者，有句相袭者……杜牧《沈下贤》云："一夕小敷山下梦，水如环佩月如襟。"白乐天《暮江吟》云："可怜九月初三夜，露似珍珠月似弓。"……此皆意相袭者。（《对床夜语》）

王士禛曰：杜牧之吊沈下贤诗云："一夜小敷山下梦，水如环佩月如襟。"坊刻讹作"小孤"，与本题无涉。按《吴兴掌故》，敷山在乌程县西南二十里。《易》曰："震为敷。"敷，花蒂也。《说卦》：

"山之东曰嵎。"此山在福山东，故名，福山又名小嵎山，与嵎山相连接。唐诗人沈亚之下贤居此。(《池北偶谈》)

宋顾乐曰：小杜之咏下贤，与义山之咏小杜，皆自有暗合意。(《唐人万首绝句选》评)

俞陛云曰：前二句言独行苔径，清咏无人，乃怀沈下贤也。后言重过小敷山下，明月堕襟，水声鸣佩，凝想悠然。诗意若有微波通辞之感，不类《停云》怀友之诗，何风致绰约乃尔！其有哀窈窕、思贤才之意乎！(《诗境浅说》续编)

刘拜山曰：想象仪型，形于梦寐，以水月喻其文采风流，特见情思窈邈。(《千首唐人绝句》)

[鉴赏]

这是一首追思凭吊中唐著名文人沈亚之的诗作。亚之工诗能文，善作传奇小说。他的《湘中怨解》《异梦录》《秦梦记》等传奇，幽缈奇艳，富于神话色彩和诗的意境，在唐人传奇中别具一格。李贺、杜牧、李商隐对他都很推重。杜牧这首极富风调意境之美的七绝，抒发了对他的仰慕追思之情。

首句"斯人清唱何人和"，以空灵天矫之笔咏叹而起。"斯人"，指题中的沈下贤，语含赞慕；"清唱"，指他的诗歌。着一"清"字，其诗作意境的清迥拔俗与文辞的清新秀朗一齐写出。全句亦赞亦叹，既盛赞下贤诗歌的格清调逸，举世无与比肩，又深慨其不为流俗所重，并世难觅同调。

沈下贤一生沉沦下僚，落拓不遇，其生平事迹，早就不为人所知。当杜牧来到下贤家乡吴兴的时候，离下贤去世不过二十年，但其旧日在故乡的遗迹已不复存留。"草径苔芜不可寻"，这位"吴兴才人"的旧居早已青苔遍地，杂草满径，淹没在一片荒凉之中了。生前既如此落寞，身后又如此凄清，这实在是才士最大的悲哀，也是社会对他的最大冷落。"清唱"既无人和，遗迹又不可寻，诗人的凭吊悲慨之意，景仰同情之感，已经相当充分地表达出来了。三、四两句，就从"不可寻"进一步引发出"一夕小敷山下梦"来。

小敷山又叫福山，在浙江湖州乌程县西南二十里，是沈下贤旧居所在地。旧居遗迹虽"草径苔芜不可寻"，但诗人的怀想追慕之情悠悠不尽，难以抑止，于是便引出"梦寻"来——"一夕小敷山下梦，水如环佩月如襟"。诗人的梦魂竟在一天晚上来到了小敷山下，在梦境中浮现的，只有鸣声琤琮的一脉清流和洁白澄明的一弯素月。这梦境清寥高洁，极富象征色彩。"水如环佩"，是从声音上设喻。柳宗元《小石潭记》："隔篁竹闻水声，如鸣佩环。"月下闻水之清音，可从想见其清莹澄澈。"月如襟"，是从颜色上设喻，足见月色的清明皎洁。这清流与明月，似乎是这位才人修洁的衣饰，令人宛见其清寥的身影；又像是他那清丽文采和清迥诗境的外化，令人宛闻其高唱的清音孤韵；更像是他那高洁襟怀品格的象征，令人宛见其孤高寂寞的诗魂。杜牧《题池州弄水亭》诗云："光洁疑可揽，欲以襟怀贮。"光洁的水色可以揽以贮怀，如水的月光自然也可作为高洁襟怀的象征了。因此，这"月如襟"，既是形况月色皎洁如襟，又是象征襟怀皎洁如月。这样回环设喻，彼此相映，融比兴、象征为一体，在艺术上确是一种创造，与白居易的"露似真珠月似弓"之单纯设喻自有区别。李贺的《苏小小墓》诗，借"草如茵，松如盖，风为裳，水为佩"的想象，画出了一个美丽深情的芳魂，杜牧的这句诗，则画出了一个高洁的诗魂。如果说前者更多地注重形象的描绘，那么后者则更多地侧重意境与神韵。对象不同，笔意也就有别。

这是交织着深情仰慕和深沉悲慨的追思凭吊之作。它表现了沈下贤的生前寂寞、身后凄清的境遇，也表现了他的诗格与人格。但通篇不涉及沈下贤的生平行事，也不作任何具体的评赞，而是借助咏叹、想象、幻梦和比兴、象征，构成空灵蕴藉的诗境，让读者通过这种境界，在自己心中想象出沈下贤的高标逸韵。全篇集中笔墨，反复渲染一个"清"字：从"清唱何人和"的寂寞，到"草径苔芜"的凄清，到"水如环佩月如襟"的清寥梦境，一意贯串，笔无旁骛。这样把避实就虚与集中渲染结合起来，才显得虚而传神，而全篇咏叹有情的笔调，与"一夕小敷山下梦，水如环佩月如襟"的摇曳顿挫、句中自对的句法结合起来，又使诗极具风调之美。

长安秋望①

楼倚霜树外②，镜天无一毫③。南山与秋色④，气势两相高。

[校注]

①诗人家居长安之南下杜樊川，入仕后曾于大和二年（828）、九年及开成三年（838）至会昌二年（842），大中二年（848）至四年，大中五年至六年先后担任京职。此诗作于在长安时，具体写作年代难以考索。秋望，秋日登高远望。②霜树，秋天经霜后树叶黄落的树。③镜天，像明镜那样清朗的天空。一毫，一丝云彩。④南山，即终南山，在长安城南。《元和郡县图志·关内道·京兆府》：万年县："终南山，在县南五十里。"

[笺评]

陈师道曰：世称杜牧"南山与秋色，气势两相高"为警绝，而子美才用一句，语益工，曰"千崖秋气高"也。（《后山诗话》）

陈知柔曰：予初喜杜紫薇"南山与秋色，气势两相高"语，已乃知出于老杜"千崖秋色高"，盖一语领略尽秋色也。然二家言岩崖间秋气耳，然未及江天水国气象宏阔处。一日雨后过太湖，泊舟洞庭山下，乃得句云"木落洞庭秋"。或云此蹈袭"枫落吴江冷"语，第变"冷"为"秋"，则气象自同。彼记时耳，是安知秋色之高尽在洞庭

里许乎？此渊源自楚骚中来，《九歌》云"洞庭波兮木叶下"，其陶写物景，宏放如此，诗可以易言哉！（《休斋诗话·诗写气象》）

李东阳曰："南山与秋色，气势两相高"，不如"千崖秋气高"；"野火烧不尽，春秋吹又生"，不如"春入烧痕青"，谓其简而尽也。（《麓堂诗话》）

胡应麟曰：杜牧"南山与秋色，气势两相高"，宋人极称。然五言古诗著此语，犹可参伍储、韦，今乃作绝，声调乖舛甚矣。（《诗薮·内编》卷六）

翁方纲曰：诗不但因时，抑且因地。如杜牧之云："南山与秋色，气势两相高。"此必是陕西之终南山。若以咏江西之庐山、广东之罗浮，便不是矣。（《石洲诗话》卷二）

潘德舆曰：文章各有境界，宜繁而繁，宜简而简，乃各得之。推简者为上，则减字法成不刊典，而文章之妙晦而不出矣。王右丞"黄云断春色"，郎士无"春色临关尽，黄云出塞多"，一语化作两语，何害为佳？必谓王系盛唐，能以简胜，此矮人之观也。然李西涯犹谓"南山与秋色，气势两相高"不如"千崖秋气高"，"野火烧不尽，春风吹又生"，不如"春入烧痕青"，则为简字诀所误者亦多矣。（《养一斋诗话》卷三）又曰：唐喻凫以诗谒杜牧不遇，曰："我诗无绮罗铅粉，安得售？"然牧之非徒以"绮罗铅粉"擅长者。史称其刚直有大节，余观其诗，亦伉爽有逸气，实出李义山、温飞卿、许丁卯诸公上。如："楼倚霜树外，镜天无一毫。南山与秋色，气势两相高。""长空碧杳杳，万古一飞鸟。生前酒伴闲，愁醉闲多少。烟深隋家寺，殷叶暗相照。独佩一壶游，秋毫泰山小。""寒空动高吹，月色满清砧。残梦夜魂断，美人边思深。孤鸿秋出塞，一叶暗辞林。又寄征衣去，迢迢天外心。""长空澹澹孤鸟没，万古销沉向此中。看取汉家何事业，五陵无树起秋风。"皆竟体超拔，俯视一切。（同上卷十）

[鉴赏]

这是一曲秋的赞歌，题为"长安秋望"，重点却不在最后那个

"望"字，而是赞美远望中的长安秋色。"秋"的风貌才是诗人要表现的直接对象。

首句点出"望"的立足点。"楼倚霜树外"的"倚"是"倚立"的意思，重在强调自己所登的高楼巍然屹立的姿态；"外"是"上"的意思。秋天经霜后的树木，多半木叶黄落，越发显出它的高耸挺拔；而楼又高出霜树之上。在这样一个立足点上，方能纵览长安秋景的全局，充分领略它的高远澄洁之美。所以这一句实际上是全诗的出发点和基础，没有它，也就没有"望"中所见的一切。

次句写登楼仰望所见的天宇。"镜天无一毫"，是说天空明净澄洁得像一面纤尘不染的镜子，没有丝毫阴翳云彩。这正是秋日天宇的典型特征。这种澄洁明净到近乎虚空的天色，又进一步表现了秋空的高远寥廓，同时也写出了诗人当时那种心旷神怡的感受和高远澄净的心境。

"南山与秋色，气势两相高。"三、四两句，转笔写到远望中的终南山，将它和"秋色"相比，说远望中的南山，它那峻拔入云的气势，像是要和高远无际的秋色一赛高低。

南山是具体有形的个别事物，而"秋色"却是抽象虚泛的，是许多带有秋天景物特点的具体事物的集合与概括，二者似乎不好比拟。而此诗却别出心裁地用南山衬托秋色。秋色是很难作概括性描写的，它存在于秋天所有的景物里，而且不同的作者对秋色有不同的观赏角度和感受，有的取其凄清萧瑟，有的取其明净澄洁，有的取其高远寥廓。这首诗的作者显然偏于欣赏秋色之高远无极，这是从前两句的描写中可以明显看出来的。但秋之"高"却很难形容尽致（在这一点上，和写秋之"凄"之"清"很不相同），特别是那种高远无极的气势更是只可意会，难以言传。在这种情况下，以实托虚便成为最有效的艺术手段。"南山塞天地，日月石上生"（孟郊《游终南山》，"终南阴岭秀，积雪浮云端"（祖咏《终南望馀雪》），从这些著名诗句中，不难想见在八百里关中平原南面耸起的南山那高耸挺拔的气势。具体有形的南山，衬托出了抽象虚泛的秋色。读者通过"南山与秋色，气势两相高"的诗句，不但能具体感受到"秋色"之"高"，而且连它的气势、精神和性格也若有所悟了。

这首诗的好处，还在于它在写长安高秋景色的同时写出了诗人的胸襟气度、精神性格。它更接近于写意画。高远、寥廓、明净的秋色，实际上也正是诗人胸怀的象征与外化。特别是诗的末句，赋予南山与秋色一种峻拔向上、互争雄长的动态，这就更加鲜明地表现出了诗人的性格气质，也使全诗在跃动的气势中结束，留下了充分的想象余地。

晚唐诗往往流于柔媚绮艳，缺乏清刚道健的骨格。这首五言短章写得意境高远，气势健举，诗的气象与诗人的胸襟，一等相称，和盛唐诗人朱斌的《登楼》有神合之处，尽管在雄浑壮丽、自然和谐方面还未免略逊一筹。

将赴吴兴登乐游原一绝①

清时有味是无能②，闲爱孤云静爱僧③。欲把一麾江海去④，乐游原上望昭陵⑤。

[校注]

①吴兴，指唐江南东道湖州吴兴郡，治所在今浙江湖州市。大中四年（850）夏，杜牧连上宰相三启，求外任湖州刺史。七月，朝廷任命他为湖州刺史。此诗系出守湖州前登乐游原有感而作。乐游原已屡见前注。②清时，清平的时代。③李白《独坐敬亭山》："孤云独去闲。"④把，持。一麾，语本颜延之《五君咏·阮始平》："屡荐不入官，一麾乃出守。"颜诗原意为阮咸受到荀勖的排斥（"麾"有挥斥、排挤之义）而出为始平太守。因"麾"又有旌麾义，故后常以"一麾出守"指朝官出为外任。杜牧此诗即用此义。其《即事》诗亦云："莫笑一麾东下计，满江秋浪碧参差。"后人或谓杜牧诗始误用"一

麾"（参"笺评"录沈括语），实则杜牧之前的柳宗元，其《为刘同州谢上表》已云："八命作牧，一麾出守。拔之下位，寄之雄藩。""一麾"已用作旌麾之义。⑤昭陵，唐太宗的陵墓，在今陕西礼泉县东北九嵕山。乐游原地势高敞，故可遥望昭陵。

[笺评]

王得臣曰：吾友顿隆师尝言："颜延之《五君咏》至《阮始平》曰：'屡荐不入官，一麾乃出守。'麾，去也。咸为山涛麾出，杜牧之'欲把一麾江上去'，即旌也，盖误矣。"余以为"麾"即"旌"也，子美亦有"持旌麾"之句，杜牧不合用"一麾"耳。（《麈史·诗论》）

沈括曰：今人守郡谓之"建麾"，盖用颜延年诗"一麾乃出守"，此误也。延年谓"一麾"者，乃指麾之麾，如武王"右秉白旄以麾"之麾，非旌麾之麾也。延年《阮始平》诗云"屡荐不入官，一麾乃出守"者，谓山涛荐咸为吏部郎，三上，武帝不用，后为荀勖一挤，遂出始平，故有此句。延年被摈，以此自托耳。自杜牧为《登乐游原》诗云："欲把一麾江海去，乐游原上望昭陵"，始谬用"一麾"，自此遂为故事。（《梦溪笔谈》卷四）

潘淳曰：颜延年《阮始平》诗云："屡荐不入官，一麾乃出守。"盖谓山涛三荐咸为吏部郎，武帝不能用，荀勖一麾之，即左迁始平太守也。杜牧："清时有味是无能，闲爱孤云静爱僧。欲把一麾江海去，乐游原上望昭陵。"山谷云："爱闲爱静，求得一麾而去也。"别本作"欲把一麾"，非是。"麾"之训，即汉严助、汲黯招之不来、麾之不去。（《潘子真诗话》）

黄朝英曰：以余意测之，杜樊川之意则善矣，而谓之"拟把"，则尤谬也。盖自作太守，而谓之一麾，于理无碍，但不可以此言赠人作太守耳。宋景文诗云"使麾得请印垂要"，又云"一封通奏领州

麾",又云"乞得一麾行",又云"竟获一麾行",是真得延年之意,未尝谬用也。(《缃素杂记》卷七)

叶梦得曰:此盖不满于当时,故末有"望昭陵"之句……(宋人江辅之被贬)谢表有云:"清时有味,白首无能。"蔡持正为侍御史,引杜牧诗为证,以为怨望,遂复罢。(《石林诗话》)

马永卿曰:"清时有味是无能,闲爱孤云静爱僧。欲把一麾江海去,乐游原上望昭陵。"右杜牧之自尚书郎出为郡守之作,其意深矣。盖乐游原者,汉宣帝之寝庙在焉。昭陵,即唐太宗之陵也。牧之之意,盖自伤不遇宣帝、太宗之时,而远为郡守也。藉使意不出此,以景趣为意,亦自不凡,况感寓之深乎!此所以不可及也。(《懒真子》卷四)

程大昌曰:或谓《周礼》"州长建麾",则州麾自可遵用,此又非也。周之州绝小,不得与汉州为比。周制累州成县,而汉世累县为郡,累郡始为州也。若夫崔豹《古今注》,则又异矣。其说曰:"麾所以指也,乘舆以黄,诸侯以朱,刺史二千石以缥。"则汉以来,自人主至二千石,莫不有麾也。则谓太守为把麾,亦自可通也。(《演繁露》卷八)又曰:宁戚《饭牛歌》曰:"生不逢尧与舜禅。"则太斥言矣。杜牧曰:(诗略)。一麾为出,独望昭陵,此意婉矣。(同上卷四)

周必大曰:"独把一麾江海去",实用"旌麾"之"麾",未必本之颜诗,后人因此二字,误用颜诗耳。(《二志老堂诗话》)

王楙曰:仆因考唐人诗,如杜子美、柳子厚、许用晦、独孤及、刘梦得、陆龟蒙等,皆用"一麾"事,独牧之谓"把一麾"为露圭角,似失延年之意。若如张说诗"湘滨拥出麾",如此而言,初亦何害。《缃素杂记》谓:牧之意则善矣,言"拟把"则谬也,自谓"一麾",于理无碍,但不可以此言赠人。宋景文公诗曰:"使麾请得印垂腰。"又曰:"一封通奏领州麾。"是真得延年之意,未尝谬用也。仆谓黄朝英妄为之说耳,牧之之误,正坐以"指麾"之"麾"为"旌麾",景文之误亦然。朝英乃取宋斥杜,谓牧之不当言"拟把",而景文自用为宜。然则牧之"拟把一麾江海去",岂不自用？景文"使麾请得印垂腰",独非旌麾邪？朝英又谓"一麾"事但不可以赠人,仆谓以景文诗"使麾""州麾"字语赠人,又何不可？所谓贬辞者,"麾去"云尔,既是"旌麾",何贬之有？朝英又谓景文用"一麾"事,真得延年之意,则是延年以"一麾"为"旌麾"之"麾",初非"指麾"之"麾"也。其言翻覆,无一合理,甚可笑也,《笔谈》谓今人守郡为"建麾",谓用颜诗事自牧之始。仆谓此说亦未有是。观《三国志》"拥麾守郡",《文选》"建麾作牧",此语在牧之前久矣。谓"把一麾"之误自牧之始则可,谓"建麾"之误则不可。（《野客丛书》卷二十三）

陈叔方曰：作文者好作两学语,但取饰其说而已。递相承袭,背其本义,而不假问也。……如郡守用"一麾"字,意为旌麾之麾也,而不思颜延年诗"一麾乃出守",是麾去之麾。非旌麾也。自益公《诗话》云："后人误用'一麾出守',以为起于杜牧之。然牧之自云'独把一麾江海去',实用旌麾之麾,未必本之颜诗,后人因此二字,自误用颜诗耳。"（《颍川语小》卷下）

释圆至曰：旧史云：牧自负才略,见惊隆盛于时,而牧居下位,心常不乐。"望昭陵"者,不得志于时,而思明君之世,盖怨也,前言"清时",反辞也。（《唐三体诗》卷二）

敖英曰：前二句乏逸俊。（《唐诗绝句类选》）

胡震亨曰：汉制,太守车两幡。所谓"麾"也。唐人如杜子美、柳子厚、刘梦得皆用之,谓之误不可。（《唐音癸签·诂笺一》）

黄周星曰："闲爱孤云静爱僧",遂成名言。"乐游原上望昭陵",此岂得意人语耶？（《唐诗快》卷十六）

薛雪曰：张表臣驳老杜"轩墀曾宠鹤",小杜"欲把一麾江海去",以为误用懿公好鹤与颜延年诗意。殊不知二公非死煞用事者,其好处正是此种。（《一瓢诗话》）

孙洙曰："欲把一麾江海去,乐游原上望昭陵。"惓惓不忍去,忠

爱之思，溢于言表。(《唐诗三百首》卷八)

张文荪曰：昭陵为唐创业守成英主，后世子孙陵夷不振，故牧之于去国时登高寄慨。词意浑含，得风人遗意。(《唐人清雅集》)

俞陛云曰：司勋将远宦吴兴，登乐游原而遥望昭陵，追怀贞观，有江湖魏阙之思。前三句诗意尤深。(《诗境浅说》续编)

刘拜山曰：满怀愤郁，于"望昭陵"三字寄之。妙在含蓄不露。(《千首唐人绝句》)

[鉴赏]

这是唐宣宗大中四年(850)秋天，杜牧由京官外调湖州刺史(湖州又称吴兴郡)行前，登乐游原游赏而作的一首诗。乐游原在长安东南，地势高敞，可以登临遥望。

首句议论起。清时，指政治清明的承平年代。句意是说，在当今这个政治清明的年代，能够享有清闲幽静生活情味的人，应当是像我这种缺乏才能之辈。这是一句带有牢骚的反话。大中三年，原先被吐蕃侵占的秦、原、安乐三州及石门七关的人民归附唐朝。这年八月，河、陇诸州老幼千余人来到长安，宣宗在皇城东北延喜门接见，他们欢呼跳跃，脱去胡服，换上汉族衣冠。这是当时被看成太平盛世的一件大事。但统治集团却因此而志满意得，粉饰太平，竞为豪侈。大中四年春天，诗人曾在《长安杂题长句六首》这组诗中对这种现象进行婉讽："舐笔和铅欺贾马，赞功论道鄙萧曹"，"四海一家无一事，将军携镜泣霜毛"，"南苑草芳眠锦雉，夹城云暖飞霓旌"。实际上，当时的政治是"贤臣斥死，庸懦在位"，整个唐王朝正处于回光返照的状态。所谓"清时"，不过如李商隐所说"夕阳无限好，只是近黄昏"而已。杜牧素以才略自负，"敢论列大事，指陈利病尤切至"。这里说自己"无能"，显然也是对自己"居下位"，无所作为处境的一种牢骚不平。

次句承"有味"，具体形容自己的闲静生活情趣。孤云来去悠悠，无心无机，特具闲逸的意态，历来被视为闲情逸致的象征，所以说"闲爱孤云"。僧人生活幽静，心境虚静，向来被视为静默淡泊的化身。所以说"静爱僧"。这句用"爱孤云""爱僧"这两种具体的心理将自己的"闲""静"的生活意趣完全形象化了。

以上两句，看起来似乎非常淡泊潇洒，其实都是反言若正。杜牧不但不以当时为"清时"，自己为"无能"，且他当时的心境，也并不闲静。这从大中三年李商隐《杜司勋》《赠司勋杜十三员外》二诗中"高楼风雨感斯文""刻意伤春复伤别""龚丝休叹雪霜垂"等诗句中，可以清楚看出。诗人在这里反话正说，其中正蕴含有被迫投闲置散、无所作为的苦闷。

"欲把一麾江海去，乐游原上望昭陵。"麾，旌麾。古代将外出任郡守叫"建麾"。吴兴地近太湖、长江与东海，自可称"江海"，但古代也常用"江海"指远离朝廷的地方（杜牧《新转南曹未叙勋散初秋暑退出守吴兴书此篇以自见志》有"平生江海志，佩得左鱼归"之句）。这里兼含以上两义。昭陵是唐太宗的陵墓，在今陕西礼泉九嵕山。乐游原地势高敞，故可以遥望西北方向的昭陵。两句说，正要手持旌旗，到远离朝廷的江海之地去过潇洒自在的生活，但登上乐游古原，却不由自主地遥望起西北方向的昭陵。第三句顺承次句的"闲""静"，表示既闲静无事，不如干脆远赴江海，过更无拘检的生活；第四句一笔逆转，含有无限感慨。这首诗的主意和点睛之处，就在末句。乐游原这个古原，作为唐诗中经常出现的意象，往往和今昔盛衰之慨、吊古伤今之慨相联系。诗人另一首《登乐游原》七绝说："长空澹澹孤鸟没，万古销沉向此中。看取汉家何事业，五陵无树起秋风。"于苍茫寥廓的广远时空中，充满盛衰不常之感，可以帮助我们理解"乐游原上望昭陵"所包含的复杂而丰富的意蕴。昭陵，在唐人心目中，既是盛世，也是明君的象征。登乐游原而望昭陵，既表明了对盛世明君的不胜追恋，同时也暗示了对当前时世、君主的不满。唐太宗的文治武功之盛，与他知人善任、重用贤才分不开，而杜牧所处的时代，恰恰是一个风雨如晦的昏暗衰颓时世，在位的唐宣宗又是一个以察察为明专门任用庸懦之才的君主。因此，这"望昭陵"的无声行动中，正蕴有无穷的盛衰之慨和生不逢时之感，自己才不见用的牢骚愤郁也隐见言外。这个结尾，妙在点到即止，不作任何说明，故能余味曲包，给读者以多方面联想。而结尾这一转折，反过来将一开头的"清时""无能"乃至次句的"闲""静"也一并否定了。这种将全部精神凝聚于末句，前三句从反面作势的写法，使这首诗别具一种拗峭顿宕而又隽永耐味的情致。这种构思，在绝句中亦不多见，可以称得上是一种创造。

江南春绝句

千里莺啼绿映红①，水村山郭酒旗风②。南朝四百八十寺③，多少楼台烟雨中。

[校注]

①千，冯集梧注本一作"十"。②山郭，山城、山村。"郭"本指外城，此处"山郭"与"水村"对文，既可指依山的城郭，亦可指依山的村庄。酒旗风，谓酒旗迎风招展，"风"字带有动态。③南朝，指建都于建康（今江苏南京）的东晋、宋、齐、梁、陈五个朝代（317—589）。南朝皇帝多信佛教，梁武帝尤甚，故当时所建佛寺特多。《南史·郭祖深传》："都下佛寺，五百馀所，穷极宏丽。僧尼十馀万，资产丰沃。"

[笺评]

张表臣曰：杜牧诗云："南朝四百八十寺，多少楼台烟雨中。"帝王所都，而四百八十寺，当时已为多，而诗人侈其楼阁台殿焉，近世，浙、福建诸州，寺院至千区，福州千八百区。秔稻桑麻，连亘阡陌，而游惰之民，常籍其间者十九，非为落发修行也，避差役为私计耳。以故居积资财，贪毒酒色，斗殴争讼，公然为之，而其弊未有过而问者，有识之士，每叹息于此。(《珊瑚钩诗话》卷二)

释圆至曰：观本集，此诗盖杜牧之赴宣州时，行道中所见。(《唐三体诗》卷一)

杨慎曰：千里莺啼，谁人听得？千里"绿映红"，谁人见得？若作"十里"，则莺啼绿红之景，村郭、楼台、僧寺、酒旗皆在其中矣。(《升庵诗话》)

周弼曰：实接体。(《删补唐诗选脉笺释会通评林·晚七绝》引)

周敬曰：小李将军画山水人物，色色争妍，真好一幅江南春景图。大抵牧之好用数目字，如"南朝四百八十寺""二十四桥明月夜""故乡七十五长亭"是也。(同上)

周珽曰：此诗乃牧之赴宣州时，总记道中随所耳目之景以成咏也。杨用修欲改"千"字为"十"字，谓千里之远，莺啼谁听得？绿映红谁见得？珽玩下联，十里之内，又焉能容得四百八十寺，不过广言江南之春，地有千里，寺有多少楼台，则"十"字之改，用修未咀玩下文耳。且从牧之之途入江南，岂止得十里之景乎？骤读之，可发一笑，即用修亦云"戏谓"也。依唐本"千里"为是。(同上)

胡震亨曰：诗在意象耳，"千里"毕竟胜"十里"也。(《唐音癸签》)

黄生曰：曰"烟雨中"，则非真有楼台矣。感六朝遗迹之湮灭，而语特不直说。许浑亦云"鸟下绿芜秦苑夕，蝉鸣黄叶汉宫秋"。窦牟云"满目山阳笛里人"，言人已不存也，然不言其人不存，而曰"满目山阳笛里人"，不曰楼台被毁，而曰"多少楼台烟雨中"，皆见立言之妙，岂必如唐彦谦云"汉朝冠盖皆陵墓"，而后谓之吊古哉！(《唐诗摘抄》卷四)

何文焕曰：余谓即"十里"，亦未必尽听得着、看得见。题云

《江南春》，江南方广千里，千里之中，莺啼而绿映焉；水村山郭，无处无酒旗；四百八十寺，楼台多在烟雨中也。此诗之意既广，不得专指一处，故总而命曰"江南春"，诗家善立题者也。（《历代诗话·考索》）

黄周星曰：若将此诗画作锦屏，恐十二扇铺排不尽。（《唐诗快》）

何焯曰：缀以"烟雨"二字，便见春景，古人工夫细密。（《唐三体诗评》）

周咏棠曰：字字着色画。此种风调，樊川所独擅。（《唐贤小三昧集续集》）

范大士曰："四百八十寺"，无景不收入结句，包罗万象，真天地间惊人语也。（《历代诗发》）

宋宗元曰：江南春景指写莫尽，能以简括胜人多许。（《网师园唐诗笺》卷十六）

黄叔灿曰：极言江南春色之佳。莺啼绿映，水村山郭，着处俱有酒旗。若楼馆歌台，南朝四百八十寺，更不知如何行乐。今则半归烟雨，销沉而已，亦凭吊之意也。南朝四百八十寺，无可考，盖寺非僧寺之谓。古寺与院通称，如宦寺、太常寺之类，王建诗"宫前杨柳寺前花"，牧之又有"倚遍江南寺寺楼"之句可证。后人必欲指为僧寺，因有以刹、招提、精舍以实其数，皆穿凿附会。六朝时号江南佳丽处楼台，唐去南朝不远，所谓四百八十寺，必有确据。且此诗"楼台"二字，何以说之小耶？况说到四百八十寺，岂得以十里限之？（《唐诗笺注》）

余成教曰：梦得、牧之喜用数目字。梦得诗："大艑高帆一百尺，新声促柱十三弦""千门万户垂杨里""春城三百九十桥"。牧之诗："汉宫一百四十五""南朝四百八十寺""二十四桥明月夜""故乡七十五长亭"，此类不可枚举，亦诗中之算博士也。（《石园诗话》卷二）

宋顾乐曰：二十八字中写出江南春景，真有吴道子于大同殿画嘉

陵山水手段，更恐画不能到此耳。（《唐人万首绝句选》评）

于庆元曰：江南数千里风光景物，尽在此二十八字中。（《唐诗三百首续选》）

俞陛云曰：前二句言江南之景，渡江梅柳，芳信早传；袁随园诗所谓"十里烟笼村店晓，一枝风压酒旗偏"，绝妙惠崇图画也。后言南朝寺院多在山水胜处，有四百八十寺之多。况空濛烟雨之时，罨画楼台，益增佳景。小杜曾有"倚遍江南寺寺楼"句，刘梦得有"偏上南朝寺"句，可见琳宫梵宇随处皆是。（《诗境浅说》续编）

刘永济曰：按杨慎之说，拘泥可笑，何文焕驳之是也。但谓为诗家善立题，则亦浅之夫视诗人矣。盖古诗人非如后世作者先立一题，然后就题成诗，多是诗成而后立题。此诗乃杜牧游江南时，感到景物之繁丽，追想南朝盛日，遂有此作。"千里"之词，亦概括言之耳，必欲以听得着、看得见求之，岂不可笑！（《唐人绝句精华》）

富寿荪曰：寥寥二十八字，写出江南无边春色，真一幅绝妙青绿山水图也。通首层层布景，色彩明丽，一结以烟雨楼台映衬，尤见笔致灵妙。此为唐人写景七绝中有数之作，宜为历来传诵。（《千首唐人绝句》）

[鉴赏]

这首流传广远的七绝向未编年。按杜牧大和四年（830）九月，随沈传师至宣歙观察使幕，大和七年入淮南节度使牛僧孺幕。开成二年（837），复入宣歙观察使崔郸幕为团练判官，至三年冬迁左补阙。九年中两历宣州幕。他在开成三年春写的《题宣州开元寺》（题下自注：寺置于东晋时）中说："南朝谢朓城，东吴最深处。亡国去如鸿，遗寺藏烟坞。楼高九十尺，廊环四百柱……留我酒一樽，前山看春雨。"同时作之《念昔游三首》之一也说："秋山春雨闲吟处，倚遍江南寺寺楼。"将这两首诗与本篇对照，可以明显看出它们在诗歌内容意蕴、诗歌意象及写景等方面的联系，可以大体推定此诗亦开成三年春在宣州幕时所作。这时，诗人对江南春天的风物之美已经积累了丰富的诗意感受与体验，这首诗就是对它所作的一种艺术概括。

"千里莺啼绿映红"，起句大处落墨，展现出一幅广袤千里的江南大地上，到处是黄莺欢快的啼鸣声，到处是碧草如茵，绿树成荫，映衬着明艳的红花的画面。这画面不但有明丽的色彩，而且有悦耳的声音。对照前人写江南春景的名句"暮春三月，江南草长。杂花生树，群莺乱飞"（丘迟《与陈伯之书》），便可看出"莺啼绿映红"五字确实体现出了江南春之景物的典型特征。"千里"之广远，自非同时同地即目所见，却不妨是异时异地（江南之各地）之亲历。古代虽无艺术概括的词语，却完全可以有艺术概括的事实和实践。杨慎欲改"千里"为"十里"，正是由于忽视了艺术创作中早就存在的艺术概括的实际。在现代电影艺术中，这"千里莺啼绿映红"的景象完全可以用移动着的电影画面来展现。其实，古代的山水长卷已经作了"咫尺应须论万里"的成功创造。"千里"二字，笼盖全篇，显示出广远的气势。

"水村山郭酒旗风"，次句紧承"千里"，展现出江南大地上，处处有傍水的村庄，依山的城郭，到处都可以看到酒旗迎风招展的景象。如果说上一句展示的是江南春天的典型自然景观，那么这一句就主要是江南春天的人文景观。依山傍水的村庄城郭，点缀在绿树红花映衬的锦绣江南大地上，不但使整个画面显得山重水复，错落有致，而且透露出浓郁的生活气息。特别是"酒旗风"三字，不仅从侧面显示出江南的富庶丰饶，使人仿佛于迎风招展的酒旗中闻到春酒的芳香，给画面增添了浪漫的色彩和情调，而且那个点眼的"风"字还带有一种动感，从而使得整个画面也充满了生动活泼的气息，可以说是对"江南春"的神韵的出色描写。

以上两句，写千里江南大地上的啼莺、绿树、碧草、红花、水村、山郭和迎风招展的酒旗，所展示的江南自然景观和人文景观，已经使人目不暇接，心醉神驰，但似乎比较平面，还不足以充分显示江南春天风物之美，于是有三、四两句更为集中的描写。

"南朝四百八十寺，多少楼台烟雨中。"前幅意象密集，后幅却只写了佛寺楼台，意象高度集中。为什么写江南春要集中写佛寺呢？这是因为，佛寺作为一种自然景观、人文景观的结合体，往往是千里江南大地上水村山郭之中最显眼也最华美的建筑；而这些建筑又往往都选择在山水佳胜之境，华美的建筑与周围幽美的自然环境的融合，使它们成为江南大地上最亮丽的风景；特别是这些寺庙又往往历史悠久（像上文提到的宣州开元寺，就始建于东晋时），因而又极富历史、人文、宗教气息。而江南一带经济的繁荣富庶，也使得广建佛寺有了现实的可能，因此佛寺的广布也反映出江南的富饶面貌。以上这一系列因素集合到一起，遂使佛寺成为江南胜景最突出而典型的代表。明乎此，方能理解杜牧"秋山春雨闲吟处，倚遍江南寺寺楼"的诗句，理解他对江南佛寺为何有那么大的兴趣了。但佛寺全国各地均有，作为一种胜景，又必须具有地域的、季候的特征。在杜牧的审美体验中，江南佛寺最美的景象就是在春天的迷蒙烟雨中，华美的楼台在周围山水树林的掩映中若隐若现，显得特别缥缈朦胧，恍若仙境。因此"多少楼台烟雨中"，正是"江南春"之美的突出表现和典型特征。但前后幅之间的连接过渡却出现了问题。前幅所写的景象，诗人虽未明说，但读者从黄莺欢快的啼鸣、红花绿树相映的明丽色彩和水村山郭酒旗迎风招展的景象当中，完全可以想象出这是春日艳阳高照下才能有的，而佛寺楼台却要用烟雨迷蒙之景来衬托。一晴一雨，出现在同一幅"江南春"的画面上，虽然也可以用"千里"之广、阴晴不齐来解释，或者干脆用艺术概括来解释，但总会感到有些生硬、突兀，甚至脱节。妙在有第三句"南朝四百八十寺"作过渡，便使前后幅之间的连接过渡显得非常自然。这里就涉及诗人的诗思轨迹问题。在"千里"江南的大地上，诗人不仅看到绿树红花、水村山郭、酒旗迎风，也看到点缀其间的华美佛寺。由于佛寺往往具有悠久的历史，江南又是南朝旧地，而佛教之盛、佛寺之多，在唐代之前又莫盛于南朝，因而诗人的思绪遂由眼前的佛寺联想到历史上南朝佛教极盛时的情况，从而想象出当时广布江南的四百八十座佛寺，华美的楼台在春天的烟雨迷蒙中隐现的情景。由于这是对历史的想象，自然就不存在前后幅之间阴雨晴明不一致的问题。相反，由于有了第三句由当前到历史的神思飞越，遂使得这幅"江南春"的画图不但景象更为丰富多样，而且具有了历史的悠远感和纵深感。而"四百八十寺"的明确数字的强调，与"多少"这种带有模糊意味的咏叹，又使诗平添了一种风调之美。这两句诗，与"亡国去如鸿，遗寺藏烟坞"在内容上有相似之处，都是由眼前深藏于烟雨笼罩的村坞中的南朝遗寺联想到已经远去了的整个南朝，但给人的感受（或者说诗人要表达的感受）却不尽相同。"亡国去如鸿，遗寺藏烟坞"，突出的是佛寺的悠久与南朝更迭的迅速，于存亡的对照中含有对南朝历史的凭吊之情，而"南朝四百八十寺，多少楼台烟雨中"所着重抒写的则是对南朝佛寺极盛时烟雨楼台美好景象的追怀和赞美流连。悠远的历史想象使"江南春"的美好景象更加令人神往了。

从政治和民生的层面看，佛教势力的膨胀确实是中唐时期的弊政和祸害之一。在杜牧写这首诗之前，有韩愈的大力反佛；在杜牧写这首诗后不久，一场规模浩大的灭佛运动即将在全国范围内展开。诗中提到的"南朝四百八十寺"以及唐代遍布全国的几十万所佛寺，毫无疑问也是耗尽民脂民膏建造起来的。但杜牧这首诗，却并不是从政治和民生的层面来写佛寺楼台的，他要抒写的只是佛寺楼台笼罩于江南烟雨之中的景象给自己带来的诗意感受。作为读者，只能按照诗人的诗思指引去领略其中的情思，而不能将诗人写诗时并不存在的思想感情强加给诗人，用政治和民生的评价去代替诗人的审美评价。

题宣州开元寺水阁阁下宛溪夹溪居人[①]

六朝文物草连空[②]，天淡云闲今古同。鸟去鸟来山色里，人歌人哭水声中[③]。深秋帘幕千家雨，落日楼台一笛风。惆怅

无因见范蠡，参差烟树五湖东④。

[校注]

①冯集梧《樊川诗注》卷一《题宣州开元寺》注引《名胜志》："宣城县城中景德寺，晋名永安，唐名开元，兰若中之最胜者。"按：唐玄宗开元年间，令天下州郡各建一大寺，即以年号为名。宣州之开元寺当亦开元年间改名。水阁，临水的楼阁，一般为两层建筑，四周开窗，可凭高远望。宛溪，发源于宣城东南峄山，流绕城东为宛溪（一名东溪），至县东北里许与句溪汇合。夹溪居人，谓宛溪两岸有人家夹溪而居。据缪钺《杜牧年谱》，此诗作于开成三年（838）为宣州团练判官时，时令在深秋。②六朝，三国时的东吴、东晋、宋、齐、梁、陈先后建都于古金陵（今南京市。东吴时称建业，东晋至陈称建康），合称六朝。文物，本指礼乐典章制度，此指古代遗留下来的有形的历史文化遗迹。③《礼记·檀弓下》："晋献文子成室，张老曰：'美哉轮焉，美哉奂焉！歌于斯，哭于斯，聚国族于斯。'"此句化用其意，谓宛溪两岸世代有人聚居。④范蠡，春秋末期越国大夫，曾辅佐越王勾践复国灭吴，后弃官隐于江湖。《史记·越王勾践世家》："范蠡事越王勾践，既苦身戮力，与勾践深谋二十馀年，竟灭吴，报会稽之耻……范蠡以为大名之下，难以久居，且勾践为人可与同患，难与处安，为书辞勾践……乃装其轻宝珠玉，自与其私徒属乘舟泛海以行，终不返。"又《货殖列传》："范蠡既雪会稽之耻……乃乘扁舟浮于江湖。"《吴越春秋·勾践伐吴外传》谓范蠡"乃乘扁舟，出三江，入五湖"。五湖，太湖的别称。

[笺评]

惠洪曰：东坡尝曰：渊明诗初看若散缓，熟读有奇趣。如曰："日暮巾柴车，路暗光已夕。归人望烟火，稚子候檐隙。"又曰："霭蔼远人村，依依墟里烟。犬吠深巷中，鸡鸣高树颠。"才高意远，造语精到如此。不知者疲精力至死不知悟，而俗人亦谓之佳。如曰："一千里色中秋月，十万军声中夜潮"，"蝴蝶梦中家万里，子规枝上月三更"，"深秋帘幕千家雨，落日楼台一笛风"，皆寒乞相。初如秀整，熟视无神气，以字露故也。东坡则不然。如曰："山中老宿依然在，案上楞严已不看"之类，更无龃龉之态，细味对甚而而字不露，以其得渊明之遗意耳。（《冷斋夜话》卷一）田同之《西圃诗说》全袭惠洪之说，不录。

魏庆之曰：镂金戛玉，双句有闻："羌管一声何处曲，流莺百啭最高枝"。"深秋帘幕千家雨，落日楼台一笛风。"（《诗人玉屑》卷四）

谢榛曰：杜牧之《开元寺水阁》诗……此上三句落脚字，皆自吞其声，韵短调促，而无抑扬之妙。因易为"深秋帘幕千家月，静夜楼台一笛风"。乃示诸歌诗者，以予为知音否邪？（《四溟诗话》卷三）

周珽曰：六朝文物销歇无遗，天色云容依然如故。山鸟无情，去来任其所适。居人有感，歌泣变态不常。前四句总言古今兴废存亡，徒足动人怀思也。五、六咏寺阁之景，末句世之奔走功利者无已，故思及范蠡之高蹈，意谓六朝多少事业，终归荒芜如此，何功成者，不知身有所退也。时牧为宣州判官作。（《删补唐诗选脉笺释会通评林·晚七律》）

黄周星曰："人歌人哭水声中"，奇语镌刻。"深秋帘幕千家雨，落日楼台一笛风。"可想可画。（《唐诗快》卷十二）

金圣叹曰：（前解）倏然是文物，倏然却是荒草；倏然是荒草，乌知不倏然又是文物？古古今今，兴兴废废，知有何限！今日方悟一总不如天澹云闲，自来一如。本不有兴，今亦无废，直使人无所宕心于其间。斯真寺中阁上，眼前胸底，斗地一段妙理，未易一二为小儒道也。"去""来""歌""哭"，是再写一；"山色""水声"字，是再写二。妙在鸟、人平举。夫天澹云闲之中真乃何人、何鸟。（后解）约今年，已是深秋；约今日，又复落日。嗟乎！嗟乎！日更一日，秋更一秋，天澹云闲，固自如然；人鸟变更，何本可据。望五湖，思范蠡，直欲学天学云去矣。（"帘幕"五字，是画深秋；"楼台"五字，是画落日，切不得谓是写雨写笛。唐人法如此。）（《贯华堂选批唐才子诗》）

盛传敏曰：（"深秋"二句）每于此等句法，最爱其全无衬字，而其中自具神通。（《碛砂唐诗纂释》）

查慎行曰：第二联不独写眼前景，含蓄无穷。（《瀛奎律髓汇评》引）

何焯曰：寄托高远，不在逐句写景，若为题所牵，便无味矣。又曰：六朝不过瞬息，人生那可不乘壮盛立不朽之功。然而此怀谁与可语。"风""雨"二句，思同心而莫之致也。我思古人功成身退如范子者，虽为执鞭，所欣慕焉。五、六正为结句。（同上引）

纪昀曰：赵饴山极赏此诗，然亦只风调可观耳。推之未免太过。（同上引）

无名氏（甲）曰：此诗妙在出新，绝不沾溉玄晖、太白剩语。（同上引）

许印芳曰：此诗全在景中写情，极脱洒，极含蓄。读之再三，神味益出，与空讲风调者不同。学者须从运实于虚处求之，乃能句中藏句，笔外有笔。若徒揣摩风调，流弊不可胜言矣。（同上引）

赵熙曰：风调好。（同上引）

《唐诗鼓吹评注》：首言六朝文章人物，皆已无存，但芳草连空而已。至天色云容，古今如此，是以鸟之去来，依于山色；人之歌哭，杂以水声。此阁前山水之景，与天色云容，俱久远者也。若夫帘幕深秋，散千家之雨；楼台落日，吹一笛之风，宛溪居人之胜，抑又如斯已。然而余有惆怅者，昔范蠡功成身退，游于五湖，可谓识进退之宜矣。今所可见者，唯有五湖烟树，如蠡者岂得而见之哉？言外有感叹人己意。（卷六）

叶矫然曰：晚唐七言律佳句，有……颓放纵笔生姿者，如……

"鸟去鸟来山色里，人歌人哭水声中"诸如此类是也。（《龙性堂诗话》续集）

朱三锡曰：起云"六朝文物"四字，何等豪华；紧接"草连空"三字，何等衰飒！（以下多袭金圣叹解，不录）（《东岩草堂评订唐诗鼓吹》卷六）

贺裳曰：杜长律亦极有佳句，如"深秋帘幕千家雨，落日楼台一笛风""蒲根水暖雁初浴，梅径香寒蜂未知""千里暮山重叠翠，一溪寒水浅深清"，又"江碧柳青人尽醉，一瓢颜巷日空高"，俱洒落可诵。至《西江怀古》"千秋钓艇歌明月，万里沙鸥弄夕阳"，尤有江天浩荡之景。（《载酒园诗话又编·杜牧》）

杨逢春曰：此诗言人事有变易，而清景则古今不变易。"今古同"三字，诗旨点眼，全身提笔。（《唐诗绎》）

赵臣瑗曰：七、八用感慨作结。生必有死，盛必有衰，此自然之理。（《山满楼笺注唐诗七言律》）

黄叔灿曰：此伤唐末之乱，因念六朝。曰"古今同"，并下"人歌人哭"句，可见首联起得突兀，俯仰悲怀，寄慨甚深。次联只赋目前景色，不粘六朝，而荒残意自见。"深秋"二句，亦说目前。"一笛风"三字，炼句妙。因水阁遥看，参差烟树，念及扁舟五湖，如范蠡拨乱之才，意更显然。（《唐诗笺注》七律）

薛雪曰：杜牧之晚唐翘楚，名作颇多，而恃才傲物纵笔亦不少。如《题宣州开元寺水阁》，直造老杜门墙，岂特人称小杜已哉！（《一瓢诗话》）

《四库全书总目》：《诗家直说》二卷，明谢榛撰……多指摘唐人诗病而改定其字句……如谓杜牧《开元寺水阁》诗"深秋帘幕千家雨，落日楼台一笛风"。句不工，改为"深秋帘幕千家月，静夜楼台一笛风"，不知前四句为"六朝文物草连空，天淡云闲今古同。鸟去鸟来山色里，人歌人哭水声中"。末二句"惆怅无因见范蠡，参差烟树五湖东"，皆登高晚眺之景。如改"雨"为"月"，改"落日"为

"静夜"，则"鸟去鸟来山色里"非夜中之景，"参差烟树五湖东"，亦非月下所能见。而就句改句，不顾全诗，古来有是法乎？王士祯《论诗绝句》："何因点帘澄江练，笑杀谈诗谢茂榛。"固非好轻诋矣。（集部文评类存目提要）

屈复曰：一、二从宣州今古慨叹而起，有飞动之势。闲适题诗，却用吊古，胸中眼中，别有缘故。气甚豪放，晚唐不易得也。（《唐诗成法》）

范大士曰：藻思蕴蓄已久，偶与境会，不禁触绪而来。（《历代诗发》）

宋宗元曰：三、四无穷寄慨。五、六写景处，可以步武青莲。（《网师园唐诗笺》）

周咏棠曰：（"深秋"二句）高调秀韵，两擅其胜。（《唐贤小三昧集续集》）

梁章钜曰：赵松雪尝言作律诗用虚字殊不佳，中两联须填满方好。此语虽力矫时弊，初学者正不可不知。唐人如贾至《早朝大明宫》等作，实开其端。此外则少陵之"五更鼓角声悲壮，三峡星河影动摇""锦江春色来天地，玉垒浮云变古今"，杜樊川之"深秋帘幕千家雨，落日楼台一笛风"，陆放翁之"楼船夜雪瓜洲渡，铁马秋风大散关"皆是。（《退庵随笔》卷二十一）

吴汝纶曰：起四句极奇，小杜最喜琢制奇语也。（《唐宋诗举要》卷四引）

罗宗强曰：这是杜牧写得非常精彩的一首怀古诗，纵贯今古的大概括，而又具体形象，寓深刻的人生哲理于感情的抒发之中。意象是高度浓缩的，而且带着象喻的性质。"六朝文物"，使人想起六朝豪华，想起当年的歌吹宴乐，想起当年的文化之昌盛，商业之繁荣，以至楼台亭榭，寺庙山林等等；而接以"草连空"，中间压缩进岁月绵远的种种变化，直接示以变化之结果；一片衰飒荒凉、引人愁思的杳远景象。两个带象喻性的意象的衔接，容纳了大跨度的时间与空间，留下了广阔的联想余地。"天淡云闲""鸟去鸟来""人歌人哭",都既是具象,又是高度的抽象,前两个意象,是对亘古不变的山光物态的最有特色的大概括,但又十分生动具体;后一个意象则使人想起人世的种种悲欢离合、纷争扰攘。颈联则是一系列意象的叠合:深秋——帘幕——千家——雨,落日——楼台——一笛——风。由于直接叠合,省略判断词,因此造成多义性,可以作多种解释,使情思和境界都具有多层次的性质。大概括、意象高度压缩、情思丰富,而表达又明快俊爽,可以说是杜牧怀古咏史诗的一个创造。(《唐诗小史》第273~274页)

[鉴赏]

用传统的题材分类法来界定这首诗的性质,恐怕很难。从表面看,诗中大部分篇幅都是描写登开元寺水阁所见所闻的景物,像是一首写景诗,但全诗在景物描绘中所寓含的感情思绪和深长感慨都给读者以更深的感受和领悟。从感情内涵看,诗中确有对六朝文物成空的感怀凭吊意味,但它又不像是一般的怀古诗。究其实际,倒更像是一首借景物描写抒发人生感慨的诗。

"六朝文物草连空,天淡云闲今古同。"登高望远,每使人产生时空广远的渺渺情思。宣城一带,六朝时因地近京城(建业或建康),为人文荟萃之地,繁华富庶之邦。诗人登上开元寺的水阁,仰望秋空,但见天高无极,澄洁明净,白云悠悠,自去自来,不禁引发对悠远历史时空的想象:这一切自然景象,恐怕自古及今都是相同的吧。但曾经延续了几百年的六朝文物遗迹,却已荡然不存。俯视四野,但见秋草连天,一片平芜旷野。"文物"原指典章制度,此处从远望的角度说,应指六朝的有形文物遗迹。但实际上,在诗人的意念中,这一意象已经被虚化、泛化了,它可以包括六朝的一切有形的无形的历史、人物、文化、名胜古迹乃至无所不包的所谓六朝繁华。如果说"天淡云闲"象征着亘古不变的自然界,那么"六朝文物"就象征着社会的历史和人事。"今古"之"同"，正反衬出"六朝文物"亦即社会历史及人事之变、之"空"。因此，这一联可以说是触景生情，由情及理，用高度概括的笔法表现了诗人登楼览眺时引发的自然宇宙长存而人事变化不常的历史感慨与人生感慨。这个发端，境界寥廓高远，具有笼盖全篇的气势，一开始就将读者的思绪引向悠远的历史时空和广远的现实时空。在唐人七律中，这是发端高远的范例。

"鸟去鸟来山色里，人歌人哭水声中。"颔联表面上纯写登阁仰观俯视所见所闻：在一片青翠苍茫的山色中，飞鸟时来时去；宛溪两岸，民居毗连，人们的歌哭之声和潺潺的流水之声相应相和，清晰可闻。上句是眼前所见的自然景象，下句是眼前所闻的人事景象。但一和上联的意蕴联系起来体味，便会自然悟出今中寓古、古今相融的意味。正如"天淡云闲古今同"一样，这"鸟去鸟来山色里"的自然景象恐亦终古如斯吧。而这"人歌人哭水声中"的人事景象，表面上看，似乎也是亘古如此，世世代代聚族而居，但今之人已非古之人，则不变的表象中实寓含着人事的沧桑变化。这一联对仗工巧，格调流利，而寓含的感慨则紧承上联，意蕴深沉含蓄。

"深秋帘幕千家雨，落日楼台一笛风。"腹联续写诗人登水阁所见所闻：深秋季节，天气转寒，宛溪两岸的人家都垂下了帘幕，看上去就像是千家都挂着一层雨帘；倚着落日映照的楼台栏杆，秋风送来了一阵悠扬嘹亮的笛声。诗一开头就描绘出"天淡云闲""草连空"的秋日晴空旷野景象，第三句又写"鸟去鸟来山色里"这种只有晴明天气才能见到的景象，至腹联对句又明确点出"落日"，则诗人当是深秋晚晴之时登水阁览眺。出句所谓"千家雨"当非实写雨景，而是对千家帘幕低垂的一种借喻性描写。诗的前两联在内涵意蕴上虽有俯仰今古，感慨今昔的特点，笔法高度概括，但诗人此时此地登阁览眺这个基本时空范围并无变化，因此腹联不大可能将同地异时所见到的晴雨不同的景象统摄于一联之中。这和《江南春绝句》中前后幅分写晴、雨不同的景象，中间有"南朝四百八十寺"作由今及古的过渡情况显然有别。这一联对仗与颔联一样，非常工巧，但意象与上联相比，则一密一疏，显然有别。所抒发的视听感受也不像上一联那样，带有寓古于今、今古相融的意味。从工整而流走的格调中可以体味到诗人目睹这明秀清丽之景时愉悦的感受。既然自然永恒、人事变易、繁华不再，与其徒增伤感，不如及时享受现实的美好景色，这正是杜牧旷放自遣的一贯性格。从表面上看，这一联所表现的感情似与前两联之感慨今昔变易有别，但从感情发展的内在逻辑上说，与前两联仍是一脉相承而又自然转换的。而这一转换，又水到渠成地引出尾联。

"惆怅无因见范蠡，参差烟树五湖东。"历史上的范蠡，是士大夫功成身退的典范。但诗人此时对范蠡的追缅向往，却是在功成渺茫难期的情况下对"乘扁舟、泛五湖"，过自由自在、无拘无束生活的一种退而求其次的欣慕追求。这本身就不免使诗人深感惆怅。更何况登阁举目东望，在暮霭轻烟笼罩的参差错落的丛丛树林之外，烟波浩渺的太湖之上，昔日乘着扁舟遨游的范蠡的身影早已随着历史的长河悠悠远去，心头浮起的那种空落惆怅之情就更使人难以为情了。这个结尾，带着几分失落无奈，却并不十分沉重，毕竟仍能面对宣州的清秋美好景色，享受当前的生活乐趣。"惆怅"二字，正恰到好处地表现了诗人的感情。

这首诗中出现的"六朝文物"，与晚唐许多带有明显政治感慨的怀古诗中出现的"六朝""六代"有明显区别。后者常作为腐朽没落王朝的代称，而前者却主要是已经消逝的一段历史文化和人事的一种标志，本身并不含政治内容和意义，它抒写的只是一种带有普遍哲理意味的自然永恒、人事变易的历史感慨、人生感慨。

九日齐山登高①

江涵秋影雁初飞②，与客携壶上翠微③。尘世难逢开口笑④，菊花须插满头归⑤。但将酩酊酬佳节⑥，不用登临恨落

晖。古往今来只如此，牛山何必泪沾衣⑦。

[校注]

①九日，指九月九日重阳节。齐山，在今安徽池州市东南。《方舆胜览》卷十六江南路池州"山川"下齐山引王哲《齐山记》："有十馀峰，其高等，故名齐山。或曰以齐映得名。"按唐贞元年间齐映曾为池州刺史，有政声，常登此山，故或说以其姓命山名。重阳节有登高、赏菊、饮酒等习俗。据缪钺《杜牧年谱》，杜牧会昌四年（844）秋由黄州刺史徙池州刺史。此诗当作于会昌五年（845）九月。是年秋，张祜至池州访杜牧，二人于重阳节同登齐山，诗酒酬和。张祜有《奉和池州杜员外重阳日齐山登高》。题内"山"字，《全唐诗》原作"安"，据"丛刊影印明翻宋本"改。②江涵秋影，谓长江涵容倒映着秋空和齐山的倒影。③客，指张祜。魏泰《临汉隐居诗话》："池州齐山石壁有刺史杜牧、处士张祜题名。"翠微，青翠缥缈的山色，此处借指青翠的齐山。④尘世，人世间。《庄子·盗跖》："人上寿百岁，中寿八十，下寿六十。除病瘦（王念孙谓当作"庾"）死丧忧患，其中开口而笑者，一月之中不过四五日而已。"⑤冯集梧《樊川诗注》："崔寔《月令》：九月九日，可采菊花。《续神仙传》：许碏插花满头，把花作舞，上酒家楼醉歌。"重阳节有登高、赏菊、饮菊花酒、赋诗等习俗。⑥酩酊，醉酒貌。萧统《陶渊明传》："尝九月九日出宅边菊丛中坐，久之，满手把菊。忽值（王）弘送酒至，即便就酌，醉而归。"酬，酬谢，报答。⑦牛山，在今山东淄博市东。《晏子春秋》卷一《内篇·谏上》："（齐）景公游于牛山，北临于国城而流涕曰：'若何滂滂去此而死乎？'艾孔、梁丘据皆从而泣，晏子独笑于旁，公刷涕而顾晏子曰：'寡人今日游悲……子之独笑，何也？'晏子对曰：'使贤者常守之，则太公、桓公将常守之矣；使勇者常守之，则庄公、灵公将常守之矣。数君者将守之，则吾君安得此位而立焉？以其迭处

之，迭去之，至于君也，而独为之流涕，是不仁也。不仁之君见一，谄谀之臣见二，此臣所以独窃笑也。'"泪，《全唐诗》校："一作独。"

[笺评]

朱弁曰：落句云："牛山何必独沾衣。"盖用齐景公游于牛山，临其国流涕事。泛言古今共尽，登临之际何必感叹耳。非九日故实也。后人因此，乃于诗或词，遂以牛山作九日事用之，亦犹牧之用颜延年"一麾出守"为旌麾之麾，皆失于不精审之故也。（《风月堂诗话》卷下）

刘克庄曰：《登高》云："无边落木萧萧下，不尽长江滚滚来。万里悲秋常作客，百年多病独登台。"此联不用故事，自然高妙，在樊川《齐山九日》七言之上。（《后村诗话新集》卷二）

方回曰：此以"尘世"对"菊花"，开阖抑扬，殊无斧凿之痕，又变体之俊者。后人得其法，则诗如禅家散圣矣。（《瀛奎律髓》卷二十六）

胡应麟曰：崔曙"汉文皇帝有高台，此日登临曙色开"，老杜"野老篱前江岸回，柴门不正逐江开""白帝城中云出门，白帝城下雨翻盆"……杜牧"江涵秋影雁初飞，与客携壶上翠微"，虽意稍疏野，亦自一种风致。（《诗薮·内编》卷五）

顾璘曰：此一意下来，近似中唐，盖晚唐之可学者。（《批点唐音》）

郝敬曰：豪爽真率，不用雕饰，可想其人。（《批选唐诗》）

金圣叹曰：（前解）一句七字，写出当时一俯一仰，无限神理。异日东坡《后赤壁赋》："人影在地，仰见明月"，便是一副印板也。只为此句起得好时，下便随意随手，任从承接。或说是悲情，或说是放达，或说是傲岸，或说是无赖，无所不可。东坡《后赤壁赋》通篇奇快疏妙文学，亦只是八个字起得好也。（后解）得醉便醉，又何怨乎！"只如此"三字妙绝，醉也只如此，不醉也只如此，怨也只如此，不怨亦只如此。（《贯华堂选批唐才子诗》卷六）

毛先舒曰：杜牧之"江涵秋影"，截首四句，乃中唐佳什；衍为八句，便齐气。"古往今来"，竟成何语？（《诗辩坻》卷三）

胡以梅曰：起赋景，次写事。下六句皆议论，另一气局，格亦俊朗松灵。然如第七句，不可法，粗率无味，五、六言速为饮酒，勿于登临之际，而叹日之易落也……杜少陵诗云："故里樊川菊，登离素浐源。他时一笑后，今日几人存。"今此三、四盖全取其意欤？（《唐诗贯珠串释》卷五十一）

冯舒曰：牧之才大，对偶收拾不住，何变之有？（按：此针对上引方回"变体之俊者"评语而发）（《瀛奎律髓汇评》引）

查慎行曰：第四句少陵成语。（同上引）

杨逢春曰：通体浑浩流转，挥洒自然，犹见盛唐风格。（《唐诗绎》）

陆次云曰：用旧事只当不用一般，善翻新法。（《晚唐诗善鸣集》）

赵臣瑗曰：中二联亦只是自发其一种旷达胸襟，然未必非千秋万世卖菜佣、守钱虏之良药也。至其抑扬顿挫，一气卷舒，真能化板为活，洗尽庸腔俗调，在晚唐中岂易得乎？七一笔束住，"只如此"者，言古往今来任从何人，断不能翻此局面也。（《山满楼笺注唐诗七言律》）

《唐诗鼓吹评注》：此言秋雁初飞，与客携壶而上翠微之山。因思尘世之事忧多乐少，今乘登高之兴，当采菊而归也。其所以携壶者，将此酩酊以酬九日之节，岂以上翠微而致叹于落晖耶？此联应第二句。末言自古皆有死，登牛山而流涕，适见景公之愚耳。其何当于达人之旷观哉？此联又括中四句意。

吴烶曰：通篇赋登高之景，而寓感慨之意。（《唐诗选胜直解》）

杜诏曰：《风月堂诗话》谓：结语用景公故事，泛言古今共尽，非重九故实。愚谓：此正影切齐山登高，亦非泛言也。(《中晚唐诗叩弹集》)

何焯曰：发端却暗藏一"怨"字。此句（指颔联出句）妙在不实接登高，撇开"怨"字。后半却一气贯注。(《唐三体诗评》卷三) 又曰，此诗变幻不测，体自浑成。(《瀛奎律髓汇评》引)

纪昀曰：前四句自好。后四句却似乐天，"不用""何必"，字与意并复，尤为碍格。(同上引)

无名氏（乙）曰：次联名句不磨，胸次豁然。(同上引)

屈复曰："难逢""须插""但将""不用""只如此""何必"相呼应。三、四分承一、二，五、六合承三、四。六就今说，八就古事说，虽似分别，终有复意。

范大士曰：明润如玉。(《历代诗发》)

黄叔灿曰：起联写景便爽健。"尘世"一联，意致凄恻，却跳脱不群。"但将"二句，切登高说，并申上二句意，言光阴迅速，古今同慨，何用伤悲。牛山用齐景公事，盖用晏子有"何暇念死"之语也。通幅气体豪迈，直逼少陵。(《唐诗笺注》)

周咏棠曰：通体流转如弹丸，起句尤画手所不到。(《唐贤小三昧集续集》)

朱三锡曰：起句极妙。"江涵秋影"，俯有所思也；"雁初飞"，仰有所见也。此七字中已具无限神理，无限感慨，提壶登高，正所谓及时行乐也。三、四即承此意。五、六又总承三、四而言，甚有旷观古今，随在自得之趣。"只如此"三字，又总承五、六意也。(《东岩草堂评订唐诗鼓吹》卷六)

赵翼曰：今俗惟女簪花，古人则无有不簪花者。其见于诗歌，如王昌龄"茱萸插鬓花宜寿"，戴叔伦"醉插茱萸来未尽"，杜牧之"菊花须插满头归"……之类，不一而足。(《陔馀丛考》卷三十一)

王寿昌曰：七律发端信难于五言，如……杜牧之"江涵秋影雁初飞，与客携壶上翠微"之清超，温飞卿之"澹然空水共斜晖，曲岛苍茫接翠微"之苍秀，元微之之"凤有高梧鹤有松，偶来江外寄行踪"之松爽，尚可备脱胎换骨之用。然但宜师其势，不当仿其意。（《小清华园诗谈》卷下）

潘德舆曰：晚唐于诗非胜境，不可一味钻仰，亦不得一概抹杀。予尝就其五七律名句，摘取数十联，剖为三等……上者风力郁盘，次者情思曲挚，又次者则筋骨尽露矣。以此法更衡七律，如"江涵秋影雁初飞，与客携壶上翠微"，"玉帐牙旗得上游，安危须共主君忧"，"永忆江湖归白发，欲回天地入扁舟"，"半夜秋风江色动，满山寒叶雨声来"，七言之上也。（《养一斋诗话》卷四）

吴汝纶曰：此等诗，自杜公外，盖不多见。当为小杜七律中第一。（《桐城先生评点唐诗鼓吹》）又曰：感慨苍茫，小杜最佳之作。（《唐宋诗举要》卷四引）

俞陛云曰：（"尘世"一联）极写其清狂之态耳。（《诗境浅说》）

[鉴赏]

这是一首很见杜牧个性才情的七律。重阳登高，游赏赋诗，饮酒赏菊，本是赏心乐事。但诗人素以才略自负，自大和二年（828）登第入仕以来，一直辗转于使府幕僚、州郡刺史之职，难以实现其"平生五色线，愿补舜衣裳"的宏愿，因此内心常抑郁不平。会昌五年，他已经四十三岁，更不免有岁月蹉跎的迟暮之感。这种感情，平日即郁积于胸，适逢重阳登高，因眼前景物与佳节风俗的触发，遂写下这首以旷达豪放的情怀排忧遣闷的诗篇。

"江涵秋影雁初飞，与客携壶上翠微。"首联写景叙事起，点明"九日登高"。此次登齐山，是与好友张祜同登，点明"与客"，则下文"须""将""不用""何必"等词语，便不单纯是诗人的内心独白，而兼有自劝劝人之意。首句写登齐山所见秋景，俯视山下，但见秋天的长江，水色清澈澄碧，涵容着秋天晴空和青翠齐山的倒影；仰望碧空，但见鸿雁阵阵，向南方的远天飞翔。"江涵秋影"四字，不但造语新奇清丽，而且画出秋江、秋空、秋山浑然一体的澄碧境界。"涵"字用得尤为新颖而贴切，仿佛秋空、秋山都包含在澄碧的秋江中了。"雁初飞"的"初"字，则透出虽到深秋，但南方气候温暖，大雁刚开始南飞，并未到草木凋衰枯黄、天气凛寒的时候。全句给人的总体感受，套用韩愈的诗来形容，便是"正是一年秋好处"。在这样一个美好的重阳佳节"与客携壶上翠微"，登高游赏，饮酒赋诗，自然是人生难得的乐事了。次句叙事，从时间次序上说，应是先有"上翠微"之事，方见"江涵秋影雁初飞"之景，将它倒过来写，正是为了突出首句所写美好秋景给人的清澄明丽感受。而次句用"翠微"来借代齐山，不仅丰富了首句"秋影"的内涵，且传出一种身心为青翠缥缈的山色所包围浸染的沁人感受。

"尘世难逢开口笑，菊花须插满头归。"颔联紧扣题内"九日"抒感。"尘世"句是诗人对人生感受的总括，也是多少年来内心积郁的抒发。虽用典却如同己出。正因为人生欢少愁多，适逢重阳佳节，深秋美景，便应尽情游赏，将金黄的菊花插满头鬓，极欢而归。前因后果，前宾后主，一气直下，天然浑成。虽用议论，却出之以生动的形象；虽属遣愁，却画出潇洒不羁的风神。"菊花"虽为重阳佳节赏玩宴饮之物，但"菊花须插满头归"的形象却纯属诗人的独特艺术创造，它将诗人的个性、神采，表现得既淋漓尽致，又超凡脱俗，是典型的杜牧式的俊迈风流、浪漫豪迈的诗人形象。在略带颓放的神情意致中，仍难以抑制地流露出诗人对生活的热情。

"但将酩酊酬佳节，不用登临恨落晖。"起联即点出"携壶"而上，颔联又提及"菊花"，登高而饮酒，面对翠微山色，江天美景，值此佳节良辰，自当尽醉而归，极欢而罢，不必因登临而见苍茫落日余晖兴起人生迟暮的感叹。时诗人年逾四十，正是骚人"恐美人之迟暮"的年龄，故有"登临恨落晖"之语。上句用一"酬"字，生动新颖，表现出尽醉相欢方对得起佳节良辰的豪情逸兴。下句用一"叹"字，透露出诗人内心深处日月不居、功业不就的感慨与无奈。而上句"但将"与下句"不用"彼此呼应，又将这感慨与无奈一笔扫去。

"古往今来只如此，牛山何必泪沾衣。"尾联出句束上起下，"只如此"三字既包括古往今来"尘世难逢开口笑"的客观事实，又包括古往今来才人志士岁月蹉跎、功业难成的悲剧境遇，更涵盖人生有限、年寿终尽的自然规律。诗人的思绪由当下登临的"齐山"，联想到齐景公登临而泪下沾衣的牛山（齐国的牛山与眼前的齐山正构成由今及古的桥梁），不禁发出这样的感慨：既然从古及今，人寿有时而尽，欢乐时少而愁日多，志士才人功业难成更属常事，那又何必像齐景公那样，登高而泪下沾衣呢？由于"只如此"的包蕴丰富，因此"泪沾衣"之"泪"也不止年寿有时而尽这一端。诗人虽用"只如此"与"何必"来排遣忧愁苦闷，但在旷达的外表下仍深藏着对"古往今来只如此"的客观事实和客观规律的无奈。这一全诗的归宿，正透露出诗人虽极力用旷放排遣忧闷，但忧闷终难以消解。李商隐在《赠司勋杜十三员外》中说："心铁已从干莫利，鬓丝休叹雪霜垂。"胸中之甲兵尽管利如干将莫邪，切中时须，无奈不为世用，因此只能叹惜鬓丝雪垂，功业蹉跎了。

整首诗的格调抑扬有致，轻爽流利，一气转折，浑然天成，与诗人要表达的旷放襟怀显得似乎非常协调。"难逢"与"须插"，"但将"与"不用"，"只如此"与"何必"等词语，开合相应，加强了这种旷放的情调。但旷放的外表下，又深藏着难以排遣的忧闷，这种表里不一的感情矛盾，更深一层地表现了诗人的精神世界，再现了一个真实的杜牧。

早　雁①

金河秋半虏弦开②，云外惊飞四散哀。仙掌月明孤影过③，

长门灯暗数声来^④。须知胡骑纷纷在^⑤，岂逐春风一一回^⑥？莫厌潇湘少人处^⑦，水多菰米岸莓苔^⑧。

[校注]

①《通鉴·武宗会昌二年》：八月，回鹘乌介可汗"帅众过杷头烽南，突入大同川，驱掠河东杂虏牛马数万，转斗至云州（今山西大同市）城门。刺史张献节闭城自守。吐谷浑、党项皆挈家入山避之。庚午，诏发陈、许、徐、汝、襄阳等兵屯太原及振武、天德，俟来春驱逐回鹘"。此以"早雁"喻北方边地因回鹘侵掠而流离失所的百姓。据缪钺《杜牧年谱》，诗当作于会昌二年（842）八月回鹘南侵时。雁通常于深秋时节南徙，此时方值仲秋，故曰"早雁"。②金河，县名，在今内蒙古自治区呼和浩特市南。《新唐书·地理志》："单于大都护府，本云中都护府，龙朔三年置，麟德元年更名……县一：金河。"虏弦开，谓回鹘举兵南侵。《汉书·晁错传》注引苏林曰："秋气至，弓弩可用，北寇常以为候而出军。"③仙掌，汉武帝为求仙，在建章宫神明台上造铜仙人，舒掌捧铜盘玉杯，以承接天上的仙露，后称承露铜人为仙掌。事详《三辅黄图·建章宫》。孤影，指惊飞四散的孤雁。④长门，宫名。汉武帝陈皇后失宠后居长门宫。⑤胡骑，指回鹘军队。⑥雁春暖后北归，故云"逐春风"而"回"。"一一"应上"四散""孤影"。⑦潇湘，潇水源出今湖南宁远县九嶷山，流至永州市西北入湘水，合称潇湘。传雁飞不过衡阳，故想象飞散的孤雁在潇湘一带停留。⑧菰米，茭白的果实，一名雕胡米。《本草纲目·谷二·菰米》（杂解）引苏颂曰："菰生于水中……至秋结实，乃雕胡米也。古人以为美馔。今饥岁，人犹采以当粮。"莓，蔷薇科植物。北魏贾思勰《齐民要术·莓》："莓，草实，亦可食。"苔，青苔。

[笺评]

张为曰：高古奥逸主……入室六人……杜牧："烟着树姿娇，雨

馀山态活。""四海一家无一事，将军携剑泣霜毛。""山密斜阳多，人稀芳草远。""仙掌月明孤影过，长门灯暗数声来。"（《诗人主客图》）

胡仔曰：杜牧之《早雁》诗云："仙掌月明孤影过，长门灯暗数声来。"六一居士《汴河闻雁》："野岸柳黄霜正白，五更惊破客愁眠。"皆言幽怨羁旅，闻雁声而生愁思。至后山则不然。但云："远道勤相唤，羁怀误作愁。"则全不蹈袭也。（《苕溪渔隐丛话·后集》卷三十三）

王世贞曰：杜紫微……咏物如"仙掌月明孤影过，长门灯暗数声来"亦可观。（《全唐诗说》）

许学夷曰：七言《早雁》一篇，声气甚胜。（《诗源辩体》卷三十）

周珽曰：此必有臣窜于江南者，劝其未可复朝，小人犹在，意欲弹之。如雁在潇湘，犹有菰米、莓苔可充饮啄栖止，何必北归以中胡虏之弦也。赋而比也。（《删补唐诗选脉笺释会通评林·晚七律》）

金圣叹曰：（首解）此诗慰喻流客，且安侨寓，时方艰难，未可谋归也。（前解）追叙其来，（后解）婉止其去。（《贯华堂选批唐才子诗》卷六）

贺裳曰："仙掌月明孤影过，长门灯暗数声来"，光景真是可思。但全篇唯"金河秋半"四字稍切"早"字，馀皆缯缴之惨，劝无归还，似是寄托之作。（《载酒园诗话又编·杜牧》）

陆次云曰：牧之之咏早雁，如郑谷之咏鹧鸪，都是绝唱。（《晚唐诗善鸣集》）

杨逢春曰：此借雁而伤流寓也。（《唐诗绎》）

胡以梅曰：雁自北而南，今指山西北边之金河，而非西域矣。此时回纥尚强，"虏弦"以此。通首宗起句，故结亦劝其止潇湘而莫返。三、四绝佳，承"四散"来。故或见于仙掌，或闻于长门。按仙掌在东，与山西相近，长门又在西，则是从金河由东至西，亦有次第也。

华山有仙人掌，诗意言雁见仙掌，亦有惊虏被攫而更飞动也。长门，汉之幽宫，如陈皇后被黜所居，闻雁声而更凄凉耳。菰米，菰茭之子。（《唐诗贯珠串释》卷五十三）

　　叶矫然曰：晚唐七言律佳句……有写景绘物入情入妙者，如……"仙掌月明孤影过，长门灯暗数声来"之类是也。（《龙性堂诗话续集》）

　　赵臣瑗曰：此慰喻避难流落之人，欲其缓作归计而托言之也……先生于羁旅，可谓情深而意切矣。（《山满楼笺注唐诗七言律》）

　　《唐诗鼓吹评注》：此言秋高弓劲，胡人将开弦而射雁，故惊飞四散而哀鸣也。然来时尚早，所以过仙掌而度长门，月明之中止看孤影，灯暗之际惟闻数声耳。乃今胡骑犹在，即至春期，未可遽回。盖潇湘虽甚寂寞，犹有菰米莓苔可充饮啄，毋北归以中金河之弦也。言外有"相教慎出入"意。（卷六）

　　黄叔灿曰：金河塞外地，秋高射猎，朔雁南飞，"仙掌"一联，语在景中，神游象外，真名句也。三联言纷纷骑射，不独金河可居，何必归去，似有托意。（《唐诗笺注》）

　　宋宗元曰：思家怨别。（《网师园唐诗笺》）

　　翁方纲曰：此五、六"须知""岂逐"，七句"莫厌"，皆提起之笔，不得以后人作七律多用虚字者藉口也。（《咏物七言律诗偶记》）

　　周咏棠曰：咏雁诗多矣，终无见逾者。（《唐贤小三昧集续集》）

　　胡本渊曰：前半写雁之来，后半挽雁之去。句格用意，犹有老杜风骨。（《唐诗近体》）

　　曾国藩曰：雁为虏弦所惊而来。落想奇警，辞亦足以达之。（《求阙斋读书录》）

　　王寿昌曰：从来咏物之诗，能切者未必能工，能工者未必能精，能精者未必能妙……杜牧之《早雁》……如此等作，斯为能尽其妙耳。（《小清华园诗谈》卷下）（又见余成教《石园诗论》卷二）当是余评而王袭之。

[鉴赏]

　　唐武宗会昌二年（842）八月，北方少数民族回鹘乌介可汗率众南侵，进入大同川，驱掠当地各族百姓，人民流离四散。杜牧当时任黄州（治所在今湖北武汉市新洲区）刺史，听到这个消息，对边地人民的命运深为关注同情。八月是早雁开始南飞的季节，诗人目送征雁，触景感怀，因以"早雁"为题，托物寓意，以描写早雁遭受胡人弓箭射击，四散惊飞，喻指饱受侵扰、流离失所的边地百姓，并寄予深切同情。

　　"金河秋半虏弦开，云外惊飞四散哀。"金河，在今内蒙古自治区呼和浩特市南，这里指回鹘发动侵掠的边地。"虏弦开"，双关挽弓射雁和发动军事袭扰。开头两句凌空起势，生动地展出一幅边塞惊雁的活动图景：仲秋塞外，广漠无边，正在云霄展翅翱翔的雁群忽然遭到胡骑的袭射，立时惊飞四散，发出凄厉的哀鸣。"惊飞四散哀"五个字，从情态、动作到声音，写出一时间连续发生的情景，层次分明而又贯串一气，是非常真切凝练的动态描写。

　　"仙掌月明孤影过，长门灯暗数声来。"颔联续写"惊飞四散"的征雁飞经都城长安上空的情景。汉代建章宫有金铜仙人舒掌托承露盘，"仙掌"指此。凄清的月色映照着宫中孤耸的仙掌，这景象已在静谧中显出几分冷寂；在这静寂的画面上又飘过孤雁缥缈的身影，就更显出境界之清寥和雁影之孤孑。失宠者幽居的长门宫，灯光黯淡，本就充满悲愁凄冷的气氛，在这种氛围中传来几声失群孤雁的哀鸣，就更显出境界的孤寂与雁鸣的悲凉。"孤影过""数声来"，一绘影，一写声，都与上联"惊飞四散"相应，写的是失群离散、形单影只之雁。两句在情景的描写、气氛的烘染方面，极细腻而传神。透过这幅清冷孤寂的孤雁南征图，可以隐约感受到那个衰颓时代悲凉的气氛。诗人特意使惊飞四散的征雁出现在京城长安宫阙的上空，似乎还隐寓着微婉的讽慨。它让人感到，居住在深宫中的皇帝，不但无力，而且也无意拯救流离失所的北方边地百姓。月明灯暗，影孤啼哀，整个境界，正透出一种无言的冷漠。

"须知胡骑纷纷在，岂逐春风一一回？"腹联又由征雁南飞遥想到它们的北归，说如今胡人的骑兵射手还纷纷布满北方边地，明春气候转暖时节，你又怎能随着和煦的春风一一返回自己的故乡呢？大雁秋来春返，故有"逐春风"而回的设想，但这里的"春风"似乎还兼有某种比兴象征意义。据《通鉴》载，回鹘侵扰边地时，唐朝廷命陈、许、徐、汝、襄阳等兵屯太原及振武、天德，等待来年（会昌三年）春天驱逐回鹘。朝廷上的"春风"究竟能不能将流离异地的征雁吹送回北方呢？大雁还在南征的途中，诗人却已想到它们的北返；正在哀怜它们的惊飞离散，却已在担心它们来春的无家可归。这是对流离失所的边地人民无微不至的关切。"须知""岂逐"，更像是面对边地流民深情嘱咐的口吻。两句一意贯串，语调轻柔，情致深婉。这种深切的同情，正与上联透露的无言的冷漠形成鲜明的对照。

流离失所、欲归不得的征雁，究竟何处方是它们的归宿？"莫厌潇湘少人处，水多菰米岸莓苔。"潇湘指今湖南中部、南部一带。相传雁飞不过衡阳，所以这里想象它们在潇湘一带停歇下来。菰米，是一种生长在浅水中的多年生草本植物的果实（嫩茎叫茭白）。莓，是一种蔷薇科植物，子红色。苔即青苔。这几种东西都是雁的食物。诗人深情地劝慰南飞的征雁：不要厌弃潇湘一带空旷人稀，那里水中泽畔长满了菰米莓苔，尽堪作为食料，不妨暂时安居下来吧。诗人在无可奈何中发出的劝慰与嘱咐，更深一层地表现了对流亡者的深情体贴。由南征而想到北返，这是一层曲折；由北返无家可归想到不如暂且在南方栖息，这又是一层曲折。通过层层曲折转跌，诗人对边地人民的深情系念也就表达得愈加充分和深入。"莫厌"二字，担心南来的征雁也许不习惯潇湘的空旷孤寂，显得蕴藉深厚，体贴备至。

这是一首托物寓慨的诗。通篇采用比兴象征手法，表面上似乎句句写雁，实际上句句写人。风格婉曲细腻，清丽含蓄。而这种深婉细腻又与轻快流走的格调和谐地统一在一起，在以豪宕俊爽为主要特色的杜牧诗中，是别开生面之作。

赤　壁①

折戟沉沙铁未销②，自将磨洗认前朝③。东风不与周郎便④，铜雀春深锁二乔⑤。

[校注]

①赤壁，指汉献帝建安十三年（208），孙权与刘备联军大破曹操军队处，史称赤壁之战。地在今湖北赤壁市西北长江南岸，隔江与乌林相对。《元和郡县图志·江南道三·鄂州》："赤壁山在县（蒲圻县）西一百二十里，北临大江，其北岸即乌林，与赤壁相对，即周瑜用黄盖计，焚曹公舟船败走处，故诸葛亮论曹公危于乌林是也。"或说即今湖北武昌西赤矶山，与汉阳南纱帽山隔江相对。郦道元《水经注·江水三》："江水左迳百人山（今纱帽山）南，右迳赤壁山北，昔周瑜与黄盖诈魏武大军处也。"而杜牧此诗所谓"赤壁"，乃黄州之赤鼻矶，在今湖北黄冈市黄州区江滨，因山形截然如壁而有赤色，亦称赤壁。实非赤壁古战场旧址。诗作于杜牧任黄州刺史期间（会昌二年至四年秋间，842—844）。此诗又见李商隐诗集。按：义山生平宦历，足迹未到黄州。而杜牧任黄州刺史首尾三年，集中黄州诗颇多。诗为杜牧作无疑。然据阮阅《诗话总龟》卷十一评论门载："杜牧《赤壁》诗云（略）。《李义山集》中亦载此诗，未знай果何人作也。"则此诗误入义山诗集为时甚早。②戟，古代兵器，长杆头上附有月牙形状的利刃。铁未销，谓沉入江沙中的断戟虽锈迹斑斑，但锈铁尚未销蚀净尽。③将，持。认前朝，辨认出是前朝（指三国时）的遗物。④《三国志·吴书·周瑜传》："瑜部将黄盖曰：'今寇众我寡，难与持久。然

观操军船舰首尾相连，可烧而走也。'乃取蒙冲斗舰数十艘，实以薪草，膏油灌其中，裹以帷幕。上建牙旗，先书报曹公，欺以欲降。又豫备走舸，各系大船后，因引次俱前……盖放诸船，同时发火。时风威猛，悉延烧岸上营落。顷之，烟炎张天，人马烧溺死者甚众，军遂败退。还保南郡。"裴松之注引《江表传》云："时东南风急，因以十舰最着前，中江举帆，盖举火白诸校，使众兵齐声大叫曰：'降焉！'……去北军二里馀，同时发火，火烈风猛，往船如箭，飞埃绝烂，烧尽北船。"周郎，指周瑜。《三国志·吴书·周瑜传》："建安三年，（孙）策亲自迎瑜，授建威中郎将……瑜时年二十四，吴中皆呼为周郎。"便，便利，有利条件。⑤铜雀，台名。《三国志·魏书·武帝纪》：建安十五年（210），"冬，作铜雀台"。铸大孔雀置于楼顶，舒翼奋尾，势若飞动，故名。晋陆翙《邺中记》："铜雀台高一十丈，有屋一百二十间。"故址在今河北临漳县西南古邺城西北隅。二乔，即大乔、小乔。《三国志·吴书·周瑜传》："孙策欲取荆州，以瑜为中护军，领江夏太守，从攻皖，拔之。时得桥公（玄）二女，皆国色也。策自纳大桥，瑜纳小桥。"乔、桥通。句意为如东吴战败，大、小二乔均将成为曹操铜雀台中的新宠。

[笺评]

《道山清话》：石曼卿一日在李驸马家，见杨大年书绝句诗一首（按：即《赤壁》），后书义山二字，曼卿笑云："昆里没这段文章。"涂去"义山"二字，书其旁曰："牧之"。盖两家集中皆载此诗也，此诗佳甚，但颇费解说。（按：《道山清话》不署撰人姓氏，如所载情况属实，则可证《赤壁》诗误为义山诗在北宋杨亿时已然。）

许顗曰：杜牧之作《赤壁》诗（略）。意谓赤壁不能纵火，为曹公夺二乔置之铜雀台上也。孙氏霸业，系此一战。社稷存亡，生灵涂炭都不问，只恐捉了二乔，可见措大不识好恶。（《彦周诗话》）

胡仔曰：牧之于题咏，好异于人。如《赤壁》云："东风不与周郎便，铜雀春深锁二乔。"《题南山四皓庙》："南军不袒左边袖，四老安刘是灭刘。"皆反说其事。至《题乌江亭》，则好异而叛于理。(《苕溪渔隐丛话·后集》卷十五)

罗大经曰：周瑜赤壁、谢安淝水、寇莱公澶渊、陈鲁公采石，四胜大略相似。杜牧云："东风不与周郎便，铜雀春深锁二乔。"意亦著矣。谢安围棋别墅，真是矫情镇物，喜出望外，宜其折屐。澶渊之役，毕士安有相公交取鹘仑官家之说，高琼有好唤宰相来饮两首诗之说，则当时策略，亦自可见。"天发一矢胡无酋"，荆公句意与杜牧同。采石之师，若非逆亮暴急嗜杀，自激三军之变，亦未驱攘。是时亮虽遭戕，虏师北归，纪律肃然，无人叛亡。此岂易胜之师乎！朱文公曰："谢安之于桓温，陈鲁公之于完颜亮，幸而挨得他死尔。"要之，吴、晋乃天幸，宋朝真天勋也。(《鹤林玉露》甲编卷一)

方岳曰：牧之《赤壁》诗（略），许彦周不论此老以滑稽弄翰，每每反用其锋，辄雌黄之，谓孙氏霸业，系此一战，宗庙丘墟皆置不问，乃独含情妖女，岂非与痴人言不应及于梦也……本朝诸公喜为论议，往往不深谕唐人主于性情，使隽永有味，然后为胜。牧之处唐人中，本是好为论议，大概出奇立异，如《乌江亭》（略），要之"东风"借"便"与"春深"数个字，含蓄深窈，与后一诗辽绝矣。(《深雪偶谈》)

谢枋得曰：二乔者，汉太尉乔玄二女，姿色逼人……铜雀台，曹操宠妾所居。予自江夏溯洞庭，舟过蒲圻县，见石崖有"赤壁"二字，因登岸访问。父老曰："此正是周郎破曹公之地。"南岸曰赤壁，北岸曰乌林，又曰乌巢有烈火冈，冈上有周公瑾庙。至今土人耕田园者，或得弩箭，镞长一尺有馀，或得断枪。想见周郎与曹公大战可畏。此诗磨洗折戟，非妄言也。后二句绝妙。众人咏赤壁，只喜当时之胜，杜牧之诗《赤壁》独忧当时之败。其意曰东风若不助，周郎、黄盖必不以火攻胜曹操，使曹操顺流东下，吴必亡，孙仲谋必虏，大小乔必

为俘获。曹操得二乔，必以为妾，置之铜雀台矣。此是无中生有，死中求活，非浅识所到。（《注解章泉涧泉二先生选唐诗》卷三）

释圆至曰：虚接。谓非东风助顺，则瑜不能胜，家国俱亡矣。（《唐三体诗》卷二）

何孟春曰：杜牧之《赤壁》诗："东风不与周郎便，铜雀春深锁二乔。"说天幸不可恃；《乌江》诗："江东子弟多豪俊，卷土重来未可知。"说人事犹可为。同意思，都是要于昔人成败已成定时上翻说为奇耳。（《馀冬诗话》卷上）

朱孟震曰：赤壁之战，阿瞒以数十万众，火于东吴。而杜紫微云："东风不与周郎便，铜雀春深锁二乔。"此言似辩而理。孙武《火攻篇》亦云："发火有时，举火有日。"盖用火攻策，当察风之有无逆顺，此于水战，尤当审之。（《续玉笥诗谈》）

胡应麟曰：晚唐绝"东风不与周郎便，铜雀春深锁二乔"，"可怜夜半虚前席，不问苍生问鬼神"，皆宋人议论之祖。间有极工者，亦气韵衰飒，天壤开、宝。然书情，则怆恻易动人；用事，则巧切而工悦俗。世希大雅，或以为过盛唐，具眼观之，不待其辞毕矣。（《诗薮·内编》卷六）

周弼曰：用事体。（《删补唐诗选脉笺释会通评林·晚七绝》引）

周珽曰：此诗评者纷纷，如许彦周（略），似是道学正论。然作诗有翻案法，在擘空架出新意，不涉头巾气为妙。所谓"锁二乔"，非专惜二乔也。意此战不胜，吴之君臣受虏，即室家妻孥，俱不能保，不必论到社稷生灵。末句甚言所关非小可也，正道人所不道，乃妙思入微处。胡云轩曰："赤壁火攻之策虽善，倘非借势于风，胜负未可必，人谋，亦天意也。古今咏赤壁之境，罕有及此。"是矣。至落句，或谓其有微疵，或评其不典重，尽属拘腐学究识论。至有谓二乔事，见于战皖城时，牧之用事多不审，益不知诗家播弄圆融之妙矣。盖"东风不与""春深"数字，含蓄深窈，人不识牧之以滑稽耳，辄每每雌黄之。（同上）

陆时雍曰：第二语滞色。末语响调。（《唐诗镜》卷五十）

周容曰：杜牧之咏赤壁诗云："东风不与周郎便，铜雀春深锁二乔。"今古传诵。容少时，大人尝指示曰："此牧之设词也。死案活翻。"及容稍知作诗，复指示曰："如此诗必不可学，恐入轻薄耳，何苦以先贤闺阁，簸弄笔墨！"（《春酒堂诗话》）

贺贻孙曰：牧之此诗，盖嘲赤壁之功，出于侥幸，若非天与东风之便，则周郎不能纵火，城亡家破，二乔且将为俘，安能据有江东哉！牧之诗意，即彦周伯（霸）业不成意，却隐然不露，令彦周辈一班浅人读之，只从怕捉二乔上猜去，所以为妙。诗家最忌直叙，若竟彦周所谓社稷存亡、生灵涂炭，孙氏霸业不成等意在诗中道破，抑何浅而无味也！惟借"铜雀春深锁二乔"说来，便觉风华蕴藉，增人百感，此政是风人巧于立言处。彦周盖知其一，不知其二者也。（《诗筏》）

吴乔曰：古人咏史，但叙事而不出正意，则史也，非诗也。出己意，发议论，而斧凿铮铮，又落宋人之病。如牧之《息妫诗》（略）、《赤壁》（略），用意隐然，最为得体……《赤壁》谓天意三分也。许彦周乃曰："此战系社稷存亡，只恐捉了二乔，措大不识好恶。"宋人之不足以言诗如此。（《围炉诗话》卷三）

贺裳曰：详味诗旨，牧之实有不满公瑾之意。牧尝自负知兵，好作大言，每借题自写胸怀。尺量寸度，岂所以阅神骏于牝牡骊黄之外？（《载酒园诗话》卷一《宋人议论拘执》）

黄生曰：唐人妙处，正在随拈一事而诸事俱包括其中。若如许意，必要将"社稷存亡"等方面真真写出，然后赞其议论之纯正。具此诗解，无怪宋诗远隔唐人一尘耳。（《载酒园诗话》评）

宋长白曰：诗中有翻案法。如吕衡州《刘郎浦》诗："谁将一女轻天下，欲换刘郎鼎峙心？"杜紫薇《赤壁》诗："东风不与周郎便，铜雀春深锁二乔。"张文定《歌风台》诗："淮阴反接英彭族，更欲多求猛士为？"郑毅夫《蠡湖口》诗："若论破吴功第一，黄金只合铸西施。"禅宗所谓"杀活自由"，兵法所谓"致人而不致于人"也。拈此

四则，以例其馀。(《柳亭诗话》卷十八)

徐增曰："折戟沉沙"，言魏、吴昔日相战于此；"铁未销"，见去唐不远，何必要认，乃自将折戟磨洗乎？牧之《春秋》在此七个字内，意中谓魏武精于用兵，何至大败？周郎才算，未是魏武敌手，又何获此大胜？一似不肯信者，所以要认，仔细看来，果是周郎得胜。虽然胜魏武，不过一时徼倖耳。下二句言周郎当时，亏煞了东风，所以得施其火攻之策，若无东风，则是不与便，见不惟不能胜魏，江东必为魏所破，连妻子俱是魏家的，大乔小乔贮在铜雀台上矣。牧之盖精于兵法者。(《而庵说唐诗》卷十二)

王尧衢曰："折戟沉沙铁未销"，吴、魏鏖兵，赤壁所遗之折戟，沉于沙际，唐去吴日子未远，故其铁尚未消磨。"自将磨洗认前朝"，自将折戟磨洗，一认，信是魏武败于周郎，而前朝之遗迹宛然。夫周郎何以遂能胜魏，似乎难信，所以要认。"东风不与周郎便"，周郎之所以胜魏者，恃有东风之便，所以得成功于火攻。今乃反其说，云假如当日没有东风，则是无便可乘了。"铜雀春深锁二乔"，周郎若无东风之便，不但不能胜魏，恐江东必为魏破，妻子不保，大乔小乔，春深时贮在铜雀台上矣，此以议论行时者。杜牧精于兵法，此诗似有不足周郎处。(《古唐诗合解》卷六)

薛雪曰：樊川"东风不与周郎便，铜雀春深锁二乔"。妙绝千古。言公瑾军功止藉东风之力。苟非乘风力之便，以破曹兵，则二乔亦将被虏，贮之铜雀台上。"春深"二字，下得无赖，正是诗人调笑妙语。许彦周……此老专一说梦，不禁齿冷。(《一瓢诗话》)

沈德潜曰：牧之绝句，远韵远神。然如《赤壁》诗"东风不与周郎便，铜雀春深锁二乔"，近轻薄少年语，而诗家盛称之，何也？(《重订唐诗别裁集》卷二十)

何文焕曰：夫诗人之词微以婉，不同论言直遂也。牧之之意，正谓幸而成功，几乎家园不保。彦周未免错会。(《历代诗话考索》)

黄叔灿曰："认"字妙，怀古深情，一字传出。下二句翻案，从

"认"字中生出。（《唐诗笺注》）

陈婉俊曰：诗谓无此东风，则二乔当为铜雀中人矣。（《唐诗三百首补注》）

吴景旭曰：牧之数诗（指《四皓庙》《乌江亭》及本篇），俱用翻案法，跌入一层，正意益醒。谢叠山所谓"死中求活"也。（《历代诗话》）

何焯曰："认前朝"，以刺今日不如当年，能尽时人之用也。第三句只言独赖此一战耳，看作东风之助，即说梦矣。上二句极郑重，第四澈头痛说，关系妙在第三句转身，却用轻笔点化。（《唐三体诗》评）

秦朝釪曰：温柔敦厚，诗教也。《国风》《小雅》皆是时君子忧衰念乱，无可如何，而托词以讽，冀其万一有益焉。所谓闻之者足以戒，是亦冀幸万一之词也。……杜牧之"东风不与周郎便，铜雀春深锁二乔"亦如吴门市上恶少年语，此等诗不作可也。（《消寒诗话》）

赵翼曰：杜牧之作诗，恐流于平弱，故措辞必拗峭，立意必奇辟，多作翻案语，无一平正者。方岳《深雪偶谈》所谓"好为议论，大概出奇立异，以自见其长"也。如《赤壁》（略）、《题四皓庙》（略）、《题乌江亭》（略），此皆不度时势，徒作异论，以炫之耳。其实非确论也。唯《桃花夫人庙》云："细腰宫里露桃新，脉脉无言几度春。至竟息亡缘底事？可怜金谷坠楼人。"以绿珠之死，形息夫人之不死，而词语蕴藉，不显露讥讪，尤得风人之旨耳。皮日休《馆娃宫怀古》云："越王大有堪羞处，只把西施赚得吴。"亦是翻新，与牧之同一蹊径。（《瓯北诗话》卷十一）

《精选评注五朝诗学津梁》：意思翻新，可当《史记》。

刘永济曰：（彦周）此论似正，却不免迂腐，非可谓知言者。大抵诗人每喜以一琐细事来指点大事。即如此诗二乔不曾被捉去，固是一小事；然而孙氏霸权决于此战，正与此小事有关。家国不保，二乔又何能安然无恙？二乔未被捉去，则家国巩固可知。写二乔正是写家国大事。且以二乔立意，可以增加诗之情趣。其非翻案、好异以求滑稽弄辞，断然可知。至叠山所谓"死中求活"，盖论《乌江》诗则合，《乌江》诗谓项羽当可回江东以图再起，乃于无可为之中犹谓有可为，故曰"死中求活"，但不可以论此诗。（《唐人绝句精华》）

沈祖棻曰：杜牧有经邦济世之才，通晓政治军事，对当时中央与藩镇、汉族与吐蕃的斗争形势，有相当清楚的理解，并曾经向朝廷提出过一些有益的建议，如果说孟轲在战国时代就已经知道"天时不如地利，地利不如人和"的原则，而杜牧却还把周瑜在赤壁战役中的巨大胜利，完全归之于偶然的东风，这是很难想象的。他之所以这样地写，恐怕用意还在自负知兵，借史事以吐其胸中抑郁不平之气。其中也暗含有阮籍登广武战场时所发出的"时无英雄，使竖子成名"那种感叹在内，不过出语非常隐约，不容易看出来罢了。（《唐人七绝诗浅释》）

刘拜山曰："东风"二字，乃讥周瑜侥幸取胜。杜牧知军事，好论兵，而不为当时所重，故借咏史抒其怀抱。（《千首唐人绝句》）

[鉴赏]

这可能是杜牧咏史诗中最著名、后人的阐释评论也最多的一首。诗面的意思其实非常明显，但它的言外之意却很少有人真正悟出。问题的关键就在未能真正做到知人论世，而只是一味地就诗论诗。但要领悟诗之弦外之音，却首先要从诗面入手。

"折戟沉沙铁未销，自将磨洗认前朝。"和一般的咏史诗往往就所咏的历史事件、人物叙起不同，诗的前两句撇开赤壁的山川形势和昔日曹操与孙刘联军赤壁鏖兵等情事，单就诗人亲历的一件与远去了的赤壁之战有关的小事说起：在赤壁附近的江沙中，诗人偶然发现了一柄沉埋多年、锈迹斑斑的断戟。尽管年深日久，但并未锈蚀净尽。诗人出于好奇，亲自把它磨洗一番，辨认出这正是当年赤壁鏖战的遗物。

杜牧喜欢谈兵，曾注《孙武十三篇》（即《孙子兵法》）行于世。来到赤壁古战场，自然会引发对这场决定三国鼎立局面的战争的追缅和对战争遗迹寻觅的浓厚兴趣。因此，这"折戟沉沙"的偶然发现和"磨洗认前朝"的行为描写，正符合杜牧这样一位自负才略，关注"治乱兴亡之迹，财赋兵甲之事，地形之险易远近，古人之长短得失"的才人志士的性格与行为特点。这样的开头，较之一般的咏史怀古之作多从江山景物或史事落笔的常套显得更为新颖超妙、亲切自然。如果说"自将磨洗"的行为显示出诗人对这段沉埋的历史的浓厚兴趣，那么"认前朝"便不单是对沉沙折戟历史年代的鉴定辨认，而且蕴含了对当年赤壁鏖战、"樯橹灰飞烟灭"历史场景的联翩浮想和对历史的沉思。

"东风不与周郎便，铜雀春深锁二乔。"三、四两句，紧承"认前朝"，发表对这场战争的历史结局的独特看法：假如当年不是由于东风大起，给了周瑜顺利施行火攻的便利条件，那么赤壁之战的结局就会是曹操胜利，孙吴覆灭，美丽的大乔、小乔也将成为俘虏，被深锁在春意深浓的铜雀台中，变成曹操的新宠。

历史是已经发生了的自然的、社会人事的客观事实，可以评论、探究，却无法改变。杜牧发表这通议论，自然也不是企图改变历史，而是对"治乱兴亡之迹"与"古人之长短得失"有自己的独特看法。许彦周对杜牧的讥评固然既不懂诗，也不了解杜牧的才略胸襟（如果读过杜牧的《感怀诗》《雪中书怀》《河湟》《早雁》等诗，绝不至于说出"社稷存亡，生灵涂炭都不问"这样的话）。但被许彦周的评论牵着鼻子走，也会忽略诗人的真正用意。如果诗人只是想用形象而风趣的语言告诉读者：假若不是孙吴获得赤壁之战的胜利，孙权的霸业就要落空，三国鼎立的局面也不会出现。那么这首诗不过是用韵语来议论赤壁之战对东吴存亡、三国鼎立的重大意义，这就完全是重复人所皆知的历史常识，毫无新意可言，作者就不再是杜牧，而是胡曾、孙元晏一流诗人了。杜牧咏史好作翻案文章，在立意上力求出新，这是历代评家都注意到的。如果旨在强调赤壁之战的重大意义，那就与翻案不沾边，不过老生常谈而已。更重要的是，这种说法，完全离开了诗歌的语言表达，对它的意旨做了不符原意的阐释。三、四两句，是个条件复句（假如不是东风给了周郎有利条件，那么二乔就要成为俘虏），在这里前提条件至关重要，是全篇最吃紧、最关键之处，既不能忽视不管，也不能改换成假若不是东吴胜利。诗人的意思表达得非常清楚，周瑜打败曹操，是得了"东风"之便。假如老天爷不给他这个有利条件，他的夫人和大姨早就当了俘虏。诗人强调的是"东风"的重要，而不是赤壁之战的重要。

"东风"是自然界的事物，在古代气象预测还处于纯粹经验的阶段和水平时，它只能是自然的无意恩赐。在现存的有关三国及赤壁之战的文献资料中，也丝毫找不到孙刘一方有任何人曾测到隆冬季节有这场势头极猛的东南风（不像后世《三国演义》中诸葛亮凭经验或神机妙算已先预测到几日后有东南风，又装神弄鬼，设坛祭风），因此"东风"之"便"便完全出于偶然的机遇，是"天"助孙吴。看来，诗人的言外之意相当清楚：凭实力、凭计谋、凭政治优势（曹操挟天子以令诸侯），周瑜与孙吴都未必是曹操的对手，这场战争之所以最终孙吴大胜，曹操大败，不过是由于天赐周瑜以有利的机缘（东风）而已。杜牧家富藏书，博览群籍，曾说"经书括根本，史书阅兴亡"，他对曹魏的实力、曹操的军事才能都是有了解的（曹操也注过《孙子兵法》），他的这番议论，应是经过思考，并非故作耸人听闻之论（至于赤壁之战孙吴胜利、曹操失败的真正原因或三国鼎立的根本原因，作为一个历史研究课题，又当别论）。

诗人这样来评论赤壁之战的胜败双方，显然不单纯是论史，发表不同流俗的见解，而是借此咏怀抒慨。赤壁其地其事，本就容易使才人志士引发对建功立业的向往。杜牧既自负才略，喜议政论兵，却又始终怀才不遇，苦闷抑郁。做黄州刺史期间，又正是他一生中情绪低落、苦闷郁结很深的时期。作于会昌二年十二月的《雪中书怀》诗说:"孤城(指黄州)大泽畔,人疏烟火微。愤悱欲谁语,忧愠不能持。天子号仁圣,任贤如事师。凡称曰治具,小大无不施……人才自朽下,弃去亦其宜。北虏坏亭障,闻屯千里师(指回鹘南侵,朝廷屯兵准备驱逐)。牵连久不解,他盗恐旁窥。臣实有长策,彼可徐鞭笞。如蒙一召议,食肉寝其皮。斯乃庙堂事,尔微非尔知。向来躁等语,常作陷身机。"对边事的关注和谋划得不到当权者的重视和人微言轻、怀抱难申的境遇表现了强烈的忧愤。而"明庭开广敞,才俊受羁维。如日月缒升,若鸾凤葳蕤"的情景,更使诗人在对比中深慨自己的怀才不遇。这一切,都是《赤壁》这首诗中所表达的议论的时代身世背景和心理动因。在诗人看来,历史的某些偶然机遇或条件,使一些才能未必很高的人侥幸获得成功和不朽的声名,而另一些真正有才能的人却因为缺乏这些机遇条件而沉埋不显。单纯以成败论英雄,实际上是对怀才不遇者的又一种不公。详味"东风不与周郎便,铜雀春深锁二乔"之语,不难听出弦外之音。这和历史上的周瑜依靠正确的战略战术取得赤壁之战的胜利自有其必然性是两回事,诗人借咏史以自抒英雄失路的怀抱,固不等同于史家论史。

如果联系诗人的一系列重要诗作,还不难发现这种"东风不与周郎便,铜雀春深锁二乔"的议论,实际上反映了诗人对历史、对人生际遇时感偶然茫然,无法掌握自身命运的心理。《题四皓庙》"南军不袒左边袖,四老安刘是灭刘"的议论,认为汉初的历史系于南军的一念之间,否则历史就要改写,其中蕴含的历史的偶然观正与《赤壁》神似。而著名的《杜秋娘》诗更借女主人公一生荣悴不常的际遇,抒发了"女子固不定,士林亦难期"的人生感慨。诗人在这首诗的结尾处说:"主张既难测,翻覆亦其宜。地尽有何物,天外复何之。指为何而捉,足何为而驰?耳何为而听,目何为而窥?己身不自晓,此外何思维。"大至宇宙自然、社会历史,小至己之一身,都茫然不可解,历史人事上的许多偶然现象以至个人的机遇境遇,都感到茫然难知,难以自主。这正是衰颓之世的一种典型心态,因此引起包括李商隐在内的不少士人的共鸣。对比李白的"天生我材必有用"的自信，更可看出这种机遇偶然、可遇不可求的观念心理的时代根源。

诗的三、四两句，奇警新颖的议论借助骏爽跳脱的笔调、明丽而风趣的语言来表达，其中又带有浪漫气息的想象，故能给人以锋发而韵流的感觉。使人宛见诗人风神超迈、议论风发的精神面貌，颇具杜牧七绝特有情采个性，而侧面落笔，意蕴言外，又极耐人寻味。

泊秦淮①

烟笼寒水月笼沙，夜泊秦淮近酒家。商女不知亡国恨②，隔江犹唱后庭花③。

[校注]

①秦淮，即秦淮河。在今江苏省西南部，流经溧水及南京市区。古称龙藏浦、淮水。相传秦始皇南巡至龙藏浦，发现有王气，于是凿方山、断垄掘流入长江，因名秦淮。自东晋建都建康以来，这一带为酒家林立、歌舞繁华之地。吴在庆《杜牧集系年校注》："《诗话总龟》卷二五引《唐贤抒情》云：'杜牧之绰有诗名，纵情雅逸，累分守名郡，罢任，于金陵舣舟，闻倡楼歌声，有诗曰：烟笼寒水月笼沙……风雅偏缀，不可胜纪。'按杜牧生平，会昌六年（846）九月罢池州任，徙为睦州刺史。据其《唐故进士龚轺墓志》：'自秋浦守桐庐，路由钱塘'，此行可经金陵，泊于秦淮河。其经秦淮河时恰为秋冬之际，与'烟笼寒水'合。故此诗约为会昌六年秋冬间所作。"兹从之。②商女，指酒楼中以卖唱为生的歌女。③江，即指秦淮河。长江以南，水无论大小，均称江。酒家即在秦淮河的对岸，故歌声隔江清晰可闻。《后庭花》，即《玉树后庭花》，《南史·陈后主本纪》："后主愈骄，不虞外难，荒于酒色，不恤政事，左右嬖佞，珥貂者五十人。常使张贵妃、孔贵人等八人夹坐，江总、孔范等十人预宴，号曰'狎客'。

先令八妇人襞采笺制五言诗，十客一时继和，迟则罚酒。君臣酬饮，从夕达旦，以此为常。"又《陈后主张贵妃传》："后主每引宾客，对贵妃等游宴，则使诸贵人及女学士与狎客共赋新诗，互相赠答，采其尤艳丽者，以为曲调，被以新声……其曲有《玉树后庭花》《临春乐》等……大抵所归，皆美张贵妃、孔贵嫔之容色。"《旧唐书·音乐志一》："御史大夫杜淹对曰：'前代兴亡，实由于乐。陈将亡也，为《玉树后庭花》，齐将亡也，而为《伴侣曲》，行路闻之，莫不悲泣，所谓亡国之音也。'"

[笺评]

葛立方曰：《后庭花》，陈后主之所作也。主与倖臣各制歌词，极于轻荡。男女唱和，其音甚哀，故杜牧之诗云（略）。《阿滥堆》，唐明皇之所作也……二君骄淫侈靡，耽嗜歌曲，以至于亡乱，时代虽异，声音犹存，故诗人怀古，皆有"犹唱"，"犹吹"之句。呜呼！声音之入人深矣。（《韵语阳秋》卷十五）

谢枋得曰：齐之亡，有《伴侣曲》，陈之亡，有《后庭花》，皆亡国之音……舟中商女，染陈朝旧俗，妖淫哀思，不知其为亡国之音。此诗有关涉，圣贤不欲闻桑间濮上之音，晋孟不愿闻《墙有茨》之诗也。（《注解章泉涧泉二先生选唐诗》卷三）

周弼曰：用事体。（《删补唐诗选脉笺释会通评林·晚七绝》引）

桂天祥曰：写景命意俱妙，绝处怨体反言，与诸作异。（《批点唐诗正声》）

周珽曰：隋有《伴侣曲》，陈有《玉树后庭花》，皆亡国之声。隋鉴陈，而仍蹈其辙；唐鉴隋，而复有《霓裳羽衣》，何能不蒙尘也。夫以炀帝、明皇之敏慧，尚不之悟，何望于商女哉？然后唐而帝者，焉即皆知亡国之可恨者也。（《删补唐诗选脉笺释会通评林·晚七绝》）

胡济鼎曰：自陈亡至牧之之时，已二百四十馀年，而调曲犹熟于商女之口，妖声艳辞，非但入人，深不可解。"不知"两字，见得与之俱化，声音感人如此。（同上引）

何仲德曰：为熔意体。（同上引）

吴山民曰：国已亡矣，而靡靡之音，深溺人心。孤泊骤闻，自然兴感。（同上引）

唐汝询曰：秦淮，陈之故都。即景寂寞，足兴黍离之慨，况闻亡国之声哉？（《唐诗解》卷三十）

贺裳曰：偷语一事，名家不免。如刘梦得"山围故国周遭在，潮打空城寂寞回。淮水东边旧时月，夜深还过女墙来"，杜牧之"烟笼寒水月笼沙，夜泊秦淮近酒家。商女不知亡国恨，隔江犹唱后庭花"，韦端己"江雨霏霏江草齐，六朝如梦鸟空啼。无情最是台城柳，依旧烟笼十里堤"，三诗虽各咏一事，意调实则相同。愚意偷法一事，诚不能不犯，但当为韩信之背水，不当为虞诩之增灶，慎毋为邵青之火牛可耳。若霍去病不知学古兵法，究亦非是。（《载酒园诗话》卷十三）

徐增曰："烟笼寒水"，水色碧，故云"烟笼"；"月笼沙"，沙色白，故云"月笼"。下字极斟酌。夜泊秦淮而于酒家相近，酒家临河故也。商女是以唱吟为生涯者，唱《后庭花》者，唱而已矣，哪知陈后主以此亡国，有恨于其内哉！杜牧之隔江听去，有无限兴亡之感，故作是诗。（《而庵说唐诗》卷十二）

王尧衢曰：烟水色清，故烟笼水；月沙色白，故月笼沙。此夜泊秦淮景色也……酒家临水，泊舟近酒家，而歌声飘逸，所从来矣……商女止知唱曲，安知曲中有恨。杜牧隔江听去，知《玉树后庭花》曲，乃陈后主亡国之音。触景生悲，便有无限兴亡之感。（《古唐诗合解》卷六）

沈德潜曰：绝唱。（《重订唐诗别裁集》卷二十）

宋宗元曰：后人咏秦淮者，更从何处措词。（《网师园唐诗笺》）

杨逢春曰：首句写景荒凉，已为"亡国恨"钩魂摄魄。三、四推原亡国之故，妙就现在所闻犹是亡国之音感叹，索性用"不知"二字，将"亡国恨"三字扫空，文心幻曲。（《唐诗绎》）

李锳曰：首句写秦淮夜景。次句点明夜泊，而以"近酒家"三字引起下二句。"不知"二字感慨最深，寄托甚微。通首音节神韵，无不入妙，宜沈归愚以为绝唱。（《诗法易简录》）

吴瑞荣曰：盱目刺怀，合毫不尽。"千里枫树烟雨深，无朝无暮听猿吟"，凄不过此。（《唐诗笺要》）

管世铭曰：王阮亭司寇删定洪氏《唐人万首绝句》，以王维之《渭城》，李白之《白帝》，王昌龄之"奉帚平明"，王之涣之"黄河远上"为压卷，踔于前人所举之"葡萄美酒""秦时明月"者矣。近沈归愚宗伯，亦效举数首以读之。今按其所举，唯杜牧"烟笼寒水"一首为当。（《读雪山房唐诗序例·七绝凡例》）

何焯曰：发端一片亡国恨。（《唐绝诗抄注略》引）

朱宝莹曰：首句状景起，烟、水色青，故"烟笼水"；月、沙色白，故"月笼沙"，此秦淮景色也。次句点"泊秦淮"。泊近酒家，为下商女唱曲之所从来处，已伏三句之根。三句变换，四句发之，谓杜牧听隔江歌声，知《玉树后庭花》曲系陈后主亡国之音，足动兴亡之感，而商女不知曲中有恨，但唱曲而已。（《诗式》）

俞陛云曰：《后庭》一曲，在当日琼枝璧月之场，狎客传笺，纤儿按拍，何等繁华！乃因此珠喉清唱，传与秦淮寒夜，商女重唱，可胜沧桑之感。……独有孤舟行客，俯仰兴亡，不堪重听耳。（《诗境浅说》续编）

陈寅恪曰：牧之此诗，所谓"隔江"者，指金陵与扬州二地而言。此商女当即扬州之歌女，而在秦淮商人舟中者。夫金陵，陈之国都也，《玉树后庭花》，陈后主亡国之音也。此来自江北扬州之歌女，不解陈亡之恨，在其江南故都之地，尚唱靡靡之音，牧之闻其歌声，因为诗而咏之耳。此诗必作如是解，方有意义可寻。（《元白诗笺证

稿》）

刘永济曰：首二句写夜泊之景，三句非责商女，特借商女犹唱《后庭花》以叹南朝之亡耳。六朝之局，以陈亡而结束，诗人用意自在责后主君臣轻荡，致召危亡也。（《唐人绝句精华》）

刘拜山曰：晚唐国势日危，而时风淫靡，诗人所以深慨。（《千首唐人绝句》）

[鉴赏]

"刻意伤春复伤别，人间唯有杜司勋。"（李商隐《杜司勋》）如果要从杜牧诗集中挑出一首最能体现其"伤春"特征的作品，这首伤时感世的《泊秦淮》无疑是首选。

东吴、东晋和宋、齐、梁、陈六朝，都建都于金陵（吴称建业、东晋南朝称建康）。秦淮河一带，成为当时豪门贵族享乐游宴的场所。入唐以后，金陵的政治、地理位置虽不像六朝那样重要，但仍是江南繁华的商业都市。秦淮沿岸，酒家林立，六朝金粉的遗风，由于中唐以来城市经济的畸形繁荣愈演愈烈。诗人在由池州刺史调任睦州刺史的途中，夜泊秦淮河边，目睹耳闻衰颓时世中上层社会奢华淫侈、醉生梦死的生活，写下这首感慨深沉的伤时绝唱。

"烟笼寒水月笼沙"，首句写夜泊秦淮眼前所见景象：一片淡淡的烟雾般的水汽，像轻纱似的笼罩着秦淮河那泛着波光、带着寒意的水面。溶溶的月色笼罩着秦淮河边的白沙。诗人选取了最能体现在夜泊秦淮所见景象特征的四种事物：水、月、烟、沙，分别用两个"笼"字将它们组合成一个完整的艺术境界。烟、水、月、沙，都是白的。视野所及，是一片轻柔静寂、缥缈朦胧之中带着微微浮动流走意态的白茫茫的夜色。

这是写景，但景中有情、景中有人。画面本身是在轻柔缥缈之中带有一点迷茫的色彩，在静寂朦胧之中带有一点凄寒的意味，很含蓄地透露出诗人当时的感情。透过这个画面，仿佛能感到诗人一方面为静寂幽美的秦淮夜色所吸引，另一方面又微微有些孤寂凄清的感触。特别是"烟笼寒水"的那个"寒"字，不仅透露出特定的时令，而且透露出诗人心头的那股寒意，从而在不经意间折射出特定的时代凄寒氛围。这种心境，正和下面要描写的江对岸的歌吹宴饮的情景构成鲜明的对照：一寂一喧、一醒一醉，很出色地烘托了那热闹喧哗后面的空幻与悲凉。

"夜泊秦淮近酒家"，次句直接点出"夜泊秦淮"，按实际情况，应是先有"夜泊秦淮"，然后才看到"烟笼寒水月笼沙"的景象。但如果真试着按实际发生的时间次序来写，便会感到平直无味，诗意顿减。这是因为对这首诗来说，头一句担负着用最精练的笔墨渲染氛围，创造典型环境的任务（诗人正是在这样的环境和心态下夜泊秦淮，听到隔江歌女的歌唱的）。第一句如果平平叙起，第二句再来写典型的抒情环境氛围，就失去了那种先声夺人的艺术效果了。

但是，如果第二句仅仅为了交代一下时间（夜）、地点（秦淮）和"泊舟"之事，起着点明题目的作用，则它的任务又显得过于轻松，近乎浪费笔墨。实际上，这一句是在点明题目、为上一句描绘的景象补充交代时间、地点的同时又为下两句的描绘与抒情提供了引线，这就是"近酒家"这三个字。这"酒家"就是河对岸的酒馆歌楼。有了这"酒家"，才有"商女"的歌唱，才有醉客的喧闹，也才有诗人的深沉感慨。因此这一句七个字，正是承上启下，网络全篇，起着枢纽关键作用，可以从中看出诗人运思的细密。但读来却只感到承接过渡得非常自然，丝毫不见刻意安排之迹，不感到前后幅之间转换的突然。因为秦淮河和一般的河不同，它的特点就是六朝金粉、江左繁华的历史展览馆，就是现实环境下的风月繁华、歌吹宴饮的展示厅。因此当我们读到"近酒家"这三个字时，感到它非常真实自然。如果不是"近酒家"，反而不是秦淮河了。

"商女不知亡国恨，隔江犹唱后庭花。"商女，指在歌馆酒楼中卖唱的歌女。这种人是都市商业经济畸形繁荣的产物，也是上层社会（包括官僚、富商等人）腐朽生活的产物。在秦淮河两岸，酒楼歌馆很多，官僚士大夫和富商们饮酒作乐时，她们就在席上唱些歌曲来侑觞助兴。因为要适应这帮人的趣味，歌曲的内容、情调可想而知。"隔江"的"江"，指的就是秦淮河。诗人在船上，商女的歌声从河对岸的酒楼歌馆传出来，故说"隔江"。《后庭花》是南朝末代皇帝陈后主等所制的歌曲，曲调内容淫靡（有"璧月夜夜满，琼树朝朝新"之句），声调凄凉（刘禹锡《金陵怀古》有"后庭花一曲，凄凉不堪听"之句）。因为其中有"玉树后庭花，花开不复久"之句，被人视为歌谶（预示着陈朝不久即将覆亡的命运），因而被作为靡靡之音与亡国之音的代名词。这两句是说，歌女们根本不懂得亡国的悲哀和愁恨，在河对岸的酒楼上依然还在唱着《玉树后庭花》这种淫靡的亡国之音。

诗的伤时感世之情，主要就是通过三、四两句来集中抒发的。头一句在写景中虽也蕴含着情，但那种情是比较虚泛、朦胧的，只是隐隐约约有那么一种孤寂、凄寒的情绪而已，而三、四两句则不同，它是隔江听到商女在唱《玉树后庭花》时引起的一种具体而强烈的带有深沉激愤之情的感受。两句中的"不知""犹唱"，前呼后应，寓慨尤深，是诗人"刻意"渲染之笔。两句的表层意蕴是说，歌女们唯以卖唱为生，她们在唱《玉树后庭花》这首流传了几百年的前朝歌曲时，根本不知道这首歌联系着一个王朝的荒淫奢华与覆灭的历史，即使知道了，按照她们的职业和身份，也不会怀有亡国的忧愁和怅恨，但对于隔江听到这首亡国哀歌的诗人来说，却因此而引发深沉的历史、现实感慨，引起无穷的亡国的忧愁与怅恨。歌女因"不知"而"犹唱"，而诗人则因"知"而无限感慨，这是一层对照。但诗人用意更深的，却是"商女"背后的座上客，那些官僚贵族、富商大贾们。他们当中，不少人是深知《玉树后庭花》与南朝覆亡命运的关联，也深知"亡国"之"恨"的，但他们却既无视历史的教训，也无视现实的危机，更不顾唐王朝将来步亡陈后尘、一朝覆灭的命运，仍然醉生梦死、苟安享乐，过着纸醉金迷的生活，在精神麻木中享受最后的疯狂。"不知"和"犹唱"，可以说是把历史、现实和将来串到了一起，透过一层，凝聚了很深的感慨。这《玉树后庭花》的靡靡之音，过去唱了，现在还在唱，恐怕还要唱到又一次亡国悲剧的上演吧。这正是诗人内心深处潜藏的沉重悲慨。"隔江"二字，显示了唱者与听者一江之隔的空间距离。这既真切地表现江这边的船上听者对江那边的酒楼歌管之声的痛愤感受，又为诗人感愤的产生提供了必要的条件（如果歌吹喧闹之声就在近处发生，则除了厌恶之外根本就静不下心来思考）。而江这边的静和江那边的闹，正形成鲜明的对照，显示出一边是醉生梦死、"不知亡国恨"，另一边则是清醒而又痛苦忧伤地思考着危殆的国运。这种"知"与"不知"的对照，正是这首诗艺术构思和意境创造的一个显著特点。

诗蕴含的感情是沉痛忧愤的，但并不令人感到沉闷窒息。写景抒情中仍然有一股清丽俊爽之气。

寄扬州韩绰判官①

青山隐隐水迢迢②，秋尽江南草未凋③。二十四桥明月夜④，玉人何处教吹箫⑤？

[校注]

①韩绰，杜牧在淮南节度使牛僧孺幕府时的同僚。时韩绰任节度判官。《全唐诗》卷五四八薛逢有《送韩绛归淮南寄韩绰先辈》诗（一作赵嘏诗）。此诗系杜牧离淮南幕后思念韩绰寄赠之作。诗有"秋尽江南（此处当包括扬州）"语，作诗时诗人当在北方。按杜牧大和九年调任监察御史，赴长安，同年八月，以监察御史分司东都，赴洛阳，开成二年（837），离洛阳至扬州看望其弟杜颛，不久即赴宣州幕。

故此诗当作于大和九年（835）或开成元年秋，因开成二年秋他已在江南。②迢迢，水流绵长貌。杜牧《李贺集序》："水之迢迢，不足为其情也。"《全唐诗》校："一作遥遥。"③江南，此包括扬州。扬州虽在长江北岸，但其风土人情、季候景物实与江南无异。自身处北方者视之，更属当然。未，《全唐诗》原作"木"，据杨慎及段玉裁《经韵楼集·与阮芸台书》说改。④二十四桥，沈括《梦溪笔谈·补》谓唐时扬州最为繁盛，可纪者有二十四桥，并列载桥名。《方舆胜览》卷四十四《淮东路·扬州》古迹"二十四桥"下云："隋置，并以城门坊市为名。后韩令坤省筑州城，分布阡陌，别立桥梁，所谓二十四桥者，或存或废，不可得而考。"证以时代接近杜牧的张乔《寄维扬故人》诗"月明记得相寻路，城锁东风十五桥"、施肩吾《戏赠李主簿》"不知暗数春游处，偏记扬州第几桥"等诗句，则扬州城有二十四座桥之说洵为事实。视下句"何处"亦可知扬州桥之众多。或有谓"二十四桥"即吴家砖桥，后名红药桥者，则吴家砖桥即"第二十四桥"也。总数有二十四桥，与"第二十四桥"专指某一桥并不矛盾，视施肩吾诗"偏忆第几桥"之句可知。张乔诗"十五桥"当即"第十五桥"之意。⑤玉人，指年轻俊美的男子。《世说新语·容止》："（裴楷）粗服乱头皆好，时人以为玉人。"《晋书·卫玠传》："年五岁，风神秀异……总角乘羊车入市，见者皆以为玉人，观之者倾都。"此借指韩绰。《扬州府志》谓炀帝于月夜同宫女二十四人吹箫于桥上，盛唐包何有诗云："闻说到扬州，吹箫忆旧游。"说明月下吹箫于桥上当为扬州故实。

[笺评]

谢枋得曰：唐诸道郡国之富实，人物之众多，城市之和乐，声色之繁华，扬州为冠，益州次之，号为扬一益二。牧之仕淮南，《寄扬州韩判官》诗，其实厌江南之寂寞，思扬州之欢娱，情虽切而辞不

露。(《注解章泉涧泉二先生选唐诗》卷三)

盛如梓曰：杜牧官于金陵，《寄扬州韩判官》诗……"草未凋"，今作"草木凋"，不见江南草木经寒之意。(《庶斋老学丛谈》卷中)

刘辰翁曰：韩之风致可想，书记薄幸自道耳。(《唐诗品汇》卷五十三引)

胡应麟曰：此等入盛唐亦难辨，惜他作殊不尔。(《诗薮·内编·近体下》)

杨慎曰：唐诗绝句，今本多误字……《寄扬州韩判官》云："秋尽江南草未凋。"俗本作"草木凋。"秋尽而草木凋，自是常事，不必说也。况江南地暖，草本不凋乎？此诗杜牧在淮南而寄扬州人者，盖厌淮南之摇落，而羡江南之繁华，若作"草木凋"，则与"青山""明月""玉人吹箫"不是一套事矣。(《升庵诗话》卷八) 又曰：贺方回作《太平时》一词，衍杜牧之诗也。其词云："秋尽江南叶未凋，晚云高。青山隐隐水迢迢，接亭皋。二十四桥明月夜，弭兰桡。玉人何处教吹箫，可怜宵。"按此，则牧之本作"叶未凋"(《词品》卷一)

郑郏曰：清响裂云。(引自吴在庆《杜牧集系年校注》)

顾璘曰：优柔平实，有似中唐。(《删补唐诗选脉笺释会通评林·晚七绝》引)

胡次焱曰：对草木凋谢之秋，思月桥吹箫之夜，寂寞之恋喧哗，殆不胜情。"何处"二字最佳。(同上引)

陆时雍曰：杜牧七言绝句，婉转多情，韵亦不乏，自刘梦得后一人。(同上引)

周珽曰：牧之尝为淮南节度使书记，又守黄州，历淮、楚、宣、浙，皆江南宦游之地。风土虽暖，至秋尽无不凋之草。若必改"木"字为"未"字，则江南风土和厚，俱属可爱，何独羡扬州乎？牧之诗有"十年一觉扬州梦"之句，素恋其景物奇美。此不过谓韩判官当此冷落之族，教箫于月中，不知二十四桥之夜，在于何处，含无限意绪耳，何必究草木之凋与未凋也？(同上)

黄生曰：作"草未凋"，本句始有意；若作"木"，读之又索然矣。言桥有廿四，不知在何处桥边教玉人吹箫耳。扬州本行乐之地，故以此讯韩，言外有羡之意。"教"字义平声，读去声，"教"，犹命也。（《唐诗摘抄》卷四）

吴景旭曰：扬州之盛，唐世艳称。故张祜诗"人生只合扬州死，禅智山光好墓田"，徐凝诗"天下三分明月夜，二分明月在扬州"。旧称牧之诗好用数目，如"二十四桥"之类是也。按《笔谈》记二十四桥云：最西浊河茶园桥，次东大明桥（今大明寺前）。入西水门有九曲桥（今建隆寺前），次当正，当帅牙南门有下马桥，又东作坊桥，桥东河转向南，有洗马桥、次南桥（见在今州城北门外），又南阿师桥、周家桥（今此处为城北门）、小市桥（今存）、广济桥（今存）、新桥、开明桥（今存）、顾家桥、通明桥（今存）、太平桥、利国桥。出南水门有万岁桥（今存）、青园桥。自驿桥北河流东出有参佐桥（今开元寺前）。次东水门（今有新桥，非古迹也），东出有山光桥（见在今山光寺前）。又自衙门下马桥直南有北三桥、中三桥、南三桥，号九桥，不通船，不在二十四桥之数，皆在今州西门外。（《历代诗话》卷五十二）

余成教曰：杜司勋诗："谁家唱水调，明月满扬州"，"谁知竹西路，歌吹是扬州"，"扬州尘土试回首，不惜千金借与君"，"二十四桥明月夜，玉人何处教吹箫"，"春风十里扬州路，卷上珠帘总不如"，"十年一觉扬州梦，赢得青楼薄幸名"，何其善言扬州也！（《石园诗话》卷二）又曰：梦得、牧之喜用数目字……牧之诗"汉宫一百四十五""南朝四百八十寺""二十四桥明月夜""故乡七十五长亭"，此类不可枚举，亦诗中之算博士也。（同上）

段玉裁曰：杜牧之"秋尽江南草木凋"，本作"草未凋"，坊本尚有不误者。"草木凋"，尚何意味哉！（《与阮芸台书》）

孙洙曰：《寄扬州韩绰判官》："二十四桥明月夜，玉人何处教吹箫？"二语与谪仙"烟花三月"七字，皆千古丽句。（《唐诗三百首》

卷八）

黄叔灿曰："十年一觉扬州梦"，牧之于扬州，缱绻久矣。"二十四桥"二句，有神往之致，借韩以发之。二十四桥，在扬州府城，今名虹桥。（《唐诗笺注》）

赵彦传曰：《天禄识馀》："敩"、"学"，古文通用。唐人"玉人"云云，乃学吹箫也。唐诗中"教"字皆平用，无去声字。且"学吹箫"煞有风致，"教吹箫"有何意味耶？（《唐人绝句诗钞注略》）

《精选评注五朝诗学津梁》：风流秀曼，一片精神。

范大士曰：丰神摇曳。（《历代诗发》）

周咏棠曰：（末句）只此七字，便已妙绝。（《唐贤小三昧集续集》）

宋顾乐曰：深情高调，晚唐中绝作，可以媲美盛唐名家。（《唐人万首绝句选》评）

刘拜山曰：只是留恋扬州旧游之意，而于清诗丽句中行以疏宕之气，小杜胜场。（《千首唐人绝句》）

[鉴赏]

这是一首很富风调美的七绝名篇，诗人的"风流俊赏"，往往通过这类作品鲜明地体现出来。

唐文宗大和七年（833）四月到九年初，杜牧曾在淮南节度使（使府在扬州）牛僧孺幕中做过推官和掌书记，和当时在幕任节度判官的韩绰相识。这首诗是杜牧离扬州幕后不久寄赠韩绰之作［大和九年秋或开成元年（836）秋］。韩绰去世后，杜牧曾作《哭韩绰》诗凭吊，看来两人之间有一定的交谊。

"青山隐隐水迢迢，秋尽江南草未凋。"前两句写回忆想象中扬州一带地区的秋日风光：青山逶迤起伏，隐现天外，绿水绵长悠远，迢迢不断。眼下虽然已到深秋，但温暖的江南想必草木尚未凋黄，仍然充满生机绿意。扬州地处长江北岸，但整个气候风物实与江南无异。唐代扬州特别繁华，"烟花三月下扬州""春风十里扬州路"等诗句，说明在当时人的心目中，扬州简直就是花团锦簇，永远是春天的城市。加以诗人此刻正在北方中原地区遥念扬州，因而在意念中便自然而然地将扬州视为风光绮丽的"江南"了。"草未凋"与"青山"绿水组合在一起，正突出显现了江南之秋明丽而富于生意的特色。由于是怀念繁华的旧游之地，诗人在回忆想象中便赋予扬州以丰富的诗意美。"未"字一作"木"，虽也可通，但从意境的优美来看，却显然逊色多了，而且与上下文所显示的境界也不够合拍。这两句特意渲染山青水远、草木绿秀的江南清秋景色，正是要为下两句想象中的生活图景提供美好的背景。而首句句中自对，山、水相对，隐隐、迢迢叠用，次句"秋尽江南"与"草未凋"之间的转折，更构成了一种既圆转流美，又抑扬有致的风调。诗人翘首遥望、神驰天外的情景和不胜怀恋繁华旧游的感情也隐现于字里行间。

"二十四桥明月夜，玉人何处教吹箫？"这是一首寄赠旧日同游扬州友人的诗（此刻对方仍身在扬州），诗的三、四句，既要落到友人韩绰身上，点醒寄赠之意、怀友之情，又要关合扬州旧游之地，表现出扬州特有的佳胜和自己对它的怀念，更要切合自己和对方的身份、气质和情致，难度是相当大的。诗人将回忆的范围集中到"二十四桥明月夜"。因为这时、地、景物正是最能集中体现扬州风光中既繁华又清绝、既浪漫又富诗情的所在。二十四桥，是唐朝扬州城内桥梁的总称，所谓"二十四桥明月夜"，实际上等于说扬州明月夜，只不过借此突出扬州的"江南"水乡特点，并将活动场所集中在小桥明月之上而已。杜牧在扬州期间，经常于夜间到十里长街一带征歌逐舞，过着诗酒风流的生活。当时韩绰想必也时常与诗人一同游赏，所以三、四两句说，值此清秋明月之夜，你这位丰仪俊美、风流倜傥的才士，又究竟在二十四桥的哪一座桥上与歌妓们吹箫作乐、流连忘返呢？"何处"，应上"二十四桥"，表现了想象中地点不确定的特点，且从问语隐隐传出悠然神往的情味。

这幅用回忆想象编织成的月明桥上教吹箫的生活图景，不仅表现了扬州繁华景象的一个重要侧面，而且带有杜牧这类风流才士所醉心的生活的典型特点；不仅借此抒发了对往日旧游之地的怀念，而且重温了往日彼此同游的情谊；字里行间，既含蓄地表现了对友人的善意调侃（这种调侃本身就是表达友谊的一种方式），又流露出对友人现在处境的无限欣慕，作用是多方面的。

　　杜牧在扬州期间征歌逐舞的风流俊赏生活自然包含着某些颓废成分，但这首诗特具的优美风调和集中笔墨表现对象典型特征，表现诗人自己鲜明个性的手法，却对我们具有艺术上的启发借鉴作用。

赠别二首 (其二)①

**　　多情却似总无情，唯觉樽前笑不成②。蜡烛有心还惜别③，替人垂泪到天明。**

[校注]

　　①《赠别二首》（其一）云："娉娉袅袅十三馀，豆蔻梢头二月初。春风十里扬州路，卷上珠帘总不如。"诗当作于扬州，赠别对象为歌妓。缪钺《杜牧年谱》系二诗于大和九年，系是年春夏间杜牧罢扬州幕入京前赠别歌妓之作。②樽前，指别筵酒杯之前。③心，指烛芯，关合人的心情。还，尚且。

[笺评]

　　张戒曰：《国风》云："爱而不见，搔首踟蹰。""瞻望弗及，伫立以泣。"其词婉，其意微，不迫不露，此其所以可贵也。古诗云："馨香盈怀袖，路远莫致之。"李太白云："皓齿终不发，苦心空自持。"皆无愧于《国风》矣。杜牧之云："多情却似总无情，惟觉尊前笑不成。"意非不佳，然而词意浅露，略无馀蕴。元、白、张籍，其病正

在此，只知道得人心中事，而不知道尽则又浅露也。后来诗人能道得人心中事者少尔，尚何无馀蕴之责哉！（《岁寒堂诗话》卷上）

黄叔灿曰：曰"却似"，曰"唯觉"，形容妙矣。下却借蜡烛托寄，曰"有心"，曰"替人"，更妙。宋人评牧之诗豪而艳、宕而丽，其绝句于晚唐中尤为出色。（《唐诗笺注》）

《精选评注五朝诗学津梁》：（三、四）不言人而言烛，衬笔绝佳。

刘永济曰：此二诗为张好好作也。杜有赠张好好五言古诗一首，诗前有小序曰："牧大和三年佐故吏部沈公江西幕，好好年十三，始以善歌来乐籍中。后一岁，公移镇宣城，复置好好于宣城籍中。后二岁，为沈著作述师以双鬟纳之。后二岁，于洛阳城东重睹好好，感旧伤怀，故题诗赠之。"按：此诗有"娉娉袅袅十三馀"句，当是与好好别时所作。前首言其美丽，后首叙别。"似无情""笑不成"，正十三龄女儿情态。（《唐人绝句精华》）

[鉴赏]

《赠别二首》是杜牧大和九年离开淮南节度使幕府时赠别当地一位容貌出众的年轻歌女而作。第一首深情赞美对方的艳丽轻盈，"春风十里扬州路，卷上珠帘总不如"。这里选的是第二首，抒写别夜离席的伤感情怀。

首句以议论的方式陡然而起。"多情"，指离别的双方本来就有深挚的感情，此刻在离席别筵之上，更是思绪万千，黯然销魂。照理说，应当表现出缱绻缠绵依依不舍的柔情，但实际情况，却是彼此默然相对，无以为语，看起来几乎像是无动于衷似的，所以说"总无情"。"总"字带有明显的强调意味，说明这是一种普遍现象。为什么"多情"反似"无情"呢？这是因为，情到深处，一切通常的语言、表情、动作都不足以表达内心深处百转千回的感情。在惜别情绪的高潮中，这一切外在的表现都显得苍白无力而且多余了，而离别的伤感痛苦又使双方的表情近乎漠然。推而广之，一切最多情的人往往会有这种看起来似乎漠然无情的表象。说"却似"又正透出这看起来像是"无情"的表象正深藏着"多情"的实质。这句诗，寓叙于议，既高度概括了"多情"与"无情"的实质与表象之间的矛盾统一的生活现象，以及诗人对此的深刻人生体验，同时又展现了别筵上的黯然伤魂、默然相对的情景，是很高妙的写法。它和宋代词人姜夔的名句"人间别久不成悲"在抒情的深刻和概括上可以媲美。

接下来一句，"唯觉樽前笑不成"，是进一步补足上句的。樽前相对，为了宽慰对方，缓解离绪，彼此都想努力装点欢容，这正是"多情"的表现；但由于内心的痛苦太深，却无论如何也无法强颜为欢，结果仍然是无言相对，却似"无情"了。但这种"无情"，正是太"多情"的结果。"唯觉"二字，于无可奈何的口吻中见惨然的情味，隐逗下文"垂泪"，过渡得自然无迹。以上两句，文势跌宕腾挪，极有情味。

"蜡烛有心还惜别，替人垂泪到天明。"三、四两句，正面描写别夜离情，似乎已成箭在弦上之势，但诗人却反而绕开，借离筵蜡烛来侧面表现伤离意绪。这两句的好处在于亦赋亦兴亦比，将眼前蜡烛的形象与黯然伤魂的离人形象融为一体。离筵上的蜡烛，燃烧时脂泪流溢，这是赋实；由蜡泪联想到离人伤别之泪，由蜡烛有芯联想到离人的"有心"惜别，并以前者隐喻后者，这是由兴而比。在这亦赋亦兴亦比的描写中，又特意插入"有心""替人"四字，将本来无知的蜡烛人格化，赋予它人的感情，这就使得这两句不局限于单纯的形象性比喻，而达到物我交融、浑然一体的境界。以致很难分清是借物寓情还是直接以物拟人了。"蜡泪"的形容比喻，早已有之（庾信《对烛赋》有"铜华承蜡泪"之句），与杜牧同时或先后的诗中用"蜡泪"来比喻惜别伤离之泪的也屡见，但像这样新鲜贴切、工巧天然的却不多见。这两句的重点虽然是在渲染伤离意绪的深挚，但通过"蜡烛……垂泪到天明"的描写，这一对离人在整个离夜耿耿不寐、无言垂泪相对的情景也就暗透出来了。蜡烛尚且有意替人垂泪，则离人之心在暗自泣血神伤也就不言而喻了。正面不写写侧面，正是为了进一步突出正面，使读者于言外领之。

一般的惜别伤离之作，大都以正面描绘别时情景为主。本篇特点，在不直接对此作正面描写，而是以议论和拟人化的比兴象征暗透别时情景。诗中蕴含深刻的人生体验的议论和细腻的心理描写的结合，眼前景和联想、妙喻、拟人化等艺术手段的结合，使这首诗在惜别伤离之作中别具一格。

南陵道中^①

南陵水面漫悠悠^②，风紧云轻欲变秋^③。正是客心孤迥处^④，谁家红袖凭江楼^⑤。

[校注]

①南陵，唐江南西道宣州属县，今属安徽。杜牧于唐文宗大和四年（830）九月至七年四月、开成二年（837）至三年曾先后在宣歙观察使幕为从事，此诗当作于寄幕宣州期间，具体时间以在大和五、六年秋可能性较大。因开成二年深秋杜牧方抵宣州，开成三年深秋虽仍在宣州，但此时外出的可能性相对较小。《才调集》卷四题作《寄远》五首之二。②漫，平缓。③欲变秋，谓天气将向秋天转变。④孤迥，孤清寂寞。"迥"有荒僻远离家乡之义。⑤凭，《全唐诗》校："一作倚。"

[笺评]

董其昌曰：杜樊川诗时堪入画。"南陵水面漫悠悠，风紧云轻欲变秋。正是客心孤迥处，谁家红袖凭江楼？"陆瑾、赵千里皆图之，余家有吴兴小册，故临于此。（《画禅庵随笔》卷二题自画《江心秋思图》）又曰：江南顾大中，尝于南陵巡捕舫子上，画杜樊川诗意。时大中未知名，人莫加重，后为过客窃去，乃共叹惋。予曾见文征仲画此诗意，题曰："吾家有赵荣禄仿赵伯驹小帧画，妙绝，间一摹之，殊愧不似。（同上卷二评旧画）又曰："万事不如杯在手，一年几见月当头"，文征仲尝写此诗意。又樊川翁"南陵水面漫悠悠，风紧云轻欲变秋"，赵千里亦图之。此皆诗中画，故足画耳。（同上卷三评诗）

陈继儒曰："南陵水面漫悠悠，风紧云轻欲变秋。正是客心孤迥处，谁家红袖凭江楼。"右樊川诗。宋顾大中曾于南陵捕司舫子卧屏上画此诗意，而人不知其名，未复赏誉。后为具眼者窃去，乃更叹息。（《佘山诗话》卷上）

贺裳曰：杜紫微"南陵水面漫悠悠……"，罗邺曰："别离不独恨蹄轮……"，每读此二诗，忽忽如行江上。（《载酒园诗话又编》）

周咏棠曰：近人有以诗意入画者，恐未能尽其风景之妙。（《唐贤小三昧集续集》）

宋顾乐曰：恼人客思，每每有此，妙能写出。（《唐人万首绝句选》评）

赵彦传曰：《寄远》第三首云："只影随惊雁，单栖锁画笼。向春罗袖薄，谁念舞台风？"按此与前诗（即本篇）同意。（《唐绝诗抄注略》）

俞陛云曰：此诗纯以轻秀之笔，达宛转之思。首句咏南陵，已有慢橹开波之致。次句咏江上早秋，描写入妙。后二句尤神韵悠然。意谓客怀孤寂之时，彼美谁家，江楼独倚，因红袖之当前，忆绿窗之人远，遂引起乡愁。云鬟玉臂，遥念伊人，客心更无以自聊矣。（《诗境浅说》续编）

沈祖棻曰：前半写旅途所见，景色时令，皆在其中。后半言己心当孤迥之际，而有红袖之女，方凭江楼，闲赏风物，遂忽觉其恼人，觉其不情。东坡《蝶恋花》下阕云："墙里秋千墙外道。墙外行人，墙里佳人笑。笑渐不闻声渐小，多情却被无情恼。"正可移释此诗。

夫此红袖自凭江楼，固不知客心之孤迥；而客心之孤迥，亦本与此红袖无关。是二者固无交涉，客岂不知？然以彼美之悠闲与己之孤迥对照，乃不能不觉其无情而恼人矣。其事无理，其言有情。（《唐人七绝诗浅释》）

刘拜山曰：见红袖凭楼，联想家人忆远，拓开一层，烘染旅思，用笔极为灵秀。（《千首唐人绝句》）

[鉴赏]

这首诗收入《樊川外集》，题一作"寄远"。杜牧两次作幕宣州，南陵是宣州属县，诗大约就写于任职宣州期间。以前一次（大和四年至七年）的可能性较大。

题称"南陵道中"，从首句及末句看，当是写乘舟江上旅途所见所感。

前两句分写舟行所见水容天色。"南陵水面"，指流经南陵城的青弋江上游江面。"漫悠悠"，见水面的平缓、水流的悠长，也透露出江上的空寂。这景象既显出舟行者的心情一开始比较平静容与，也暗透出一丝羁旅的孤寂。一、二两句之间，似有一个时间过程。"水面漫悠悠"，是清风徐来、水波不兴时的景象。过了一会儿，风变紧了，云彩因为风的吹送变得稀薄而轻盈，天空显得高远，空气中也散发着秋天的凉意。"欲变秋"的"欲"字，正表现出天气变化的动态。从第二句的景物描写可以感到，此刻旅人的心境也由原来的相对平静变得有些骚屑不宁，由原来的一丝淡淡的孤寂进而感到有些清冷了。这些描写，都为第三句的"客心孤迥"作了准备。

正当旅人触物兴感、心境孤迥的时候，忽见岸边的江楼上有红袖女子正在凭栏遥望。三、四两句所描绘的这幅图景，色彩鲜明，饶有画意，不妨当作江南水乡风情画来欣赏。在客心孤迥之时，意绪本来有些索寞无聊，流目江上，忽然望见这样一幅美丽的图景，精神为之一爽，羁旅的孤寂在一时间似乎冲淡了不少。这是从"正是""谁家"这样开合相应、摇曳生姿的语调中可以感觉出来的。但这幅图景中的凭楼而望的红袖女子，究竟是怀着闲适的心情览眺江上景色，还是像温庭筠《望江南》词中所写的那位等待丈夫归来的女子那样，"梳洗罢，独倚望江楼"，在望穿秋水地历数江上归舟呢？这一点，江上舟行的旅人并不清楚，自然也无法向读者交代，只能浑涵地书其即目所见。但无论是闲眺还是望归，对旅人都会有所触动而引起各种不同的联想。在这里，"红袖凭江楼"的形象内涵的不确定，恰恰为联想的丰富、诗味的隽永创造了有利的条件。这似乎告诉我们，在一定条件下，艺术形象或图景内涵不确定或多歧，不但不是缺点，相反地还是一种优点，因为它使诗的意境变得更富含蕴、更为浑融而耐人寻味，读者也从这种多方面的寻味联想中得到艺术欣赏上的满足。当然，这种不确定仍然离不开"客心孤迥"这样一个特定的背景，因此尽管不同的读者会有不同的联想体味，但总的方向是大体相近的。这正是艺术的丰富与芜杂、含蓄与晦涩的一个重要区别。

遣　怀①

落魄江湖载酒行②，楚腰纤细掌中轻③。十年一觉扬州梦④，赢得青楼薄幸名⑤！

[校注]

①吴在庆《杜牧集系年校注》云："《本事诗·高逸》：'杜（牧）登科后，狎游饮酒。为诗曰……'所引诗中'十年'作'三年'。杜牧大和七年至扬州幕，第三年为大和九年。则此诗应作于大和九年（835）杜牧将离扬州淮南节度使幕入京时。"但现存杜牧《樊川诗集·外集》各本均作"十年"，《才调集》卷四选入此诗，题虽为"题扬州"，但第三句亦作"十年一觉扬州梦"。按《本事诗》所载本事，

近小说家言，难以采信，如谓此诗系登科后狎游饮酒而作，即显误。据"十年"语，诗当作于武宗会昌中后期，即出守黄州或池州刺史期间。②落魄（tuò），放荡不羁。《魏书·尔朱仲远传》："太得财货，以资酒色，落魄无行。"《才调集》作"落托"，义同。《抱朴子·疾谬》："然落拓之子，无骨鲠而好随俗者，以通此者为亲密，距此者为不泰。"后世有落拓不羁之语，亦此意。③《韩非子·二柄》："楚灵王好细腰，而国中多饿人。"楚腰纤细，此指歌妓舞女体态轻盈。传汉成帝皇后赵飞燕体态轻盈，能为掌上舞，"掌中轻"用此，形容美丽的女子细腰善舞。④杜牧大和七年至扬州淮南节度使幕。此云"十年一觉"，诗当作于会昌二年（842）左右。觉，梦醒。⑤青楼，指妓院。南朝梁刘邈《万山见采桑人》："倡妾不胜愁，结束下青楼。"薄幸，薄情。

[笺评]

孟启曰：杜登科后，狎游饮酒，为诗曰："落魄江湖载酒行，楚腰纤细掌中轻。十年一觉扬州梦，赢得青楼薄幸名。"（《本事诗·高逸》卷三）

高彦休曰：唐中书舍人杜牧有逸才……性疏野放荡，虽为检刻，而不能自禁。会丞相牛僧孺出镇扬州，辟节度掌书记。牧供职之外，唯以宴游为事。扬州胜地也，每重城向夕，倡楼之上，常有绛纱灯万数，辉罗耀列空中。九里三十步街中，珠翠填咽，邈若仙境。牧常出没驰逐其间，无虚夕。复有卒三十人，易服随后，潜护之，僧孺之密教也。（《太平广记》卷三百七十三引《阙史》）又曰：牧又自以年渐迟暮，常追赋感旧诗曰："落魄江湖载酒行，楚腰纤细掌中情。三年一觉扬州梦，赢得青楼薄幸名。"（同上引《阙史》）

胡仔曰：《遣怀》诗（略）。余尝疑此诗必有谓焉，因阅《芝田录》曰："牛奇章帅维扬，牧之在幕中，多微服逸游，公闻之，以街子数辈潜随牧之，以防不虞。后牧之以拾遗召，临别，公以纵逸为戒，牧之始犹讳之，公命取一箧，皆是街子辈报贴，云杜书记平善，乃大感服。"方知牧之此诗，言当日逸游之事耳。(《苕溪渔隐丛话·后集》卷十五)

陆时雍曰：情至，语自耿耿。(《唐诗镜》卷五十)

胡鸣玉曰：若杜牧之"落魄江湖载酒行"一绝，尤为豪放，乃知"落魄"为放荡失检之意，非沦落不堪也。(《订讹杂录》卷一)

《精选评注五朝诗学津梁》：亦风流，亦落拓。后人谓小杜忆妓，多于忧民，大约指此。

周咏棠曰：韵事绝调。(《唐贤小三昧集续集》)

俞陛云曰：此诗着眼在"薄幸"二字，以扬郡名都，十年久客，纤腰丽质，所见者多矣。而无一真赏者。不怨青楼之萍絮无情，而反躬自嗟其薄幸，非特忏除绮障，亦诗人忠厚之旨。(《诗境浅说》续编)

刘永济曰：才人不得见重于时之意，发为此诗，读来但见其傲兀不平之态。世称杜牧诗情豪迈，又谓其不为龊龊小谨，即此等诗可见其慨。(《唐人绝句精华》)

富寿荪曰：杜牧早岁放浪不羁，纵情声色，十年绮梦醒来，所得者仅为青楼薄幸之名，则所失者多矣。此忏悔之词，言下感慨不尽。又曰：杜牧早年在沈传师洪州及宣州幕中，继在牛僧孺扬州幕中，后又在崔郸宣州幕中，皆放浪不羁，故云（落拓江南）。按杜牧在扬州仅年馀，此云十年，殆举在洪州、宣州幕中时往来扬州言之。(《千首唐人绝句》)

[鉴赏]

这是一首颇能窥见杜牧思想个性、生活作风，既蕴含对现实境遇的不满与牢骚，又表现出明显颓放情调的作品，也是一首经常遭到误解的作品。它的内容，表面上是抒写自己对往昔扬州幕僚生活的追忆与感慨，实际上它的深层意蕴要比表层内容深广得多。

"落魄江湖载酒行，楚腰纤细掌中轻。"前两句追述自己在扬州时放荡不羁、放浪形骸的生活，意思是说往昔自己放浪不受羁束，在江湖之上过着醉酒自遣的生活，每日里载酒相随；楚地的美女体态轻盈，能歌善舞，每日里与她们相伴为伍。作者《题禅院》云："觥船一棹百分空。"可见"载酒行"确有其事。而所谓"落魄江湖"，也正是《念昔游》"飘然绳检外"之意。表面上看，这里说到的似乎只是以酒色自娱自遣，但由于一开头大书"落魄江湖"，这"载酒"与沉溺声妓的行为便具有一种无可奈何、聊以自遣乃至玩世不恭的意味。文人放荡无拘检的生活作风在这里被涂上了一层浪漫的色彩，借以自慰自赏；但骨子里却又透露出一种自嘲自伤的意味。这两方面就是这样矛盾地统一在一起。这就是真正的杜牧。

但在前面两句中，叙述、回忆过去那段生活是主要的，作者的感情还比较隐蔽，只是到了三、四句，作者的感慨才集中表露出来。"十年一觉扬州梦"，第三句大笔揾转，说过了十年之后再回过头去看在扬州的那段生活，感到就像做了一场幻梦，直到今天方才梦醒。杜牧在扬州作幕的时间不足两年（大和七年至九年），这里说"十年一觉"，显然是指十年之后的现在回顾过去，恍如大梦初醒，则往日沉溺之深、今日感慨之深都可想见。所谓"扬州梦"，固然是指往日所历的繁华热闹、酒色声妓，尽皆消逝不存，如同梦幻，同时也寓含着对那段放荡不羁生活的反思，这一点，和"十年一觉"联系直来体味，就看得比较明显。第四句顺着"扬州梦"进一步发挥、收足——"赢得青楼薄幸名！"扬州一梦，究竟留下了什么呢？什么也没有，梦醒反思，不过一片空虚，唯一"赢得"的，不过"青楼薄幸名"而已。"薄幸"不必拘泥表面的词义，"青楼薄幸名"，无非是说他自己只不过在娼楼妓馆中留下了寻花问柳的名声。对于杜牧这样一个以"经纬才略"自负，注意研究"治乱兴亡之迹，财赋兵甲之事，地形之险易远近，古人之长短得失"，怀有"平生五色线，愿补舜衣裳"的宏大抱负的才人志士来说，这简直是最大的悲剧。"赢得"二字，表面上是自慰自嘲，骨子里是一肚子不遇于时的牢骚和英雄迟暮的悲凉，是"老却英雄是等闲"的深沉感慨。这里确有对扬州旧梦的反思，但主要不是什么"忏悔艳游"而是在反思中深慨使他寄情声色的境遇，其中寓含着对现实政治环境的不满。

杜牧在扬州做幕僚时的处境，按常情来衡量，应该说还是比较好的。淮南节度使府是唐代首屈一指的重镇，他所担任的掌书记又是相当重要的幕职，节度使牛僧孺对他又特别器重关爱，甚至连杜牧晚上外出游赏，也派人暗中保护。因此，所谓"十年一觉扬州梦，赢得青楼薄幸名"，不会是对他在扬州那段生活遭遇有什么不满，关键还在于他的宏大抱负与晚唐整个政治现实环境之间的巨大反差使他有志难申，于无聊中不得不以声色自娱自遣。"十年一觉"的"十年"固然是约举成数，但大体上可以推断这首诗当作于会昌中期到后期，这正是杜牧出守黄州、池州，政治上郁郁不得志的时期：会昌二年冬作的《雪中书怀》说："愤悱欲谁语，忧愠不能持。天子号仁圣，任贤如事师……人才自朽下，弃去亦其宜。"他自己虽有破敌长策，却未得到当权者的采纳。在这种情况下，想起过去在扬州以诗酒声色自遣的生活，想起这些年来不得志的政治遭遇，就不免强烈地感到前尘如梦、一事无成，而深深感慨于"十年一觉扬州梦"了。这也就是说，理解"扬州梦"的内涵，不应单纯着眼于扬州两年的放浪形骸生活，而应看到"十年一觉"这个更长远的生活背景。

北宋词人柳永《鹤冲天》词云："才子词人，自是白衣卿相。烟花巷陌，依约丹青屏障。幸有意中人，堪寻访。且恁偎红倚翠，风流事，平生畅。青春都一饷。忍把浮名，换了浅斟低唱！"以旷放疏狂的笔调，抒写"明代暂遗贤"的愤郁，而杜牧这首诗以幽默诙谐的自嘲表达不遇于时的深沉感慨，机杼各别，而意旨略似，正可互相发明。

山　行^①

远上寒山石径斜，白云生处有人家。停车坐爱枫林晚^②，霜叶红于二月花^③。

[校注]

①此诗收入《樊川诗集·外集》，作年未详。②坐，因。枫林晚，晚秋的枫林。③霜叶，深秋经霜后变红的树叶。红于，比……更红。

[笺评]

瞿佑曰：予为童子时，十月朔从诸长上拜南山先垄，行石磴间，红叶交坠。先伯元范诵杜牧"停车坐爱枫林晚，霜叶红于二月花"之句，又在荐桥旧居，春日新燕飞绕檐间，先姑诵刘梦得"旧时王谢堂前燕，飞入寻常百姓家"之句。至今每见红叶与飞燕，辄思之，不但二诗写物咏景之妙，亦先入之言为主也。（《归田诗话》卷五）

何良俊曰：杜牧之诗："远上寒山石径斜，白云生处有人家。"亦有亲笔刻在甲秀堂贴中。今刻本（生）作"深"，不逮"生"字远甚。（《四友斋丛说》卷三十六）

唐汝询曰：妙在冷落中寻出佳景。（刘邦彦《唐诗归折衷》引）

周珽曰：人家住在白云生处，霜枫叶色，美似春花，山行之趣自得，当不觉其径之远矣。（《删补唐诗选脉笺释会通评林·晚七绝》引）

周弼曰：为实接体。（同上引）

徐充曰：此直述体。（同上引）

周启琦曰：末句俏。（同上引）

敖英曰：次句与卢纶"几家烟火隔松云"同意。（《唐诗绝句类选》）

盛传敏曰：味此诗，似与"老马反为驹，不顾其后"之语同义。（《碛砂唐诗纂释》）

何焯曰："白云"即是炊烟，已起"晚"字；"白""红"二字，又相映发。"有人家"三字下反接"停车""爱"字方有力。（《唐三体诗》评）

黄生曰：次句承上"远"字说，此未上时所见。三、四则既上之景。诗中有画，此秋山行旅图也。（《唐诗摘抄》卷四）

黄叔灿曰："霜叶红于二月花"，真名句。诗写山行，景色幽邃，而致也豪荡。（《唐诗笺注》）

范大士曰：结句写得秋光绚烂。（《历代诗发》）

王文濡曰：从山行直起，初见唯白云而已，至白云深处，因有人家，故偶然停车子小憩，坐看枫叶，嫣然可爱，较之二月花，更觉红艳，成绝好一幅秋景图，所谓诗中有画者也。（《唐诗评注读本》卷四）

俞陛云曰：诗人之咏及红叶者多矣，如"林间暖酒烧红叶""红树青山好放船"等句，尤脍炙词坛，播诸图画。唯杜牧诗专赏其色之艳，谓胜于春花。当风劲霜严之际，独绚秋光，红黄绀紫，诸色咸备，笼山络野，春花无此大观，宜司勋特赏于艳李秾桃外也。（《诗境浅说》续编）

刘永济曰：读此可见诗人高怀逸致，霜叶胜花，常人所不易道出者。一经诗人道出，便留诵千口矣。（《唐人绝句精华》）

富寿荪曰："霜叶红于二月花"，以霜叶与春花比胜，为前人所未道。而于萧条秋色中写出绚烂之景，尤觉动心悦目。加以通首音节、神韵，色彩俱胜，宜其传诵千载。（《千首唐人绝句》）

[鉴赏]

在历代写枫叶的名句之林中，"霜叶红于二月花"自然属于知名度最高者之列。尽管就一句诗即创造出一个浑融完整的艺术意境来说，它未必赶得上崔信明的孤句"枫落吴江冷"，但就意境的创新和富于启发性而言，却无疑远超前者。尤其难得的是，它并不是那种全篇显得很平淡甚至平庸，只有一个佳句孤悬的类型，而是通篇相当完美，而佳句尤显新警的典型。它的真正好处，也必须联系全诗，才能体味得更加深切、全面。

题称"山行"，说明诗中所描绘的是抒情主人公在山行过程中所见所感。阅读时不能忽略这个"行"字，把它当作一幅单纯的秋山景物画来欣赏。

"远上寒山石径斜，白云生处有人家。"前两句写"山行"的人在山下眺望远山时看到的景象：远处，是一带呈现出深秋萧瑟凄寒色调的山峦。一道盘旋弯曲的石头砌成的小径，斜斜地向着山的高处伸展。在小路的尽头，山的深处，白云在浮动缭绕，透过白云浮动的空隙，可以隐隐约约地看到有几座房舍，几户人家。

这是一幅远眺中的秋山景物图，诗人的视线，由近而远，顺着弯曲斜绕的石径渐次伸延，直到山的深处浮动的白云和隐现的人家。"寒山"二字，点出深秋时令，也给整个画面涂上一层凄寒的色调。从视线中清晰可见的石径斜伸，可以想象此时山上树木黄落、寒风萧瑟的景象，显示出了秋山的空旷疏朗。而"白云生处有人家"又给这空旷寥落的寒山带来了人间烟火的生活气息，"生"字更带来一种动感。整个画面，给人一种既高远寥廓又带有凄寒意致，既疏淡清远又不乏人间气息的感受。

"停车坐爱枫林晚，霜叶红于二月花。"三、四两句，是山行的人在近处看到晚秋的枫林红叶，停车观赏流连的情景。他本来是坐着小车，一边行进，一边遥望远处秋山白云人家的，可是在行进中忽然被一片经霜之后变得火红的枫林深深吸引住了，于是停车驻足，就在路旁观赏起这晚秋的枫林来，觉得这绚烂秾艳的枫叶比二月的春花更加耀眼，也更加精神。

作为一幅完整的秋山景物画，远处的寒山石径、白云人家和近处的一片火红的枫林，构成了淡与浓、疏与密、隐与显、高与低、冷与热、白与红的鲜明强烈对照，在疏朗高远、带有凄寒色调的远山秋色衬托下，眼前的这一片浓烈鲜艳的枫林，显得特别绚烂夺目、动人遐想，枫林和作为它背景的寒山、石径、白云、人家，色调虽然是对立的，但又都统一在"寒山"所标志的"秋"字里。但诗人笔下的秋山，在对立统一的两种色调中，凸显的是"枫林"这个主体，这就和通常见到的秋山景物图大异其趣了。准确地说，作为一幅图画，应该正名为秋山霜林图。

但这首诗的真正好处主要不在"诗中有画"，具有图画的鲜明形象和构图设色方面的优长，而是突出地体现在"霜叶红于二月花"这一警句中所蕴含的诗意感受和它给读者带来的丰富联想和启示上。这正是"画图难足"的一面。枫叶与春花，一出现于秋，一出现于春；一为叶，一为花。季节、品类的不同，使人们很难将它们联系在一起加以比较。从火红的枫叶联想到鲜艳的春花，写出"霜叶红于二月花"的诗句，这显然是诗人的独特发现、独特感受。需要特别注意的是，诗人不是说"霜叶红似二月花"，而是说"霜叶红于二月花"，前者只是简单的比拟，后者却蕴含了独特的诗思乃至哲理。在这首诗里，诗人着意强调的主要不是经霜的枫叶比二月的鲜花在色彩上更浓烈这一外在特征，而是"霜叶"胜于春花的内在精神品格。尽管诗人并没有明确说出这个胜似春花的精神品格是什么，但通过环境、背景的衬托和语言的暗示，却不难引发丰富的联想。作为这一片火红的枫叶的环境和背景的那一带落木萧萧，带着凄寒色调的远山，不仅衬托出了枫林的绚烂浓烈耀眼的色调，而且凸显出了其经受深秋风霜的考验后愈显得富于顽强生命力的精神品格和傲霜的美好风姿。诗人之所以不说"红叶""枫叶"，而说"霜叶"，正是为了强调其经霜后显示出来的内在美和外在美的统一。尽管"霜"是白色的，但"霜叶"这个意象所唤起的联想却不是白，而是充满生机的浓烈和绚烂。

这种联想和启示纯属于诗。别的艺术样式即使想表现，也很难表现出蕴含其中的荡漾诗情与深邃哲思。从"霜叶红于二月花"可以看出诗人的审美情趣的独特和健康。一般人总是习惯于将秋天和凋衰、凄伤联系在一起，即使看到火红的枫叶，也总不免与萧瑟、凄伤的心绪相连。不妨举一些历代咏枫的名句：

湛湛江水兮上有枫，目极千里兮伤春心。（《招魂》）

枫落吴江冷。（崔信明残句）

枫叶荻花秋瑟瑟。（白居易《琵琶行》）

君不见满川红叶，尽是离人眼中血。（董解元《西厢记》）

晓来谁染霜林醉，总是离人泪。（王实甫《西厢记》）

从这些历代传诵的咏枫名句中可以看出，要突破传统审美观念的束缚，写出思想感情健康、富于艺术独创性的诗句，并不单纯是一个艺术技巧问题。

秋　夕①

银烛秋光冷画屏②，轻罗小扇扑流萤。天阶夜色凉如水③，坐看牵牛织女星④。

[校注]

①宋周紫芝《竹坡诗话》云："'银烛秋光冷画屏，轻罗小扇扑流萤。天阶夜色凉如水，卧看牵牛织女星。'此一诗，杜牧之、王建集中皆有之，不知其谁所作也。以余观之，当是建诗耳。盖二子之诗，其流婉大略相似，而牧多险侧，建多工丽，此诗盖清而平者也。"按：《全唐诗》王建诗集中未见此诗，而胡仔《苕溪渔隐丛话·后集》卷十四王建则云："予阅王建《宫词》，选其佳者，亦自少得。只世所脍炙者数词而已，其间杂以他人之词，如'闲吹玉殿昭华管，醉折梨园缥蒂花。十年一梦归人世，绛缕犹封系臂纱'。又如'银烛秋光冷画

屏，轻罗小扇扑流萤。天街夜色凉如水，坐看牵牛织女星'。此并杜牧之作也。"胡仔之言当有据。建宫词多写宫中日常生活琐事及习俗，多用俗语，内容具体琐屑，与此诗风格清丽含蓄者明显不同。题称"秋夕"，而诗有"坐看牵牛织女星"之句，"秋夕"或指七月七日。②银，《全唐诗》原作"红"，校："一作银。"据改。按：曾季貍、释惠洪、胡仔等人引此诗，并作"银"，惟赵与旹《宾退录》作"红"。然"红"字与下"冷"字不协，当以作"银"为佳。③天阶，宫殿的台阶。天，《全唐诗》校："一作瑶。"④坐，《全唐诗》校："一作卧。"按：上言"天阶"此句自当作"坐"。

[笺评]

释惠洪曰：诗有句含蓄者，如老杜"勋业频看镜，行藏独倚楼"。郑云叟曰："相看临远水，独自上孤舟。"有意含蓄者，如宫词曰："银烛秋光冷画屏，轻罗小扇扑流萤。天阶夜色凉如水，坐看牵牛织女星。"……有句、意俱含蓄者，如《九日》诗曰："明年此会知谁健，醉把茱萸仔细看。"宫怨曰："玉颜不及寒鸦色，犹带昭阳日影来"是也。（《冷斋夜话》卷四）

曾季貍曰：小杜《秋夜》宫词曰："银烛秋光冷画屏，轻罗小扇扑流萤。天阶夜色凉如水，坐看牵牛织女星。"含蓄有思致。星象甚多，而独言牛、女，此所以见其为宫词也。（《艇斋诗话》）

赵与旹曰：王建以宫词著名，然好事者多以他人之诗杂之，今所传百篇，不皆建作也。"红烛秋光冷画屏，轻罗小扇扑流萤。瑶阶夜色凉如水，坐看牵牛织女星。"杜牧之《秋夕》诗也。（《宾退录》卷一）

谢枋得曰：此诗为宫中怨妇作也。牵牛、织妇一年一会，秦宫人望幸，至有一十六年不得见者，卧看牵牛织女星，隐然说一生不蒙宠幸，愿如牛、女一夕之会，亦不可得。怨而不怒，真风人之诗。（《注

解章泉涧泉二先生选唐诗》卷三）

杨慎曰：王建《宫词》一百首，至宋南渡后失去七首，好事者妄取唐人绝句补入之……"银烛秋光冷画屏"，及"闻吹玉殿昭华管"一首，一杜牧之诗也。（《升庵诗话》卷二）又曰：幽怨自见。（《增定评注唐诗正声》引）

吴逸一曰：词亦浓丽，意却凄婉。末句玩"看"字。（《唐诗正声》评）

郭濬曰：小妆点，入诗馀便为佳境。落句似浅。（《增定评注唐诗正声》）

陆时雍曰：泠然情致。"坐看"不如"卧看"佳。（《唐诗镜》卷五十）

周弼曰：为实接体。（《删补唐诗选脉笺释会通评林·晚七绝》引）

王直方曰：意有含蓄。（同上引）

至天隐曰：烛光屏冷，情之所以生也。扑萤以戏，写忧也。卧观牛、女，羡之也，盖怨女之情也。（同上引）

敖英曰：落句即牛、女会合之难，喻君臣际遇之难，盖牧之自况也。（同上引）

胡次焱曰："卧看"之中，有无限感慨，与悠哉悠哉，展转反侧则同一意度。（同上引）

贺裳曰：亦即"参昴衾裯"之意，但古人兴意在前，此倒用于后。昔人感叹中犹带庆幸，表情毕露。此诗全写凄凉，反多含蓄。（《载酒园诗话又编》）

黄生曰："坐"，诸本皆作"卧"，唯《记纂渊海》引此作"坐"，今从之。《三体》以此诗作王建《宫词》，详末句与宫词较近。苕溪渔隐曰："此诗断句极佳，意在言外，其幽怨之情，不待明言而自见也。"（《唐诗摘抄》卷四）又曰：此即《古诗》"盈盈一水间，脉脉不得语"之意。殊非"参昴衾裯"之义。（《载酒园诗话》评）

朱之荆曰：烛光屏冷，情之所由生也；扑萤以戏，写忧也；看牛、女，羡之也，怨女之情也。然怨而不怒，立言有味。（《增订唐诗摘抄》）

何焯曰：（"银烛秋光冷画屏"）凄冷。崔颢《七夕》诗后四句云："长信深阴夜转幽，瑶阶金阁数萤流，班姬此夕愁无限，河汉三更看斗牛。"此篇盖点化其意，次句再用"团扇"事，却浑成无迹。此篇在杜牧集中。（《唐三体诗》卷一评）

冒春荣曰：（绝句）两不对，如……杜牧"银烛秋光冷画屏，轻罗小扇扑流萤。天阶夜色凉如水，坐看牵牛织女星"（四句作主）。（《葚原诗说》卷三）

《精选评注五朝诗学津梁》：细腻熨帖，善写秋夕家庭。

宋顾乐曰：诗中不着一意，言外含情无限。（《唐人万首绝句选》评）

孙洙曰：此乃宫中秋怨也。有一团幽怨之情，含于"坐看"二字内。（《唐诗三百首》）

陈婉俊曰：层层布景，是一幅着色人物画。只"坐看"二字，逗出情思，使通身灵动。（《唐诗三百首补注》卷八）

王文濡曰：此宫中秋怨诗也。自初夜写至夜深，层层绘出，宛然为宫人作一幅幽怨图。（《唐诗评注读本》卷四）

俞陛云曰：为秋闱咏七夕情事。前三句写景极清丽，宛若静院夜凉，见伊人逸致。结句仅言坐看双星，凡悲欢离合之迹，不着毫端，而闺人心事，尽在举头坐看之中。（《诗境浅说》续编）

刘永济曰：此亦闺情诗也。不明言相怨之情，但以七夕牛、女会合之期，坐看不睡，以见独处无郎之意。（《唐人绝句精华》）

刘拜山曰：首句以一"冷"字点出深宫岑寂。次句写宫人无聊意绪。三、四句写夜深不寐，坐看女、牛，从侧面托出愁思，可谓曲曲传神。（《千首唐人绝句》）

[鉴赏]

诗题"秋夕",义同七夕,非泛指秋天的夜晚,这从末句遥看牵牛、织女星可以意会。而诗中的女主人公,从"天阶"二字可以看出,当是深宫中的女子。何焯引崔颢《七夕》诗后四句,谓此诗点化其意,为历来解诗者所未发。将此诗与崔诗末四句对照,确实可以看出小杜诗在命题、造境与意象上与它有明显的相似之处。但这种点化,并非因袭,而是在利用前人诗料基础上的一种创造。

"银烛秋光冷画屏",首句写七夕之夜女主人公室内的环境氛围:银色的蜡烛在初秋的夜晚放射出幽冷的光,映照着床前的画屏,仿佛连这画屏也笼罩着一层凄冷的氛围。"银"字、"秋"字都带有明显的冷色调,再加上"冷"字的着意渲染,更增添了整个室内的幽冷孤寂气氛,透露出女主人公处境的孤清寂寞和心境的幽冷凄寂。

"轻罗小扇扑流萤",次句转写女主人公在室外的行动。由于室内空寂幽冷,难以度过漫漫的长夜,她不得不移步走到室外,手持薄罗小扇来扑打飞舞闪烁的流萤。由于时令刚值初秋,暑热尚未全退,女主人公持轻罗小扇出户应是符合季节自身特点的,似未必暗用班婕妤《怨歌行》团扇弃捐诗意。这一句如孤立地看,似乎意致轻俏流走,给人以扑流萤为戏的印象,但一和上句的幽冷凄寂氛围心境联系起来体味,便会感到这只是女主人公挨过漫漫秋夜的聊自排遣的行动。而流萤的出没闪烁,也从侧面透露出所居环境的荒寂空旷。如果是在得宠嫔妃所居的宫殿里,应是灯烛辉煌,充满热闹气氛的,不大可能见到这种"流萤飞复息"(谢朓《玉阶怨》)的景象。

"天阶夜色凉如水,坐看牵牛织女星。"诗的前后幅之间,有时间的推移流逝。"夕殿萤飞",是入夜不久的景象,而"天阶夜色凉如水"则已是夜深时分,凉意侵人了。"天阶"是对宫殿中台阶的专称。"夜色凉如水"的"夜色"并不专指眼中所见的"夜色",而是泛指整个秋天深夜的环境氛围，诗人用"凉如水"三字来形容，正传神地表现了女主人公对整个环境氛围的清冷感受，这种"凉"意，不但侵人肌肤，而且渗入人心，使整个身心都感到一种凄冷之意，而"如水"的形容又赋予这"凉"意以四处流动渗透的印象。

如此清冷的深夜，女主人公却仍逗留在宫外，她默默地坐在凉意侵人的台阶上，在遥望着天上的银河旁两颗迢迢相望的牵牛星和织女星。深夜尚未回到室内，当是"心怯空房不忍归"，而"坐看牵牛织女星"，则在默默无言中透露出极其丰富的情思和心理活动。从"扑流萤"及坐台阶的举动看，这位女主人公的身份大约就是一般的年轻宫女而非嫔妃。因此她们的命运就不是色衰宠移、秋扇弃捐，而是根本就不可能得到君主的宠幸，甚至连皇帝的面也见不到。在牛、女相会的七夕之夜，她默默地坐在凉意侵人的宫殿台阶上遥望牵牛、织女星，心里想的是牛、女犹能每年渡鹊桥而相会一夕，而自己则一入深宫，终身幽闭，独居空房，求为牛、女每年一度相聚亦不可得。这里，有对牛、女的羡慕向往，更有对自己悲剧处境命运的怨嗟。一"看"字中蕴含着无限悲愁暗恨，却不明白道出，表情极为含蓄蕴藉。

末句"坐"或作"卧"，自以作"坐"义长。从三、四两句的联系看，上句写"天阶"，故下句的"坐"，即坐台阶而遥看，连接自然，如改成"卧"字，则三、四两句不能无缝对接，此其一。从实际情况看，深夜时分，银河正在中天，在室内躺在床上，很难看到中天斜贯的银河和牛、女二星，此其二。更重要的是，"卧看"二字，给人以闲逸欣赏之感，而作"坐看"，则正如李白之《玉阶怨》"却下水晶帘，玲珑望秋月"的"望"字那样，无限幽怨尽含其中了。

清　明①

清明时节雨纷纷，路上行人欲断魂。借问酒家何处有？牧童遥指杏花村。

①此诗清冯集梧《樊川诗集注》（包括本集、补遗、别集、外集、遗收诗补录）及清编《全唐诗》均不载。始见于南宋刘克庄编《后村千家诗》卷三节候门，署杜牧作（见清曹寅《楝亭十二种·后村千家诗》），其后谢枋得即据以收入所编之《千家诗》。按：刘克庄藏有《樊川续别集》，其《后村千家诗》选此诗署杜牧作当据《樊川续别集》。因此诗后出，而洪迈又曾谓《樊川续别集》中所收之诗均许浑诗，故近人多疑其非杜牧诗。或据许浑之《下第归蒲城别墅居》诗中"薄烟杨柳路，微雨杏花村"之句，谓此诗乃许浑之作（胡可先《杜牧研究丛稿·〈清明〉诗作者和杏花村地望蠡测》）。但成书于宋初之乐史《太平寰宇记》卷九十昇州（治所在今南京市）已云："杏花村在（江宁）县理西，相传为杜牧之沽酒处。"可证此前已有杜牧沽酒于杏花村之传说，则此诗传为杜牧作在五代时或五代前即已如此。宋谢逸有"杏花村馆酒旗风"（《江神子》词）之句。

[笺评]

谢榛曰：杜牧之《清明》诗曰："借问酒家何处有？牧童遥指杏花村。"此作宛然入画，但气格不高。或易之曰："酒家何处是，江上杏花村。"此有盛唐调。予拟之曰："日斜人策马，酒肆杏花西。"不用问答，情景自见。（《四溟诗话》卷一）

[鉴赏]

这首诗的著作权虽尚有争议，但确实是首佳作，不能因为它被选入《千家诗》就斥之为"气格不高"。从诗的悠扬风调和俊逸清丽的语言风格来看，确有接近小杜诗风之处。诗写得很通俗，但意境并不浅露。特别是后两句，写出了一个很富诗情画意和启示联想的境界，雅俗共赏、隽永耐味，是这首诗广泛传诵的主要原因。

起句直入本题，点出"清明"。"雨纷纷"三字，勾画了江南地区清明时节的显著气候特征。这是一种霏霏细雨，带着江南春雨特有的湿润、温馨和缥缈的感觉。它既不是夏日那种"来往喷洒何颠狂"（杜牧《大雨行》）的豪雨，也不是秋天那种凄清萧瑟的苦雨。对于一个没有多少心事，心境比较轻松的行人来说，在这种带有梦幻色彩的春雨中行路，别有一种晴朗天气所享受不到的意趣。杜牧曾在不少诗中怀着欢快或欣赏的感情写到春雨。如："留我酒一樽，前山看春雨"（《题宣州开元寺》）、"秋山春雨闲吟处，倚遍江南寺寺楼"（《念昔游》）、"南朝四百八十寺，多少楼台烟雨中"（《江南春绝句》）、"芳草渡头微雨时，万株杨柳拂波垂"（《初春雨中舟次》）等等。这首诗中的"雨纷纷"，诗人的心情同样是欣赏和陶醉，而不是厌烦和愁苦，正如"杏花春雨江南"在人们心中唤起的是诗意和美感一样。

接下来一句"路上行人欲断魂"，便进而写到"行人"（实即诗人自己）对这种霏霏微微的清明雨的感受。"断魂"义近"销魂"，但不必把它的意涵理解得过于局狭拘泥，以为一定是指极为哀伤愁苦的感情。实际上，在不同的场合使用这个词语，往往有不同的感情内涵，它有时义近于一往情深。在这里，则是一种混合着莫名其妙的伤感和难以言状的陶醉感的茫茫然的精神状态。正像一阕带有梦幻色彩、内容不大确定的乐曲一样，这霏微的清明雨所形成的特有气氛，撩动人的感情，触发人的某些模糊联想和记忆，使人如痴如迷，却又说不清是怎么回事。

怀着这种莫名其妙的伤感和诗意陶醉，"行人"在不知不觉当中想到了酒，想到了村野风味的小酒店，想到在这样的气氛和心情下，到乡村小酒店喝上一杯，该是何等富有诗意。就在这时，在纷纷细雨中迎来了一个骑在牛背上的牧童（在诗人眼里，这牧童也被诗化了），于是便向他打听近处哪里有小酒店，牧童也不搭话，只是悠然地用鞭梢朝那边随便一指，顺着他鞭指的方向，透过霏霏细雨，隐约可见前面有一座杏花围绕的村庄。在村子的一头，似乎有一家门前，挑出了一面作为酒家标志的青旗。

诗写到这里，就悠然住笔，"遥指"以后的情事，不作任何具体交代甚至暗示。诗的妙处也正在这里。有各种不同性格和心理素质的读者，他们对这以后将要出现的情事会有不尽相同的想象。但无论想象的内容有多少差异，那杏花深处的村庄和酒家，都将带着"杏花春雨江南"式的浓郁诗意和醇醪芳香，使读者进入更深一层的陶醉。杏花村中人未必意识到的诗意美，也由于诗人在特定情境下的"借问"和牧童的"遥指"，忽然被诗人所敏感地发现并成功地表现出来了。读者从这"借问"和"遥指"之中，不但可以清晰地想象出"行人"与"牧童"问答指点的鲜明画面，想象出这以后的一系列情事——美的欣赏和酒的陶醉，而且从这顿挫有致的风调中想象出一位神情潇洒、风神俊逸的诗人形象。

因为这首诗的广泛流传，"杏帘在望"甚至成了酒店的招牌，而且连这招牌也带有强烈的诱惑力，似乎要溢出诗意、春色和酒香来。这正说明这首诗所创造的艺术意境的典型性。

赵嘏

赵嘏（806？—853？），字承祐，楚州山阳（今江苏淮安）人。弱冠前后，有河东塞北之行。大和初游浙东元稹幕，继入宣歙沈传师幕，结识杜牧。后入京应试，累举不第。会昌四年（844）始登进士第。大中三年（849）左右为渭南尉。卒。其《长安晚秋》诗"残星几点雁横塞，长笛一声人倚楼"之句为杜牧所赏，称"赵倚楼"。有《渭南集》三卷、《编年诗》（均为咏史之作）二卷。《全唐诗》编其诗为二卷。《编年诗》残存于《敦煌遗书》中，共三十六首。

经汾阳旧宅①

门前不改旧山河，破虏曾轻马伏波②。今日独经歌舞地，古槐疏冷夕阳多。

[校注]

①汾阳，指郭子仪（697—781），天宝十三载（754）以天德军使兼九原太守，进朔方节度右兵马使。十四载安禄山反，诏为朔方节度使，率军讨叛。至德二载（757）九、十月，率军相继收复西京、东都。乾元元年（758）进中书令，人称郭令公。宝应元年（762）进封汾阳郡王，世称郭汾阳。后又屡退吐蕃入侵。建中二年（781）卒。《长安志》："郭汾阳宅在亲仁里。"②马伏波，指东汉伏波将军马援。光武帝时曾讨平隗嚣、先零羌，又平交趾及五溪蛮。此谓郭子仪平安史之乱，再造唐室的功勋使历史上著名的伏波将军马援的功勋也显得轻微了。

唐汝询曰：山河不改，唐祚无恙，宜保功臣之家，况汾阳之功又非伏波之比，奈何经其第而古槐疏冷如此。时盖以宅为寺矣。德宗得功臣如此，安得不唉蒲青根。（《唐诗解》卷三十）

徐子扩曰："独"字为诗眼，言生前非止一人来也，可见荣瘁反掌。（《唐诗绝句类选》引）

周弼曰：为实接体。（《删补唐诗选脉笺释会通评林·晚七绝》引）

杨慎曰：多少勋业在此，非此不能为悼。（同上引）

周敬曰：吊功之悲，伤世之薄，说得凄怆。（同上）

何仲德曰：为平淡体。（同上引）

周珽曰：谢叠翁谓崔护《题城南庄》诗妙，岂若此后二句之有味。然崔诗清雅，赵诗明响，各有好处。（同上）

高士奇曰：张籍《法雄寺东楼》诗云："汾阳旧宅今为寺，止有当年歌舞楼。四十年来车马路，古松（应作槐）深巷暮蝉愁。"观此，则宅已为寺矣。按史称，郭氏子孙富贵封爵，至开成后犹不绝，则其宅不应在贞元、元和中已为寺也。然《郭晞传》云：卢杞秉政，多论夺郭氏旧宅。德宗稍闻，乃诏曰："子仪有大勋，尝誓山河琢金石，自今有司毋得受。"按：此诏虽禁有司论夺，未尝以已夺者还之也。岂宅为寺在此时乎？夫以子仪之勋，肉未寒而不保其室，德宗待功臣何薄耶？故此诗第一、第二句深致意焉。（《三体唐诗辑注》卷一）

吴昌祺曰："山河不改"而曰"门前"，其意无限。用"伏波"者，与帝为婚姻也。（《删订唐诗解》）

沈德潜曰：见山河如故，而恢复山河者已不堪凭吊矣。可感全在起句。（《重订唐诗别裁集》卷二十）

宋宗元曰：一起已具全神。（《网师园唐诗笺》）

宋顾乐曰：此非仅伤兴废，乃叹本朝待功臣之薄也。用意全在上半首。山河之誓，千古不改。今门前山河如故，而功臣之第已如此。次句复著明显功，以形其薄。用意深婉，所以有味。（《唐人万首绝句选》评）

朱宝莹曰：从"旧"字兴慨，凌空盘旋而起。次句写汾阳功业之盛，引用"马伏波"，借宾形主，以显"汾阳"。三句从"旧"字咀嚼，由衰而想到盛，曰"独经"，则寂无人过可知。四句只是从"旧"字点染，有无限低徊也。前半写其盛，后半写其衰。（《诗式》）

俞陛云曰：汾阳为唐室中兴元辅，乃正朔未更，而高勋名阀已换。槐阴斜日，一片凄迷。誓寒带砺，唐帝亦寡恩哉！张籍有汾阳旧宅改法雄寺诗，则舞榭歌台更无遗迹矣。（《诗境浅说》续编）

刘永济曰：此盛衰无常之感也。结句以景结情。（《唐人绝句精华》）

[鉴赏]

这首诗乍读之下，会感到与中唐诗人张籍的《法雄寺东楼》内容、情调、意境非常相似，特别是末句"古槐疏冷夕阳多"与"古槐深巷暮蝉愁"更是连使用的意象也有相同者。但细加品味，却会感到它们之间在感情内涵上有明显的不同侧重点。张籍的《法雄寺东楼》虽也可以引发多种联想，作多种解读，但它的中心意涵无疑是盛衰无常的人生感慨，而赵嘏的这首《经汾阳旧宅》却主要是感慨一代功臣门庭的冷落，言外自含对唐代统治者乃至世人对功臣的遗忘的讽慨。

"门前不改旧山河"，起句凌空取势，重笔抒慨。"不改旧山河"五字，仿佛无理，却含深意。长安城中，亲仁里旁，并无山河，此"山河"自非实指，而系用典。《史记·高祖功臣侯者年表》："封爵之誓曰：'使黄河如带，泰山若厉。国以永宁，爰及苗裔。'"裴骃集解引应劭曰："封爵之誓，国家欲使功臣传祚无穷。带，衣带也；

石,砥石也。河当何时如衣带,山当何时如厉石,言如带厉,国乃绝耳。"然则,"山河"乃是"山河带厉"之誓的浓缩语。"不改旧山河"者,泰山黄河依旧,言外功臣自应传祚无穷。同时,"山河"又有江山、国土之意。《世说新语·言语》:"过江诸人,每至美日,辄相邀新亭,藉卉饮宴。周侯中坐而叹曰:'风景不殊,正自有山河之异!'""不改旧山河"者,亦含唐室江山依旧,国祚仍传之意。以上两重意蕴的叠合,使这首诗一起笔就包含感慨,山河依旧,唐室延续,这一切都和功臣的伟绩密不可分。

"破虏曾轻马伏波",次句即承"不改旧山河",落到汾阳郡王往昔建立的功勋上。虏即胡虏、逆虏,以明安史叛军不但是以地方反叛中央,而且是以异族踩躏华夏,其中有民族自卫的大义在。在建立破虏之功上,郭子仪与马援之南征有相似之处,故用以作比较,着一"轻"字,突出郭子仪的再造唐室之功远胜于往昔征蛮的伏波将军。与上句"不改旧山河"正紧相呼应。山河之所以依旧,正缘汾阳往日建立的"破虏"殊勋所致。一、二两句,互相发明补充,正透露出诗人的感慨,重点落在建立了平定安史之乱、使唐室得以延续的殊勋的功臣郭子仪,如今究竟受到当朝的统治者怎样的待遇这一点上。

"今日独经歌舞地,古槐疏冷夕阳多。"三、四句正面描绘渲染汾阳旧宅今日之冷落荒凉。从张籍的《法雄寺东楼》可知,彼时之汾阳旧宅已成了法雄寺,只剩下了当年的歌舞楼,到赵嘏写这首诗时,时间又过去了数十年,当年残留的"歌舞楼"早已遗迹荡然,只空余"歌舞地"了,只有那门前的古槐依然存在,但也已经枝叶萧疏,意态闲冷,在深秋夕阳的映照下显得分外萧瑟凄清。上句着一"独"字,见此旧宅早已是门前冷落,车马绝迹,无人造访凭吊,下句着"疏冷"二字,与"独"字呼应,正透出当权的统治者对昔日功臣的遗忘与冷遇。而"古槐疏冷"与"夕阳多"的对映则更出色地渲染出汾阳旧宅的荒凉冷落。这荒凉冷落的汾阳旧宅和宅旁的疏冷古槐,正像是昔日功臣命运的一种象征,看来当权的统治者早已把他们的历史功勋以及往昔的带厉山河的誓言彻底忘却了。

　　诗人在重经汾阳旧宅时抒发这种感慨，可能不单纯是为前朝功臣遭受冷遇这一现象而发，其中也许蕴含了某些现实感慨。当时的唐王朝，衰颓趋势日益明显，但却缺乏像郭子仪这种能扶危济颠、忠心耿耿的将帅来匡救危局，在对昔日功臣的追缅凭吊中，恐怕也透露了"思昔日之良将，叹今日之无人"一类感慨吧。

江楼感怀①

　　独上江楼思渺然②，月光如水水如天。同来望月人何处③？风景依稀似去年④。

[校注]

　　①《全唐诗》题原作"江楼旧感"，校："（旧感）一作感怀。""旧感"不词，兹从校语改。《才调集》卷七选录此诗，题作"感怀"。②渺然，渺茫广远、空虚无着落貌。③望，《全唐诗》校："一作玩。"按《才调集》此句作"同来看月人何在"。

[笺评]

　　谢枋得曰：崔护"去年今日此门中，人面桃花相映红。人面不知何处去，桃花依旧笑春风"，岂若此诗后两句之有味。（《注解章泉涧泉二先生选唐诗》卷四）

　　钟惺曰：言独上之时，思同来之友；见水月连天，思去年之景，皆有针线。（《唐诗归》）

　　唐汝询曰：月光如旧，同游者不复在矣。物是人非，所以兴感。（《唐诗解》卷三十）

　　何仲德曰：为平淡体。（《删补唐诗选脉笺释会通评林·晚七绝》引）

胡次焱曰："同""独"二字小巧。又：崔诗清雅，赵诗明丽，各有好处。（同上引）

王尧衢曰：人有离合，风景则同。此水月同，人之心情不同。同来则欢，然独上则"悄（原诗作渺）然"，故视此风景不无小异。所以加"依稀"二字，"依稀"似犹云不差、大概也。倒结出"去年"二字，最有情。（《古唐诗合解》）

黄叔灿曰："风景依稀"句缭绕有情，极似盛唐人语。（《唐诗笺注》）

宋顾乐曰：情景真，不嫌其直。下二句分足上二句。（《唐人万首绝句选》评）

宋宗元曰："独上""同来"四字，为此诗线索。（《网师园唐诗笺》）

王文濡曰：此怀旧诗也。言风景依然如旧，而去年同来玩月之人，则不在矣。"独上"二字，与第三句相应。（《唐诗评注读本》卷四）

俞陛云曰：唐人绝句，有刻意经营者，有天然成章者。此诗水到渠成，二十八字一气写出。月明此夜，风景当年，后人之抚今追昔者不能外此。在词家中，唯"月到旧时明处，与谁同倚栏干"句，与此意境相似。（《诗境浅说》续编）

沈祖棻曰：此诗也是对于一件美好的事、一位亲密的人的追忆。至于其人是男是女，是好友还是情人，诗人既未明言，读者也无须深究。前两句写今夜登江楼，望明月。而起句冠以"独上"，接以"思渺然"，就伏下了以下怀人感旧的情事。次句写江天月色，月光明净如水，而水光又澄清如天……月、水、天三者交融辉映，构成了一幅极其空灵明丽的图景……这样幽美的风物，为什么会引起登临者的怀旧之思呢？这里只用"独上"二字暗点，引起下文，后两句由今思昔，着重写出物是人非。一样的江楼，一样的明月，一样的流水，一样的遥空，只是同来玩赏之人，已经不知所在了。"人何处"，应上"独上"。不说风景和去年全然相同，而只说其与去年依稀相似，这就敷上了一层感情的色彩，暗示出尽管景物依旧，由于人事之变迁，在重游之人的心目中，就不能毫无差别。这种心理描绘是相当细致的，很容易被忽略过去。这首诗也是以前后各两句对照，表现对物思人。但崔（护）诗是从昔到今，一上来就写出去年情事，是从回忆中追叙往事，此诗则是从今到昔，先写今日，而以往事作结。直抒胸臆，彼此虽同，而章法安排，却又相异。（《唐人七绝诗浅释》）

刘拜山曰：结构细密，语浅情深，犹是中唐婉约音响。（《千首唐人绝句》）

[鉴赏]

这是一首登楼感怀的小诗，写得既通俗易懂，又空灵淡远，情味隽永。优秀的唐诗，尤其是绝句，都有这种雅俗共赏的特点，所感之"怀"，究竟是思念旧友，还是情人，诗人并未作任何交代或暗示。因为诗人所要表现的，主要是一种景似人非的感受，是更带普遍意义的生活体验和人生感受，至于具体的人事，已经退居次要地位可作模糊化的处理了。

"独上江楼思渺然，月光如水水如天。"前两句写当前登江楼所见所感。点出"江楼"，为次句所展示的景色提供条件。不说"一上"而说"独上"，便隐然带有强调自身孤子的意味，与下"同来"对应。"思渺然"是形容思绪渺茫广远，又空廓无着落的样子，这和句首的"独上"显然有密切联系。但何以"独上"就会产生这样的感情状态，诗人并不忙着作正面回答，而是在第二句转笔写景："月光如水水如天。"一句中写了江楼所见的月光、水色和天容，并用两个"如"字将这三者联成一个空明澄澈、广远无边的境界。"月光如水"，是突出月光的明净、柔和以及像水波那样的荡漾流动感，静态与动态兼而有之；"水如天"，既是描绘水色与天光同其空明澄澈的色感，又是描绘水天相连相接、茫然空阔的景象。句中"水"字连叠、"如"字重复，加强了全句所展示的境界浑然一体的感觉。这空明广远而又带有迷茫朦胧色彩的江楼夜景，既可以令登临者心旷神怡，又可以引发悠远的思绪乃至惘然无着的情绪。实际上作者在不同时间、不同条件下登临望远，引起的思绪也确实不同。读到这里，我们恍然领悟首句的"思渺然"即因这"月光如水水如天"的广远迷茫之境所引起，而这广远迷茫之境在情态上又正和"渺然"之思相吻合。但这"渺然"之思究竟包含什么内容，这里仍含而未宣，要等下文来加以展示。

第三句"同来望月人何处"，是由眼前所见"月光如水水如天"的景象所触发的感慨。今夕"独上江楼"望月，触动诗人对去年"同来望月"的记忆，而同来的人此刻却不知到哪里去了。这一句与其说是设问，不如说是诗人发自心底的一声长叹。从表面上看，这一句是由今忆昔的转折，实际上第一句"独上"中就已含着今昔的对比，"思渺然"中更包含着因怀旧而产生的悠远迷惘的情思，只是没有自觉地意识到而已。到这里，由于特定情景的触发，才发展为明确的意识，而有此感慨式的发问和叹息。

按照常规，第四句似应就人之不在再抒感慨，但诗人却出乎常情，仍然折回到"风景"上来——"风景依稀似去年"。这是一个极富韵味的结尾。"风景似去年"，当然指的是登江楼所见"月光如水水如天"的景象。但作者意中要强调的恰恰是"不似"的一面。风景虽仍然与去年相似，而人却不同——去年是"同来望月"，今岁是"独上江楼"。正因为这样，感受也就不同：去年江楼同赏，"月光如水水如天"的景象令人心旷神怡；今岁江楼独上，同样的景象却令人怅触感伤，思绪茫然。"依稀"二字，自然精妙，刻画入微。它既传出诗人回忆去年情景时依稀仿佛，记得不很真切的情态，又透出诗人因昔日同来之人不在，连带着觉得眼前的景物也带上了一层孤清迷茫、如梦似幻、是耶非耶的色彩。物是人非，景是人非，是表现怀旧感情时常用的词语。其实，景物无论就它本身的形态或它在不同情境中的人的主观感受中，都只是大略相似而不能尽同。这里用"风景依稀似去年"来形容，实在是十分细微真切而传神的描写。没有比这两句更能传达那种梦幻式的空廓失落感受的了。

妙在写到"风景依稀似去年"就徐徐收住，不言感慨而感慨自深。要说明这一点，有一个极简单的检验方法，那就是将这首诗略微调整一下次序，改为：

月光如水水如天，风景依稀似去年。

同来望月人何处？独上江楼思渺然。

内容文字没有任何改动，但那隽永的情味和空灵淡远的意境却都减色多了。

马　戴

马戴，字虞臣，曲阳（今江苏东海西南）人。屡试不第，尝居华山。会昌四年（844）登进士第，与赵嘏同榜。大中初为太原幕府掌书记，以直言获罪，贬朗州龙阳尉。咸通末，终国子博士，善五律。有《会昌进士集》行世。《新唐书·艺文志》著录《马戴诗》一卷，《全唐诗》编其诗为二卷。

楚江怀古三首 (其一)^①

露气寒光集，微阳下楚丘^②。猿啼洞庭树，人在木兰舟^③。广泽生明月，苍山夹乱流。云中君不降^④，竟夕自悲秋。

[校注]

①楚江，长江流经古楚国的一段，视下"洞庭""广泽"等语，似在长江中游荆楚洞庭一带。②楚丘，楚山。③木兰舟，用木兰树木制成的舟船。《楚辞·离骚》："朝搴阰之木兰兮，夕揽洲之宿莽。"木兰系香木，皮似桂而香，状如楠树。《楚辞·九歌·湘君》又有"桂櫂兮兰枻（船桨）"之语。任昉《述异记》卷下："木兰洲在浔阳江中，多木兰树。昔吴王阖闾植木兰于此，用于构宫殿也。诗家云木兰舟，出于此。"④《楚辞·九歌》有《云中君》篇，王逸注谓"云中君"即云神丰隆。

[笺评]

张为曰：清奇雅正主：李益。升堂十人：马戴："露气寒光尽，微阳下楚丘。猿啼洞庭树，人在木兰舟。"《楚江怀古》（《诗人主客图》）

杨慎曰：马戴《蓟门怀古》，雅有古调。至如"猿啼洞庭树，人在木兰舟"，虽柳吴兴无以过也。晚唐有此，亦希声乎！（《升庵诗话》卷十）

王世贞曰：权德舆、武元衡、马戴、刘沧五言，皆铁中铮铮者。"猿啼洞庭树，人在木兰舟"，真不减柳吴兴。（《艺苑卮言》）

胡应麟曰：晚唐"猿啼洞庭树，人在木兰舟"，宋人"雨砌堕危芳，风轩纳絮绵"，皆句格之近六朝。（《诗薮》）

钟惺曰：（"猿啼"二句）二语以连读为情景。（《唐诗归》卷三十四）

谭元春曰："光集"，妙，承"气"字，尤妙。（同上）

胡震亨曰：马虞臣（戴）"猿啼洞庭树，人在木兰舟"，风致自绝，然未如"空流注大荒"为气象。（《唐音癸签·评汇四》）

许学夷曰："猿啼洞庭树，人在木兰舟"，元美谓"不减柳吴兴"，然全篇则实中唐。（《诗源辩体》卷三十一）

王夫之曰：神情光气，何殊王子安？固非高廷礼辈所知。"广泽生明月"，较之"乾坤日夜浮"，孰正孰变，孰雅孰俗，必有知者。"云中君不降"，五字一直下语，而曲折已尽，可谓笔外有墨气，奇绝。（《唐诗评选》）

陆次云曰：读虞臣（《楚江怀古》）中两联，赞叹不足，唯令人顶礼，我欲如李洞之铸浪仙。（《晚唐诗善鸣集》）

贺裳曰：至如"虹霓侵栈道，风雨杂江声"，"猿啼洞庭树，人在木兰舟"，每读此语，便真若自游楚、蜀。（《载酒园诗话》）

黄生曰：尾联见意。三、四语真脍炙千古。韦庄亦有"鸟栖彭蠡树，月上建昌船"，法与此同，何以不为人所称？此亦景事衬对句，中便含有悲秋意故也。（《唐诗摘抄》卷三）

王士禛曰：弇州云：皇甫子安、子循兄弟论五言，推马戴"猿啼洞庭树，人在木兰舟"，以为极则。（《带经堂诗话》）

沈德潜曰："猿啼洞庭树，人在木兰舟"，二语连读，乃见标格。

朱之荆曰：怀古，即怀屈、宋诸贤也。（《增订唐诗摘抄》）

顾安曰："广泽"二句，只写闲景，不曾含蓄得"怀古"意，故结句便觉直率。"生明月"似应首二句，"夹乱流"似应三、四句，但尚模糊耳。（《唐律消夏录》）

吴瑞荣曰：诗至会昌，气最薄而情最幻，薄极乃幻，幻则无复能厚之理矣。此间关系气运甚微，恐主之者非之事也。（《唐诗笺要》）

屈复曰：三、四王渔洋以为诗之极致。五、六作"梦泽""巫山"方切，但与"楚丘""洞庭"用地名太多，故浑言"广泽""苍山"耳，有议其不切者，非。（《唐诗成法》）

周咏棠曰：次联十字令人揽结不尽。皇甫兄弟谓此为五言极则，洵具眼也。（《唐贤小三昧集续集》）

李怀民曰："猿啼洞庭树，人在木兰舟"，意景较宽，声响较大，不知者认为初、盛，胜贾（岛）、喻（凫）也。"广泽生明月，苍山夹乱流"，何必是楚江，确是楚江。（《重订诗人主客图》卷下）

王寿昌曰：唐人佳句，有可以照耀古今，脍炙人口者，如……马戴之"猿啼洞庭树，人在木兰舟"……此等句当与日星河岳同垂不朽。（《小清华园诗谈》卷下）

俞陛云曰：唐人五律，多高华雄厚之作，此诗以清微婉约出之，如仙人乘莲叶轻舟，凌波而下也。（《诗境浅说》）

[鉴赏]

怀古诗最常见的主题是抒发今昔盛衰的历史感慨和现实感慨，但马戴的《楚江怀古三首》却显然偏离怀古诗的传统主题。三首诗都以描绘楚江景色为主，怀古之意只在第三首的颔联"屈宋魂冥寞，江山思寂寥"中有较明显的表露，其余则均隐含在诗歌意象、意境之中。无论是怀古的对象、主题和写法，都与一般的怀古诗显然有别。

"露气寒光集，微阳下楚丘。"这是一个深秋的傍晚，淡淡的夕阳余晖已经落下了楚地的山丘，江面上雾气弥漫，波光动荡，散发出一阵阵寒意。上句写江上景色，却不明标"楚江"字样，而从下句"楚丘"暗透。句末的"集"字，写出日落后江上波涛泛着寒光，给人以凛冽生寒的强烈感受。下句既点明特定的季节时间，也创造出一种迷茫朦胧的氛围，为下一联写幻觉中的境界伏根。这一联境界阔大苍茫，气势雄浑，而意绪则透出凄寒的色彩。

　　"猿啼洞庭树，人在木兰舟。"颔联从写实的角度说，实际上是写诗人置身江上舟中，听到岸边树上哀猿长啸的声音。但由于其中融化了《楚辞》中的意象和意境，遂使整个境界呈现出古今交融、真幻莫辨的特征。《楚辞·山鬼》中有"猿啾啾兮狖夜鸣，风飒飒兮木萧萧"之句，《湘夫人》中更有"嫋嫋兮秋风，洞庭波兮木叶下"的千古名句，所写皆为深秋景象，"木兰""兰枻"也是《楚辞》中用以象征诗人芬芳高洁品格的意象。因此这一联在写实之中就融入了象征的色彩，恍惚中似乎回到了遥远的历史年代，在想象中浮现出诗人屈原"人在木兰舟"中的缥缈身影，以及当年他置身舟中，听到洞庭高树上哀猿长鸣时的凄凉孤寂感受。今与古，诗人与屈原，在这里浑化一体，亦真亦幻，给人以悠远的联想。两句一气直下，极具悠扬的风致韵调。

　　"广泽生明月，苍山夹乱流。"腹联续写舟中所见。所谓"广泽"，联系"洞庭树"之语，当即指洞庭湖这一方圆数百里的湖泽，而"苍山"当即指湖中的君山。时间由暮入夜，广阔苍茫的湖面上升起了一轮明月，在月色映照下，青苍的君山之畔，波涛汹涌，像是由于山的逼仄使流水受到约束，激而奔射成为"乱流"。这一联撇开"怀古"，纯写眼前景，境界壮阔、气势雄浑，而"夹乱流"三字又暗透诗人目睹上述景象时引起的骚屑纷乱的感受。

　　"云中君不降，竟夕自悲秋。""云中君"是《楚辞·九歌·云中君》中所迎祭的云神，而"悲秋"则是《楚辞·九辩》开宗明义的主句"悲哉秋之为气也，萧瑟兮草木摇落而变衰"的浓缩与提炼。诗人独处舟中，神思遥接千古，仰视天宇，既不见云中君的到来，更不见骚人屈、宋的身影，面对萧瑟的江上秋色，通宵不寐，只能空自悲秋而已。尾联结出"怀古""悲秋"正意，是全篇的结穴。

晚唐五、七言律，由于多数诗人才力的限制，往往致力于一句一联，少有通篇完整浑成的佳作。这首五律，从怀古诗的角度看，思想感情内容其实比较平常，只不过是由于置身楚江一带昔日骚人的贬逐之地，由眼前景引发对昔日情景的历史想象，又因此触发自身的悲秋意绪而已。诗人所着意表现的，是骚人曾经活动过的楚江洞庭一带景物所特具的情调气氛。从这一点说，不但为评家所盛赞的"猿啼洞庭树，人在木兰舟"一联写得今古相浃，既见诗人的高情逸韵，又宛见当年骚人的凄怨与高洁情怀，全联又极具摇曳的风致；而且通篇骨格苍劲，气象阔大，意境雄浑，在晚唐堪称佳构。

李群玉

李群玉（约811—861），字文山，澧州澧阳（今湖南澧县东）人。大和初应举不第，屏居澧州十年。开成初赴吴、越，往返中经池、宣诸州。会昌初有三峡之行。裴休为湖南观察使（会昌三年至大中元年，843—847），延至郡中在幕陪奉宴饮。大中七年（853）秋，赴京上表，得裴休之延誉、推荐，授弘文馆校书郎，进所作诗三百首。因讦直上书，傲视公卿而辞官归，未几卒。与张祜、杜牧、段成式、方干等交往唱酬。《新唐书·艺文志四》著录《李群玉诗》三卷、《后集》五卷，《全唐诗》编其诗为三卷。

黄陵庙①

小姑洲北浦云边②，二妃明妆共俨然③。野庙向江春寂寂，古碑无字草芊芊④。风回日暮吹芳芷⑤，月落山深哭杜鹃⑥。犹似含颦望巡狩⑦，九疑如黛隔湘川⑧。

[校注]

①黄陵庙，在今湖南湘阴县北洞庭湖畔。系为传说中舜之二妃娥皇、女英所建的祠庙。《水经注·湘水》："湖水西流，迳二妃庙南，世谓之黄陵庙也。"《云溪友议》卷中载："李校书群玉，既解天禄之任（指校书郎之任）而归澧阳，经湘中，乘舟题二妃庙诗二首（按：指此首及七绝"黄陵庙前莎草春"……题诗后二年，乃逝于洪井。"则诗当作于大中十三年（859）左右。②姑，《云溪友议》《文苑英华》作"孤"。《英华》校："孤，一作袁。"浦，水口。③明妆，《全唐诗》原作"容华"，校："一作啼妆，一作明妆。"按：《云溪友议》作"明妆"，《文苑英华》作"啼妆"。兹据《云溪友议》改。共，

《全唐诗》原作"自"，校："一作共。"按，《云溪友议》《文苑英华》均作"共"，兹据改。俨然，严肃庄重貌。④芊芊，茂盛貌。⑤风回日暮，《云溪友议》作"东风近暮"，《文苑英华》作"东风日暮"。芳茝，芳香的白芷。⑥传杜鹃为古蜀王杜宇之魂所化。春末夏初，常昼夜哀鸣，血渍草木。⑦相传舜南巡，其二妃娥皇、女英追之不及，溺于湘江。《水经注·湘水》："大舜陟方，二妃从之，溺于湘江，神游洞庭之渊，出入潇湘之浦。"⑧九疑，山名，在湖南宁远县南。《山海经·海内经》："南方苍梧之丘，苍梧之渊，其中有九嶷山，舜之所葬，在长沙零陵界中。"如黛，《全唐诗》作"愁断"，校："一作如黛，一作愁绝。"按《云溪友议》作"九疑如黛"，兹据改。

[笺评]

方回曰：第六句好。（《瀛奎律髓》卷二十八）

纪昀曰：总是套头。（《瀛奎律髓刊误》）

金圣叹曰：（前解）前解写入庙瞻礼也。为欲写他尊像俨然，因先写他小姑洲北，言神道直以此洲为案，则可想见尊像之俨然也。"春寂寂""草芊芊"，又言庙中除二尊像外，乃更一无所有也。（后解）后解写出庙凝望也，"东风""芳茝"，写意中疑有一线生意。"落日""杜鹃"，写耳中纯是一片恶声。如此便是悄然意尽之路也。而又云"九疑黛色"，含颦犹望者，嗟乎！此为写二妃，为不写二妃，必有读而黯然泣下者也。（《贯华堂选批唐才子诗》卷八）

陆次云曰：有声无声，有色无色，雅令韶秀，一字更易不得。（《五朝诗善鸣集》）

谭宗曰：怆浑亮壮，得吊古体。而含颦望幸，且能通二灵之神，晚唐高作。（《近体秋阳》）

梅成栋曰：白描之笔，不异龙眠画手。（《精选五七言律耐吟集》）

余成教曰：文山进诗表云："居住沅、湘，宗师屈、宋，枫江兰浦，荡思摇情。"可为《黄陵庙》《玉真妃》诸诗注脚。（《石园诗话》）

[鉴赏]

李群玉写了两首《黄陵庙》诗，一首七律，一首七绝。前者着重写瞻仰二妃神像的感受联想和神庙的环境气氛，情调凄恻缠绵；后者主要写黄陵庙前美好风物，风调悠扬婉转。虽内容、风格不同，却都是佳作。

"小姑洲北浦云边，二妃明妆共俨然。"首句点出黄陵二妃庙所在的位置。"小姑洲"当是湘江入洞庭湖处的一片沙洲。"浦"即湘江入洞庭湖的水口。"小姑洲"的名称，虽不详所由，但熟悉南朝乐府民歌《清溪小姑曲》的读者却容易联想起"开门白水，侧近桥梁。小姑所处，独居无郎"的诗句，从而引发对二妃寂处江滨情景的想象，这和下面描绘的"春寂寂"的景象有着若有若无的联系。而笼罩在浦口上的迷蒙云雾，又为黄陵庙增添了缥缈迷离的色彩。首句系入庙前所见，次句紧承，写入庙后见神龛上所塑的二妃神像。娥皇、女英传为尧之二女，嫁舜，此处用"二女"，既点明此意，也因此字宜仄，故不用"二妃"。"明妆"，一作"啼妆"，恐非。二妃的传说虽带有浓重的悲剧色彩，但作为神像供奉，恐不宜塑成泣流满面的"啼妆"，且下用"共俨然"来形容，也是指其容仪端严矜庄，方切其尧女舜妃的身份。"共"字应句首"二"字。此句既写出二女容颜明艳美丽，又写出其神情之端庄矜重，笔下既含赞美之情，亦寓敬仰之意。

"野庙向江春寂寂，古碑无字草芊芊。"颔联系诗人身在庙中所见庙前、庙内景象。说"野庙"则透露此庙系村野百姓为纪念二妃所建的简朴的神庙，非通都大邑那种金碧辉煌的庙宇，同时也透露其所处环境的荒寂。时值芳春季节，二妃庙面对着湘江，周围空寂无人，显得分外冷落荒凉。庙内竖立着一座石碑，上面的字迹由于风雨的侵蚀已经漫漶模糊，无法辨认，只有它周围的野草，春来芊蔚繁茂，杂乱丛生，看来这座庙宇历时已久，而且久已无人修葺了。这一联纯粹写景，以春日的丽景反衬野庙的荒寂冷落，也显示出对二妃这样忠贞美丽的女子为人们所遗忘的哀惋。

"风回日暮吹芳芷，月落山深哭杜鹃。"随着时间的推移，不知不觉间，天色已晚，暮色苍茫中，回荡旋转的春风传送来一阵阵白芷的袭人幽香，使人自然联想起二妃的幽洁芬芳的品行风采；月落之后，两岸的深山中传来了杜鹃泣血般的哀鸣，像是为二妃寂寞悲苦的幽魂传达着千古的悲哀怨恨。《楚辞·九歌·湘夫人》中有"沅有芷兮澧有兰"之句，白芷等香草在《楚辞》中又是芬芳高洁品质的象征，这里写风吹白芷传送幽芳，也自然具有象征色彩，与下句的"哭杜鹃"象征悲苦怨恨正具有同样的作用，而一则诉之嗅觉，一则诉之听觉，又均符合自暮入夜的感受景物的特点。

"犹似含颦望巡狩，九疑如黛隔湘川。"尾联遥应首联对句，又回到二女神像的神态描写上，说她们眉黛含愁，似乎还在凝望着南巡不返、葬于苍梧的舜帝，但遥远的九疑山深青的黛色却在隐约的南天之间，可望而不可即，和二妃所在的湘水遥遥相隔。舜南巡苍梧而不返，二妃追之不及，溺于湘江，这传说本身就带有浓厚的悲剧色彩，而死后成为湘水之神仍然相隔而不能相会，更是永恒的悲剧。诗的结尾，通过对神像含颦遥望九疑的描写，将二妃的悲剧推向极致，诗也就在到达高潮时徐徐收束，使读者引发无穷的怅恨和同情。

引水行①

一条寒玉走秋泉②，引出深萝洞口烟③。十里暗流声不断，行人头上过潺湲④。

①引水，指南方山区一种用竹筒打通连接的引水工程。②寒玉，形容翠绿如玉泛着寒光的引水竹筒。③谓山泉水从蒙盖着绿萝、弥漫着雾气的深洞中引出。④引水的竹筒渡槽凌空架设，故潺湲不断的水声从行人头上流过。

[鉴赏]

包括绝句在内的唐代诗歌，题材丰富，内容广阔，生动地反映出生活的千姿百态。令人感到美中不足的是，劳动人民的生活，特别是他们改造自然的智慧创造，在诗歌中却少有反映，李群玉的这首《引水行》却使人耳目一新。

诗里描写的是竹筒引水工程，多见于南方山区。用凿通竹节的长竹筒节节相连，将高山上的泉水引向需要灌溉或饮用的地方，甚至直接通到人家的水缸里，叮咚之声不绝，形成南方山区特有的富于诗意的风光。

一、二两句写竹筒引泉出洞。"一条寒玉"，这是富于诗意想象的创造性隐喻。李贺《昌谷北园新笋》曾用"削玉"形容新竹的光洁挺拔，这里用"寒玉"形容竹筒的碧绿光洁，可谓异曲同工。玉色光洁润泽，着一"寒"字，突出了清冷之感，这是将视觉印象化为感觉。碧色本来就是一种清冷的色调，这里为了与"秋泉"相应，特用"寒"代"碧"，以加深引水的竹筒给人带来的清然冷然的感受。寒玉秋泉，益见水之清冽，也益见竹之光洁。玉是固体，泉却是流动的，"寒玉走秋泉"，仿佛不可能。但正是这样，才促使读者去寻求其中奥秘。原来这条"寒玉"竟是中空贯通的。所以"寒玉走秋泉"的比喻本身就蕴含着诗人发现竹筒引水奥秘的欣喜之情。这就不是单纯的设喻、寻常的刻画，而是对普通的引水竹筒有着一种新鲜诗意感受。

高山泉水涌出的洞口外面，常有藤萝一类植物丛生蒙盖。洞口附近，常弥漫着一层烟雾似的水汽。竹筒就是从这里将水引出，这正是所谓"引出深萝洞口烟"。按通常顺序，应先写深萝泉洞，再写竹筒流泉，现在这样倒过来写，是因为诗人先发现竹筒流泉，其声淙淙，然后才按迹循踪，发现它来自幽深的岩洞。这样写不但符合观察事物的过程，而且由于先把最吸引人的新鲜景物描绘出来，可以收到先声夺人的艺术效果。反之，如按引泉出洞、竹筒流泉的次序来写，就显得平直无味了。

竹筒引水，一般都是顺着山势，沿着山路，由高而低，蜿蜒而下。所以多数情况下，诗人都和连绵不断的引水竹筒相伴而行，这就是所谓的"十里暗流声不断"。有时山路折入两山峡谷之间，而竹筒渡槽便须凌空飞越，这就成了"行人头上过潺湲"。诗不是说明文，花费很大气力去说明某一事物，即使再精确，也不见得有感人的艺术力量。这两句诗对竹筒引水的描写是精确的，但它决不单纯是对竹筒引水的说明，而是诗的描写，关键就在于它写出了行人对竹筒引水的诗意感受。十里山行，竹筒蜿蜒，泉流不断，只闻其声，不见其形，似是有意与行人相伴。在寂寥的深山中，邂逅如此多情的良伴，该会平添多少兴味！"暗流声不断"，也写出了行人在行路过程中时时侧耳倾听竹筒流泉的琤琤清韵的情景。忽而潺潺泉声又流过行人头上，则简直像顽皮的孩子在和你捉迷藏，它该给行人带来多少新奇、亲切之感啊！引水的竹筒，在这里被赋予了人的感情。

竹筒引水，是古代劳动人民巧妙地利用自然、改造自然的生动事例，劳动人民在改造自然的同时，也为自然增添了新的景色，新的美。而这种美的事物，又是自然与人工的不露痕迹的和谐结合。它本就富于诗意，富于朴素、清新的美感。但劳动人民用自己的智慧创造出来的这种美的事物，能为文人所发现、欣赏并加以生动表现的却不多。诗人写这首诗，尽管未必是有意赞美劳动者的智慧与创造，但他确实是怀着一种新鲜、亲切、喜悦之感来欣赏和描写的，也确实发现了这一平凡事物所蕴含的诗意美。这说明诗人的美学趣味是比较健康的，对新鲜事物也是敏感的。这种取于自然，改造、服务自然，又与自然浑然一体的引水竹筒，较之钢筋水泥的引水渡槽，恐怕要有诗意得多吧。

陈 陶

陈陶（803?—879?），字嵩伯，里贯不详。大和三年（829）至大中初，曾南游福建、江西、岭南，作诗投献各地刺史、观察使。大中三年（849）隐居洪州（今江南南昌）西山。以布衣终身。卒后方干、曹松、杜荀鹤、张乔均有诗哭吊。有《文录》十卷，已佚。五代南唐时另有一陈陶，其事迹及诗作常与此陈陶相混。《全唐诗》编其诗为二卷，其中亦有南唐陈陶诗误入者。今人陶敏有《陈陶考》。

陇西行四首（其二）①

誓扫匈奴不顾身，五千貂锦丧胡尘②。可怜无定河边骨③，犹是春闺梦里人。

[校注]

①《陇西行》，汉乐府相和歌辞旧题，古辞"天上何所有，历历种白榆"，内容与征戍之事无关。梁简文帝《陇西行三首》，始言边塞征战之事，其一云"边秋胡马肥，云中惊寇入"；其二云"陇西四战地，羽檄岁时闻"。此后诗人所作，方多以边塞征戍之事为内容。《通典》曰："秦置陇西郡，以居陇坻之西为名。"地在今甘肃东南部一带。陈陶另有《水调词十首》，亦闺中怀念良人远戍之作。《陇西行四首》，系讽汉武开边之作。②貂锦，穿貂皮裘、着锦衣的朝廷精锐部队。刘禹锡《和白侍郎送令狐相公镇太原》："十万天兵貂锦衣，晋城风日斗生辉。"司马迁《报任少卿书》："且李陵提步卒不满五千，深践戎马之地，足践王庭，垂饵虎口……转斗千里，矢尽道穷，救兵不至，士卒死伤如积。"此句化用其意。③无定河，黄河中游支流。在

陕西省北部，源出白于山北侧，绕经内蒙古自治区南端，折而东南流，经绥德县，至清涧县东入黄河。原名圁水，后人因其溃沙急流，深浅不定，故改名无定河。唐代无定河流经夏州、银州、绥州入河。《元和郡县图志·关内道·夏州朔方县》："无定河一名朔水，一名奢延水。"

[笺评]

魏泰曰：李华《吊古战场文》："其存其殁，家莫闻知。人或有云，将信将疑。悁悁心目，寝寐见之。"陈陶诗云："可怜无定河边骨，犹是春闺梦里人。"盖工于前也。（《临汉隐居诗话》）

杨慎曰：后汉肃宗诏曰："父战于前，子死于后。弱女乘于亭障，孤儿号于道路。老母寡妻设虚祭，饮泣泪，想望归魂于沙漠之表，岂不哀哉！"李华《吊古战场文》祖之。陈陶《陇西行》云："可怜无定河边骨，犹是春闺梦里人。"可谓得夺胎之妙。（《升庵诗话》卷十一，又见卷十二）

王世贞曰："可怜无定河边骨，犹是春闺梦里人。"用意工妙至此，可谓绝唱矣。惜为前二句所累，筋骨毕露，令人厌憎。"葡萄美酒"一绝，便是无瑕之璧，盛唐地位不凡乃尔。（《艺苑卮言》卷四）

江盈科曰：唐人题沙场诗，愈思愈深，愈形容愈凄惨。其初但云："凭君莫话封侯事，一将功成万骨枯。"则愈悲矣，然其情尤显。若晚唐诗云："可怜无定河边骨，犹是春闺梦里人。"则悲惨之甚，令人一字一泪，几不能读，诗人穷工极变，此亦足以观矣。（《雪涛小书（品）》）

唐汝询曰：（末二句）余谓是联晚唐中堪泣鬼神。于鳞莫之选，直为首句欠浑厚耳。然径尺之璧，正不当以纤瑕弃之。（《唐诗解》）又曰：想头入细，堪泣鬼神，盛唐人所未发。（《汇编唐诗十集》）

陆时雍曰：此诗不减盛唐，第格力稍下耳。（《唐诗镜》）

何新之曰：为镕意体。（《删补唐诗选脉笺释会通评林·晚七绝》

引）

梅纯曰：后二句命意，可谓精到。初玩似不经意者。若在他人，不知费几多词说。（同上引）

周启琦曰：穿天心、破月胁之语，能使沙场磷火焰灭。（同上引）

陆次云曰：嵩伯《陇西行四首》，"可怜无定河边骨，犹是春闺梦里人"，皆是此题佳句。（《五朝诗善鸣集》）

黄周星曰：不曰"梦里魂"而曰"梦里人"，殊令想者难想，读者难读。（《唐诗快》）

贺裳曰：陈陶《陇西行》"五千貂锦丧胡尘"，此必为李陵事而作。汉武欲使匈奴兵毋得专向贰师（按：指贰师将军李广利），故令陵旁挠之。一念之动，杀五千人，陶讥此事而但言闺事，唐诗所以深厚也。（《载酒园诗话又编》）

沈德潜曰：作苦语无过此者。然使王之涣、王昌龄为之，更有馀蕴，此时代使然，作者亦不自知其然而然也。（《重订唐诗别裁集》卷二十）

宋宗元曰：（三、四句）刺骨寒心。（《网师园唐诗笺》）

吴瑞荣曰：风骨棱露，与文昌《凉州词》同一意境。唐中、晚时事日非，形之歌咏者，促切如此，风气所不能强也。（《唐诗笺要》）

周咏棠曰：刻骨伤心，感动顽艳。（《唐贤小三昧集续集》）

孙洙曰：较之"一将功成万骨枯"句更为沉痛。（《唐诗三百首》）

高步瀛曰：升庵推许不免太过。元美谓为前二句所累亦不然。若前二句不若此说，则后二句何以着笔？此特横亘一盛唐、晚唐之见于胸中，故言之不能平允。（《唐宋诗举要》卷八）

刘永济曰：此诗以第三句"无定河边骨"与第四句"春闺梦里人"一对照，自然使人读之生感，较沈彬之"白骨已枯"二句沉着相同，而辞采则此诗为胜。王世贞《艺苑卮言》虽赏此诗工妙，却谓"惜为前二句所累，筋骨毕露，令人厌憎"，其立论殊怪诞。不知无前二句则不见后二句之妙。且貂锦五千乃精练之军，一旦丧于胡尘，尤为可惜。故作者于前二句着重描绘，何以反病其"筋骨毕露"至"令人厌憎"耶？（《唐人绝句精华》）

刘拜山曰：李陵名将，尚且丧师，言开边之不可为也。下二句措语警辟，唱叹有神，故为千载传诵。（《千首唐人绝句》）

[鉴赏]

陈陶的《陇西行四首》，是一组反黩武战争的咏史边塞诗。第一首说："汉主东封报太平，无人金阙议边兵。纵饶夺得林胡塞，碛地桑麻种不生。"反对黩武开边的意旨显然。或因诗中渲染了战争中的惨重牺牲和它给人民造成的沉重心灵伤痛，怀疑它是笼统反战的和平主义作品，那是没有通观整个组诗的缘故。

首句"誓扫匈奴不顾身"，写汉兵的奋勇作战。"誓扫""不顾"，一强调其意志的坚决，一突出其行动的勇猛。黩武战争本来是和广大人民的利益直接违背的，统治者为了驱使人民为其黩武开边政策效命，往往欺骗人民，打着国家民族利益的招牌。因此，诗中的战士不是怀着畏战、厌战的心理，而是怀着卫国破敌的决心英勇作战。这样来写受欺骗的士兵心甘情愿地走向不义战争，比写他们厌战更深刻，对下文的反跌作用也更强烈。

次句"五千貂锦丧胡尘"，是这场战争的直接后果。貂锦，指貂裘锦衣，这是汉代羽林军的服装，这里借指精锐的部队。一场战争，被派去冲锋陷阵的五千精锐全军覆没，丧身胡尘，则战斗之惨烈、损失之惨重可见。但当事的士兵却并不知道他们的牺牲只是为统治者的好大喜功卖命，反而看作是为国家民族的利益英勇献身。黩武战争后果的悲惨和士兵思想行动的壮烈，构成意味深长的对照，将悲剧的意蕴进一步深化了。

但是，只有上面两句，这首诗便和一般的揭示黩武战争带来惨重牺牲的作品没有任何区别。要把对黩武战争的揭露引向更深刻、更强烈的境地，就必须对生活现实进行集中概括和典型化，这正是三、四两句所要承担的任务。

"可怜无定河边骨，犹是春闺梦里人。""无定河边"，是这场战争进行的战场，"无定河边骨"，即指这场战争中新战死的"五千貂锦"的尸骨，承上"丧胡尘"。上句用"可怜"咏叹作势，下句用"犹是"重笔抒慨，将"无定河边骨"与"春闺梦里人"构成一实一虚、一死一生的强烈对照。开赴边地的貂锦战士已经战死沙场，成为无定河边的尸骨，但后方家中的妻子却并不知道丈夫战死的消息，每日里仍在苦苦思念丈夫，盼望丈夫的归来，春闺寻梦，梦见自己勇武英俊、锦衣貂裘的丈夫。一边是荒无人迹、凄凉萧瑟的无定河边，一边是充满温馨气息的春闺兰房；一边是怵目惊心的累累枯骨，一边是梦中浮现的英武貂锦战士；一边是无情的现实，一边是美好的梦境。这仿佛不能同时并存的两个极端，却被作者用"可怜……犹是"联结了起来，从而产生巨大的悲剧力量，使人在对照中强烈地感到黩武战争是何等残酷地摧毁了人民的和平幸福生活，葬送了无数人的青春、爱情和生命。这是一种深刻入骨的揭露和强烈之极的控诉，但并不剑拔弩张，声色俱厉，而是在从容有致的咏叹中进行鲜明的对照，而读者心灵上所受到的震撼却比那种剑拔弩张的控诉更强烈，也更持久。关键在于这里所进行的对比已经超越一般的艺术手法，而达到由高度的集中概括而创造出的典型化的境界。前方的战士已经埋骨沙场，后方的妻子由于消息不通，仍然以为他还活着。这种情况，生活中习见，但融无定河边的白骨于春闺梦思，融残酷惨烈的现实于温馨绮丽的幻梦，却是诗人的创造性构思。它源于生活，又比生活更高、更集中、更强烈。许浑的《塞下曲》："夜战桑干北，秦兵半不归。朝来有乡信，犹自寄寒衣。"题材与构思与陈诗类似，写得也凄恻动人，但比较之下，陈诗在对比的鲜明强烈、构思的新颖独特、辞采的工妙婉丽等方面显然更胜一筹。